Unverkäufliches
LESE-EXEMPLAR
Bitte keine Rezensionen
vor dem 3. März 2003

Nicholas Drayson

DER GOLDENE SKARABÄUS

Roman

Aus dem Englischen von
Rita Seuß und Sonja Schuhmacher

Insel Verlag

Originaltitel: *Confessing a Murder*, erschienen bei Jonathan Cape, London 2002

Erste Auflage 2003

Druck: Pustet, Regensburg
Printed in Germany
ISBN 3-458-17148-7

1 2 3 4 5 6 – 08 07 06 05 04 03

DER GOLDENE SKARABÄUS

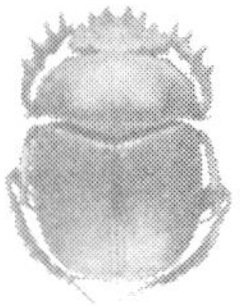

VORWORT DES VERLEGERS

Die Herkunft des Manuskripts dieses Buches ist ungeklärt. Obgleich auf englisch abgefaßt, wurde es 1988 auf dem Dachboden eines Anwesens unweit der holländischen Stadt Groningen entdeckt. Um die Eigentumsrechte an dem Dokument ist ein Prozeß anhängig, aber alle Parteien sind sich einig, daß es zusammen mit anderen Dokumenten, hauptsächlich Haushaltsbüchern eben jenes Anwesens, datiert von Juli 1910 bis März 1916, in einer Pappschachtel gefunden wurde. Vermutlich besteht ein Zusammenhang zwischen diesen Haushaltsbüchern und dem Manuskript, obwohl der gegenwärtige Besitzer des Hauses in dieser Sache keine Auskunft geben kann. Eingehende Erkundigungen bei der Familie des Vorbesitzers brachten ebenfalls keinen Aufschluß über die Herkunft des Manuskripts. Eine Analyse von Papier und Schriftbild des Originals wurde bei dem verstorbenen Dr. Kenneth K. Pollward in Oakdale, Connecticut, in Auftrag gegeben. Er teilte uns mit, das Manuskript sei auf einer tragbaren Schreibmaschine des Typs Remington Elite (amerikanisch, hergestellt 1898-1912) auf Becker-Papier (englisch, hergestellt 1913) getippt worden.

Als uns das Manuskript im Jahr 1988 erstmals angeboten wurde, nahmen wir an, die hier geschilderten Ereignisse seien fiktiv. Auch wenn viele Figuren leicht zu identifizieren sind, insbesondere Charles Darwin (»Bobby«), sein Bruder Erasmus (»Philos«) und andere Mitglieder der Familie Darwin sowie der englische Naturforscher Alfred Russel Wallace und mehrere Nebenfiguren, werden die dargestellten Ereignisse doch kaum durch zeitgenössische Quellen bestätigt. Der Verfasser dieses Buches wird von Darwin, dessen umfangreiche Korrespondenz[1] seit langem der Forschung zugänglich ist und dessen Leben eingehend erforscht wurde,[2] nirgends erwähnt. Die meisten Pflanzen und Tiere, die der Autor beschreibt, finden, auch wenn seine Darstellung glaubwürdig klingt, keine Entsprechung in den Spezies, die bisher wissenschaftlich beschrieben wurden oder der Wissenschaft heute bekannt sind. Dennoch zeigte sich, daß viele der hier geschilderten Begebenheiten mit zeitgenössischen Berichten in Einklang stehen. Zum Beispiel wird der Schuljungenstreich, bei dem der Schulleiter in Shrewsbury, Dr. Samuel Butler, durch Herumspringen im Stockwerk über seinem Schlafzimmer geweckt wurde, auch von Darwin erwähnt. Darwin schreibt in seinem Tagebuch, ein unschuldiger Junge sei für dieses Vergehen geschlagen worden, nennt aber dessen Namen nicht. Das Manuskript geht ausführlich auf Darwins Besuch in Australien an Bord der *Beagle* ein. Wieder ist dies keineswegs unvereinbar mit Darwins skizzenhaftem Bericht über diesen Aufenthalt in seinem 1839 erschienenen *Journal of Researches into the Geology and Natural History of the Various Countries visited by H. M. S. Beagle.* Ein akribischer Vergleich der in diesem Manuskript geschilderten Begebenheiten mit mehreren anderen veröffentlichten historischen Berichten ließ darauf schließen, daß zumindest Teile der Geschichte authentisch sein könnten. Die wenigen Widersprüche in der Chronologie der Ereignisse, die dem aufmerksamen Leser auffallen könnten, sind mit dem nachlassenden Gedächtnis eines Dreiundsiebzigjährigen ohne weiteres zu erklären. Eine ausführliche Darstellung des historischen Hintergrunds liefert die 1993 erschienene Untersuchung von Dr. N. R. Drayson.[3]

Die Verweise auf den englischen Naturforscher Alfred Russel Wallace sind problematischer. Wallace schildert seine Reisen nach Ostindien in dem Buch *Der Malayische Archipel*. Darin beschreibt er zwar einige der im vorliegenden Manuskript erwähnten Ereignisse, nirgends jedoch eine Person, die mit dem Autor identisch sein könnte. Wallace verbrachte aber zweifellos einige Zeit mit Sir James Brooke in Sarawak, und »drei Jahre lang stand ein junger Engländer, Mr. Charles Allen, in seinen Diensten«, den er gelegentlich »Charley« nannte. Wallace veröffentlichte sein Buch 1869 – fünf Jahre nach der Rückkehr von seiner achtjährigen Reise – und widmete es Charles Darwin. Das vorliegende Manuskript läßt jedoch keinen Zweifel daran, daß Wallace' Schilderung seiner Entdeckung der Idee der natürlichen Selektion falsch ist – daß er sich keineswegs, wie er behauptet, auf der Molukkeninsel Ternate aufhielt, als ihm die Idee kam, sondern in Sarawak, und daß die Idee nicht von ihm stammt. In diesem Licht erscheinen auch andere Teile von Wallace' Bericht über diesen Abschnitt seines Lebens zweifelhaft.

Die ausführlichen Beschreibungen der Pflanzen und Tiere auf der Insel sind eine ganz andere Sache. Sie sind der Wissenschaft ausnahmslos unbekannt. Da sich der Verlag außerstande sah zu beurteilen, ob es sich um authentische Beschreibungen inzwischen ausgestorbener Tiere handeln könnte, wurden mehrere Fachleute auf diesem Gebiet gebeten, sich zu der tatsächlichen oder möglichen Existenz dieser Tiere zu äußern.[4] Die Beschreibungen lösten heftige Kontroversen aus. Obwohl alle zu Rate gezogenen Experten übereinstimmend erklärten, daß keines der in diesem Manuskript beschriebenen Tiere heute noch existiert, bestand doch kein Konsens in der Frage, ob es sie einmal gegeben haben könnte. Einige der Experten bezeichneten die Berichte als amüsante, phantasievolle Erfindungen. Andere erklärten, die Schilderungen seien zwar glaubwürdig, aber da keine anderen Beschreibungen dieser Tiere vorlägen, sei ihre gegenwärtige oder frühere Existenz höchst unwahrscheinlich. Einer von ihnen, ein Entomologe, war davon überzeugt, daß wenigstens ein paar dieser Tiere existiert haben könnten. Er bescheinigte ihnen eine »allgemeine Übereinstimmung mit der Biologie« und verwies auf Charles Darwins Beschreibung der Fauna auf den Galapagos-Inseln. Wenn Darwin festgestellt hatte: »Die meisten der organischen Erzeugnisse sind einheimische Schöpfungen, die sich nirgendwo anders finden«, warum sollte das nicht auch für andere Inseln gelten? Ein weiterer Entomologe, der die reale Existenz der Inselfauna skeptisch beurteilte, merkte an, das fragliche Gebiet sei für Lepidopterologen seit langer Zeit von großem Interesse. 1936 postulierte der deutsche Schmetterlingskundler und Käferkenner Gustav Erich von Hamelin in seiner Monographie über die größeren Falter von Borneo und Celebes[5] die Existenz einer solchen verschwundenen Landmasse südlich von Borneo. Hamelin stellte fest, daß sehr viele *Urania splendens* – ein Falter, der für seine jährliche Massenwanderung zwischen den Hauptinseln Borneo, Java, Sumatra und den umgebenden Inseln bekannt ist – regelmäßig in der Javasee zugrunde gingen, und zwar in dem im Manuskript angegebenen Gebiet. Ein ähnliches Phänomen war nach dem Vulkanausbruch von 1883 in der Krakatau-Region zu beobachten. Hamelin zufolge hatten die Falter versucht, auf eine Insel zu gelangen, die ebenfalls erst in neuerer Zeit verschwunden war, vermutlich infolge eines Vulkanausbruchs.

Könnte es sich also tatsächlich um einen authentischen autobiographischen Bericht handeln? Wenn ja, so wäre er von größter historischer Bedeutung. Eine eklatante und anscheinend unüberwindliche Ungereimtheit blieb jedoch weiterhin bestehen. Die Inseln, die im Manuskript so akribisch geschildert werden, existieren nicht. Es gibt kein Land 115 Grad östlich von Greenwich und 6 Grad südlich des Äquators, geschweige denn eine so große Insel, wie der Autor sie beschreibt. Auch auf den Karten der britischen Admiralität aus dem 19. Jahrhundert tauchen die Inseln nicht auf. Wenn die Inseln der Phantasie des Verfassers entspringen, warum dann nicht auch deren Flora und Fauna sowie die im Manuskript dargestellten Ereignisse und Personen? Das Manuskript war also offenbar nicht mehr als ein kunstvoller, wenn auch plausibler Roman. Und daher entschieden wir uns gegen die Publikation. 1998 besannen wir uns eines Besseren.

Im Februar 1998 veröffentlichte Dr. Bors Nillsen vom Scripps-Institut für Ozeanographie seine Analyse der Daten, die 1995 im Rahmen des Internationalen Programms für Tiefseebohrungen bei einer Routinekartierung im indonesischen Archipel gesammelt wurden.[6] Die Daten zeigten umfangreiche magnetische und geologische Anomalien im Bereich von 115°16'Ost, 6°11'Süd mit einem Durchmesser von 26 Kilometern (etwa 15 Seemeilen). Nillsen kam zu dem Schluß, die wahrscheinlichste Erklärung für diese Erscheinung seien die unterseeischen Überreste eines sehr großen erloschenen Vulkans. Waren dies etwa die einzigen verbliebenen Spuren der geheimnisvollen Insel? Aber wenn dem so wäre, warum hatten wir dann bei unseren anfänglichen Recherchen weder Hinweise auf die Insel noch auf ihr Verschwinden gefunden? Wir stießen bald auf die Lösung dieses Rätsels: Krakatau.

Am 27. August 1883 wurde die indonesische Insel Krakatau oder »Krakatoa«, wie sie oft fälschlicherweise bezeichnet wird,[7] durch eine Reihe gewaltiger Vulkanausbrüche fast vollständig zerstört. Auf der Insel in der Meerenge zwischen Java und Sumatra hatte es schon seit mehreren Monaten gerumpelt und geraucht. Am 20. Mai 1883 kam es zu einer Eruption, und weitere kleinere Ausbrüche folgten am 26. August. Der »große Knall« kam am Tag darauf. Eine gigantische Explosion, die noch in Zentralaustralien zu hören war, vernichtete einen Großteil der Insel. Seismische Schockwellen wurden in London und Washington aufgezeichnet. Die Eruption erzeugte vierzig Meter hohe Flutwellen an den Küsten von Java und Sumatra. Ganze Städte gingen unter, mehr als 36000 Menschen kamen ums Leben. Wie der Kapitän eines Küstendampfers[8] sagte, der die Gegend wenige Tage nach dem Ausbruch besuchte: »Man glaubte, das Jüngste Gericht sei gekommen.«

Der Ausbruch des Vulkans Krakatau war der größte seit Menschengedenken. Europäische Wissenschaftler beeilten sich, die Ursachen zu erforschen. In England rief die Royal Society einen Krakatoa-Ausschuß (sic!) ins Leben. Der Ausschuß, der 1884 zusammentrat, untersuchte Hunderte von Logbüchern, Tagebüchern, Aufzeichnungen und Memoiren. 1888 wurden die Ergebnisse veröffentlicht.[9] Und in diesem Dokument, inmitten der unzähligen Augenzeugenberichte, wissenschaftlichen Analysen und theoretischen Interpretationen, fanden wir den klaren Beweis für die Existenz und das Schicksal der geheimnisvollen Insel.

Dem Ausbruch des Krakatau im Jahr 1883 gingen nicht nur, wie vielen größeren Eruptionen, kleinere seismische Ereignisse voraus – Erdbeben, Erdrutsche und kleinere, durch unterseeische Aktivität ausgelöste Flutwellen wurden überall im Bereich der Sundasee registriert. Er war auch auslösendes

Moment für seismische Aktivitäten in der Gegend. All diese Vorgänge wurden durch den Krakatoa-Ausschuß der Royal Society verzeichnet, darunter auch ein Bericht von Thomas Edward MacGillivray, damals Kapitän des Handelsschiffes *The Hibernian.*[10] Im August 1883 war MacGillivray nach Australien unterwegs, als er auf dem Weg von Makassar (heute Ujung Pandang) nach Batavia (heute Jakarta) in eine Flaute geriet und südlich von Borneo trieb. In seinem Logbucheintrag vom 27. August verzeichnete er, er habe um 2.47 Uhr Greenwicher Zeit eine Explosion gehört (»wie ein Zwölfpfünder, der auf dem Kanonendeck losgeht«). Genau vier Minuten später näherte sich von Süden eine etwa zwei Fuß hohe Flutwelle auf breiter Front. Zweiundzwanzig Minuten später sah er eine zweite Welle etwa derselben Größe von Westen herankommen. Der Krakatoa-Ausschuß versuchte, die von MacGillivray aufgezeichneten Beobachtungen in das Eruptionsmuster, die Wellen und reflektierten Wellen des Krakatoa-Ausbruchs einzufügen, der um 2.27 Uhr Greenwicher Zeit begann. Flutwellen bewegen sich in tiefen Gewässern mit einer Geschwindigkeit von über 400 Knoten (etwa 700 km/h), deshalb hätte diese die 1600 Seemeilen entfernte *Hibernian* nicht vier Minuten nach dem Explosionsgeräusch erreichen können. Man folgerte, daß MacGillivrays Beobachtung, wenn man sie denn akzeptiere, »ein gleichzeitiges oder beinahe gleichzeitiges Ereignis im Süden um den 115. Breitengrad Ost und den 6. Längengrad Süd nahelegt«. Aber MacGillivrays Welle war nur eines von mehreren Dutzend im Bericht verzeichneten »beinahe gleichzeitigen« Ereignissen, und es wurden keine weiteren Nachforschungen angestellt.

Ein älterer Hinweis auf eine Landmasse in diesem Gebiet findet sich in dem Bericht des Schweizer Geologen Hein-

rich Zollinger aus dem Jahr 1847, der zahlreiche Vulkane Ostindiens eingehend untersuchte.[11] Bakuakau nannten die Bewohner von Süd-Celebes (heute Sulawesi) einige kleine Vulkaninseln, die ungefähr 200 Seemeilen südlich der Hauptinsel Celebes liegen. Zollinger besuchte die Inseln zwar nicht selbst, vermerkte aber in seinem Bericht, daß die sechs (sic!) Inseln wohl die Überreste eines großen, inzwischen erloschenen Vulkans darstellten. Die größte, zentral gelegene Insel besitze einen offenbar noch aktiven, rauchenden Bergkegel. Zollinger stellte fest, die Inseln seien unbewohnt, und berichtete, seine Informanten, die Bugis,[12] besuchten zwar zuweilen die Inseln, hielten sie aber für unbedeutend, da sie abseits der einheimischen und europäischen Seewege lägen; auch bei den molukkischen Trepang-Fischern seien sie nicht beliebt, da eine Landung wegen der starken Strömungen schwierig sei. Bakuakau wurde (als »Bakuoka«) auf einer niederländischen Karte aus den fünfziger Jahren des 19. Jahrhunderts verzeichnet,[13] erscheint aber weder auf der ersten großen Karte, die von der britischen Admiralität auf ihrer Reise von Australien nach Singapur 1844 erstellt wurde (zufällig mit Darwins altem Schiff, der *Beagle*)[14], noch auf späteren Karten.
Heute geht man davon aus, daß die Flutwelle, die MacGillivray von Süden kommen sah, durch die plötzliche und vollständige Vernichtung von Bakuakau ausgelöst worden sein könnte.
Eine besonders interessante Schlußfolgerung, die der Ausschuß der Royal Society über den Ausbruch des Krakatau zog, war, daß die Hauptexplosion keineswegs durch die plötzliche Freisetzung von geschmolzenem Gestein oder vulkanischen Gasen verursacht wurde, sondern durch Dampf. Während der Anfangsaktivität hatte sich im Innern der Insel ein gasgefüllter Hohlraum gebildet. Durch große Spalten war Meerwasser in

diese Kammer eingedrungen und durch den Kontakt mit der flüssigen Lava im Inneren sofort verdampft. Dieser explosive Druck hatte die letzte verheerende Eruption herbeigeführt. Eine weitere Schlußfolgerung lautet, daß trotz der Millionen Tonnen Staub und Gestein, die in die Atmosphäre geschleudert wurden (und noch auf Jahre hinaus rund um die Welt für spektakuläre Sonnenuntergänge sorgten), die Insel rein äußerlich weitgehend intakt geblieben war, denn das ausgestoßene Material bestand vor allem aus Gas, Asche und Bimsstein aus dem Inneren des Vulkans. Die Freisetzung dieses Materials hinterließ jedoch einen riesigen Hohlraum unterhalb der Insel. Nach der letzten Eruption muß die Insel in diese Kammer gestürzt sein; sie war noch vorhanden, aber weitgehend vom Meer bedeckt.

Nicht alle Vulkangipfel brechen unmittelbar nach einem größeren Ausbruch in sich zusammen. Hin und wieder bleibt ein Hohlraum im Vulkan für Jahrhunderte oder sogar Jahrtausende stabil. Dies gilt für den berühmten Bukit Lembang auf Borneo mit seinen spektakulären Höhlen, und anscheinend galt es auch für Bakuakau.[15] Das vulkanische Material in den Sedimenten rund um Bakuakau wurde zwar nicht mittels der C-14-Methode datiert, aber grobe Schätzungen aufgrund der Sedimentakkumulation lassen darauf schließen, daß die letzte Eruption im späten Pliozän oder frühen Pleistozän stattfand.[16] Die Hülle rund um den Hohlraum, der nach der letzten Eruption auf Bakuakau entstanden war, blieb also 1,5 bis 2,5 Millionen Jahre intakt. Sie wurde erst nach dem Ausbruch des Krakatau, vermutlich infolge der dadurch ausgelösten gewaltigen Schockwellen, instabil. Die Hülle, die der Bakuakau-Vulkan gewesen war, stürzte in den inneren Hohlraum. Die Inseln des erloschenen Vulkans verschwanden im Meer.

Das plötzliche Verschwinden von Bakuakau hätte zweifellos die Auslöschung aller dort ansässigen Lebensformen bedeutet. Aber wie wahrscheinlich ist es, daß eine solche einzigartige und mannigfaltige Flora und Fauna, mit ihren blutsaugenden Misteln und Land-Seegurken, auf einer so kleinen Insel überhaupt entstehen konnte? Im Rahmen der modernen Evolutionstheorie ist diese Möglichkeit durchaus denkbar. Seit langem ist bekannt, daß die Fauna und Flora auf Inseln, vor allem bei isolierter Lage, überdurchschnittlich viele endemische Spezies aufweist. Die Galapagos-Inseln, deren Tier- und Pflanzenwelt von Darwin so eingehend erforscht wurde, sind dafür ein gutes Beispiel. Die Galapagos-Inseln sind ebenfalls vulkanischen Ursprungs und im geologischen Sinn relativ jung, da sie erst vor ein bis zwei Millionen Jahren aus dem Meer entstanden sind. Ein Großteil der Tiere auf den Inseln, darunter die Riesenschildkröten, die Meerechsen und die berühmten Darwin-Finken, sind nirgendwo sonst zu finden. Von den 26 Landvögeln, die Darwin sammelte (und die später von John Gould beschrieben wurden), sind nicht weniger als 25 endemisch, also nur dort anzutreffen. Wie Darwin jedoch damals selbst postulierte, können wir davon ausgehen, daß sie sich alle aus ähnlichen Spezies entwickelt haben, die vom südamerikanischen Festland aus schwimmend oder fliegend die achthundert Kilometer über den Ozean zurückgelegt hatten. Heute gilt als erwiesen, daß die 13 Finkenarten, die heute auf den Inseln leben, von einer einzigen Spezies, vielleicht sogar nur einem einzigen befruchteten Weibchen abstammen, die vom Festland, wo die Spezies vielleicht noch unverändert existiert, auf die Inseln gelangte. Aus Untersuchungen auf dieser und anderen Inseln geht hervor, daß dieser Prozeß der Artenbildung – bei dem aus einer Spezies eine oder mehrere andere entstehen – in einer solchen Situation erheblich beschleunigt wird. Deshalb ist zu erwarten, daß auf einer Insel wie Bakuakau aufgrund ihrer Entfernung vom Festland und ihres Alters (das dem der Galapagos-Inseln entspricht) sehr viele endemische Arten zu finden sind.

Bei seiner Schilderung der Insel erwähnt der Verfasser eine geologische und topographische »Skizze«. Diese befand sich nicht beim Manuskript, aber als Verständnishilfe für den Leser wurde eine solche Skizze, die auf den Angaben im Manuskript beruht, angefertigt. Sie ist den Aufzeichnungen vorangestellt.

Die Klärung der Identität des Verfassers war Gegenstand intensiver Forschung. Eine Untersuchung der verfügbaren Unterlagen – Schul- und Universitätsbesuch, Schiffspassagierlisten, australische Ärzteregister und so weiter – konnte die Suche auf zwei in Frage kommende Namen eingrenzen. Zur Zeit kann keiner der beiden als Autor identifiziert werden, und wir nehmen an, daß das Manuskript absichtlich anonym verfaßt wurde. Auch ein Titel fehlte. In einem Brief an seinen Freund Joseph Hooker aus dem Jahr 1854 schrieb Charles Darwin, durch die Enthüllung seiner Gedanken über die Evolution, die eine wörtliche Deutung der biblischen Schöpfungsgeschichte ausschließe, fühle er sich, »als gestünde ich einen Mord«.

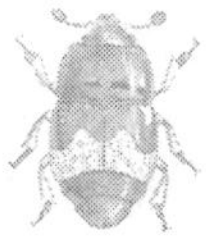

VORWORT DES HERAUSGEBERS

Das Typoskript, auf dem diese Ausgabe beruht, ist gut lesbar und nahezu frei von Schreib- und Grammatikfehlern. Inwieweit es mit der ursprünglichen, vermutlich handschriftlichen Fassung übereinstimmt, ist schwer zu beurteilen. Da es überraschend wenige Rechtschreibfehler enthält, nehme ich an, daß diese während der Abschrift korrigiert wurden. Der stilistische Schliff des Textes legt die Vermutung nahe, daß er in irgendeiner Form redigiert wurde.

Stilistisch ist der Text typisch für die Mitte bis Ende des 19. Jahrhunderts übliche Prosa. Absätze und Sätze sind häufig lang (manchmal auch umständlich) und weisen zahlreiche Nebensätze auf; die Interpunktion, vor allem die Kommasetzung, wird frei gehandhabt; die Parenthese im Satz wird häufiger gebraucht als damals üblich (ist aber nicht anachronistisch). Die Lyrikzitate im Text stammen allesamt von John Milton und sind ebenfalls zeittypisch. Neben den Dialogen und dem oft etwas didaktischen Ton verweisen sie jedoch darauf, daß der Verfasser eine Veröffentlichung seines Werks im Sinn hatte; solche Einfügungen kommen in Briefen oder Tagebüchern im engeren Sinne eher selten vor. Die Rechtschreibung ist in sich konsistent, obsolete Formen sind jedoch keine Seltenheit – zum Beispiel, »Tripang« statt Trepang, »malayisch« statt malaiisch, »gesellige« statt staatenbildende Insekten, »Staubmehl« statt Blütenstaub und »Species« statt Spezies. Angesichts des klar verständlichen Originals habe ich darauf verzichtet, Stil und Interpunktion zu korrigieren; lediglich die Unterstreichungen des Typoskripts wurden durch Kursivie-

rung ersetzt. In dieser Ausgabe wurden Satzlänge, Satzbau und Interpunktion – auch wenn sie modernen Lesern altmodisch erscheinen mögen – aus dem Original übernommen.
Die biologischen und historischen Bezüge des Typoskripts wurden genauestens geprüft. Obwohl ein Teil dieser Recherchen für den Laien ebenso interessant wäre wie für den Wissenschaftler, habe ich beschlossen, in dieser Edition nicht ausführlich darauf einzugehen. Dafür wären umfangreiche Anmerkungen erforderlich gewesen, und allzu häufige textfremde Erklärungen würden nur den Lesefluß stören. Der Leser wird feststellen, daß der Autor die meisten Fragen, die er in seiner Erzählung aufwirft, selbst beantwortet. Die wenigen dennoch eingefügten Fußnoten sollen dem Leser an den Stellen helfen, wo aus dem Text nicht hervorgeht, worauf oder auf wen der Autor anspielt.

Nicholas Drayson BSc, Dr. jur., MSc, Dr. phil.
Caxton Underhill, England

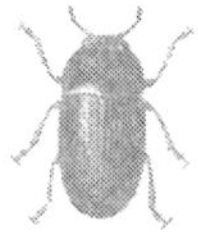

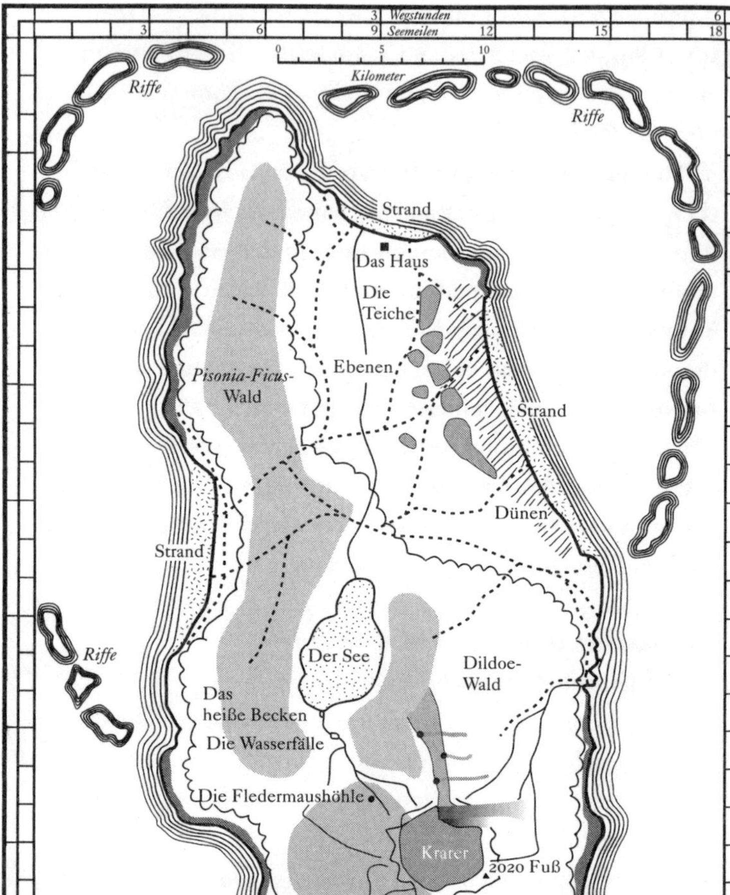
Wegstunden
Seemeilen
Kilometer
Riffe
Riffe
Strand
Das Haus
Die Teiche
Ebenen
Pisonia-Ficus-Wald
Strand
Dünen
Strand
Riffe
Der See
Dildoe-Wald
Das heiße Becken
Die Wasserfälle
Die Fledermaushöhle
Krater
2020 Fuß
Dildoe-Wald
Waldrand
Hauptpfade der Gadzocks
vulkanische Spalten
Bäche
Klippen
Dünen
N
W
O
S
Ansicht von Süden
del Richard Barwick 2001

KAPITEL 1

Beginnen wir in der Gegenwart. Es ist das Jahr 1883, und soweit ich es beurteilen kann, haben wir Juni. Ich schreibe diese Zeilen auf einer kleinen Insel in der Javasee, ungefähr dreihundert Meilen südlich von Celebes. Meine Insel ist etwa siebenundzwanzig Meilen lang und zwölf Meilen breit, der südliche Teil ist gebirgig, oder besser gesagt, er besteht im wesentlichen aus einem Berg, der zu beträchtlicher Höhe aufsteigt (durch grobe trigonometrische Messung bin ich zu dem Ergebnis gelangt, daß der Gipfel ungefähr 2060 Fuß hoch ist). Wenn Du in Deinem Lyell nachschlägst, wirst Du sehen, daß der Berg gut in sein Schema paßt, er hat also große Ähnlichkeit mit jenen von St. Jago und Mauritius, denn er ist konisch, hat einen offenen Krater am Gipfel und ist wahrscheinlich durch ähnliche vulkanische Prozesse entstanden. Daß der Berg einst ein Vulkan war, erkennt man auch an dem schwefeligen Rauch und Dampf, der immer wieder aus den zahlreichen und unterschiedlich großen Öffnungen rund um den Gipfel dringt (die meisten dieser Löcher sind kaum faustgroß, aber es gibt auch eines unweit des Gipfels, in das ohne weiteres ein Mensch stürzen könnte). Mein Berg war in letzter Zeit überaus aktiv. Aber auch wenn er jenen in anderen Gegenden ähnelt, so finden sich auf meiner Insel Pflanzen und Tiere, wie ich sie sonst nirgends gesehen habe – »was weise Dichter in ew'gen Versen einst erzählt von schrecklichen Schimären, Zauberinseln, von der Klippen Kluft, dem Tor zur Unterwelt«. Zwar habe ich weder Riesenschildkröten entdeckt noch seefahrende Eidechsen, durch die andere Inseln berühmt wurden, aber Wunder sah ich genug. Hier leben Pflanzen, die das Blut von Vögeln saugen, und Vögel, die unter Wasser überwintern. Hier fressen Spinnen Fledermäuse, und Frösche verschlingen sich gegenseitig. Hier gibt es Gadzocks, und hier, tief im Innern des Berges, haust der goldene Skarabäus.

Lieblich ist's, ein Ding zu benennen, denn machen wir es durch den Namen nicht zu unserm Eigentum? Auf meiner Insel habe ich alles benannt. Den Berg und den Wald, die Gadzocks, die Pflanzen und die Tiere, alle sind mein. Ich gab Philos seinen Namen, und er war mein, aber wer nennt mich beim Namen? Der Berg spricht zu mir, aber er hört nicht zu. Er spricht von größeren Dingen, von Zeiten und Gezeiten. Ich lausche. Jetzt bleibt mir nicht mehr viel Zeit, aber meine Geschichte muß erzählt werden. Die Schulzeit in England und der liebe Philos und meine erste Begegnung mit seinem Bruder Bobby (diesen Namen habe nicht ich ihm gegeben, und doch will ich über ihn am meisten erzählen). Dann die Tage in Edinburgh und Cambridge, und die wahre Geschichte von Emma und wie unsere Liebe mich ins einsame Exil nach Australien zwang. Auch von der Theorie muß ich berichten, und wie Wallace, dieser Narr, sie Charley entrissen und an sich gebracht hat und mir meinen liebsten Freund raubte. Ich werde Dir alles über Charley Allen erzählen. Es gab Zeiten, da sah ich Charley als den Schuldigen, und dann wieder dankte ich ihm für die Hoffnung, die er mir gab. Aber bei allem Glanz, den die Hoffnung ausstrahlt, bleibt sie doch Falschgeld. Ergebenheit erweist sich als härtere Währung denn Hoffnung – ich jedenfalls weiß jetzt, daß ich diese Insel nie mehr verlassen werde.

Wir sahen die Gadzocks, noch bevor wir an Land kamen, hielten sie zunächst für Haufen an den Strand geschwemmten Beerentangs, vielleicht auch für die seltsamen Nester der Sargassovögel, die wir bereits auf unserer Fahrt durch das Riff gesehen hatten. Dann meinte Charley zu sehen, wie sich einer dieser Tanghaufen bewegte, und hob sein Fernglas an die Augen.
»Gadzoks!« – »Um Gottes willen«, sagte er (so hörte es sich jedenfalls an in seinem Somerset-Dialekt). »Ich glaube, sie leben.« Und danach habe ich sie benannt.
Gadzocks haben Ähnlichkeit mit kleinen, zotteligen Ziegen, auch wenn sie keine Hörner besitzen (und wozu brauchen sie Hörner, wo es nichts zu bekämpfen gibt, nicht einmal ihre Artgenossen?). Zweifellos sind sie eng verwandt mit den Anoas von Celebes,[17] auch wenn sie es nur auf einen Bruchteil von deren Größe bringen. Die Männchen sind nicht größer als die Weibchen, sondern kleiner, und es gibt erheblich mehr Bullen auf der Insel als Kühe. Die Tiere fressen kaum Gras und ernähren sich vor allem von Seetang, und Gadzockfleisch, selbst vom Kalb, schmeckt so widerwärtig, daß jahrealtes gepökeltes Schweinefleisch daneben als Delikatesse erscheint. Aber sie sind arglose Geschöpfe, und ihr Leben ist für den Naturforscher und Philosophen durchaus interessant.
Gadzocks leben fast ausschließlich vom Beerentang, der in den Gewässern rund um die Insel in Hülle und Fülle gedeiht und je nach Wind stets in großen Mengen an den einen oder anderen Strand der Insel geschwemmt wird. Der Tang ist natürlich reich an Natriumchlorid und daher für die meisten Tiere ungenießbar. Gadzocks hingegen fressen ihn mit Vorliebe und können das Salz mit dem Urin ausscheiden, womit sie seine schädliche Wirkung abwenden. Der Urin ist so mit

Salz gesättigt, daß er beinahe unmittelbar bei der Ausscheidung kristallisiert. Bei den Männchen führt dies zu keinerlei ungewöhnlichen Eigenschaften. Wohl aber bei den Weibchen. Anders als domestizierte Kühe und sonstige Wiederkäuer heben die weiblichen Gadzocks ihren Schwanz beim Urinieren nicht in die Höhe. Daher wird er regelmäßig mit dieser konzentrierten Flüssigkeit getränkt, und folglich sammeln sich hier große Salzkuchen an, die hellgelb und bis zu drei Pfund schwer sind und den Tieren ein höchst eigentümliches Aussehen verleihen. Eine solche Salzlast ist für ein so kleines Tier zweifellos hinderlich, aber dieser Nachteil wird durch die Tatsache ausgeglichen, daß dieses Salz anscheinend als eine Art Signal oder Reklame dient. Während der Paarungszeit ziehen jene Kühe mit der schwersten und augenfälligsten Salzansammlung die meisten Bullen an.
Wie erwähnt, gibt es beträchtlich mehr Gadzockbullen auf meiner Insel als Kühe, das Verhältnis beträgt etwa eins zu acht. Man könnte nun meinen, wie ich selbst es anfangs getan habe, daß dies zu heftigen Rivalenkämpfen der Bullen um die Kühe führt. Ich stellte aber bald fest, daß offenbar das Gegenteil zutrifft. Es sind die Weibchen, die konkurrieren. Ich lebe nun volle drei Jahre auf meiner Insel und wurde zweimal Zeuge des wunderlichen Paarungsverhaltens der Gadzocks. Frühmorgens an einem Tag im September, wenn die kleine Regenzeit vorüber ist, versammeln sich die Bullen in aller Stille an einem Strand auf der Ostseite der Insel, den ich, während ich diese Worte schreibe, von meiner Hütte aus überblicke. Die weiblichen Tiere, dreihundert oder mehr, treten aus dem Busch und nehmen auf den Sanddünen oberhalb des Strandes Aufstellung. Sobald die Sonne aufgeht, präsentieren sie ihr Hinterteil den ersten Lichtstrahlen und somit den Bullen, die

sich unten am Strand versammelt haben, und schwenken nun ihre salzverkrusteten Schwänze bedächtig hin und her wie gelbe Pendel. Die Bullen, einzeln oder in kleinen Gruppen, promenieren den Strand entlang und murmeln wie in gedämpfter Konversation. Nachdem sie sozusagen das Angebot begutachtet haben, gesellt sich jeder Bulle zu dem Weibchen seiner Wahl. Manche tun das schon nach Minuten, andere brauchen mehrere Stunden für die Entscheidung. Jede Kuh schart somit ein Serail männlicher Gadzocks um sich, und zwar, wie ich beobachten konnte, bis zu dreizehn an der Zahl. Bei diesem Zeremoniell gibt es keinen körperlichen Zwang, aber mir ist eine klare Wechselbeziehung zwischen Größe und Farbe des Schwanzschmucks der Kuh und der Zahl der sie umringenden Bullen aufgefallen. Je größer das Salzgebilde an ihrem Schwanz und je leuchtender die Farbe, desto größer ist ihre Entourage. Wenn die Kuh gegen Abend sicher sein kann, daß keine weiteren Bullen sich ihr anschließen werden, bietet sie sich ihnen nacheinander an. Die Bullen bespringen sie und vereinen sich mit ihr, und nach dem Grunzen und Stöhnen beider Partner zu urteilen, erfolgt die Paarung nicht ohne Vergnügen. Die Bullen selbst sind friedliebende Tiere. Niemals habe ich bei ihnen das kleinste Anzeichen von Aggression gegeneinander oder gegen andere bemerkt.

Diese Regelung ist ungewöhnlich. Nicht nur sind es die Weibchen, die um die Aufmerksamkeit der Männchen konkurrieren, die Rivalität ist auch vollkommen freundschaftlich. Es herrscht weder Gewalt noch Zwang, und nach Abschluß des Rituals können alle Tiere die geschlechtliche Vereinigung genießen. Alle sind zufrieden.

Über diese Tatsache sprach ich mit Charley einige Wochen nach unserer Ankunft auf der Insel im August 1879. Wir waren bereits Zeuge des Paarungsrituals der Gadzocks geworden, und als wir auf zwei der Tiere stießen, die im Schatten eines Feigenbaums friedlich wiederkäuten, bemerkte ich, ob es wohl ein Geschöpf gäbe, das zufriedener und glücklicher mit seinem Los sei als ein Gadzock. Auch wenn Charley sich in letzter Zeit häufig verdrossen zeigte, war er doch mein einziger Gesprächspartner auf der Insel, und ich nutzte jeden Anlaß für eine Unterhaltung.

»Wie kann ein Tier glücklich sein?« entgegnete Charley, ohne seinen verächtlichen Tonfall verbergen zu können.

»Sind wir denn die einzigen Geschöpfe, die zum Glück befähigt sind?« fragte ich.

»Natürlich«, erwiderte Charley. »Die Gadzocks, wie du sie nennst, wissen doch nicht einmal, daß sie leben. Kein Tier ist dessen gewahr. Außerdem, wie ist Glück möglich ohne sein Gegenteil? Wenn diese Tiere *immer* zufrieden sind, wie du behauptest, wie können sie dann dessen gewahr sein? Ohne Nacht gibt es keinen Tag. Und wo ist das Hoch ohne Tief?«

»Aber bei den Gefühlen«, widersprach ich, »verhält es sich doch anders. Es kann Liebe geben, wo Haß unbekannt ist, und Glück kann ohne Trauer erfahren werden.«

Im Laufe der vierundzwanzig Jahre, die ich Charley kannte, war ich zu der Einsicht gelangt, daß seine materialistische Weltsicht gegen jede Anfechtung immun war, aber ich beschloß dennoch, meinen Standpunkt zu verteidigen.

»Und willst du damit sagen«, fuhr ich fort, »daß Selbstbewußtheit, daß rationales Denken allein dem Menschen vorbehalten sind?«

»Beweise mir, daß es sich nicht so verhält«, forderte Charley.

»Dafür gibt es zahllose Beispiele. Erinnerst du dich an den Affen, den dein englischer Naturforscher besaß? Das Tier war es nicht zufrieden, den Brandy, auf den es erpicht war, mit dem Teelöffel zu erhalten, und stahl den Schlüssel zum Tantalus seines Herrn. Für seine Gier bezahlte es mit dem Leben. Fehlgeleitete Intelligenz zweifellos, aber trotzdem Intelligenz. Und ist Liebe nicht auch anderen Species als dem Menschen eigen? Liebe, mütterlicher oder romantischer Art, beobachten wir bei vielen Vögeln und Vierbeinern. Wenn, wie wir beide glauben, der Mensch nur der nächste Schritt nach dem Affen ist, der selbst wiederum nur der nächste Schritt nach der Spitzmaus ist und so fort, dann könnte doch auch die Intelligenz und die Liebe einer ähnlichen Abstufung unterliegen?«

»Mir scheint, daß alles, was du sagst, der Fall sein *könnte*«, entgegnete Charley. »Du hast mir noch nicht bewiesen, daß es tatsächlich der Fall ist.«

»Du wirst doch gewiß nicht leugnen, daß Tiere Vergnügen empfinden? Sieh dir nur die Gadzocks an.«

»Vergnügen ist nicht Glück. Außerdem, wer will beurteilen, ob Tiere in derselben Weise lieben wie Menschen?«

»Wir können uns nur an unsere Beobachtungen halten.«

»Dann muß ich sagen, daß meine Beobachtungen sich nicht mit den deinen decken.«

Ich führte weitere Gründe für meine Meinung an, aber Charley ließ nichts gelten. Manchmal denke ich, daß alles Leid der Menschheit auf diese eine Ursache zurückzuführen ist: daß wir uns selbst zu hoch schätzen.

Elf Wochen nach der Paarung gebären die weiblichen Gadzocks rasch und schmerzlos nicht etwa ein einziges Kalb wie unsere Hausrinder, sondern einen ganzen Wurf. Drei ist die

Regel, aber auch Würfe von zwei oder vier sind keine Seltenheit, denn Gadzocks haben wie unsere Hauskühe vier Zitzen. Aber anders als bei allen anderen Säugetieren, die ich kenne, sind diese ersten Kälber ausschließlich männlich. Die Tragezeit ist kurz, und auch gesäugt wird nicht lange. Die Kälber, so klein sie bei der Geburt sind, bleiben nur fünf Wochen bei der Mutter, und danach übergibt die Mutter jeweils ein Junges der Obhut eines erwachsenen männlichen Tieres. Die Kälber sind zu diesem Zeitpunkt kaum größer als ein Terrier, folgen aber bereitwillig ihrem Beschützer, der sich mit großer Fürsorglichkeit um seinen Schützling kümmert. Die beiden verbringen die nächsten beiden Jahre ihres Lebens miteinander und halten sich von ihren Artgenossen mehr oder weniger fern, denn der Ältere hat die Aufgabe, für den Jüngeren zu sorgen und ihm zu zeigen, wo er Nahrung und Wasser findet.
Die Gadzocks, sei es einzeln, paarweise oder in Paarungsgruppen, streifen scheinbar ziellos über meine Insel, bleiben ein, zwei Wochen in einer Gegend und wandern dann weiter; die ganze Insel ist mit dem Zickzackmuster ihrer Pfade überzogen. Zwar fällt der Berg nach Süden und Westen steil zum Meer ab, sein Nord- und Osthang ist jedoch weniger schroff und geht allmählich in mehr oder weniger flaches Land über (die Skizze vermittelt Dir eine klarere Vorstellung von der Geologie und Topographie der Insel).[18] Die Insel ist so klein, daß es die Gadzocks niemals weit zum Strand haben, wo sie ihre Nahrung finden. Etwa sechs Stunden am Tag fressen sie, aber dabei richten sie sich nicht nach der Sonne, sondern nach den Gezeiten. Bei Ebbe, sei es Tag oder Nacht, halten sich alle Gadzocks meiner Insel am Strand auf und verzehren den Tang, den die Fluten zurückgelassen haben. Die übrige Zeit verbringen sie im Busch und im Wald, wo sie meist im Schat-

ten eines Baumes liegen und friedlich wiederkäuen. Eine weitere Entdeckung machte ich bei den Gadzocks: Unter den Bullen ist die griechische Liebe so verbreitet, daß sie schon fast die Regel ist. Anders als bei unserer Species gibt es hier kein Verbot und keine Heimlichtuerei. Männliche Gadzocks reiben und lecken, necken und bespringen einander nach Lust und Laune. Die Jungtiere die Beschützer, die Jungen andere Jungen, die Alten andere Alte. Es ist ein Vergnügen, das zu beobachten.

Wie es mit den Kühen steht, habe ich noch nicht erwähnt. Sobald der erste, rein männliche Wurf abgestillt und seiner Wege gezogen ist, paaren sich die Weibchen mit den verbleibenden Mitgliedern ihres Serails. Der zweite Wurf besteht ausnahmslos aus einem oder mehreren Weibchen. Die Jungkühe werden nicht zur Adoption weggegeben, sondern bleiben bei der Mutter, von der sie weiterhin gesäugt werden. Erst mit zehn Monaten sind sie voll ausgewachsen und selbständig. Jedes Weibchen bringt also pro Jahr bis zu acht Junge zur Welt.
Ob ein Männchen alle Jungen eines Wurfs zeugt oder ob jedes einen anderen Vater hat, vermag ich nicht zu sagen. Das Weibchen paart sich offenbar mit jedwedem Männchen, das in sein Serail eintritt, vielleicht geht also aus jedem Paarungsakt ein Kalb hervor. Auch weiß ich nicht, wie es kommt, daß alle Kälber des ersten Wurfs männlich, die des zweiten weiblich sind. Letztes Jahr machte ich ein Zuchtexperiment mit Tieren, die ich gefangen und in einen Pferch gesperrt hatte, aber sie wollten sich nicht paaren (meine Erfahrungen bei der Zucht von Tauben und Wellensittichen halfen mir bei der Kreuzung von Gadzocks nicht viel). Ich würde die Angelegenheit gern auf anderem Wege klären, vielleicht indem ich die Tiere irgend-

wie markiere und sie dann in der Natur beobachte, aber ich fürchte, der Berg hat andere Pläne.

Eine andere Frage, die die Gadzocks für mich aufwerfen, lautet: Wer erwählt eigentlich wen? Nordamerikanische Robbenfänger behaupten, daß See-Elefantenbullen in südlichen Gewässern Harems besitzen, in die sie Weibchen gegen deren Willen zwingen, woraufhin sie mit anderen Männchen um den Besitz weiterer Weibchen kämpfen. Unlängst ist mir in den Sinn gekommen, daß dies vielleicht nur eine Frage des Standpunkts ist. Könnte es, von der Warte der Weibchen aus betrachtet, nicht sein, daß die Weibchen das Männchen wählen, mit dem sie eine Verbindung eingehen wollen? Der Kampf der männlichen See-Elefanten gibt den Weibchen doch Gelegenheit zu entscheiden, welcher Bulle stärker und daher der beste Vater ihrer Jungen ist, und sich ihren Gefährten demgemäß auszusuchen. Dasselbe gilt für die Gadzocks. Verführen die Weibchen die Männchen, oder suchen sich die Männchen ein Weibchen aus? Wer kann das sagen? Und wer soll beurteilen, ob vor all den Jahren in Shrewsbury ich Philos erwählte oder er sich für mich entschied?
Inzwischen ist Dir gewiß Dein Malthus wieder eingefallen, und du denkst, daß eine so hohe Fortpflanzungsrate der Gadzocks auf einer so kleinen Insel zu einer Erschöpfung der Nahrungsmittelvorräte auf der Insel führen müßte. Und so wäre es auch, wenn es nicht sehr viel mehr Männchen als Weibchen gäbe – ein Umstand, der interessante Auswirkungen auf das Wachstum der Population hat. Auch wenn jedes Weibchen pro Jahr bis zu acht Junge hervorbringt (und die meisten überleben offenbar die Kindheit), dürfte der jährliche Zuwachs durch Geburten nicht mehr als ein Sechstel betragen.

Die Sterblichkeit ist etwa ebenso hoch, folglich ist kein Nettozuwachs der Population zu verzeichnen. Ich habe die Species *Bovulus alleni* genannt, und nach meiner Beobachtung gibt es nicht mehr als siebzehnhundert Gadzocks auf der Insel.

Nur ein einziges Mal habe ich ein Gadzock geschossen. Am Tag nach unserer Ankunft erlegte ich es wegen des Fleisches, aber nach dieser Kostprobe erklärte ich, lieber würde ich den Seetang essen, von dem die Tiere sich ernähren. Hätte es hingegen gut geschmeckt, so hätte ich es doch nicht übers Herz gebracht, ein weiteres Gadzock zu erlegen. Wie alle Tiere hier sind sie so zahm und zutraulich, daß es wenig Freude macht, sie zu töten. Charley hingegen hat viele Gadzocks erschossen. Wäre er nicht selbst gestorben, so hätte er sie wohl alle umgebracht.

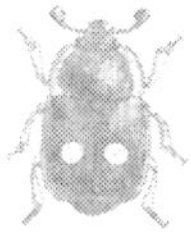

KAPITEL 2

Töten hat mir nie Vergnügen bereitet, dennoch habe ich oftmals Leben ausgelöscht. Gift war mein Lieblingswerkzeug, und mein erstes Experiment mit dieser Kunst ist mir noch heute frisch in Erinnerung. Es war jener Sommer, als der Herzog von Wellington, der Iron Duke, den Korsen bei Waterloo in die Flucht schlug (ich weiß noch, daß ich meinen Stiefvater fragte, warum die Glocken am Freitag läuteten). Man schrieb das Jahr 1815, und ich muß sechs Jahre alt gewesen sein.

Meine Eltern habe ich nie gekannt. Ich lebte, solange ich denken kann, bei Pflegeeltern, alten Leuten, wie mir schien, in einem abgelegenen Cottage im Hügelland von Shropshire. Das Cottage, inmitten von Wiesen, Wäldern und Bächen, war meine Welt, und im Rückblick kommt es mir vor, daß die Hüter meiner Welt auf ihre Art ganz in Ordnung waren. Ich nannte sie »Gaffer« und »Gammer«, und wie sie in Wirklichkeit hießen, spielt heute keine Rolle mehr. Sie gaben mir zu essen und zu trinken, sie kleideten mich, und sonntags führten sie mich in die Kirche. Der alte Mann lehrte mich, die Bibel und Milton zu lesen, die beiden einzigen Bücher im Haus, und er schlug mich, wenn ich ungezogen war. Die alte Frau sorgte dafür, daß ich den Gebrauch von Seife und auch von Scheuerlappen und Besen lernte. Sie sorgten für mich, aber es lag ihnen nichts an mir. Der Alte hatte früher als Gärtner in einem großen Haus gearbeitet, und nun verbrachte er die meiste Zeit in seinem kleinen Garten. Er kümmerte sich hingebungsvoll um seine Beete, pflanzte aber niemals Blumen und Sträucher, sondern nur Eßbares. Im Frühling gab es Erbsen; im Sommer Bohnen, Stachelbeeren und Salat; im Herbst Äpfel, Zucker- und Steckrüben; im Winter Kartoffeln und Kohl; und Karotten das ganze Jahr. Stolz und eifersüchtig hütete der alte Mann sein Werk, und er führte einen gnadenlosen Krieg gegen jegliches Getier, das es wagte, über die niedrige Steinmauer in sein Gemüseparadies zu fliegen oder zu kriechen. Ohrwürmer und Spatzen machten ihm besonders zu schaffen, und lächeln sah ich ihn nur, wenn er die Ohrwürmer, die er morgens im Garten aufgesammelt hatte, ins Feuer warf. Oder wenn er in die Spatzenfalle griff und die kleinen gefiederten Köpfe zwischen Daumen und Zeigefinger zerquetschte. Die Alte kannte gar kein Vergnügen und ging kaum aus dem Haus. Jeden Morgen buk sie unser Brot, kochte mittags unser Essen und stopfte abends unsere Kleider, im Sommer saß sie am Fenster, im Winter am Feuer. Durch dieses Leben fern von Dorf und Stadt, ohne Geschwister und ohne Freunde in meinem Alter wuchs ich zu einem merkwürdigen, eigenbrötlerischen Kind heran. Auch wenn ich gern in Büchern las, so studierte ich doch vor allem die Natur.

Meine Tage verbrachte ich weitgehend im Freien. Ich kannte den Busch, in dem das Zaunkönigweibchen sein Nest baute, und ich ahnte, ob die Elster es finden und plündern würde. Ich schloß besonders die Wassermolche ins Herz und wußte, unter welchen Steinen sie sich im Winter versteckten und wann sie im Frühling unten im Teich ihre Eier legten, die Stück für Stück in die aufgerollten Blätter von Wasserpflanzen gewickelt waren. Im Herbst fand ich die Stellen im Wald, wo es Morcheln gab, und ich sah mit einem Blick, ob die Schneise im Farn eine breite Dachsstraße oder ein schmaler Fuchspfad war, aber vor allem entwickelte ich eine Vorliebe für Käfer.

Wenn Du heute diesen rheumageplagten alten Mann fragst, warum ihn Käfer in den Bann zogen, würde er antworten: »Hast du schon einmal versucht, eine Libelle zu fangen?«
Aber wie hat es eigentlich angefangen? Warum lagen mir als Kind Käfer am Herzen und nicht Vögel oder auch Steine? Zweifellos sind Insekten schön, und alle Kinder lieben schöne Dinge, aber ich glaube, was mich ursprünglich an Insekten und besonders an Käfern reizte, war ihre Andersartigkeit. Als kleines Kind wußte ich instinktiv, wie es wäre, ein Fuchs oder eine Taube zu sein, Tiere, die wie wir rotes warmes Blut und Fleisch und Knochen besitzen, die bellen und gurren wie wir, die Augen haben wie wir und die Welt gewiß so sehen wie wir. Aber wer weiß, was ein Käfer sieht? So wenig wie ich einem Käfer in die Augen blicken konnte, war ich imstande, die Welt mit seinen Augen zu betrachten. Zwar konnte ich Käfer *sehen*, aber ich konnte mir nicht vorstellen, einer zu *sein*, und fraglos fand ich sie zunächst aus diesem Grund faszinierend. Die Welt eines Marien- oder Maikäfers war ebenso real wie die meine, aber sie existierte parallel dazu. Auch wenn jeder von uns um die Existenz des anderen wußte, teilten wir nur wenige Wahrnehmungen und Erfahrungen, und so machte ich schon früh die Entdeckung, daß es mit dem Leben viel mehr auf sich hatte, als ich je würde erkennen können (als Hamlet dem Horatio von den Dingen sprach, von denen sich seine Schulweisheit nichts träumen ließ, war da sein Blick auf einen bescheidenen Käfer gefallen?).
Durch diese frühen erkenntnistheoretischen Überlegungen ließ ich mich von meinen empirischen Bestrebungen aber keineswegs abhalten. Meine ganze Freizeit widmete ich dem Fang und der Untersuchung aller Käfer, die mir in die Finger kamen, um soviel über sie herauszufinden wie nur ir-

gend möglich. Ich bemühte mich auch, mein Tun vor dem Alten und seiner Frau geheimzuhalten, die alle meine Käfer getötet hätten, und weil mir niemand die Namen all der Arten verriet, die ich fand, dachte ich mir selbst welche aus. Da gab es den großen schwarzen Kirschkäfer, der rote Flüssigkeit absonderte, wenn ich ihn in die Hand nahm; den kleinen, rotschwarzen Raucher, der einen Schwall winziger weißer Wölkchen ausstieß, sobald man ihn störte; den Grünen Käfer (nicht zu verwechseln mit dem Grünen Läufer), den ich im Sommer nur auf Heckenrosen fand. Im Teich am Waldrand lebte der Große Kneifer, der schwer zu fangen und noch schwerer zu halten war, und der Stinker, dessen weiße Ausdünstung einen Geruch verströmte, der sich meinem olfaktorischen Gedächtnis unauslöschlich eingeprägt hat. Ich hatte zahllose Namen für meine kleinen Freunde, denn als solche empfand ich sie, und ich hätte nicht im Traum daran gedacht, sie zu töten (denn hatte ich sie mir nicht zu meinem Eigentum gemacht, indem ich ihnen Namen gab?). Der Mann, der mir beibrachte, sie zu töten, war ein Mann Gottes.

Nur selten kamen Besucher in das Cottage der alten Leute, denn das Haus war abgelegen, und sie hatten offenbar weder Verwandte noch Freunde. Der einzige regelmäßige Gast war der Pfarrer, ein freundlicher, zerstreuter Mann, der einmal im Monat an die Tür des Cottage klopfte, stets unangekündigt und spontan, stets im selben schwarzen Habit und mit derselben Grußformel auf den Lippen. Er hatte die Angewohnheit, Männer wie Knaben mit »Sir« und Frauen wie Mädchen mit »Ma'am« anzusprechen, und nach dem unausweichlichen »Guten Tag, Sir, guten Tag, Ma'am, und guten Tag auch Ihnen, Sir«, ließ man den Pfarrer auf dem besten Stuhl am Feuer Platz nehmen und bot ihm eine Tasse Tee und Brot mit Butter an, was er stets nach höflichem Protest akzeptierte, während ich mich vor ihm aufstellen und mit anhören mußte, wie mein Stiefvater ernsthaft entrüstet meine neuesten Sünden schilderte. Bei einem solchen Besuch teilte mein Stiefvater dem Pfarrer mit, ich hätte seit kurzem die Angewohnheit, heimlich grausige Kriechtiere heimzubringen, Käfer und ähnliches, woraufhin die sonst so gelassenen Züge des Pfarrers sich sichtlich belebten. Mit erhobener Hand unterbrach er meinen Stiefvater und sah mich mit einem unerwarteten und unerklärlichen Lächeln an.

»Da haben wir also«, verkündete er, »einen Entomologen unter uns. Sie müssen mir berichten, Sir, was Sie entdeckt haben.«

Zögernd beschrieb ich meine Käfer und ihre Gewohnheiten dem Pfarrer, der zu meinem großen Erstaunen geradezu in Verzückung geriet und bei jeder neuen Mitteilung mit Nachdruck nickte.

»Ja, ja«, sagte er dann, »das muß der Soundso sein«, wobei er den soeben von mir erwähnten Käfer mit einem merkwürdig langen Wort benannte. Der Pfarrer erklärte daraufhin meinen verwunderten Stiefeltern, sie sollten keineswegs versuchen, mir meinen Eigensinn auszutreiben, sondern vielmehr mein neues Steckenpferd unterstützen.

»Gerade durch solche Studien können wir am leichtesten den Willen unseres Schöpfers erkennen«, bekundete er fromm und überließ es den alten Leuten herauszufinden, ob er meinte, alle Christenmenschen könnten diese Einsicht teilen, oder ob er sie auf die Schäfchen seiner Gemeinde beschränkt sah. Dann erklärte er, er werde mir mit Freuden die Grundausrüstung zur Fortsetzung meiner Reise auf dem Pfad der Erkenntnis besorgen. Und er hielt Wort. Bei seinem nächsten Besuch brachte er ein Holzkästchen mit, das eine Papiertüte mit außerordentlich langen, dünnen Nadeln, ein Korkbrett als Steckunterlage und ein leeres Einweckglas enthielt. Das Gefäß sah recht harmlos aus; es war aus klarem Glas, und den Boden bedeckte einen halben Zoll hoch eine Art Paste, die einen leichten Kirschkernduft verströmte.

»Das«, sagte der Pfarrer, »ist Ihr Tötungsglas.«

Der Geistliche erklärte mir, er habe auf dem Boden des Glases einige Giftkristalle unter einer dünnen Gipsschicht angebracht. Dann schilderte er in für mich völlig neuen Worten den Gebrauch dieses und der anderen Gegenstände und wies mich an, jeweils ein Exemplar in das Glas zu setzen und den Deckel zu schließen. Das Exemplar werde durch das Zyankali bald zugrunde gehen, und sobald es tot sei, solle ich es durch den Thorax mit ausgebreiteten Fühlern und Beinen auf die Steckunterlage nadeln. Sobald es getrocknet sei, könne das Exemplar auf ein Stück Karton, vorzugsweise in eine Schachtel, transferiert werden, die mit dem Namen der Species, dem Datum und dem Fundort zu versehen sei.

»Und vergessen Sie nicht, auch Ihren Namen auf das Etikett zu schreiben«, fügte er hinzu.

Ich tat, wie mich der Pfarrer geheißen, und das erste Insekt, das ich in mein Tötungsglas steckte, war ein großer männlicher Hirschkäfer. Dieses bedächtige, schöne Geschöpf brauchte einen Tag und eine Nacht, bis es starb, einen Tag und eine Nacht lang krabbelte es an den unsichtbaren Wänden seines Kerkers empor, nur um wieder abzurutschen, und einen Tag und eine Nacht lang sah ich zu und weinte ununterbrochen. Als der Käfer tot war, holte ich ihn aus dem Glas, wie mir der Pfarrer befohlen, spießte ihn auf das Korkbrett, das er mir gegeben, ordnete die Käferbeine an und beschriftete mein Schildchen.

Schon als Kind war mir aufgegangen, daß zwischen Menschen, die der Naturwelt gewahr sind, und allen anderen eine tiefe Kluft besteht. Der Unterschied springt mir vor allem dann ins Auge, wenn mir im Gespräch mit jemandem eine kleine Bewegung oder eine ungewöhnliche Gestalt auffällt. In der Regel kann ich mich mit einem Blick versichern, ob der Fleck, der da über den Himmel zieht, die aufsteigende und fallende Flugbahn eines Spatzen oder den Pfeilflug eines Stars zeigt und ob das kleine schwarze Ding auf dem Boden die kompakte Gestalt einer Grille oder die unklaren Umrisse einer Spinne aufweist. Das Gespräch wird durch diesen Blick kaum merklich unterbrochen. Wenn mein Gegenüber von gleicher Geistesart ist wie ich und die Natur bewußt beobachtet, dann nimmt er meinen Blick zur Kenntnis. Vielleicht ist er ihm gefolgt und hat das Objekt meiner Aufmerksamkeit selbst erkannt. Vielleicht hat er im stillen bemerkt, daß meine Konzentration für kurze Zeit abgelenkt war, und weil er intuitiv erfaßt, daß die Ursache ein natürliches, aber nicht weiter bemerkenswertes Phänomen ist, verzichtet er darauf, es zu benennen. Wenn hingegen mein Gesprächspartner zu den Leuten gehört, denen ein Vogel am Himmel oder eine Spinne im Netz so lange unsichtbar bleibt, bis jemand sie darauf hinweist, dann fällt ihm entweder gar nicht auf, daß meine Aufmerksamkeit für seine Worte einen Augenblick nachgelassen hat, oder er fragt, wonach ich schaue. Weil die Naturgeschöpfe ihn nur am Rande interessieren, nimmt er sie auch nur am Rande wahr. Ihre Existenz scheint ihm unbedeutend. Jene, die auf anderes achten, auf Rasse oder Geschlecht oder auch auf die Kleidermode, fühlen sich von ihren Mitmenschen vielleicht ebenso unverstanden, aber die Kluft zwischen den Erforschern der Naturwelt und allen anderen scheint mir doch fundamentaler und hat mich lange Zeit in Bann gezogen. Zweifellos begegnen wir alle von Kindheit an der Naturwelt mit Neugier. Bei vielen nimmt diese Neugier später ab oder geht ganz verloren. Ist sie also beim Erwachsenen ein kindischer Zug, ein Anachronismus? Über diesen Punkt bin ich mir unschlüssig.

Eines Nachmittags im Sommer 1816 kehrte ich von einem Ausflug ins Sumpfland am Fluß mit gefüllten Gläsern und prallen Taschen zurück, da sah ich draußen am Tor ein schwarzes Pferd angebunden. Der Pfarrer ritt eine graue Stute. Als ich mich dem Cottage näherte, hörte ich drinnen Männerstimmen, doch als ich eintreten wollte, hielt mich die Alte an der Tür auf und befahl mir, Feuerholz zu holen. Ich wußte, daß die Holzkiste voll war (hatte ich sie nicht selbst heute morgen gefüllt?), dennoch ging ich in den Wald zurück, und als ich mit meinem Bündel wiederkam, war das schwarze Pferd fort. Während ich meine Last auf die Holzkiste stapelte, standen die Alten schweigend am Tisch. Der Alte tauschte einen raschen Blick mit seiner Frau.

»Ich habe dir etwas zu sagen«, begann er. »Du bist jetzt sieben Jahre alt, und die Treuhänder haben beschlossen, daß du nächstes Jahr in die Schule kommst.«

»Nach Shrewsbury«, ergänzte die Alte und nickte bekräftigend. »Zu Doktor Butler.«

»Die Kutsche kommt morgen«, fügte der Alte hinzu.

Das war alles. Der Rest des Abends verlief wie sonst auch. Wir aßen schweigend unser Brot und unsere Suppe, nach dem Essen holte der Alte seine Bibel und begann zu lesen, und als es dämmerte und die Eule vom hohen Bergahorn am Waldrand aus ihre Streifzüge begann, wurde ich nach oben ins Bett geschickt.

Bis zu diesem Augenblick hatte ich noch nie von den »Treuhändern« gehört, aber auch wenn das Wort selbst meine Neugier weckte, fragte ich nicht, wer sich wohl dahinter verbarg. Wie Kinder es gemeinhin tun, nahm ich einfach an, daß dergleichen jedem passiere. Shrewsbury stand auf einem anderen Blatt. Ich war noch nie über das nächste Dorf hinausgekommen, geschweige denn in die Stadt gefahren, auch wenn wir von unserem Hügel aus in der Ferne die Türme von St. Chad und St. Alkmund sehen konnten. Die Stadt war ein geheimnisvoller, verlockender Ort. Von der Schule hatte ich nur eine vage Vorstellung. Ich wußte, daß es dort Kinder gab, und obwohl ich wie gesagt wenig Umgang mit meinen Altersgenossen hatte, hatte mich der Gedanke aufhorchen lassen. An diesem Abend lag ich in meinem kleinen Zimmer lange wach, blickte aus dem Fenster auf die mondhellen Wolken hinaus und überlegte, welche Veränderungen sich nun anbahnten. Erst als die Alten längst selbst im Bett lagen und schnarchten, fand ich endlich Schlaf.

Der nächste Morgen war ein klarer, sonniger Tag. Wie gewohnt krähte der Hahn in seinem Pferch, und wie sonst auch gab es Porridge zum Frühstück. Wie immer wurde die Mahlzeit schweigend eingenommen. Aber kurz danach traf tatsächlich eine Kutsche ein (wahrscheinlich hatte ich zuvor schon einmal eine Kutsche gesehen, aber ich hatte bestimmt noch keine bestiegen). Ich stellte fest, daß die Alte das Bündel mit meinen Habseligkeiten schon gepackt hatte, wozu, wie ich mit Freuden bemerkte, auch meine Insektenkiste und andere Utensilien gehörten. Der Alte wechselte ein paar Worte mit dem

Kutscher, öffnete den Wagenschlag, befahl mir, mit meiner Tasche einzusteigen, dann schlug er die Tür hinter mir zu. Weiter fiel kein Wort. Der Alte nickte dem Kutscher zu, und wir fuhren los. Die Alte trat nicht einmal aus dem Haus. Ich verließ das Cottage ohne Furcht und ohne Bedauern, und wenn meine Stiefeltern dergleichen empfanden, ließen sie sich nichts anmerken. War das nicht ein merkwürdiges Verhalten gegenüber einem Menschenkind? Mag sein.

Als wir in Shrewsbury die Englische Brücke überquerten, tauchten wir in eine Welle aus Geräuschen und Gerüchen ein, mit denen sich meine ersten Erinnerungen an die Stadt verbinden. Es war Markttag (was ich damals nicht wußte), und auf den Straßen drängten sich Menschen und Tiere, es herrschte viel Lärm und Geschrei. Auch mein Kutscher mußte sich lautstark Gehör verschaffen, damit er passieren konnte, aber noch bevor ich begriff, was das geschäftige Treiben rundum zu bedeuten hatte, waren wir schon durch das Doppeltor der Schule gefahren, das sich hinter uns schloß, und der Wagenschlag wurde von einem großen Jungen geöffnet, der etwas älter war als ich. Er rief einen anderen Jungen herbei, der mein Bündel nahm, und hieß mich, ihm zu folgen. Als ich zögerte, lächelte er.
»Keine Angst, Kleiner«, sagte er. »Doktor Butler möchte dich sehen, und beim ersten Mal wird er dir nicht gleich den Kopf abreißen.«
Wir betraten ein großes Gebäude, gingen ein Stück den Gang entlang und blieben vor einer geschlossenen Tür stehen. Der große Junge klopfte an, wartete auf das »Herein«, öffnete die Tür und trat mit mir ein.
Ein Mann saß mit gebeugtem Haupt an einem großen Schreibtisch. Lange Zeit, wie mir schien mehrere Minuten,

blickte er nicht auf und sagte kein Wort. Man hörte nur das Ticken der Uhr auf dem Kaminsims, die Rufe der Knaben draußen auf dem Hof und noch gedämpfter den Lärm der Stadt. Ich hörte meinen eigenen Atem, und mit jedem Atemzug stiegen mir unbekannte Gerüche in die Nase – nach Büchern, Möbelwachs und Tabak. Auf dem Schreibtisch lag neben dem Tintenfaß eine braune, angeschlagene Tonpfeife, aus der eine dünne, weiße Rauchspirale aufstieg. Der Rest der Tischplatte war mit Papieren und aufgeschlagenen Büchern bedeckt, und noch mehr Bücher standen auf den Regalen im ganzen Zimmer. Sie alle waren von unterschiedlicher Größe und Farbe, und soweit ich sie lesen konnte, trug jedes einen anderen Titel. Ich hätte mir nie träumen lassen, daß es so viele Bücher auf der Welt gab. Dann bemerkte ich, daß Doktor Butler mich ansah. Den Kopf hielt er noch gesenkt, aber er hob den Blick unter den dichten Brauen und musterte mich eindringlich.

»Ja, es besteht eine Familienähnlichkeit«, sagte er und sah mich noch ein paar Sekunden lang an. »Ja.« Dann wandte er sich wieder den Papieren auf seinem Schreibtisch zu.

»Danke, Erasmus«, sagte er zu dem großen Jungen, und als wir zur Tür gingen, fügte er hinzu. »Er soll ein Bad nehmen.«

Ich hatte nicht die geringste Ahnung, wovon Doktor Butler sprach. Familienähnlichkeit mit den beiden Alten, mit dem großen Jungen, mit Knaben allgemein? Mir blieb aber keine Zeit, ausführlich über diese Frage nachzudenken. Nach wenigen Minuten hatte man mich der Hausmutter übergeben, die mich nach draußen zur Pumpe führte, wo sie zwei Dienstboten anwies, mich auszuziehen und abzuschrubben, was meine Mitschüler überaus erheiterte. Ich schämte mich nicht im geringsten (dieses großartige Gefühl hatte man mir noch nicht beigebracht), sondern fand diese Behandlung eher verwirrend. War es eine Strafe, und wenn ja, wofür? An die rätselhafte Bemerkung des Doktors dachte ich nicht mehr, und erst viele Jahre später erinnerte ich mich wieder seiner Worte.

Nach Jahren kindlicher Einsamkeit erschienen mir meine neuen Schulkameraden als wahrhaft seltsame Geschöpfe, und da wir fast ununterbrochen zusammen waren, konnte ich sie nach Herzenslust beobachten. Die Schulstunden unterschieden sich deutlich von den unbeholfenen Methoden, nach denen mich der Alte unterrichtet hatte. Wir lasen sehr viele Texte, lernten sie auswendig, beantworteten Fragen dazu und schrieben sie ab. Die vielen neuen Wörter gefielen mir, und ich lernte eifrig Griechisch und Latein (daß ich wie die Leute in der Bibel in fremden Zungen reden sollte, amüsierte mich sehr). Wir Knaben lernten nicht nur gemeinsam, wir spielten und aßen auch gemeinsam und schliefen zu viert in einem Bett in einem großen Schlafsaal unterm Dach. In diesen Raum gelangte man durch eine Falltür in der Decke, zu der eine schwere Leiter führte. Diese Leiter wurde jeden Abend vom Hausmeister aufgestellt und am Morgen wieder fortgeräumt. In den ersten Schulwochen fand ich nachts kaum Schlaf, so aufregend waren diese neuen Verhältnisse. Sobald die anderen schlummerten, schlich ich mich aus dem Bett, nahm die Kerze von dem kleinen Regal neben der Falltür, wanderte durch den Schlafsaal und betrachtete gebannt die schlafenden Gesichter meiner Mitschüler. Damals dachte ich, daß nicht der Tod alle gleich macht, sondern der Schlaf. Der Sohn des reichen Mannes und die arme Waise, der Tugendhafte und der Schelm, der Glückliche und der Traurige – für den blinden Morpheus sind sie alle gleich. Aber auch wenn alle Schulkameraden im Schlaf gleich aussahen, so glich doch keiner mir. Diese Geschöpfe kamen aus einer anderen Welt, und in ihre geschlossenen Augen konnte ich ebensowenig schauen wie in die eines Käfers. Auch der Doktor war mir ein Rätsel. Wie konnte ein Mensch soviel wissen, und warum lachten alle so laut, wenn er einen Witz machte, der überhaupt nicht komisch war? Aber ich lernte gern – die Geschichte und Geographie alter Länder, die Epen des Homer, die Oden des Horaz. Doktor Butler unterrichtete persönlich die alten Sprachen, und ganz besonders liebte er das griechische Drama. Mit Begeisterung inszenierte er die Tragödien des Aischylos, Euripides und Sophokles, wobei er alle Hauptrollen selbst übernahm und wir Kinder den Chor gaben. So geriet ich in Verzückung über die Geschichten von der Ohnmacht des Menschen angesichts der Götter, von der Launenhaftigkeit des Schicksals und der Willkür des Lohns. Diese Geschichten schienen meine eigenen Erfahrungen zu spiegeln. Auch lernte ich, daß Hybris stets ins Verderben führt, auch wenn ich nicht auf die Idee kam, diese Lektionen in meinem Verhalten zu beherzigen.

Philos sagte mir, er habe sich an dem Tag in mich verliebt, als er mich in Doktor Butlers Schule aus der Kutsche steigen sah. Zunächst gefiel ich ihm, weil ich gut aussah, erklärte er, dann weil ich mich so zurückhaltend zeigte (wer waren all diese Leute, was sollte ich sagen, wie mich verhalten?). Er, der fünf Jahre älter war als ich, aber immer noch knabenhaft aussah, er, der sanfte Philos, sprach mit mir trotz meines Schweigens; trotz meiner geheuchelten Gleichgültigkeit nahm er mich in sein Laboratorium mit und zeigte mir seine Kristalle und Sublimate; er streifte mit mir durch den Wald, nannte mir die Namen der Blumen und Vögel und erzählte mir von seinen

Freunden und Verwandten. Und Philos paßte auf mich auf, er beschützte mich, kümmerte sich um mich, verteidigte mich gegen den Schläger Corfield und erwirkte beim Doktor, daß ich in seinem Bett schlafen durfte. Philos, sanfter Philosoph, so nannte ich ihn, und so wurde er bald mein. Aber warum schlug er mich in seinen Bann? Liebe war es nicht, denn zu lieben hatte ich nie gelernt. Ich weiß noch, daß ich eine gewisse Ehrfurcht für dieses höhere Wesen empfand, das alles wußte und mit allen ungezwungen verkehrte. Zweifellos war er schön, hochgewachsen für seine zwölf Jahre, die Züge edel, die Stirn bereits hoch, der Mund entschlossen. Aber trotz seiner Zungenfertigkeit besaß er eine Sanftmut, die wie Licht von innen strahlte, und Lehrer wie Schüler liebten ihn gleichermaßen. Heute frage ich mich, ob ich nicht weniger Philos selbst so anziehend fand, als vielmehr seine Liebe zu mir. Ich war nie geliebt worden, und diese neue Erfahrung von Anbetung, Schmeichelei und Bewunderung war großartig. Wer könnte da widerstehen? Ich nicht. Habe ich Philos je geliebt? Ich weiß es nicht, aber ich danke ihm für seine Liebe damals und für seine Treue in späteren Jahren, und ich danke ihm dafür, daß er mir seinen kleinen Bruder vorgestellt hat. Auch schulde ich ihm Dank dafür, daß er mich in die Männerliebe eingeführt hat. Solche Liebe zu verdammen ist Unsinn. Unter männlichen Gadzocks gibt es keine solchen Spitzfindigkeiten; vielleicht ist das der Grund für ihre Friedfertigkeit.

Ich besuchte seit fast einem Jahr die Schule, als Philos von einem Wochenende zu Hause wiederkehrte und sagte: »Du mußt meine Familie kennenlernen. Mein Bruder kommt auch bald in die Schule. Ich mache dich mit ihm bekannt.«
Sein Haus hatte ich bereits gesehen; Philos hatte mir auf unse-

ren Spaziergängen schon oft »The Mount« gezeigt, ein schönes neues Gebäude am Stadtrand, auf der Straße kaum eine, auf dem Weg am Fluß gute zwei Meilen von der Schule entfernt. Ich hätte seine Einladung gern angenommen, war aber zu schüchtern. Das wäre etwas Neues, Fremdes gewesen, und meine jüngsten Erfahrungen hatten mir Fremdes im Übermaß beschert. Aber schließlich konnte ich der Einladung von Philos so wenig widerstehen wie meinem Herzschlag Einhalt gebieten, und mit gewohntem Geschick erreichte er, daß wir für den folgenden Sonntag Urlaub erhielten. Als wir an jenem Tag mit dem neunten Schlag der Schloßuhr aus der Kapelle traten, schlugen wir nicht wie alle anderen den Weg nach rechts ein, sondern wanderten durch das große Schultor geradewegs hinaus auf die Castle Street, freie Menschen für einen Tag.

Philos hatte mir bereits von seinem kleinen Bruder Bobby erzählt und auch von seinen drei Schwestern Catherine, Elizabeth und Caroline. Seine Mutter war unlängst gestorben (ein folgenschweres Ereignis, wie ich wußte, aber ich gestehe, daß es mir nicht mehr bedeutete, als zu lesen, Cäsars Mutter sei gestorben), sein Vater, der Doktor (ein *richtiger* Doktor, ein Arzt, wie Philos erklärte, nicht wie Doktor Butler), war aber noch quicklebendig, und als wir an diesem warmen Sommermorgen die Walisische Brücke überquerten, schilderte mir Philos noch einmal seine Familie und das großartige Essen, das uns erwartete. Die Köchin bereitete sonntags stets das gleiche Festmahl zu: Fleischpastete mit Gemüse und zum Nachtisch Bratäpfel.

»Und nach dem Essen gehen wir spazieren, und du kannst deine elenden Käfer fangen«, versprach mir mein Freund.

Der Appetit beflügelte unseren Schritt, und so gelangten wir an die Tore von The Mount, als die ferne Turmuhr Viertel schlug, aber bevor wir zum Haus hinaufgingen, wollte Philos unbedingt seinen Bruder suchen. Philos hatte mir bereits erzählt, daß sein Vater Spargel über alles schätzte, und im Frühsommer hatte der kleine Bobby die Aufgabe, für die Mittagsmahlzeit seines Vaters Spargel zu stechen. Bestimmt war Bobby nun auf dem Spargelfeld zu finden. Wir gingen über den Rasen an einer großen Linde vorbei und gelangten zu einem Stückchen Land mit gefiedertem Grün.

»Da ist er ja«, sagte Philos und deutete auf eine dunkle Gestalt im Grün.

Zunächst sah ich inmitten des Beets nur einen dichten braunen Haarschopf, dann tauchte darunter eine große, geschwungene Nase auf. Dieser Erntearbeiter war so in seine Tätigkeit vertieft, daß ich in aller Ruhe seine Nase betrachten konnte, während wir näher traten, und erst als er auf den Ruf seines Bruders den Kopf hob und seine Züge ganz sichtbar wurden, erkannte ich, daß ich einen Jungen meines Alters vor mir hatte. Beim Anblick seines Bruders verzog er den Mund zu einem breiten Grinsen, und seine Augenbrauen wanderten fast bis zum Haaransatz empor. Die beiden Brüder begrüßten sich voller Zuneigung, dann wandte sich Philos an mich.

»Das ist Bobby«, sagte er, murmelte dann, es sei an der Zeit, die Kuh zu melken, und ließ uns allein.

Was sollte ich nur tun, was sollte ich sagen? Meine Schüchternheit machte mir angst, aber Philos' kleiner Bruder nahm mir sogleich meine Befangenheit. Er fragte nach meinem Namen, bat mich dann gleich, ihm beim Spargelstechen zur Hand zu gehen, zeigte mir, wie man erkennt, welche Stangen erntereif waren, und wie man sie ausgräbt und sticht. Dank dieser Beschäftigung legte sich meine Furcht, und bald wurde ich ganz ruhig. Ich dachte damals, was für ein netter Kerl dieser Bobby doch sei (auch wenn meine Blicke immer wieder zu seiner Nase wanderten). Das Gemüse, das wir ernteten, fand ich recht merkwürdig, mit dem Kohl und den Rüben, die mir vertraut waren, hatte es wenig gemein. Auch roch der Spargel so eigenartig, daß ich mir nicht vorstellen konnte, ihn zu essen, aber das breite Lächeln meines neuen Freundes überzeugte mich von der Ungefährlichkeit eines Versuchs, und ich nahm einen Bissen von einer der grünen Stangen (so kam ich auf den Geschmack, und noch heute esse ich meinen Spargel am liebsten roh). Als wir uns schließlich hinhockten, aßen und die Stangen für die Mahlzeit des Doktors zählten (er benötigte, wie ich erfuhr, mindestens drei Dutzend), erinnerte ich mich an Philos' Worte.

»Dein Bruder hat noch nie erwähnt, daß ihr eine Kuh habt«, sagte ich. Mein Freund machte ein verdutztes Gesicht, und als er merkte, worauf ich anspielte, lachte er vergnügt.

»Nein, nein, er melkt keine echte Kuh«, erklärte er. »Mein Bruder braucht einen Vorschuß von unserem Vater, das ist alles. Ich glaube, du wirst Vater mögen.«

Während wir uns so unterhielten und den rohen Spargel kauten, bemerkte ich, daß am Strumpf meines neuen Freundes ein Springkäfer emporkrabbelte. Ich griff nach dem Tierchen, und wenn Bobby erstaunt gewesen war, daß mir die Gaumenfreuden des Spargels fremd waren, so stellte ich nun verwundert fest, daß er noch nie die Kunststücke eines Springkäfers gesehen hatte. Wußte denn nicht jeder, daß die kleinen Kerle, wenn man sie auf den Rücken legt, einen Luftsprung vollführen? Bobby war von dieser kleinen Entdeckung so fasziniert, und die Suche nach weiteren Käfern unter Steinen und Rinde nahm uns so in Anspruch, daß die Köchin herauskommen mußte, um uns und den Spargel zum Essen hereinzuholen.

KAPITEL 3

Der Garten und das prächtige Haus hatten mich zutiefst beeindruckt, aber noch beeindruckender fand ich den Doktor. Als Bobby und ich das Speisezimmer betraten, saß Philos bereits mit seinen Schwestern am Tisch. Kaum hatten wir Platz genommen, da erschien auch schon der Vater. Er war der imposanteste Mann, den ich je gesehen hatte. Zwar war er nicht so hochgewachsen wie Doktor Butler, aber er war fast ebenso breit wie hoch, und nachdem er sich vorsichtig auf seinen Stuhl hatte sinken lassen und seine gewaltige Brust mit einer ausladenden Serviette bedeckt hatte, nickte er mir zu, schenkte seinen Kindern ein freundliches Lächeln und verlangte von der Köchin sein Lieblingsgemüse. Als die Schüssel mit dem dampfenden Spargel aufgetragen wurde, sah er mich an.

»Spargel, das ist nichts für Kinder, schlecht für eure Nieren. Schön, daß du uns besuchst, mein Junge.«

Er häufte sich die hellgrünen Stangen auf den Teller, und nachdem er die geschmolzene Butter bis aufs letzte Tröpfchen darübergeträufelt hatte, ergriff er wieder das Wort.

»Davon stinkt die Pisse.«

Ich vermutete, daß diese Information für mich bestimmt war, hatte aber keine blasse Ahnung, wovon er sprach. Das störte mich jedoch wenig, denn ich hatte Mühe genug, dem munteren Geplauder, dem Necken und Scherzen am Tisch zu folgen, an dem sich auch der Doktor bald mit Begeisterung beteiligte. Hier geht es anders zu, dachte ich. Hier herrscht weder Schweigen wie im Cottage noch befangene Höflichkeit wie in der Schule. Ich sah zu Philos hinüber. Mit leuchtenden Augen erzählte er seinen Schwestern die neuesten Geschichte aus der Schule, denen auch sein kleiner Bruder eifrig lauschte. Offensichtlich liebte Philos seine Schwestern, aber genauso liebte er auch Bobby. Alle hatten ihn gern. Der Vater, der sich mit strahlender Miene die Butter vom Mund wischte, liebte sie alle, und der eingeforderte Respekt wurde ihm aus freien Stücken zuteil, denn die Achtung seiner Kinder beruhte auf Liebe und nicht auf Angst. Offenbar war Liebe die Triebkraft in diesem Haushalt, und wieder ging mir auf, daß Liebe nicht angeboren ist, sondern erlernt wird. All das erkannte ich auf einen Blick, aber es war wie ein Blick durch eine Fensterscheibe. Ich konnte es sehen, aber nicht anfassen. Und auch mich auf meiner Seite der Scheibe konnte niemand berühren.

Aber trotz dieses Abstands hatte ich doch Gefühle, und was ich bei dieser ersten Begegnung mit Philos' Familie vor allem empfand, war überwältigende, brennende Eifersucht. Mir war, als sei Philos' Liebe zu seinem einzigen Bruder und dessen Gegenliebe ein bewußter Anschlag auf mein Glück. Ich, der ich nie zuvor Liebe gekannt hatte, wollte Philos' Liebe für mich allein. Während ich dem fröhlichen Gespräch meiner Gastgeber lauschte, brodelte es in mir, aber ich bin mir sicher, daß keiner der Anwesenden meine Eifersucht bemerkte. Als der Doktor seinen Spargel verzehrt hatte, räumte die Köchin den leeren Teller ab und stellte statt dessen eine große zugedeckte Platte vor ihn auf den Tisch.

»Mhm«, sagte der Doktor und zwinkerte mir zu, als die Köchin den Deckel abnahm. »Rattenpastete!«

Es war tatsächlich eine ansehnliche Pastete, auch wenn mir unbekannt war, daß Menschen Ratten essen. Elizabeth, die älteste Schwester, erklärte, die Ratten stammten von Onkel Jos' Katzenfarm. Onkel Jos sei unglaublich reich, fuhr sie fort, und habe sein Vermögen dieser wunderbaren Farm zu verdanken.

»Katzenfell«, kommentierte sie schlicht.

»Ah ja, Katzenfell, ganz genau«, sagte Philos, als sein Vater die Pastete aufschnitt. »Eine schöne Sache, in allen Farben und Mustern, in jeder Länge lieferbar. Und bringt ein hübsches Sümmchen. Katzen sind nicht schwer zu züchten, und das Futter ist leicht zu beschaffen. Sobald man eine Katzenfarm aufgebaut hat, läuft sie wie von selbst. Stimmt's, Vater?«

»Zweifellos«, erwiderte der Doktor ernst und beugte sich so weit vor, wie es sein Leibesumfang zuließ, um den Duft der dampfenden Pastete einzuatmen.

»Weißt du«, wandte sich Philos an mich und reichte mir einen Teller, »Katzen fressen Ratten. Und Ratten fressen alles mögliche.«

»Ja, sie fressen alles, diese Ratten«, bestätigte sein Vater. »Wie die Schweine. Schweine fressen auch alles – Getreide, Grünkohl, Fleisch. Weißt du noch, die Schweine vom alten Bradge, Lizzy?«

»Das beste Schweinefleisch in der Grafschaft, Vater«, erwiderte Elizabeth.

»So ist es. Knackwurst aus gutem Schweinefleisch ist nicht zu überbieten.«

Für kurze Zeit herrschte Schweigen, während der Doktor die Pastete austeilte. Gebannt beobachtete ich, wie die Teller von Hand zu Hand gingen. Bisher hatte noch niemand ein Stück erhalten, aus dem ein dünner Schwanz baumelte.

»Onkel Jos hatte die Idee, weißt du«, sagte Philos und bedeutete mir zuzugreifen. »Hast du noch nie davon gehört?«

Ich schüttelte den Kopf, rührte aber die Pastete, die vor mir stand, nicht an.
»Das ist ganz einfach«, fuhr Philos fort. Du kaufst ein paar Kätzchen ...« (»Kätzchen kriegt man überall«, bemerkte der Doktor mit vollem Mund) »und du kaufst ein paar Ratten. Wieviel kosten Ratten, ein paar Pennies beim Rattenfänger? Dann fütterst du die Ratten« (»Die fressen alles, diese Ratten«, warf der Doktor ein) »und sie vermehren sich. Wenn die jungen Ratten schön fett sind, verfütterst du sie an die Kätzchen. Im Handumdrehen sind aus den Kätzchen Katzen geworden, und zwar mehr, als du brauchen kannst. Von nun an verdienst du Geld. Du tötest die Katzen und ziehst ihnen das Fell ab. Katzenfell bringt ein hübsches Sümmchen.«
Obwohl die Pastete köstlich duftete, hatte ich immer noch nicht zum Besteck gegriffen. Philos nahm sein Messer in die Hand und winkte mir damit zu.
»Jetzt kommt der Trick. Was stellst du mit den Katzenkadavern an?« fragte er. »Katzenfleisch ist nicht gerade gefragt in diesen Breiten.«
Bobby meldete sich zu Wort. »Ich habe gelesen, daß Tataren gerne Katzen essen. Vielleicht könnte man denen die toten Katzen verkaufen. Oder waren es die Mongolen? Das müßtest du doch wissen, Catty.«
Seine jüngere Schwester überhörte die Bemerkung.
»Nicht nötig, lieber Bobby, nicht nötig«, warf Philos ein. »Denk dran, Ratten fressen alles, nicht wahr. Also verfütterst du sie an die Ratten, kapiert?«
Der Doktor nickte lächelnd.
»Die Ratten fressen die Katzen, und die Katzen fressen die Ratten«, fuhr Philos fort. »Wenn du erst einmal eine Katzenfarm hast, klingelt die Kasse.«

»Aber«, sagte Philos an mich gewandt und ließ die Mundwinkel hängen, »ich muß dir gewiß nicht sagen, daß sich Ratten schneller vermehren als Katzen. Der arme Onkel Jos weiß gar nicht, wohin mit den Ratten.«
Bei diesen Worten spießte der Doktor ein schönes Stück Pastete mit der Gabel auf und betrachtete es mit feierlicher Bewunderung.
»Es ist das mindeste, was wir tun können«, erklärte er. Gebannt beobachtete ich, wie er sich den Bissen in den Mund steckte, bedächtig kaute, schluckte und schließlich zufrieden seufzte. »Das mindeste, was wir tun können.«
»Aber... «, begann ich, und erst jetzt bemerkte ich, daß Philos mich mit einem Ausdruck anstarrte, den ich nicht enträtseln konnte. Ich ließ meinen Blick über seine um den Tisch versammelte Familie wandern. Alle hüllten sich in Schweigen und sahen mich an. Dann kam von Bobby ein leises, unterdrücktes Quieksen, und das reichte. Die ganze Familie brach in schallendes Gelächter aus, so daß die Gläser auf dem Buffet erzitterten. Sie hatten ordentlich ihren Schabernack mit mir getrieben.

Wie Philos versprochen hatte, machten wir drei Jungen nach unseren Bratäpfeln mit Rahm einen Spaziergang am Fluß entlang und aus der Stadt hinaus. Nach meiner Erinnerung war es ein vollkommener englischer Sommernachmittag, die Krähen und Dohlen krächzten auf den Feldern, die Hohltauben gurrten auf den Bäumen, und aus den Hecken ertönte der Ruf der Goldammer. Hummeln tummelten sich in den Taubnesseln, und zahlreiche Käfer waren unterwegs. Orange-schwarze Soldatenkäfer patrouillierten am Wiesenkerbel, Tigerkäfer eilten vor uns über den Weg, und sogar ein großer, grün-purpurroter

Bockkäfer präsentierte sich, als sei er bereits getötet und genadelt, auf einem Brombeerblatt neben einem Zauntritt, den wir überquerten. Die Sache mit der Rattenpastete hatte ich zwar noch nicht vergessen, aber ich war nicht sicher, ob ich den Streich, den man mir gespielt hatte, lustig oder ärgerlich finden sollte. Da erspähte ich auf der Wiese unterhalb des Waldes (wo Philos und ich schon oft allein gewesen waren) ein kleines Tier, das neben dem Pfad im Gras saß. Ich gebot meinen Freunden, leise zu sein, und schlich näher heran. Das Häschen konnte kaum älter als eine Woche sein, aber sein Äußeres war vollkommen, seine Augen glänzten, seine Ohren lagen flach an, sein Fell war braungrau wie das warme Gras, in dem es hockte. Ich war auf Armeslänge an das kleine Wesen herangekommen, und doch hielt es so still, daß ich sein Herz schlagen sehen konnte. Nie hatte ich etwas so Lebendiges, etwas so Schönes gesehen. Die Geräusche, die ich zuvor gehört hatte – die Dohlen und Krähen auf dem Friedhof, der Buchfink, der auf der Esche zwitscherte –, waren wie ausgeblendet. Auf der Welt gab es nur noch mich und das kleine Häschen, und das ganze Leben lag in seinem Auge. Und dann war es tot. Während ich mich in meine Welt der stummen Bewunderung zurückgezogen hatte, hatte Bobby leise eine Murmel aus der Tasche geholt. Er hatte den Zeigefinger um die kleine Steinkugel gelegt, sie über den Kopf gehoben und auf sein Ziel geschleudert. Ein perfekter Schuß, der das Häschen direkt unter dem Ohr traf.

»Gut gemacht, Kleiner«, sagte Philos lachend und hob das tote Tier auf.

Ich sagte nichts, ich brachte kein Wort über die Lippen. Mit dem Leben war auch die Schönheit verschwunden. Ich nahm Philos das Häschen aus der Hand. Es war weich und warm. Ich roch das Blut, das ihm über das nun geschlossene Auge lief, und meine eigenen Augen kribbelten seltsam. Aber Bobbys Augen leuchteten, und in seinem blutigen Siegesrausch erschien er mir noch schöner als der Hase. Sind wir nicht merkwürdige Tiere?

Auf meiner Insel gibt es keine Hasen. Die einzigen Säugetiere, die ich außer den Gadzocks und mehreren Fledermausarten entdeckt habe, sind zwei Mäuse-Species, von denen sich eine durch ihre Stimme, die andere durch ihr wassernahes Habitat auszeichnet. Letztere ist zwar nicht größer als eine Hausmaus, aber eine hervorragende Schwimmerin, die vor allem in Schilf und Binsen am Süßwassersee und an den Teichen lebt und sich davon ernährt. Die Schilfmaus baut kleine Nester aus den Blättern der Wassersegge, so wie die englische Zwergmaus es mit Grashalmen macht, und ich habe viel Zeit damit verbracht, ihr umsichtiges Treiben zu beobachten. Während ich eine dieser Mäuse, die ich *Mus aquaticus* nannte, beim Nestbau belauerte, entdeckte ich die Schlammschwalben.

Die große Regenzeit dauert hier von Ende November bis Anfang Februar. Während dieser Jahreszeit ist der Himmel oft tage- und wochenlang bedeckt, und es regnet praktisch jeden Tag. Wenn man auf dieser Insel von Winter sprechen kann, dann sind es diese Monate, in denen die Temperatur um vier bis fünf Grad sinkt (auch wenn es immer noch wärmer ist, als es Engländer selbst im Sommer gewohnt sind) und die Aktivität der Tiere auf der Insel spürbar nachläßt. Da der Nestbau der Vögel noch bevorsteht und viele von ihnen sich mausern, treten auch die geflügelten Bewohner meiner Insel in dieser Zeit weniger in Erscheinung als sonst. Nur wenige Vögel zeigen sich, sei es im Flug oder im Gebüsch, und während meiner ersten Regenzeit hier fiel mir auf meinen Spaziergängen zum See auf, daß zwar durchaus noch Fliegen in beträchtlicher Zahl auftraten, die Schwalben aber, bis dahin stets zugegen, nun nicht mehr beim Jagdflug über dem See zu beobachten waren.

Für einen schnellen, fluggewandten Vogel wie die Schwalbe ist es vermutlich weder aufwendig noch schwierig, bei schlechtem Wetter angenehmere Gefilde aufzusuchen, selbst wenn auf der Reise eine Entfernung von dreihundert Meilen über den Ozean zu überwinden ist. Reverend White von Selbourne konnte des öfteren beobachten, daß Schwalben vor einem Sommergewitter fortfliegen, und Seeleute auf dem offenen Meer haben ähnliches festgestellt. Zwar habe ich nicht gesehen, wie die Schwalben meine Insel verließen, aber vor einigen Wochen war mir aufgefallen, wie sich jung und alt auf den Schilfflächen rund um den See sammelten, so wie es Schwalben und Mauersegler in England im September tun, bevor sie fortziehen. Deshalb nahm ich an, daß die Schwalben noch vor der Regenzeit die Insel verlassen hatten und sich anschließend wieder einstellen würden.

An einem Februartag beobachtete ich in aller Frühe, »indem die Wimpern hob der junge Tag«, eine Schilfmaus beim Bau eines weiteren Nestes (mir war aufgefallen, daß das Weibchen für jedes Junge eines Wurfs ein eigenes Nest baut, zu welchem Zweck ist mir unbekannt), da erregte eine Bewegung im Wasser zwischen den Schilfkolben meine Aufmerksamkeit. Zuerst dachte ich, es sei eine schwimmende Schilfmaus oder ein Fisch, aber bald sah ich, daß der Urheber der Bewegung im Begriff war aufzutauchen und auf einen Schilfkolben zu klettern. Das Geschöpf war weder Maus noch Fisch. Es war braun und ziemlich schmierig, denn der Schlamm vom Grund des

Sees hing ihm noch am Leib. Während dieses seltsame Geschöpf an dem Kolben emporkletterte, sah ich, daß dies mittels zweier mit Krallen versehener Füße geschah, wobei es immer einen Fuß vor den anderen setzte und sich so langsam aus dem Wasser zog. Als es ungefähr ein Yard über der Wasseroberfläche angelangt war, wo die Sonne bereits die Spitzen der Rohrkolben erwärmte, ruhte sich das Tier eine Weile im Sonnenlicht aus und breitete dann zwei lange, schmale Flügel aus. Während die Sonne den Schlamm trocknete, erkannte ich in dem merkwürdigen Wesen eine Schwalbe. Ich sah mich um und erblickte noch weitere schlammbedeckte Schwalben, die aus dem Wasser krochen oder bereits auf anderen Rohrkolben hockten, die Flügel ausbreiteten, sich wärmten und schüttelten und ihr Gefieder in der Morgensonne putzten. Die Schwalben waren während der ungünstigen Jahreszeit nicht fortgezogen, sie hatten auf der Insel überwintert.
Ich habe die Schlammschwalben *Hirundo gilbertii* genannt. Beim Sezieren stellte ich fest, daß der Kropf der Vögel mit feinem Kies gefüllt ist, wenn sie aus dem Wasser auftauchen. Vermutlich haben sie ihn vor und nicht während des Abtauchens geschluckt, um dem natürlichen Auftrieb entgegenzuwirken. Aber wie ein Geschöpf von so aktiver Konstitution unter Wasser so viele Wochen überleben kann, ist ein Rätsel, das, wie ich befürchte, weder ich noch die Theorie lösen kann. Ich habe vor, weitere Beobachtungen zu diesem Problem anzustellen.

Nach unserem Spaziergang kehrten wir zu The Mount zurück, und ich lief sofort zu Bobbys Vater und sagte ihm, daß sein Sohn gerade einen Hasen getötet hatte. Die Strafe folgte auf den Fuß. Was? Sein Sohn, der Sohn eines Gentleman, wilderte im privaten Revier wie ein gewöhnlicher Verbrecher? Bobby leugnete seine Untat nicht und wäre dazu auch kaum imstande gewesen, denn das Blut des Häschens klebte noch an seinen Fingern. Der Doktor schlug den auf frischer Tat ertappten Bobby windelweich. Auch wenn mein Verrat unschuldig ausgesehen haben mag, wußte ich nur zu gut, wie der Doktor reagieren würde, und ich erinnere mich noch genau, daß Bobbys Strafe meine Rachegelüste befriedigte, aber Rache wofür? Weil er und Philos mich mit der Rattenpastete hinters Licht geführt hatten? Weil er meinen Hasen getötet hatte? Weil er von Philos, der auch mich liebte, geliebt und bewundert wurde? Weil er eine Familie hatte und ich nicht? Und richtete sich meine Vergeltung gegen Bobby oder nicht vielmehr gegen Philos? Ich weiß nicht, warum wir das, was wir lieben, verraten.

Ein paar Wochen später kam Bobby in die Schule. Inzwischen schlief ich wohl besser, denn einmal wachte ich mitten in der Nacht auf, weil alle meine Kameraden lauthals schrien und im Schlafsaal herumtrampelten. Schließlich rief einer »*Cave!*«, während ich immer noch im Halbschlaf war, und als Doktor Butler, den das Tohuwabohu auf den Plan gerufen hatte, herbeistürmte und die Leiter hinaufkletterte, hatte er den Eindruck, nur ich sei wach, weil ich immer noch im Bett saß und versuchte, mir einen Reim auf das Geschehen zu machen. Da zerrte er mich am Ohr aus dem Bett, befahl mir, ihm nach unten zu folgen, und verabreichte ausgerechnet mir eine Tracht Prügel. Hatte Bobby das geplant? War das seine Rache?
Ich habe oft beobachtet, daß die Moral von Kindern sich weniger um Gut und Böse dreht als um Recht und Unrecht. Als Kind machte ich mir keine Gedanken darüber, ob die Prügel-

strafe an sich in Ordnung war; sie gehörte einfach zum Leben. Aber daß ich für die Streiche anderer Prügel bezog, das war zweifellos ungerecht. Ganz gleich, was Sophokles und Euripides sagten, dergleichen führte die Beziehung zwischen Ursache und Wirkung ad absurdum, auf der unsere moderne Welt beruht, und zwar für Kinder und Erwachsene gleichermaßen. Und mir kommt soeben in den Sinn, daß auch Bobby das wußte. Vielleicht wurde er gerade deshalb danach noch freundlicher. Er versuchte es wiedergutzumachen und etwas wieder ins Gleichgewicht zu bringen, was durch diesen Akt der Willkür ins Wanken geraten war. So begann die Freundschaft, die mein Leben prägen sollte.

KAPITEL 4

Was unterscheidet einen See von einem Teich? Nur ein weiteres kleines Rätsel, das sich mir aufdrängt und sich erst dann wieder verflüchtigen wird, wenn ich eine Lösung dafür gefunden habe. Die Frage mag unbedeutend sein, verlangt aber eine Antwort. Der Verweis, es habe mit der Größe zu tun, stellt sie nicht zufrieden. »Wie groß genau?« will sie wissen. »Wann genau wird aus einem großen Teich ein kleiner See?« Während ich erneut über das Rätsel nachgrüble, bin ich nicht auf der Hut, und ein weiteres kann sich einschleichen: »Wenn du es nicht erklären kannst, kann es dann überhaupt jemand?« Und ich überlege, ob eine Frage, die niemand beantworten kann, überhaupt eine Frage ist. So führen kleine Fragen zu größeren, bis sie den Horizont unseres Denkens überschreiten und entschwinden.

War es wirklich Charley, der so viel in Gang gesetzt hat, was ich bedaure? Er war es, der die Theorie verriet, er war es, der mich hierhergebracht hat. Aber habe nicht ich ihm von der Theorie erzählt, und war nicht ich sogleich bereit, mich auf die Suche nach dem goldenen Skarabäus zu machen? Je genauer ich die Ursachen erforsche, desto weniger sehe ich. Dennoch bin ich seltsam zufrieden, und wenn ich meine gegenwärtige Zufriedenheit jemandem zu verdanken habe, dann wohl Charley. Ohne ihn hätte ich die Naturgeschichte dieser Insel niemals kennengelernt.

Trotz dieser gelegentlichen Grübeleien fällt es mir nicht schwer, den See auf meiner Insel von den Teichen zu unterscheiden. Der See liegt im Zentrum der Insel am Fuße des Berges, etwa zwölf Meilen von meinem Haus entfernt. Er ist annähernd rund und hat einen Durchmesser von anderthalb Meilen, und neben den zahlreichen Wasserpflanzen, die er hervorbringt, bietet er vielen Vögeln Lebensraum, unter anderem einem Löffelreiher, zwei Ibissen und drei oder vier weiteren Reiher-Species (wahrscheinlich gehören der weiße und der graue Kurzhalsreiher hier derselben Species an, aber ich konnte diese Hypothese nicht bestätigen). Die Teiche unterscheiden sich stark vom See. Sie speisen sich nicht durch Bäche, sondern durch Grundwasser, das aus einer unterirdischen Quelle stammt und durch eine Lehmschicht gehalten wird, die die tiefergelegene Osthälfte der Insel bedeckt. Vermutlich stellt sie das Verwitterungsprodukt einer uralten Basaltschicht dar, die sich in ferner Vergangenheit aus dem Vulkan ergoß. Der Wasserstand der Teiche hebt und senkt sich unabhängig von der Jahreszeit kaum, und sie beherbergen einen überaus interessanten Frosch.

Den ganzen gestrigen Tag verbargen Wolken den Berg, und heute morgen regnete es zum ersten Mal seit über einem Monat, was für diese Jahreszeit ungewöhnlich ist. Auch wenn mir der Berg in letzter Zeit viel gesagt hat (spute dich, spute dich), so schwieg er doch heute morgen, und ich hörte nur die Regentropfen, die auf mein Dach fielen, und das Quaken der gelben Frösche.

Ich höre die Frösche oft von meinem Haus aus, obwohl die Teiche eine Meile entfernt liegen. Zum ersten Mal vernahm ich sie ein paar Wochen nach unserer Ankunft, eine Abfolge einzelner präziser Klopflaute, zwischen einem Trommelschlag und einem Klatschen, die ich zunächst nicht als Froschlaute erkannte und die mir Rätsel aufgaben. Es bestand kein Zweifel, daß die Geräusche von Tieren stammten, und sie waren so laut, daß ich zunächst vermutete, es handle sich um ziemlich große Tiere. Als ich mich dem Ufer eines Teiches näherte, verstummten die Geräusche jäh, und erst da ging mir auf, daß das nur Frösche gewesen sein konnten, obwohl ich einen derartigen Ruf noch nie gehört hatte. Dir ist ja gewiß selbst schon aufgefallen, daß Frösche stets gemeinsam ihr Konzert unterbrechen und dann gemeinsam wieder einsetzen (so wenig Selbstvertrauen besitzen sie, daß sie auf die klangliche Unterstützung ihrer Artgenossen angewiesen sind). Als ich nach vorsichtiger Pirsch zwischen den hohen Rohrkolben, die den Teich säumten, endlich ein Froschexemplar fand, stellte ich fest, daß ich seine Dimension zwar zunächst überschätzt hatte, das Tier aber tatsächlich von beachtlicher Größe war und ohne weiteres meinen Handteller ausfüllte. Es war ein schönes Geschöpf, hellgelb, mit je einem grünen Streifen an den Flanken, und bemerkenswert war auch das Maul, das sich wie zu einem breiten Lächeln quer über das Gesicht von einem Auge bis zum anderen zog und dem Frosch einen höchst amüsierten und amüsanten Ausdruck verlieh.

Seit dieser ersten Entdeckung habe ich viel Zeit auf das Studium dieser Amphibien verwendet. Zunächst hatte ich angenommen, daß die quakenden Frösche, wie andere ihrer Ordnung, samt und sonders männlich seien, aber so sehr ich auch suchte, ich konnte keine Mitglieder des anderen Geschlechts finden. Nach mehreren Suchunternehmungen im Laufe der nächsten Monate hatte ich es schon fast aufgegeben, dieses Rätsel zu lösen, als ich eines Abends bei einem Spaziergang am Teich, wo ich meine Pfeife rauchen wollte, kleine V-förmige Wellen auf dem Wasser wahrnahm. Der Anblick ver-

setzte mich in alte Zeiten in Shrewsbury zurück, als ich an einem Winternachmittag mit Bobby am Fluß entlangging und eine Wasserratte im Severn schwimmen sah, und so hielt ich eifrig Ausschau, ob das Geschöpf, das die Wellen verursachte, wohl das Ufer anstrebte.
Offensichtlich hatte es keine Eile. Minutenlang schwamm es, etwa zwei Yard vom Rand entfernt und nur durch die Kräuselung im Wasser zu erkennen, im Teich auf und ab. Unterdessen begannen die Frösche, die bei meiner Ankunft verstummt waren, mit vermehrter Kraft zu quaken. Mir fiel nun auch zum ersten Mal auf, daß dieses Quaken ebenfalls eine eigentümliche Kräuselung auf der Teichoberfläche verursachte, die nun im Abendlicht gut zu erkennen war. Diese halbkreisförmigen Wellen gingen vom dem Punkt aus, an dem die Frösche saßen und quakten. Nach etwa zehn Minuten wandte sich das Tier, das da auf und ab schwamm, einem der quakenden Frösche am Ufer zu. Vorsichtig näherte ich mich der Stelle, hielt mich zwar ein wenig abseits vom Frosch, kam aber doch nah genug heran, um alles deutlich im Blick zu haben. Ich konnte den Frosch am Ufer erkennen, sah die halbkreisförmigen Wellenbewegungen, die mit jedem Laut entstanden, und beobachtete, wie das Tier darauf zuschwamm. Als es ins seichte Wasser gelangte, erwies sich das mysteriöse Tier als weiterer Frosch, der jedoch kaum ein Zehntel der Größe des quakenden Artgenossen erreichte. Der große Frosch stellte sein Quaken ein, richtete sich langsam auf den Vorderbeinen auf und öffnete sein gewaltiges, lächelndes Maul, so daß eine lange, rote Zunge, umgeben von erstaunlich weißer Schleimhaut, zum Vorschein kam. Der kleine Frosch krabbelte zielstrebig durch das seichte Wasser, bis ihn nur noch wenige Zoll vom Teichrand trennten. Er hielt kurz inne, dann verschwand er mit einem Hüpfer im

klaffenden weißen Schlund seines größeren Verwandten, der sogleich zuschnappte.
Dieses Verhalten konnte ich mir nicht erklären. Offenkundig hatte der größere Frosch gerade den kleineren gefressen, aber es lag auch auf der Hand, daß der kleinere aus freien Stücken seinem Schicksal entgegengegangen war. Sofort fielen mir die Seeteufel ein, die kleinere Fische mit einem zappelnden »Köder« an ihrem nach vorne weisenden Flossenstrahl anlocken und sie dann verschlingen. Benutzte dieser Frosch eine ähnliche Technik? Wirkte die große rote Zunge so attraktiv auf den kleineren Frosch, daß das unselige Tier geradezu in den Rachen des Räubers sprang? Weitere Nachforschungen waren vonnöten. Von nun an brachte ich viele Stunden damit zu, die lächelnden Frösche zu beobachten; was ich dabei entdeckte, will ich nun schildern.
Zunächst stellte ich fest, daß der kleine Schwimmer fast immer den Frosch am Ufer ansteuerte, der am lautesten quakte, und ich konnte zeigen, daß es nicht nur der Ruf war, der ihn anlockte, sondern die Größe der Wellen. Mit Hilfe eines kleinen Holzpaddels, das ich eigens zu dem Zweck hergestellt hatte, gelang es mir, selbst Wellen zu erzeugen. Nach einigem Experimentieren konnte ich eine regelmäßige Kräuselung des Wassers hervorrufen, und ich stellte fest, daß ich um so eher einen schwimmenden Frosch anlocken konnte, je fester ich schlug und je größer die so entstandene Welle war (obwohl ich mit meinem Paddel nur ein schlichtes Plätschern erzeugte, das sich von dem durchdringenden Klopfgeräusch der quakenden Frösche deutlich unterschied). Als sich mir ein solcher schwimmender Frosch näherte, gelang es mir mühelos, ihn mit der Hand fangen und ihn durch Durchbohren des Rückenmarks zu töten (diese Technik, wobei eine Segelma-

chernadel durch die Schädelöffnung in die Hirnschale des Frosches eingeführt wird, verdanke ich Professor Grant in Edinburgh).

Ich hatte angenommen, die schwimmenden Frösche seien Weibchen, denn bekanntlich verhält es sich bei den Salientia fast ausnahmslos so, daß das Männchen ruft und das Weibchen vom Ruf angelockt wird. Durch Zergliedern erwies sich aber, daß der kleine Frosch ein Männchen war, dessen Unterleib zwei große Hoden enthielt. Sie füllten die Bauchhöhle nahezu aus, und der Verdauungstrakt war so weit geschrumpft, daß eine effektive Verdauung praktisch unmöglich war. Der männliche Frosch fiel auch durch Größe und Form seiner Schwielen auf. Anders als bei den meisten seiner Art handelte es sich nicht um einfache Hornschwielen an den Handgelenken, die dazu dienen, das Weibchen bei der Paarung festzuhalten; vielmehr sind sie groß und weich. Um einen Vergleich mit dem menschlichen Fuß zu bemühen, sie ähneln eher einer weichen Warze als einem harten Hühnerauge.

Außerdem fing und sezierte ich mehrere der großen quakenden Frösche, die ausschließlich weiblich waren. Die Fortpflanzungsorgane, in der Hauptsache eine dunkle Masse halbentwickelter Eizellen, nahmen fast den gesamten Unterleib ein und verdrängten gleichfalls die Verdauungsorgane (diese Frösche waren, anders als die kleineren Tiere, mit reichlich gelbem Fett ausgestattet, und zwar sowohl in der Bauchhöhle als auch unter der Haut). Mir fiel insbesondere auf, daß die Mägen der Weibchen so geschrumpft waren, daß kaum eine Schrotkugel hineingepaßt hätte. Es schien undenkbar, daß ein Magen von dieser Größe einen der männlichen Frösche aufnehmen konnte, die, wie ich selbst sah, im Rachen der Weibchen verschwanden.

Allmählich ging mir auf, daß die schwimmenden und die quakenden Frösche nichts anderes darstellten als Männchen und Weibchen derselben Species. Aber wenn es sich so verhielt, wie war dann der augenscheinliche Kannibalismus der Weibchen zu erklären? Während meiner fortgesetzten Beobachtungen der Frösche am Teich konnte ich schließlich ein Weibchen fangen, das nur wenige Sekunden zuvor ein Männchen vertilgt hatte. Ich tötete es sofort und kehrte mit dem Frosch in der Tasche stolz in mein Haus zurück. Dort nadelte ich mein Exemplar sorgfältig auf ein Brett und legte meine Instrumente zurecht. Indem ich die Haut am Unterleib mit der linken Hand mittels einer Zange anhob und das Skalpell in die Kloake einführte, schnitt ich den Thorax auf und öffnete behutsam den Leib, um die inneren Organe nicht zu verletzen. Bei den Rippen angelangt, machte ich zwei Schnitte erst nach links, dann nach rechts, und nadelte die beiden Hautlappen fest, so daß der Inhalt des Leibes offen dalag. Hier war das Herz, hier die zahlreichen Eier. Ich entfernte die Eizellen, um den Verdauungstrakt freizulegen. Der Magen war leer. Der kleine schwimmende Frosch, den ich vor kaum einer halben Stunde mit eigenen Augen im Maul des größeren Tieres hatte verschwinden sehen, war nirgends zu entdecken.
Ich machte einen Schnitt vom Mundwinkel über die Kehle bis zu den Rippen und legte die Speiseröhre frei, aber auch hier fand ich keine Spur von dem Froschmännchen. Die große rote Zunge lag knollenförmig zusammengezogen auf die weißliche Schleimhaut gebettet, aber ein Froschmännchen war nicht zu sehen. Nach so kurzer Zeit konnte es noch nicht verdaut sein, davon war ich überzeugt. Bestimmt war es während meiner Wanderung vom Teich nach Hause aus dem Maul des Weibchens gefallen oder gekrochen. Ich tastete in meiner Tasche

danach, fand aber nichts. Zutiefst verstimmt über meine Achtlosigkeit wollte ich das Exemplar schon wegwerfen, als ich ein leichtes Zucken der Zunge bemerkte. Zuerst dachte ich, es handle sich um einen unwillkürlichen Krampf, wie er bei frischem Muskelgewebe nicht selten auftritt, aber als ich es zum zweiten Mal beobachtete, erschien mir die Bewegung zu langsam, es war eher ein Rollen denn ein Zucken. Als ich mit meiner Nadel behutsam nachforschte, entdeckte ich an der Zungenwurzel eine Öffnung im unteren Bereich des Mauls. Und in dieser Öffnung fand ich endlich das Froschmännchen.

Es war gar nicht verschlungen worden, sondern war in dieses orale Divertikel, die sublinguale Ausstülpung des Weibchens, gekrochen oder gelenkt worden. Das Männchen lebte noch und war recht aktiv, aber als ich es herausholen wollte, stellte ich fest, daß es mittels seiner Schwielen fest an das Weibchen gebunden war, die es in zwei kleinere Ausstülpungen auf der dorsalen Seite der Tasche eingeführt hatte. Sie waren so stark angeschwollen, daß sich das Männchen nicht ohne weiteres entfernen ließ.

Welchen Sinn hatte dieses merkwürdige Verhalten? Weitere Beobachtungen und Sezierungen brachten die Antwort. Die beiden Frösche gehören tatsächlich derselben Species an. Die Männchen werden durch die von den Weibchen erzeugten Kräuselungen der Teichoberfläche angelockt. Sobald die Weibchen sehen, daß sich ein Männchen nähert, öffnen sie ihr farblich auffälliges Maul und geben damit dem Männchen ein deutliches Ziel vor, auf das es zuhalten kann. Sobald es dem Weibchen ins Maul gesprungen ist, verschwindet es in der Ausstülpung unter der Zunge und heftet sich sofort durch Einführen seiner an Blutgefäßen reichen Schwielen in die dafür vorgesehenen Gruben an der oberen Wand der Kammer, die in gleicher Weise mit Gefäßen ausgestattet ist. Wahrscheinlich dient dieses System als eine Art Plazenta, durch die Nahrung zwischen Wirt und Gast ausgetauscht wird, denn das Froschmännchen verbleibt einige Wochen lang im Weibchen, und während dieser Zeit frißt keiner von beiden, vielmehr ernähren sie sich von den Fettvorräten des Weibchens. Jetzt legt das Weibchen seine Eier. Diese werden jedoch nicht außerhalb des Mutterleibs befruchtet, wie es sonst bei Amphibien die Regel ist. Das Männchen, das sich nach wie vor in der sublingualen Tasche des Weibchens aufhält, ergießt sein Spermium in den Schlund des Weibchens, von wo aus es unbeeinträchtigt den geschrumpften Verdauungstrakt passiert und schließlich die Eier in der Kloake des Weibchens befruchtet. Die befruchteten Eier werden dann auf normalem Wege ausgestoßen und durch die Hinterbeine des Weibchen zu einer schaumigen Masse geschlagen, wie es auch bei anderen Ranidae der Fall ist. Gegen Ende der Brutzeit (deren Dauer offenbar einzig von den Regenfällen abhängt, die Teiche und Sümpfe füllen) befinden sich im Fortpflanzungstrakt des Weibchens keine Eier mehr, und ihr Verdauungssystem regeneriert sich allmählich wieder, was beim Männchen allerdings nicht geschieht. Seine Aufgabe ist nun erfüllt, und weitere Sezierungen der Weibchen nach dem Ablaichen haben ergeben, daß der männliche Frosch häufig die erste Mahlzeit des Weibchens nach der langen Fastenzeit darstellt. Ich gebe den Fröschen den Namen *Rana grantii*. Ungewöhnlich ist auch, daß sie nur tagsüber rufen.

Die Kunst, Fröschen das Rückenmark zu durchbohren, war nur eine der Fähigkeiten, die ich bei Professor Robert Grant lernte, ehemals Professor an der Universität Edinburgh. Er hat auch viel dazu beigetragen, mein Können auf dem Gebiet der Agape zu verfeinern. So wie es Musiker gibt, die technisch brillant sind, aber die Intention eines Musikstücks nicht ausdrükken können, oder Maler, die durch ihren virtuosen Pinselstrich und ihre Farbgebung verblüffen, aber die Seele ihres Sujets nicht einzufangen vermögen, so gibt es Menschen, die in der Kunst der Liebe bewandert sind, aber keine Vorstellung von deren Sinn haben. Für das Wesen der Liebe unempfänglich, war ich zum Experten ihrer äußeren Form geworden. In der Schule hatte ich diese Kunst außer an Philos schon an anderen Knaben und auch an Lehrern erprobt. Meine Tage widmete ich den Klassikern und der Mathematik, die Nächte aber verbrachte ich in anderen Studierzimmern. Ich lernte, wie man das Gemüt eines Menschen erfaßt, experimentierte damit, wie man Zuneigung entfacht, durch Gleichgültigkeit Öl ins Feuer gießt und es durch Eifersucht speist; die Kurzweil der Schmeichelei, um Einfluß zu gewinnen, das Werkzeug des Schweigens, um zu strafen und Neugier zu wecken. Als Philos 1822 Shrewsbury verließ und nach Edinburgh ging, um wie sein Vater und Großvater vor ihm Medizin zu studieren, war ich keineswegs gewillt, ihn vom Haken zu lassen. Wie die Wüste nach Regen lechzt, so lechzte ich nach seiner Liebe, und damit begann ein wöchentlicher Briefwechsel voller Liebeserklärungen und Treueschwüre.

Philos' Briefe an mich waren nicht weniger zärtlich, aber sie berichteten auch von seinem Leben in Schottland, und so hörte ich zum ersten Mal von Grant. Grant war einer von Philos' Lehrern, und ein Jahr lang hatte ich den Eindruck, daß ich nur noch las: »Grant hat dies gesagt« und »Grant hat jenes getan«. Als Mitte 1826 auch Bobby nach Edinburgh aufbrach, stimmten die Treuhänder meinem Vorhaben zu, ihn zu begleiten. Bald stellte sich heraus, das Philos und Grant mehr verband als nur Freundschaft. Ich aber wollte Philos' Zuneigung ganz für mich haben. So wie ich auf Bobby eifersüchtig gewesen war, so war ich nun auf Grant eifersüchtig, und bald begann ich meinen Feldzug zu planen.

KAPITEL 5

Zum ersten Mal in meinem Leben schlugen meine Pläne fehl. Ich war überzeugt gewesen, alles so eingefädelt zu haben, daß Philos sich zwischen mir und seinem neuen Verehrer entscheiden mußte. Die Jahre der Übung zahlten sich nun aus: Eine wohlbemessene Dosis Leidenschaft und Verdrießlichkeit, Freundlichkeit und Grausamkeit stürzte den armen Philos in solche Verwirrung, daß er nach ein paar Wochen die Grenze seiner Leidensfähigkeit erreicht hatte. Aber statt Grant zu verlassen, entschied sich Philos für die Abreise aus Edinburgh und zog nach London, um seine medizinischen Studien dort fortzusetzen. Damit hatte ich nicht gerechnet, und ebenso unerfreulich war die Feststellung, daß, nachdem sich der Staub dieser Schlacht gelegt hatte, eine neue Gefahr drohte. Denn Grant wandte seine Aufmerksamkeit nun Bobby zu.

Mit Freude hatte ich die Zwänge des Internats hinter mir gelassen, um mein eigener Herr zu sein, und noch größer war mein Entzücken, als die Treuhänder mir nicht nur gestatteten, meinen Freund Bobby nach Edinburgh zu begleiten, sondern mir auch erlaubten, dort ein Medizinstudium aufzunehmen. Bobby zeigte hingegen wenig Begeisterung für die Familientradition. Zwar hatte er an der Schule durchaus Interesse an der Naturgeschichte und einer wissenschaftlichen Untersuchung der Natur entwickelt, aber er bezweifelte, ob ihm die medizinische Praxis zusagte. Auch wenn ihn in Edinburgh sein geliebter Bruder erwartete, so war er doch überzeugt, daß ihm sein Heim und seine Familie in Shrewsbury fehlen würden. Als Philos jetzt so bald nach Bobbys Ankunft nach London ging, fühlte er sich im Stich gelassen, und deshalb lösten Grants Annäherungsversuche mehr als nur die übliche Begeisterung bei ihm aus. Für ihn war Grant nichts anderes als der Freund seines Bruders, ein gelehrter Mann, den er anstelle von Philos auf seinen ländlichen Streifzügen begleitete. Wenn Grant Bobby in seine Räume einlud, um ihm seine neuesten Sezierexemplare zu zeigen oder ihn durchs Mikroskop die Schönheit und die komplizierte Struktur von Schwammskeletten oder Staubmehlkörnchen bewundern zu lassen, dann war das für Bobby zweifellos nur eine private Fortsetzung der Vorlesung. Aber ich wußte nur zu gut, daß Grant andere Beweggründe hatte. Zwar gab Grant vor, sich für Bobbys Denken zu interessieren, aber in Wirklichkeit zielte er auf sein Herz. Und ich wußte, wie ich ihm Einhalt gebieten konnte.

Ich nahm privaten Anatomieunterricht bei Grant, vermutete ich doch, daß sein Interesse an meiner Anatomie über das rein Theoretische hinausging. Bald erfuhr Grant, daß ich mit Bobby und Philos befreundet war, und an unseren gemeinsamen Abenden erkundigte er sich oft beiläufig nach Philos' »kleinem Bruder«. Ich tat, als durchschaute ich diese scheinbar unschuldige Neugier nicht, und beantwortete seine Fragen unbefangen. Ja, Bobby interessiere sich tatsächlich für Naturgeschichte. Ja, er habe mir versichert, wie sehr er Grant bewundere und seine Gesellschaft genieße. Nach und nach holte ich bei meinen Antworten weiter aus. Bobby habe erzählt, er freue sich die ganze Woche auf seine samstäglichen Ausflüge mit Grant; er sei tieftraurig gewesen, als eine Verabredung abgesagt wurde. Kurz gesagt, ich veranlaßte Grant, zu glauben, Bobby erwidere Grants Gefühle voll und ganz, mein

Freund sei aber zu schüchtern, um auf Grants unterschwellige Annäherungsversuche offen einzugehen. Vielleicht, so deutete ich an, seien diese Versuche ein wenig zu unauffällig und die Botschaft sei nicht deutlich genug geworden. Grant fragte, ob ich ein offeneres Vorgehen für ratsam hielte. Durchaus möglich, erwiderte ich, und vielleicht sei der Spaziergang nach Musselburgh, den beide für den folgenden Samstag planten, der richtige Zeitpunkt für einen Vorstoß seitens Grants. Bobby brauchte mir am Montagmorgen nicht erst zu erzählen, wie er darauf reagiert hatte; Grants blaues Auge sprach Bände, und die heuchlerische Erklärung für seine Verletzung, die Grant vor uns Studenten abgab, amüsierte mich köstlich.

Aber trotz meiner eifersüchtigen Intrigen bewunderte ich Grant über die Maßen. Grant regte mich erstmals dazu an, über das offensichtlich Planmäßige der Natur und die Möglichkeit der Transmutation klar nachzudenken.

Wie es der alte Erasmus Darwin formulierte:

> Erste winzige Gestalten, dem Blick verborgen,
> Baden im Schlamm, stieben durch Meereswogen,
> Kehren in neuen Generationen stetig wieder,
> Erwerben andre Kräfte und größ're Glieder.[19]

Grant kannte nicht nur die englischen Theoretiker, er machte mich auch mit Buffon und Lamarck vertraut. Durch eigene Beobachtungen war ich bereits zu der Überzeugung gelangt, daß die Transmutation eine Tatsache sei und daß sich das Leben aus einfachen Anfängen entwickelt haben mußte. Aber wie? Ganz gewiß nicht durch Lamarcks Mechanismus, durch irgendeinen unbewußten Willen oder einen äußeren Antrieb. Und es war Unsinn, zu behaupten, daß im Laufe des Lebens erworbene Veränderungen vererbt würden, wo doch jede Beobachtung dagegen sprach. Der Lamarck, den mir Grant nahebrachte, war mehr Philosoph als Naturforscher, und seine Ideen zur Evolution beruhten mehr auf Vernunft als auf Beobachtung; als eifriger Student der Naturphilosophie in allen ihren Erscheinungsformen brauchte ich aber handfesteres Material für meine theoretischen Überlegungen. Ich brauchte empirische Beweise, und deshalb begann ich meine Zuchtexperimente mit Tauben, die ich auf dem Dachboden meiner Wohnung in der Mount Street hielt und bei denen ich erstmals die Parallelen zwischen künstlicher und natürlicher Zuchtwahl beobachten konnte.

Anfangs hielt ich die Tauben ebenso zu meiner Unterhaltung wie zu Studienzwecken. Zufällig nistete bereits ein Pärchen Wildtauben auf dem Fenstersims meines Quartiers, als ich dort einzog. Die Wirtin versicherte mir, als sie mir das Zimmer zeigte, sie werde die Vögel noch am selben Tag entfernen lassen, aber da sie ihr Wort nicht hielt, wurde ich jeden Morgen vom sanften Gurren der Tauben geweckt. Ich begann die Vögel zu füttern, die bald so zahm wurden, daß sie meine Anwesenheit beinahe ignorierten, und ich wurde so vertraut mit ihnen, daß ich sie, obwohl sie zunächst genau gleich aussahen, bald auf einen Blick auseinanderhalten konnte. Als ihre Jungen schlüpften, wurde ich auch mit ihnen vertraut. Damals ging mir auf, daß es zwischen Individuen immer irgendeine Abweichung gibt. Bei unserer eigenen Species betrachten wir dies als Selbstverständlichkeit, aber wenn wir mit anderen Lebewesen auf vertrautem Fuße stehen, bemerken wir bald, daß auch sie individuell verschieden sind. Natürlich ist es genau dieser Scharfblick, den Züchter brauchen, um jene Individuen zu erkennen und auszuwählen, mit deren Hilfe sie die Rasse verbessern wollen, und diese Vorgehensweise gilt für Tauben ebenso wie für Geflügel und Schweine. Ich sammelte durch die Tauben auf meinem Dachboden viel praktische Erfahrung bei der Selektion und Zucht, auch wenn ich für meine Experimente nicht meine Freunde, die Wildtauben verwendete, sondern besondere Varietäten erwarb.

Grant amüsierte sich über meine »Dachbodenexperimente«, wie er sie gern bezeichnete, aber als echter Empiriker war er darauf erpicht, bei unseren wöchentlichen Zusammenkünften in seinen Räumen meine Ergebnisse zu erörtern.

»Und welche neue Chimäre haben Sie diese Woche hervorgebracht?« erkundigte er sich an einem Herbstabend, als er mich an seiner Tür willkommen hieß. Ich hatte ihn bei einer anatomischen Untersuchung unterbrochen. Auf seinem Tisch am Fenster lag ein Fuß, unverkennbar ein menschlicher Fuß, der etwas unbeholfen mit mehreren krummen Nägeln auf dem Holz befestigt war (so geschickt Grant als Anatom war, er hätte einen schlechten Zimmermann abgegeben).

Meine Antwort fiel knapp aus. Viele Monate lang hatte ich versucht, einen Vogel mit kleinem Schnabel und normal großen Füßen zu züchten, und der ausbleibende Erfolg gab mir Rätsel auf und bedrückte mich.

»Dann sehen Sie sich doch einmal an, was ich entdeckt habe«, sagte er und führte mich an den Tisch. Die Oberseite des menschlichen Fußes war säuberlich abgehäutet, so daß die weißen Sehnen bloßlagen. Mit einer kräftigen Zange zog Grant an einer der durchtrennten Sehnen oberhalb des Knöchels, woraufhin sich der große Zeh hob. Als er den Vorgang mit den vier anderen Sehnen wiederholte, hob sich jeweils ein anderer Zeh.

»Was fällt Ihnen auf?« fragte er.
Ich wußte nicht recht, was ich antworten sollte.
»Mir fällt nur auf, wie merkwürdig es aussieht, wenn sich ein Zeh unabhängig von den anderen hebt. Das scheint unnatürlich.«
Grant gab mir einen kräftigen Schlag auf den Rücken.
»Genau!« sagte er. »Wir sind es gewohnt zu sehen, daß sich unsere Zehen gemeinsam einrollen, als würden sie alle durch ein und denselben Mechanismus gesteuert. Aber wie Sie sehen, stimmt das nicht. Jeder Zeh ist zu einer selbständigen Bewegung imstande, sehen Sie?« Er demonstrierte es noch einmal, indem er nacheinander an jeder Sehne zog. »Warum also agieren sie alle gemeinsam?«
Um eine Antwort verlegen, schüttelte ich den Kopf.
»Ich vermute, die Lösung liegt nicht hier«, er wies mit der Zange auf den Fuß, »sondern hier.« Bei diesen Worten tippte er sich an den Kopf. »Was meinen Sie?«
Meine Antwort auf diese Frage wurde von einem leisen Klopfen unterbrochen. Grant bat mich zu schweigen, ging zur Tür und ließ einen mageren Mann von zwielichtigem Aussehen ein.
»Haben Sie ihn?« fragte Grant, und an die Stelle seiner gerade gezeigten Erregung trat eine ganz andere Begeisterung.
Der Mann nickte und gab einem anderen, kräftigeren Mann ein Zeichen, der am Fuße der Treppe mit einem schweren Sack auf der Schulter wartete. Sobald er eingetreten war, schloß Grant die Tür hinter ihm, eilte an den Tisch am Fenster, zerrte mit einem Ruck den Fuß von der Platte und räumte seine Instrumente weg.
»Halten Sie das«, sagte er und gab mir den Fuß. »Nun, herauf damit.«

Mit Ächzen und Stöhnen hievte der Mann seine Last auf den Tisch und zog den Sack weg. Zum Vorschein kam der schmutzige, nackte Körper eines Mädchens, fast noch ein Kind, und nach der blutigen Wunde unter dem verfilzten Haar zu schließen, war es tot. Grant inspizierte den Leichnam sorgfältig und suchte dann in seiner Schreibtischschublade nach einer Börse.

»Ja, das ist gut«, sagte er.

Der Dürre nahm die Münzen, die Grant ihm reichte, und schlich zur Tür.

»Stets ein Vergnügen, mit Ihnen Geschäfte zu machen, Herr Professor«, sagte er, und die beiden Männer verdrückten sich.

Grant trat zu mir an den Tisch und legte seine Hand auf die Brust seines Forschungsobjekts.

»Mr. Burke sollte wirklich mehr Vorsicht walten lassen«, sagte er. »Ich glaube fast, sie ist noch warm. Aber ich muß mich an die Arbeit machen. Morgen um die gleiche Zeit?«

Ich verließ den Raum.

Warum nehmen wir den Tod eines Käfers im Namen der Wissenschaft in Kauf, nicht aber den eines Menschen? Ich wußte um die berüchtigten Leichenräuber, deren Existenz den Medizinstudenten der damaligen Zeit nicht verborgen bleiben konnte, ob sie es nun zugaben oder nicht, und diese Räuber scheuten sich ebensowenig, einen Leichnam auf dem Kirchhof auszugraben, wie wir, wenn wir ein Insekt von der Wiese aufsammeln. Und wenn kein Leichnam zur Verfügung stand oder der Friedhof gut bewacht war, schreckten diese Leute auch nicht davor zurück, sich eines Bettlers oder einer Straßendirne zu bemächtigen, die niemand vermißte und deren Verschwinden niemand beklagen würde. Medizinprofessoren und -studenten brauchten Leichen zum Sezieren, und rechtmäßige Quellen konnten den Bedarf nicht decken. Wenn ein Arzt seine Künste an einem Leichnam verfeinern konnte, bevor er sie an einem Patienten erprobte, diente das nicht dem Wohl der Lebenden? Und Tote im Kirchhof auszugraben oder die Ärmsten der Armen aus der Gosse zu holen, war das wirklich so schrecklich? Wenn ich es fertigbrachte, kaum einen Gedanken an den Hirschkäfer zu verschwenden, den ich in mein Tötungsglas warf, warum sollte dann Burke nicht seinen Totschläger zücken, um ein größeres Forschungsobjekt zu beschaffen? Derlei Gedanken gingen mir durch den Kopf, als ich das tote Mädchen auf Grants Seziertisch betrachtete, aber schon bei der ersten kritischen Prüfung dieser Gedanken wußte ich, daß sie falsch waren. Auch wenn ich keinen Gott hatte, keine Heilige Schrift und keine Gebote, die diese Frage für mich entschieden, hegte ich die unerschütterliche Überzeugung, daß ein Mord, ganz gleich wie man ihn bezeichnete oder rechtfertigte, weder vergeben noch vergessen werden kann. Und wenn ich das damals schon wußte, so weiß ich es heute um so besser.

KAPITEL 6

Abgesehen von der mächtigen Stimme des Berges ist meine Insel ein Ort der Stille. Wie die meisten tropischen Gegenden wird sie nicht von den Winden heimgesucht, die man in höheren Breiten kennt. Die gewohnte Nachmittagshitze wird zuweilen durch eine leichte Meeresbrise gemildert, ein Regenguß geht zwar mit stärkeren Böen einher, aber an den meisten Tagen und vor allem morgens regt sich kein Lüftchen, die großen Wedel der Kokospalmen rühren sich nicht, die Binsen und das Schilfrohr am Ufer des Sees verharren lautlos, und der See liegt spiegelglatt da.

Den See meiner Insel säumen nicht nur altbekannte Wasserpflanzen wie *Typha*, *Juncio* und so weiter; hier findet man auch eine Species der *Nymphaea* oder Seerosen. Mit ihren weißen Blüten, den gelben Staubgefäßen und den runden schwimmenden Blättern gleicht sie ihren Verwandten, und ich hatte sie nicht weiter beachtet, bis ich vor einigen Monaten zufällig eine fand, die ans Seeufer gespült worden war. Das schien mir an sich schon bemerkenswert. Aufgrund früherer Beobachtungen hatte ich angenommen, daß die Seerosen tieferes Wasser bevorzugen, denn man sieht sie in kleinen Gruppen stets einige Yard vom Seeufer entfernt. Als ich die Pflanze aus dem Wasser holte, erkannte ich, daß sie oberflächlich zwar der gewöhnlichen Seerose ähnelte, sich aber sonst in mehrfacher Hinsicht von ihr unterschied.

Nach meinen Erfahrungen in der nördlichen und in der südlichen Hemisphäre besteht eine typische *Nymphaea* aus einem zähen, fasrigen Rhizom, das im Schlamm wurzelt und aus dem

die Blätter und Blüten hervorgehen, die wiederum an langen Stielen emporwachsen, bis sie die Wasseroberfläche durchstoßen, wo sie sich öffnen, um ihre üblichen Aufgaben zu erfüllen. Die Species, die ich nun vor mir hatte, besaß durchaus ein kurzes, kräftiges Rhizom, das jedoch seltsam gestaltet war und nur ein einziges Blatt an einem kurzen Stengel hervorbrachte. Das Rhizom selbst war gegabelt, wie man es zuweilen auch bei der gewöhnlichen Karotte oder Pastinake beobachten kann. An der Unterseite entdeckte ich mehrere, wie ich meinte, braune Wurzeln; sie waren unverzweigt, zogen sich jeweils zu einer Spirale oder Helix zusammen und ähnelten im Aussehen den merkwürdigen Blütenstengeln der Sumpfschraube oder *Vallisneria*, die sich entrollen, damit die unter Wasser befindliche weibliche Blüte an die Oberfläche gelangt. Eine dieser Wurzeln zog ich in die Länge und stellte fest, daß sie annähernd drei Yard maß. Die Wurzel war elastisch, und als ich sie losließ, rollte sie sich wieder zu ihrer ursprünglichen Spiralform zusammen. Nur die Spitze war steif. Sofort ertappte ich mich dabei, daß ich über die Funktion dieser Anhängsel spekulierte, und mir ging auf, daß sie so wie bei der Winde oder *Convolvulus* als Ranken dienen könnten, um die Pflanze mit anderen ihrer Art zusammenzuhalten.
Als ich meine Aufmerksamkeit dem einzigen Blatt der Pflanze zuwandte, konnte ich weiter keine Besonderheiten feststellen. Dünn und ledrig, wenngleich es sich ein wenig schwammig anfühlte, war es das typische Blatt einer Seerose. Als ich es ans Licht hielt, sah ich die Schicht vergrößerter Zellen, die seine Oberfläche bildeten und zum Rand hin noch etwas größer wurden. Die Unterseite des Blattes war spärlich mit weichen Nadeln oder Spiculae bedeckt. Die von mir gefundene Pflanze hatte keine Blüte, und als ich sie wieder ins

Wasser setzte, trieb sie gemächlich dahin, das Blatt an der Oberfläche, das Rhizom ein paar Zoll darunter. Ich hielt es für wahrscheinlich, daß diese Seerose nicht wie ihre Verwandten im Schlamm Wurzeln schlug, sondern ihr Leben lang auf dem Wasser trieb wie eine riesenhafte Wasserlinse. Erst einige Zeit später entdeckte ich, daß dies nicht die ganze Geschichte einer äußerst bemerkenswerten Pflanze war.

Als ich am folgenden Tag den See wieder aufsuchte, stellte ich fest, daß die Pflanze, die ich nahe am Ufer ins Wasser gesetzt hatte, nun weiter draußen trieb. Am folgenden Tag hatte sie sich noch weiter entfernt. Dort verblieb sie ein paar Tage lang, setzte dann aber ihre Reise fort, und etwa eine Woche später hatte sie sich zu den anderen Seerosen gesellt, die sich ein paar hundert Yard vom Ufer entfernt befanden. Ich begnügte mich mit der vagen Vermutung, daß die Pflanze mit einer langsamen Strömung gereist oder vom Wind dorthin befördert worden war, und dachte nicht weiter darüber nach. Erst ein paar Wochen später ging mir plötzlich auf, daß dies nicht der Fall sein konnte.

Zu dieser Einsicht gelangte ich, als ich bei einem Spaziergang am See entlang der Uferlinie eine ungewöhnlich große Ansammlung von Segelquallen oder *Velella* beobachtete. Diese kleinen blauen Quallen haben die überraschende Fähigkeit, vor dem Wind übers Wasser zu segeln. Obwohl sie flach auf dem Wasser liegen, fängt sich der Wind in einem kleinen Kamm an der Oberseite, so daß das Tier vor dem Wind kreuzen kann. So faszinierend dieses Vermögen ist, der nunmehrige Anblick vieler tausend ans Ufer gespülter Quallen verwies darauf, daß es mit ihrer Segelkunst nicht so weit her war. Aber die gestrandeten Quallen riefen mir wieder die schwimmenden Seerosen in Erinnerung, und ich erkannte, daß meine früheren Erklärungen für ihre Bewegung und Verteilung falsch gewesen sein mußten. Wenn das einzelne Exemplar, das ich in den See zurückgelegt hatte, mit Hilfe des Windes wieder zu seinen Artgenossen gelangt war, warum hatten dann nicht auch die Segelquallen die Brise nutzen können? Wenn die Strömung eine Seerose fortgetragen hatte, warum dann nicht auch die Quallen?

Vielleicht ist Dir dieses Problem und seine wahrscheinliche Lösung schon bewußt geworden. Die einfachste Antwort lautet, daß die Gruppe der Seerosen, zu der sich die einzelne schließlich gesellte, gar nicht dem Wind und der Strömung auf Gedeih und Verderb ausgeliefert, sondern irgendwie verankert war. Und die Anker mußten jene spiralförmigen Wurzeln sein, die, wie ich zunächst angenommen hatte, dazu dienen könnten, die treibenden Seerosen zusammenzuhalten. Ich unterzog diese Erklärung einer gründlichen Prüfung und fand sie vollauf zufriedenstellend, aber nun begann mich eine andere Frage zu quälen. War es denn nicht bemerkenswert, daß meine Seerose durch die Strömung oder den Wind direkt zu ihren Artgenossen getragen worden war? Warum war sie nicht zurück zum Ufer oder in eine andere Richtung befördert worden?

Ich bin kein Schwimmer und bin es nie gewesen. Die an meinem ersten Schultag gemachte Erfahrung, neben der Pumpe abgeschrubbt zu werden, führte bei mir zu einer lebenslangen Abneigung gegen kaltes Wasser. Ich kam nie auf die Idee, mich den anderen Knaben anzuschließen, die eine Tracht Prügel riskierten, wenn sie sich an einem Sommernachmittag aus der Schule fortstahlen, um in den Fluß zu springen und darin herumzuplanschen. Und ein Bad im Meer war mir schon immer ein Greuel; allein der Gedanke, in eine Flüssigkeit einzutauchen, die in den Augen brennt, die Haut reizt und die Zunge beleidigt, ist eine schier unvorstellbare Narretei. Selbst an heißen Tagen ist ein warmes Bad weitaus erfrischender als ein kaltes. Aber das Problem der Seerose ließ mich nicht los, und so hättest Du mich einige Tage später nackt am Seeufer erblikken können, wie ich widerwillig einen Zeh in das wenig einladende Wasser streckte.

Ich hatte auf die Gelegenheit gehofft, noch einmal eine ans Ufer gespülte Seerose untersuchen zu können, aber nachdem ich zwei Wochen lang fast täglich das Seeufer abgekämmt hatte, sah ich ein, daß ich lange würde warten müssen. Hatte ich nicht selbst festgestellt, daß der Fund der ersten Seerose ein außergewöhnlicher Zufall gewesen war? Meine Neugier wuchs mit jedem Tag, meine Geduld aber schwand. Ich erwog, ein Floß oder einen anderen schwimmenden Untersatz zu bauen, schreckte aber vor der damit verbundenen Mühsal zurück. Endlich bezwang meine brennende Neugier sogar meine Abneigung gegen ein Bad im kalten Wasser. Ich hatte keine Ahnung, wie tief der See war, aber in der Hoffnung, die faszinierenden Seerosen zu erreichen, beschloß ich, dem Wasser zu trotzen und so weit hinauszuwaten wie nur möglich.
Diese Erfahrung war so unangenehm, wie ich sie mir ausgemalt hatte. Das Gefühl, wie mein Körper immer tiefer in das Wasser eintauchte, vom Knöchel zur Wade, von der Wade zum Knie, vom Knie zum Schenkel, während ich in den See hineinwatete, war einfach grauenhaft. Da mich noch einige Yard von meinem Ziel trennten, mußte ich die grausame Folter vom Schenkel bis zur Taille ertragen, ein Erlebnis, das ich keinesfalls wiederholen möchte. Und als wäre die Kälte nicht genug, wurde mein Unbehagen noch durch die Tatsache gesteigert,

daß ich im schlammig trüben Wasser schon nach wenigen Schritten den Grund nicht mehr sah und mich mit den Füßen vorantasten mußte. Doch als mir das Wasser schließlich bis zur Brust stand, war ich am Ziel. Nun konnte ich diese merkwürdigen Pflanzen aus nächster Nähe inspizieren.

Meine Vermutung über die Aufgabe der Ranken war in beiderlei Hinsicht richtig gewesen. Ich ertastete mit den Füßen, daß die Pflanzen tatsächlich im Boden verankert waren, und ich sah, daß sie überdies durch ähnliche Vorkehrungen lose miteinander verbunden waren. Die anderen Seerosen ähnelten der von mir bereits untersuchten und bestanden wie sie aus einem Unterwasserrhizom, aus dem an einem kurzen Stengel ein einzelnes Blatt sproß. In der hier vorgefundenen Gruppe zählte ich 53 Blätter. Auch wenn die Ranken für eine nur lose Verbindung sorgten, bemerkte ich, als ich eine herauszulösen versuchte, daß sie zäh aneinander festhielten. Die Ranken dehnten sich, wenn ich daran zerrte, und ließen sich nur voneinander trennen, wenn ich sie einzeln aus ihrer Verflechtung löste. Dennoch gelang es mir, ein Dutzend Einzelpflanzen von ihren Artgenossen zu trennen, bevor mich die Unerfreulichkeit meiner Lage zwang, mit meiner botanischen Beute im Schlepptau dem Ufer zuzustreben. Nie hat sich ein schiffbrüchiger Seemann mit größerer Erleichterung der kalten Umarmung des Wassers entwunden.

Gedanklich hatte ich bereits ein Experiment vorbereitet, mit dem ich mehr über die Bewegung der Seerosen herauszufinden hoffte. Ich befestigte an jeder Pflanze ein langes Stück Zwirn, das am anderen Ende an einen Pflock gebunden war. Danach setzte ich die Pflanzen einzeln im Abstand von etwa zehn Yard in den See zurück. Die Pflöcke hatte ich zuvor fest in den Boden gerammt. Nun würde ich die freie Bewegung der

Pflanzen beobachten können und gleichzeitig imstande sein, sie zurückzuholen, ohne mich der Tortur eines Bades im See auszusetzen. Im Lauf der nächsten Tage besuchte ich die Pflanzen täglich und machte mir sorgfältige Aufzeichnungen – nicht nur über ihre Bewegungen, sondern auch über die Windrichtung und die erkennbaren Strömungen im See. Was ich dabei entdeckte, gab mir nur noch mehr Rätsel auf. Ich stellte fest, daß jeden Morgen, unabhängig von Windrichtung und -stärke, jede einzelne der schwimmenden Pflanzen sich weiter vom Ufer entfernt hatte und direkt auf die Ansammlung zustrebte, aus der ich sie unlängst entnommen hatte. Es schien, als wüßten die Pflanzen, wohin sie schwammen.

Die Fähigkeit zur willkürlichen Bewegung ist im Pflanzenreich weiter verbreitet, als man gemeinhin denkt. Wer kennt nicht den täglichen Rhythmus, nach dem sich die Mohnblume öffnet und schließt oder nach dem die Sonnenblume dem Lauf der Sonne folgt? Die bedächtige, unerbittliche Umarmung, mit der der Sonnentau seine Beute umfaßt, und das Zuschnappen der Venusfliegenfalle sind dem Botaniker wie dem Laien wohlbekannt. Doch so verbreitet Bewegung sein mag, Fortbewegung ist, soweit ich weiß, unbekannt. Wie sollte ich also erklären, was ich hier beobachtet hatte? Zunächst neigte ich zu einem Erklärungsversuch a priori. Nehmen wir an, die von den Pflanzen eingeschlagene gemeinsame Richtung sei von ein und demselben Reiz gesteuert; zum Beispiel von einer Neigung, sich in tieferes Gewässer zu begeben. Würden sie dann nicht alle derselben Linie vom flachen ins tiefe Wasser folgen und so den Anschein einer zielgerichteten Navigation erwecken? Und was die Mittel der Fortbewegung betraf, vielleicht blieben die Seerosen bei auflandigem Wind ja mit ihren Ranken am Boden verankert, während sie bei ablandiger Brise den Halt aufgaben. Dieser einem Sperrad ähnliche Effekt würde zu einer Bewegung in nur eine Richtung führen. Doch so sehr diese Erklärung meinen Verstand befriedigte, meine Neugier gab sich damit nicht zufrieden. Erst das Experiment würde mir die Wahrheit offenbaren, und ich beschloß daher, eine Reihe von Versuchen und Untersuchungen durchzuführen.

Der Verstand war aber bei dieser Versuchsanordnung nicht ganz entbehrlich. Denn mit meiner Methode mußte ich nicht nur etwas belegen, sondern zugleich auch etwas widerlegen. Ich transferierte die Seerosen also vom See in den Teich, wo ich die Beobachtungsbedingungen besser kontrollieren konnte, und schon bald gelang es mir zu zeigen, daß die Bewegungsrichtung nicht von der Tiefe gelenkt wurde, sondern daß die Pflanzen tatsächlich die Position ihrer Artgenossen zu erfassen schienen. Eine Pflanze bewegte sich stets auf eine Gruppe von zwei oder mehr zu und nie umgekehrt, ganz gleich, ob sie sich dabei vom Seichten ins Tiefe begab oder umgekehrt. Ich will nun nicht die vielen Experimente schildern, die ich ersann, um festzustellen, wie die Pflanzen einander über die Entfernung hinweg orten, ob durch Licht, Geräusch oder Geruch, aber nachdem ich alle diese Möglichkeiten eliminiert hatte, kam ich zu dem Schluß, daß die Pflanzen in der Lage sind, eine chemische Ausdünstung ihrer Artgenossen wahrzunehmen; wenn sie Tiere wären, würden wir sagen, sie nehmen Witterung auf. Die Nadeln oder Spiculae auf der Unterseite des Blatts der Pflanze, nicht unähnlich den Härchen der Brennesselblätter, aber ohne deren Reizwirkung, sind, wie ich nun glaube, die Organe, die die Anwesenheit anderer Pflanzen aufspüren. Als ich bei einem meiner Versuchsobjekte die

Spiculae entfernte, bewegte es sich nicht mehr zielgerichtet. Ich vermute, daß die Härchen es der Pflanze ermöglichen, einem Gefälle nicht der Tiefe, sondern der chemischen Konzentration zu folgen, die naturgemäß zunimmt, wenn der Abstand von ihrem Ursprung schrumpft.

Überdies konnte ich zeigen, daß die Pflanzen, auch wenn sie sich tatsächlich gegen widrige Winde verankern, imstande sind, sich unabhängig von Wind oder Strömung zu bewegen; und wie sie das anstellen, ist nicht weniger bemerkenswert als ihre sensorischen Fähigkeiten. Zwar besitzt meine Inselseerose weder Segel noch Dampfkessel und Antriebsmaschine, aber sie verfügt über einen nicht weniger ausgeklügelten Antrieb. Dieses Mittel der Fortbewegung ist bisher im Pflanzenreich unbekannt und basiert auf dem wiederholten und kontrollierten Ausstoß von Wasser. Die feineren Details chemischer und mechanischer Natur muß ich noch erforschen, aber das Grundprinzip ist folgendes: Die sich verjüngenden Enden des gegabelten Rhizoms enthalten jeweils eine hohle Röhre, die etwa so dick ist wie ein gewöhnlicher Getreidestrohhalm. Die Röhren sind mit großen Bläschen gesäumt, und diese Bläschen liefern die Kraft. Vielleicht kennst Du den bescheidenen Wasserschlauch, eine scheinbar harmlose Pflanze, deren Wurzeln jedoch kleine hohle Kapseln enthalten, die sich für mikroskopisch kleine Tiere, die hier vorbeikommen, als keineswegs harmlos erweisen. Bei Berührung öffnet sich auf der Kapsel eine Falltür, und die Beute wird mit einem Wasserschwall in die Falle gesogen, wo sie stirbt und verdaut wird. Nach einem ähnlichen Prinzip arbeiten die Bläschen an den Rhizomröhren der Seerose, nur sozusagen umgekehrt. Die Falle des Gemeinen Wasserschlauchs erfüllt ihre Aufgabe, weil die Wände der Kapseln Wasser aus dem Inneren absorbieren und so einen negativen Druck erzeugen, der, sobald die Tür aufgeht, einen raschen Wasserzustrom zur Folge hat. Das Wasser in den Seerosenbläschen, die ebenfalls jeweils mit einer Tür oder einem Ventil versehen sind, das sich zur Röhre hin öffnet, steht unter Druck. Auf ein bestimmtes Signal hin – ein Drucksignal vielleicht (aber worin es besteht, weiß ich nicht) – öffnet sich das Ventil. Die Folge ist ein jäher Wasserausstoß in die Röhre hinein. Auch wenn die Bläschen jeweils kaum größer als ein Reiskorn sind, säumen doch Tausende von ihnen die Röhren, absorbieren unentwegt Wasser aus dem Gewebe der Umgebung und stoßen es unter Druck in die Röhre aus. Das Wasser kann nur durch die Öffnung auf der Rückseite des Rhizoms entweichen. Die beiden kleinen, aber stetig betriebenen Wasserdüsen auf der Rückseite des untergetauchten Rhizoms bewirken naturgemäß eine Vorwärtsbewegung der Pflanze, und auf diese Weise reist die Seerose über den See.

Bisher ist es mir nicht gelungen, den Mechanismus der Ventile im einzelnen aufzuklären, auch entzieht sich meiner Kenntnis, wodurch sie sich öffnen. Offenbar kann die Pflanze steuern, wann und wieviel Wasser von den Bläschen abgegeben wird, und sie ist imstande, den Wasserausstoß aus den beiden Röhren zu regulieren und so die Bewegung zu lenken; ein stärkerer Ausstoß aus der rechten Röhre führt zu einer Richtungsänderung nach links und umgekehrt. Auch konnte ich nicht zu meiner Zufriedenheit zeigen, wie das Vermögen der Pflanze, ihre Genossen aufzuspüren, mit ihrer Fähigkeit zur gezielten Fortbewegung zusammenhängt. Ich habe nichts entdeckt, was der histologischen Spezialisierung eines Gehirns entsprechen könnte, und vermute daher, daß der Prozeß durch chemische Vorgänge innerhalb der Pflanze gesteuert wird.

Die Aufgabe der Rankenwurzeln bei diesem Bewegungsprozeß ist ebenfalls interessant, weil sie sich ebenfalls bewegen können. Wenn Wind oder Strömung stark genug sind, um die relativ schwache Antriebskraft des Rhizoms zu überwinden, dann geht die Pflanze einfach »vor Anker«. Die Ranken rekken sich nach unten, ihre hakenartige Spitze sucht auf dem Seegrund Halt und hält die Pflanze an Ort und Stelle, bis bessere Bedingungen herrschen und sie wieder ihr Wunschziel ansteuern kann. Ich habe der Pflanze den Namen *Nymphaea peregrina* gegeben. Ein raffinierteres System ist kaum vorstellbar.

Seerosen gab es auch in Holyrood House, bevor der alte Teich im Westgarten zugeschüttet wurde. In Edinburgh war dieser Garten mein bevorzugtes Jagdrevier. Sobald der Frühling ins Land zog, verbrachte ich auf der Suche nach Wasserinsekten oft den Nachmittag am Teich oder hielt auf den Felsen der alten Abtei nach den ersten Käfern Ausschau. Hier verriet mir Bobby an einem Mainachmittag des Jahres 1827, daß das Leben in Schottland keinen Reiz mehr für ihn habe. Teilweise liege es an den Unstimmigkeiten mit Grant, teilweise an seiner grundsätzlichen Abneigung gegen den Arztberuf. Er würde sich weder an den Anblick von Blut gewöhnen noch an die Notwendigkeit, Schmerzen zuzufügen, um zu heilen. Er hatte beschlossen, sein Medizinstudium an den Nagel zu hängen und nach Cambridge zu gehen, wo er sich der Theologie widmen würde. Mich überraschte keineswegs, daß Bobby der Medizin abschwor, aber die Vorstellung, daß mein Freund in den geistlichen Stand treten sollte, fand ich gleichermaßen schockierend und beunruhigend. Und ich war jung genug, es ihm ausreden zu wollen.

»Siehst du denn nicht, daß du nicht mit dem Herzen dabei bist?« hielt ich ihm entgegen. »Selbst deine Kirche würde es als Sakrileg ansehen, wenn du bei deinem Entschluß, Geistlicher zu werden, dem Verstand und nicht dem Herzen folgst.«

»Im Gegenteil, lieber Freund«, entgegnete Bobby mit bedrückend guter Laune. »Der Verstand muß den Ton angeben. Wenn du wie ich gelesen hättest, was Pearson über unseren Glauben zu sagen hat, wäre dir alles klar. Ich glaube, du wärst überrascht, wieviel Logik in der anglikanischen Lehre steckt, wenn du nur einmal aufmerksam und mit vorurteilsfreiem Blick hinsehen würdest.«

»Ich rede nicht von Lehre und Dogma, Bobby, ich rede vom Glauben. Du bist doch Mediziner, ein Mann der Wissenschaft. Kannst du aufrichtig behaupten, daß du jedes Wort glaubst, das in der Bibel steht?«

Mein Freund sah mich mit ehrlichem Erstaunen an.

»Aber ja«, erwiderte er, und ich erkannte mit Verwunderung, daß für Bobby damit unsere Erörterung dieses Themas abgeschlossen war. Mir schien, daß die konkurrierenden Theorien der Wissenschaft und der Religion in Bobbys Hirn getrennte Bereiche einnahmen, die praktischerweise durch eine unklar definierte, aber undurchdringliche Mauer aus Selbstgefälligkeit und Tradition voneinander abgegrenzt wurden.

Bobby mußte noch seinen Vater von diesem Schritt überzeugen. Dem Doktor lag es am Herzen, daß wenigstens einer seiner Söhne wie er und sein Vater vor ihm Mediziner wurde, und Philos, der nach wie vor in Cambridge eingeschrieben war und in London medizinische Vorlesungen besuchte, hatte mir in einem Brief verraten, daß er keineswegs beabsichtige, jemals als Arzt zu praktizieren, und ich vermutete, daß dies auch seinem Vater nicht verborgen geblieben war. Zunächst wollte der Doktor von Bobbys Entscheidung nichts hören. Er war entschlossen, zu verhindern, daß aus seinem jüngeren Sohn ein Müßiggänger und Taugenichts wurde, was er nach Bobbys Übersiedlung in den verweichlichten Süden kommen sah. Aber Bobby war schon immer ein Charmeur gewesen, und sein Vater konnte ihm ebensowenig widerstehen wie ich. Im Sommer 1827 erhielt Bobby einen Brief des Doktors, mit dem dieser ihm seinen Segen für den Wechsel nach Cambridge gab.

KAPITEL 7

In Edinburgh fand ich nun selbst keine Ruhe mehr. Das Vergnügen des Techtelmechtels mit Grant war verblaßt, und ich kam mit meinem Geld nicht zurecht. Für Studium, Unterkunft und Verpflegung kamen die Treuhänder auf, die zuvor schon mein Schulgeld bezahlt hatten, jene schwer faßbaren Gestalten, die in meinem Leben aufgetaucht waren, als ich in die Schule kam, und die seither für mich sorgten, auch wenn ich zu jener Zeit nicht mehr über sie wußte als Jahre zuvor im Cottage der Alten, als ich zum ersten Mal von ihnen hörte. Mir schien, sie seien schon immer Teil meines Lebens gewesen. Die Treuhänder hatten meine Schulbildung ebenso ermöglicht wie mein Universitätsstudium. Seit meiner Ankunft in Edinburgh bekam ich eine kleine monatlichen Zuwendung für meine persönlichen Ausgaben, die Rechnungen für Unterricht und Unterkunft gingen hingegen an eine Anwaltskanzlei in Shrewsbury, und ich hatte weiter nichts damit zu schaffen. Zunächst hatte dieses Taschengeld die alltäglichen Auslagen noch gedeckt, aber mittlerweile hatte ich meinen alten Lebensstil abgelegt. Hatte ich früher Bier getrunken, so trank ich nun Bordeaux; hatte ich früher Leinen getragen, so trug ich nun Seide. Philos war (nicht anders als Grant) bis zu einem gewissen Grad großzügig gewesen, aber nun setzten mir die ortsansässigen Händler wegen meiner Schulden zu. Ich hatte zwar keine Prüfungen abgelegt, wußte aber genug über die Grundlagen der Medizin, um meine Lehrer zu beeindrucken, und auch mein Wissen über und meine Liebe zur Naturgeschichte waren gewachsen, nicht nur durch die Vorlesungen und Exkursionen mit Grant und Jameson, sondern auch dank inoffizieller Lehrer wie John Edmonton und Ian M'Arthur.[20] Je mehr ich wußte, um so mehr wollte ich wissen, und Cambridge schien mir der geeignete Ort, um meine Kenntnisse zu vertiefen. Nicht frei von Beklommenheit schrieb ich an die Treuhänder und bat sie, mein Medizinstudium in Cambridge fortsetzen zu dürfen. Sie stimmten meiner Entscheidung klaglos zu.

Wie ich die Tage in Cambridge genoß; hier galt es neue Herzen zu erobern, neue Gebiete zu erkunden, neue Käfer zu sammeln – und hier war Bobby. Ich traf ein Semester nach Bobby in Cambridge ein und stellte erfreut fest, daß er im Begriff war, ein Zimmer im Christ's College zu beziehen. So konnte ich sein Quartier über dem Tabakladen in der Sydney Street übernehmen, das nur durch die Straße vom College getrennt war. Trotz seines anfänglichen Interesses an meinem Springkäfer im Spargelbeet hatte Bobby seither keine große Begeisterung mehr für Käfer gezeigt. Während der Schulzeit hatte er chemische Experimente bevorzugt, in Edinburgh waren es Pflanzen, Vögel und die Jagd gewesen. Aber zu meiner Freude entdeckte ich in Cambridge, daß meine Vorliebe für Insekten allmählich auf ihn abfärbte. Als er zum ersten Mal einen Tag der Kleinwildjagd opferte, um statt dessen Käfer zu jagen, war ich im siebten Himmel. Jene Zeit ist mir noch frisch in Erinnerung. Bei Kahnfahrten auf dem Cam hängte sich Bobby über den Bug, das Netz in der Hand, um jedweden unvorsichtigen *Gyrinus* oder *Dytiscus* aufzusammeln. Auf der Jagd nach einem seltenen *Panagaeus crux*, über Zäune kletternd, mit lachendem Herzen, die Stiefel voll Wasser, dann auf dem Heimweg pflückten wir leuchtende *Lampyris* von den Hecken. Jener großartige Ausflug in die Gaminlay-Heide mit Henslow, als mein Freund so versessen darauf war, einen weiteren *Melasis flabeillicornis* zu fangen, daß er einen *Brachinus* in den Mund steckte, um die Hand frei zu haben, und dieser feuerte seine kleine Kanonensalve in Bobbys Mund ab, so daß er das Tier nicht nur ausspuckte, sondern auch die anderen beiden fallen ließ. (Du hast mir doch verziehen, Bobby, daß ich Dich damals ausgelacht habe?) Käfer und Freundschaft, was konnte das Leben Schöneres bieten? Aber ich war keineswegs Bobbys einziger Freund. Eines Tages traf ein Mikroskop in seinen Räumen ein, das anonyme Geschenk von jemandem, »der lange Zeit Zweifel hegte, ob Mr. Darwins Talente oder seine Aufrichtigkeit größere Bewunderung verdienen«. Diese Gabe freute und verwirrte ihn sehr, bis er schließlich zu der Überzeugung gelangte, sie müsse von seinem Freund Herbert stammen, obwohl Herbert dies hartnäckig leugnete. Ich war so eifersüchtig, ich hätte den kleinen Krüppel erdrosseln können. Ich wußte, wer das Mikroskop geschickt hatte, durfte es aber nicht sagen. Meist aber denke ich an die Sommertage der Käferjagd auf dem Lande zurück und an die Winterabende in Bobbys Räumen im Christ's College, wo wir Glasplatten mit Libellenflügeln und Käfergenitalien bestückten oder einfach redeten und rauchten. Wenn ich jemals glücklich war, dann damals.

Ich habe hier auf meiner Insel mein eigenes Instrument (ein altes Coddington,[21] Bobby, genau wie Deines) und habe nach wie vor große Freude an der mikroskopisch kleinen Welt. Auch wenn ich das Mikroskop lange Zeit für ein unverzichtbares Werkzeug der wissenschaftlichen Forschung gehalten habe, so weiß ich es nun auch mehr und mehr als Hilfsmittel für den ästhetischen Genuß zu schätzen. Das Bildwerk des Staubmehlkörnchens, das unvergleichliche Mosaik eines Schmetterlingsflügels, die kleine Welt in einem Tropfen Grabenwasser, all das existiert ohne das Mikroskop nur im verborgenen. Aber »Schönheit ist die Münze der Natur, zum Umlauf, nicht zum Sammeln uns verliehn«; zwar kann das Mikroskop Schönheit nicht erschaffen, aber es *enthüllt* sie. Enthüllte Schönheit ist erhabener als geschaffene Schönheit, und was ist schöner als das Leben? Ein Stein ist ein Stein ist ein Stein. Er mag Schönheit der Gestalt oder der Farbe besitzen, aber diese Schönheit ist tot, statisch, unveränderlich. Eine Feder aber, ein Vogel, ein Schwarm, in ihnen findet sich nicht nur die Schönheit des Seins, sondern die Schönheit des Werdens. Man mag dem entgegenhalten, daß alle Dinge werden. Gebirge entstehen und werden abgetragen, aus Land wird Meer und aus Meer wird Land. Aber all das erschließt sich uns nur im Denken und nicht in der Beobachtung. Unsere Zeit vollzieht sich in Minuten und Tagen, nicht in Äonen. Nur das Leben entspricht unserem Maß der Dinge. Federn im Flug aufgefächert, eine Amsel, die mit wachem Blick über den Rasen hüpft, eine Schar Wildgänse, die pfeilgerade dem Horizont zustrebt; mich erstaunt nicht nur ihre Formation, sondern auch ihre Bewegung. Auch ich bin in Bewegung, auch ich bin im Werden. Lange Zeit forschte ich nach dem Ursprung dieser Wertschätzung, dieses Begriffs von Schönheit. Jetzt weiß ich, es war eine törichte Suche. Schönheit ist.

Damals in Cambridge waren Bobby und ich wohl am eifrigsten auf neue ästhetische Erfahrungen aus. Ich erinnere mich noch heute an Bobbys verzückten Blick, als er mich ins Fitzwilliam-Museum führte, um mir sein Lieblingsgemälde zu zeigen, eine Darstellung der Venus.[22] Ich wiederum konnte es gar nicht erwarten, ihm mein Lieblingsobjekt zu zeigen. Bei einem früheren Museumsbesuch war ich mehr oder weniger durch Zufall in der Antikensammlung darauf gestoßen. Mitten im Ramsch antiker britischer Münzen, römischer Töpferwaren und ägyptischer Grabbeigaben fiel mir ein Gegenstand auf, den ich zunächst für eine kleine Goldbrosche hielt. Bei genauerer Betrachtung erwies er sich als die höchst erlesene Darstellung eines heiligen Skarabäus, offenbar aus reinem Gold gegossen.[23] Ein Münze aus etwas geringerem Metall, die in die Hand des Museumsdirektors wanderte, ermöglichte mir, das Wunderding in der meinen zu halten. Der Skarabäus war tatsächlich aus massivem Gold; obwohl er nicht mehr als anderthalb Zoll maß, war er für seine geringe Größe erstaunlich schwer. Ich zog die Lupe, die ich stets bei mir trug, aus der Tasche und trat ans Fenster, um den Käfer näher zu betrachten. Die Detailgenauigkeit war überragend, bis hin zu den einzelnen Segmenten und Klauen der Beine, die eng am Körper lagen und stark an die natürliche Haltung eines toten Käfers erinnerten. Ich konnte nur mutmaßen, daß der Urheber dieses Werks ein echtes Insekt zur Herstellung der Gußform verwendet hatte. Dieser Schatz habe einst, so versicherte mir der Direktor mit der Selbstgewißheit vollkommener Ahnungslosigkeit, »Tomilus I.« gehört. Voll Freude stellte ich bei meinem zweiten Besuch fest, daß Bobby von der kleinen Goldplastik ebenso fasziniert war wie ich. Wiederum befreite eine Münze das Exemplar aus seinem Kasten, und Bobby konnte es ebenso wie ich genauer untersuchen.

»Was sagst du jetzt zu deinem Gemälde?« wollte ich wissen.

»Ich sage, ich hätte lieber diesen Käfer in meiner Vitrine als alle Gemälde Englands an der Wand«, erwiderte Bobby. »Das ist das Wunderbarste, was ich je gesehen habe.«

Ich gab ihm meine Lupe, damit er den Käfer genauer betrachten konnte.
»Was meinst du – ein *Copris*?« fragte Bobby.
»Zweifellos.«
Bobby händigte den goldenen Käfer wieder seinem entgegenkommenden Hüter aus.
»Dann verrate mir, mein Freund, warum wir, da wir nun dieses ägyptische Wunderwerk gesehen, noch keinen englischen *Copris* gefunden haben?« Und dann versicherte er mir, er werde nicht ruhen und nicht rasten, bis wir den englischen Vetter des goldenen Skarabäus gefunden hätten.
Wie viele Kuhfladen der Grafschaft haben wir auf der Suche nach dem *Copris lunaris* umgedreht? Gefunden haben wir ihn nicht, aber tröstlicherweise entdeckten wir einen seltenen *Typhaeus*, und ich glaube, ich war ebenso stolz wie mein Freund, als wir seinen Namen im Stephens[24] mit einem neuen Eintrag für Cambridgeshire sahen.

Bisher habe ich 1763 Käfer-Species auf meiner Insel gezählt, den größten Anteil stellen die Rhynchophora (einer von ihnen, ein Rüsselkäfer ähnlich wie der *Apion pisi* in England, wenn auch erheblich kleiner, setzt meinen Erbsenpflanzen schwer zu), die Clavicornia (darunter viele Tenebrionidae, aber seltsamerweise kein einziger aus der Familie der Carabidae) und die Phytophagen. Eine Reihe anderer Familien sind mit geringerer Anzahl vertreten. Die drei größten Familien stellten vermutlich die frühesten Ankömmlinge auf der Insel dar, die sich seither spezialisiert und Lebensräume eingenommen haben, die an anderen Orten durch eine mannigfaltigere Käferfauna besetzt werden. Unter den Phytophagen ernährt sich zum Beispiel eine Species der *Chrysomela* von Blattläusen, eine andere von Kot – Futter, das gemeinhin jeweils mit den Coccinellidae beziehungsweise den Lammellicornia in Verbindung gebracht wird. Der Kotfresser ist von besonderem Interesse.

In Australien gibt es einen Käfer, *Macropocopris symbioticus*, der am Anus von Wallabys lebt und deren Kot *in situ* verzehrt. (Australien besitzt zwar mehrere Species von Mistkäfern, aber keine scheint geneigt, den Kot unserer dort eingeführten Haustiere zu verzehren, und ich fürchte, die Folge wird sein, daß die Australier in wenigen Jahren in den Exkrementen ihres eigenen Viehs ersticken.) Aber die meisten Mistkäfer fliegen zum Kot, nachdem er fallen gelassen wurde, formen eine Kugel daraus und rollen sie weg, um sie dann einzugraben und ein einziges Ei darin abzulegen. Seit ich als Kind einen kleinen *Aphodius* bei dieser Sisyphusarbeit beobachtet habe, fasziniert mich dieser Vorgang. (Bobby, Du selbst hast ausführlich die Nützlichkeit des bescheidenen Regenwurms beschrieben, der den Erdboden umgräbt, aber welche unerwähnten Wohltaten vollbringen diese kleinen Käfer, die Wiesen vom Kot reinigen und das Pflanzenmaterial wieder in die Erde verwandeln, aus der es hervorgegangen ist.) Der Chrysomelide auf meiner Insel bedient sich einer anderen Methode, um für die Ernährung seiner Jungen zu sorgen. Die meisten Chrysomelidae, die mir bisher begegnet sind, haben die Angewohnheit, ihre Eier auf Futterpflanzen abzulegen, die von den Larven gefressen werden; die Eier werden meist schubweise, entweder als Rosette um einen Stengel oder als flaches Gelege auf ein Blatt deponiert. Der Chrysomelide meiner Insel legt seine Eier einzeln, und zwar nicht auf Kot, wovon er sich ausschließlich ernährt, sondern auf Algen.

Dieser Käfer, den ich *Cassida rhynophilus* nenne, war das erste

Insekt, das mir auf der Insel begegnete. Als wir zum ersten Mal die Gadzocks erblickten, wurden Charley und ich neugierig, als wir sahen, daß die Tiere an paarigen braunen Schwielen auf der Nase zu leiden schienen. Bei näherer Betrachtung zeigte sich, daß sie keineswegs zu deren Körper gehörten, sondern große, gewölbte Käfer waren, die sich, offenbar immer zu zweit, wie Kletten an die nackte Haut der Nase klammerten, wobei die Beine unter dem Rückenschild verborgen blieben. Die Käfer hefteten sich mit solcher Kraft an ihren Wirt, daß es unmöglich war, sie mit der Hand zu lösen, aber offensichtlich waren die Tiere durchaus in der Lage, ihre Stellung zu verlassen, wenn sie es wünschten. Als ich die Gadzocks beim Grasen am Strand beobachtete, sah ich, wie sich von Zeit zu Zeit ein Käfer löste und auf dem Seetang landete, von dem das Gadzock fraß. Zunächst vermutete ich, die Käfer fräßen selbst ebenfalls Seetang, aber bei näherer Betrachtung entdeckte ich, daß sie nicht fraßen, sondern Eier legten. Jeder Käfer krabbelte rasch über den Seetanghaufen, deponierte hier und dort ein Ei und kehrte dann wieder auf seinen Posten auf der Nase des Gadzocks zurück. Die Eier wurden stets auf den Seetanghaufen gelegt, von dem das Gadzock gerade fraß, niemals anderswo, also stand fest, daß sie auch stets zusammen mit der Nahrung aufgenommen wurden. Welchem Zweck diente diese Gewohnheit? Eine Antwort konnte ich mir nur durch die Anwendung der Methode erhoffen, mit der Bobby und ich unserem *Copris* in Cambridgeshire nachgestellt hatten – nämlich durch die Untersuchung großer Mengen Kot.

Meine Nachforschungen waren zwar etwas ekelerregend, aber von Erfolg gekrönt. Die Eier der Käfer werden tatsächlich von den Gadzocks verzehrt, da sie aber eine außerordentlich zähe Schale haben, passieren sie den Magen-Darm-Trakt unverdaut. Sie werden schließlich unversehrt mit dem frischen Kot ausgeschieden. Danach schlüpfen die Larven (welcher Reiz sie dazu anregt, konnte ich noch nicht entdecken) und beginnen sofort zu fressen. Gadzocks sind bedeutend kleiner als unser Vieh, und auch ihre Haufen sind dementsprechend von geringerer Größe. Wahrscheinlich bietet jeder für die Entwicklung nur eines Käfers genügend Nahrung. Diese Vermutung wird durch die Tatsache gestützt, daß ich zwar bis zu einem halben Dutzend Eier oder frisch geschlüpfte Larven in einem Kothaufen gefunden haben, aber niemals mehr als eine voll ausgewachsene Larve oder Puppe. Vermutlich hat die überlebende Larve ihre Geschwister getötet und wahrscheinlich gefressen (welche unsichtbaren Kämpfe werden in jedem Kuhfladen ausgetragen, welch unbekannter Wettbewerb herrscht um jedwedes Naturerzeugnis).

Auch über die ausgewachsenen Käfer habe ich manches herausgefunden. Sie sitzen fast immer paarweise auf der Nase der Gadzocks, und zwar jeweils ein Männchen und ein Weibchen. Der männliche Käfer verbleibt die ganze Zeit auf der Nase des Gadzocks, aber während das Weibchen seine Eier ablegt, ist er nicht faul, denn seine Aufgabe ist es, die Nase zu verteidigen. Solange das Weibchen fort ist, hat das Männchen ständig damit zu tun, andere Käfer abzuwehren, die auf dem freien Territorium zu landen versuchen. Bei diesem Kampf versucht jeder, seinen Kopf unter den Rückenpanzer des Rivalen zu schieben, um dann zu stoßen und zu drücken und somit den Klammergriff des anderen zu lockern. Diese Kämpfe währen oft mehrere Minuten, wodurch ich Gelegenheit hatte, den Ausgang dieser Schlachten einigermaßen genau festzuhalten. Ich habe die Kombattanten mit eingefärbtem Kautschuk markiert und konnte so feststellen, daß der bereits auf der Nase ansässige Käfer in 79 von 80 Fällen siegt. Trotz ihrer schlechten Chancen lassen sich potentielle Rivalen nicht entmutigen, und so werden die Gadzocks stets von mehreren männlichen wie weiblichen Käfern umschwirrt, die nach einer freien Nase suchen – obwohl viele Käfer, ausgewachsene wie auch Larven, von Vögeln verspeist werden (eine Reiherart, die, wie ich meine, dem Küstenreiher anderer tropischer Gegenden entspricht, ist oft am Strand zu sehen, wo sie den Kot der Gadzocks mit ihrem langen Schnabel durchsucht). Die ausgewachsenen Käfer ernähren sich ausschließlich vom Nasenschleim der Gadzocks. Die Gadzocks lassen sich durch ihre Passagiere offenbar nicht weiter stören; so gern ich Käfer mag, ich glaube, auch mir wäre es lieber, wenn einer auf meiner Nase lebt, als daß er mir in den Hintern kriecht.

In Cambridge ging es nicht nur um Käfer. Zwar waren meine Tage mit dem Studium der Medizin und Naturphilosophie ausgefüllt, aber zum Schlafen blieb nur wenig Zeit (denn was »kümmert sich um Schlaf die Nacht«, solange wir jung sind). Abends gingen wir unserem Vergnügen nach. Mit Bobby und anderen Freunden ließ ich mir bei William Buckland die großartigen Dinners mit Bussard und Seidenreiher munden; ich lernte rauchen, trinken und spielen, und in Mrs. Dukes Etablissement nahm ich laszivere Lektionen. Aber an die Käfer erinnere ich mich am besten – und an den Tag, an dem mich Bobby nach Maer Hall mitnahm und mich seiner Kusine Emma vorstellte.

KAPITEL 8

Was machst du in den Ferien?« fragte mich Bobby an einem Frühsommermorgen des Jahres 1831, als wir in meiner Wohnung in der Sydney Street das Frühstück einnahmen.

Ich erwiderte, ich hätte keine Pläne.

»Ich fahre nach Maer Hall, komm doch mit. Du mußt Onkel Jos und Tante Bess kennenlernen und meine Kusinen. Bitte sag ja.«

Daß Bobby einen Onkel namens Jos hatte, wußte ich seit meinem ersten Besuch bei seiner Familie in Shrewsbury, und Bobby hatte mir schon oft von Maer Hall erzählt, das er offenbar noch mehr liebte als The Mount. Für ihn war es das »Schloß der Glückseligen«, eine zweite Heimat, wo er geliebt, verwöhnt und vor allem geschätzt wurde. In diesem Wissen sagte ich mit Freuden zu. Viel weniger erfreut war ich, als er mir mitteilte, er werde vorausreiten und ich solle mit seinem Vetter Fox und dessen ekelerregendem Jagdhund Sappho die Kutsche nehmen.

Wenn es je einen Welpen gegeben hat, den man bei der Geburt besser ersäuft hätte, dann Sappho; wenn das je auf ein Kind zutraf, dann auf Fox. Bobby stellte mich beiden nur wenige Tage nach meiner Ankunft in Cambridge vor. Fox stand kurz vor dem Abschluß seines Studiums und beabsichtigte, in den geistlichen Stand zu treten, und ich schwöre, er war ein Langweiler. In vieler Hinsicht noch ein Kind, schleppte er sich schon dem Greisenalter entgegen; bald würde er sein Pfarrhaus auf dem Lande beziehen und dort mit seiner Frau, einem

halben Dutzend Kindern und ebenso vielen Hunden leben, unter ihnen zweifellos auch sein stinkender, sabbernder Augapfel Sappho. Fox würde ein verantwortungsbewußter Pfarrer sein und wahrscheinlich ein tieferes Interesse für die Orchidacae Südenglands entwickeln. Die armen Schäfchen seiner Gemeinde taten mir jetzt schon leid. Die Bibel galt ihm als höchste Autorität, Gott kam ihm mit jedem Satz über die Lippen, und wenn ich damals manchmal an Bobby verzweifelte, dann trug vermutlich sein Vetter Fox die Schuld daran.
Ich kann mich nicht erinnern, je einen Gott gehabt zu haben. Zwar ging ich als Kind, seit ich denken kann, jeden Sonntag zur Kirche, zuerst mit meinen Pflegeeltern und später mit meinen Mitschülern, aber der Gott, mit dem alle anderen auf vertrautem Fuße schienen, zu dem wir alle beteten, dessen Denken, Tun und Urteil offenbar für alle von größter Tragweite waren, bedeutete mir nichts. Schon das Wort Gott schien mir ohne Sinn, und die biblischen Geschichten über Abraham, Moses, David, ja sogar Jesus waren zwar interessant, sagten mir aber nicht mehr als jene, die ich in der Schule über die Könige längst verflossener Epochen hörte. Dieser Mangel machte mir aber keine Sorge. Trotz der Begeisterung, mit der andere, auch Bobby, ihre Religion pflegten, kam mir nie der Gedanke, mir würde es an etwas fehlen oder alle anderen wüßten etwas, was mir verborgen blieb, oder besäßen etwas, was ich nicht hatte. Ich war mir recht sicher, daß es keinen Gott gab, und ebenso sicher war ich mir, daß ich recht hatte. Die Grundbegriffe der Theologie, die wir in der Schule durchnahmen, mit ihren Scheinargumenten für die Existenz Gottes aus der ersten Ursache, aus der Zweckmäßigkeit und so weiter fand ich einfach nur lächerlich und nicht einmal der Mühe wert, widerlegt zu werden. Was William Paley betrifft, so war er ein Narr und sein

Gott eine Sackgasse für die Vernunft. Er brachte die Menschen vom Pfad der Wahrheit und Schönheit ab, er blockierte den Weg für die echten Erklärungen des Wie aller Dinge und vor allem für die Beantwortung der Frage, die mich besonders bewegte, nämlich die nach den Verhältnissen zwischen lebendigen Dingen. Diese Frage, über die ich während der Schulzeit so viel nachgegrübelt hatte, interessierte Bobby damals nicht im mindesten. Später, als wir in Edinburgh Medizin studierten, lauschte Bobby Grants wagemutigen Reden über die Transmutation und Lamarck zwar ebenso gebannt wie Philos und ich, als er aber später nach Cambridge ging, um Theologie zu studieren, fiel er wieder Gott, dem großen Gestalter, in die Arme. Paley war seine Bibel. In alldem wurde er von seinem Vetter Fox bestärkt. Aber sosehr ich Fox verabscheute, ihm habe ich es zu verdanken, daß es mir gelang, einen Gedankengang zu destillieren, der zuvor nur aus einer Reihe von Hypothesen bestanden hatte. Denn während meiner Unterhaltung mit Fox wurde mir die Theorie zum ersten Mal bewußt.

Am Morgen unserer Abreise nach Maer Hall traf ich früh beim King's Arms ein, um mir einen Platz in der Postkutsche nach Nottingham[25] zu sichern. Der Kutscher versicherte mir, es seien noch genügend Plätze frei, und während ein Stallknecht meine Tasche aufs Dach hievte, stieg ich ein. Es saß erst ein Fahrgast in der Kutsche. Fox war noch vor mir eingetroffen und hatte sich auf einer Sitzbank breitgemacht; Sappho hockte auf der anderen und verteilte dort gleichermaßen großzügig Haare und Sabber. Das leise Knurren, mit dem sie mich begrüßte, bedeutete mir, daß sie nicht beabsichtigte, die Bank freizugeben. Fox trug bereits die dunkle Pfarrerstracht, obwohl er noch nicht ordiniert war. Ein Verwandter hatte ihm von einer Romreise einen breitkrempigen Hut mitgebracht, den er täglich trug und den er nun vorsichtig auf dem Schoß hielt. Vermutlich war Foxens Freude über unsere Begegnung genauso groß wie die meine, aber er begrüßte mich mit geradezu berufsmäßiger Herzlichkeit.

»Sehr erfreut, daß Sie mitkommen«, versicherte er mir. »Nicht wahr, Sapphy?«

Der Hund gab sich wenig Mühe, Begeisterung zu heucheln. Ich zwängte mich neben Fox, und kaum hatte ich Platz genommen, erklang das Horn, und wir fuhren los. Es sah aus, als würde es eine lange Reise werden.

Unser Gespräch begann, wie ich mich entsinne, mit Dir, Bobby. Fox war ungeheuer stolz auf seine familiären Verbindungen (warum man auf seine Verwandtschaft stolz sein oder sich ihrer schämen sollte, ist mir stets ein Rätsel gewesen; man kann sie sich schließlich nicht aussuchen). Ob ich wisse, daß er Dein Vetter sei? Gewiß hätte ich von Deinem Großvater mütterlicherseits gehört, der ein führender Fabrikant sei, aber ob ich auch wisse, daß Dein Großvater väterlicherseits, Foxens Großonkel, vom König persönlich zum Leibarzt bestellt worden sei, diese Ehre aber abgelehnt habe? Fürwahr ein Mann von großer Bedeutsamkeit, nicht wahr? Ob ich überdies wisse, daß ebenjener Großvater ein Dichter von hohem Ansehen gewesen? Natürlich wußte ich all das und mehr. Philos hatte mir Dinge über die Familie berichtet, die selbst Fox unbekannt waren, zum Beispiel, was mit der ersten Frau Deines Großvaters tatsächlich geschehen war, und er hatte mir von dessen »Mrs. Parker« und den Bastarden erzählt, die sie ihm gebar, und von seinen beiden rechtmäßigen Söhnen, die durch eigene Hand gestorben waren. Auch hatte ich die Gedichte Deines Großvaters gelesen und die Spekulationen über die

Transmutation, die sie enthielten, sehr genossen – auch den hintergründigen Atheismus, den sie vertraten (wahrscheinlich hatte Fox seit seiner Schulzeit kein Gedicht mehr gelesen).

»Ja, Ihr Großonkel«, sagte ich mit, wie ich hoffte, seligem Lächeln, »ein großer Dichter, fürwahr. Und in der heutigen Zeit der Frömmelei und Hochstapelei ist es so beruhigend, einen Mann zu finden, der dem Credo, zu dem er sich bekannte, tatsächlich folgte.«

»Aber ja«, stimmte Fox nicht ohne Begeisterung zu. »Sie spielen auf seinen ›Botanic Garden‹ an, vermute ich.« (Vielleicht hatte er doch ein Gedicht gelesen.)

»Fürwahr ein wunderbares Werk, aber ganz besonders bewundere ich seinen ›Temple of Nature‹. Denn sagt er hier nicht ganz richtig, daß die reinste Liebe, nach der wir trachten können, die Geschlechterliebe ist?«

Fox schenkte mir einen halb entsetzten, halb neugierigen Blick.

»Gewiß entsinnen Sie sich jener unsterblichen Verse«, fuhr ich fort. »›Preist die Götter der Geschlechterliebe, in jenem Akt vereine willig sich die Welt!‹«

Ich sah Fox erröten und freute mich, daß ich einen Treffer gelandet hatte.

»Ich bewundere außerdem, wie Sie sicher auch, die ›Zoonomia‹ Ihres Großonkels. Sorgt euch nicht um Gott, Transmutation, das ist's.«

Nun wurde Fox so blaß, daß ich glaubte, ihn durch diese zweite Spitze erledigt zu haben, aber er sammelte nur seine Kräfte. Mit einem Blick unendlichen Mitleids und ebenso großer Verachtung, einem Blick direkt von der Kanzel herab, sagte er mit sanfter Stimme: »Ich bin mir sicher, daß mein Onkel dergleichen nicht gemeint hat. Und ich bin ganz sicher, daß mein Onkel keine Theorie gutheißen würde, die den Lehren der Bibel widerspricht, und ebensowenig würde ich das tun.«

»Sie meinen, Sir«, entgegnete ich, »daß die Theorie der Lehre von William Paley widerspricht.«

»Reverend Paley hat recht«, erklärte Fox. »Die Transmutation ist ein Irrtum. Wie können wir das Wunder einer Blume betrachten und den offenkundigen Beweis einer gestaltenden Hand übersehen? Wie können wir Gestalt und Handeln der Biene betrachten, die jene Blume befruchtet, ohne zu der Gewißheit zu gelangen, daß auch dies von einem allwissenden Schöpfer beabsichtigt war? Paley muß recht haben. So wie der komplizierte Mechanismus einer Uhr auf den Menschen als Schöpfer verweist, so verweist die Gesamtheit der Natur auf Gottes Schöpfung.«

»Was aber, wenn ich Ihnen sage, wie dergleichen *ohne* Gott zustande kommen könnte?«

»Ohne Gott? Ohne Gott! Nun denn, mein atheistischer Naturforscher«, erwiderte Fox selbstgefällig, »bitte schön, sagen Sie es mir.«

Fox war zwar ein frommer Langweiler, aber ich nahm doch an, daß er ein Hirn besaß. Und es lag noch eine lange Reise vor uns. Also würde ich es ihm, bitte schön, sagen.

»Kehren wir noch einmal«, begann ich, »zu Ihrem Großonkel zurück. Vielleicht erinnern Sie sich seiner klugen Wendung, mit der er die Gattenwahl der beiden Geschlechter beschrieb. Er nannte sie das ›Gesetz des Kampfes‹.«

Fox überlegte ein wenig. »Ja, ja, ich entsinne mich. Kämpfende Hirsche, so etwas?«

»Wir können wohl annehmen, daß er das meinte«, sagte ich. »Auf dieser Welt ist es nicht selten zu beobachten, daß die Männchen einer Species miteinander um die Weibchen kämpfen, nicht wahr?«

Fox nickte und sagte zu Sappho: »So wie diese nichtsnutzigen Rüden, was, Sapphy? Aber dein Herrchen hat denen die Leviten gelesen.«

Der Blick, mit dem Sappho ihren Herrn bedachte, verriet einigen Zweifel, ob sie mit der Behandlung einverstanden war, die ihre Freier erfahren hatten. Das Leben mit Fox war wohl nicht einmal für einen Hund ganz einfach. Sie ließ den Kopf wieder auf den Sitz sinken und sabberte noch ausgiebiger als zuvor.

»Aber Ihr Onkel ist nur den halben Weg gegangen«, fuhr ich fort, »denn das Gesetz des Kampfes gilt, wie wir sehen werden, nicht nur unter Männchen zum Zwecke der Paarung. Haben Sie Malthus gelesen?«

»Wen?«

»Den großen politischen Ökonom Thomas Robert Malthus. Sie haben doch bestimmt seinen *Versuch über das Bevölkerungsgesetz* gelesen?«

Vermutlich habe er ihn gelesen, erwiderte Fox, er könne sich aber gerade nicht erinnern.

»Nun, vielleicht fällt es Ihnen wieder ein, wenn ich zusammenfassen darf, was er gesagt hat.«

Fox legte mißmutig den Kopf schräg und gab mit hängenden Mundwinkeln seine Zustimmung.

»Zunächst zeigt Malthus auf, daß, wenn wir Menschen Nachkommen zeugen, unsere Bevölkerung zu wachsen pflegt. Die Bevölkerung Englands wächst, die Bevölkerung Frankreichs wächst, jene der ganzen Welt wächst, nicht wahr?«

»Ja, das trifft zu«, sagte Fox und fügte mit einem Lächeln hinzu: »Aber genau das ist Gottes Wille.«

»Lassen Sie uns nur für einen Augenblick dieses Wachstum mathematisch statt theologisch betrachten. Können Sie mir also sagen, wie dieses Wachstum zustande kommt?«

»Das ist ja nun recht einfach«, meinte Fox nach kurzer Überlegung. »Wenn jedes Paar mehr als zwei Kinder hat, und wenn diese überleben und selbst mehr als zwei Kinder bekommen, dann stellt sich unvermeidlich ein solches Wachstum ein.«

»Mein lieber Fox, Ihre mathematischen Überlegungen sind tadellos«, sagte ich. »Aber wie steht's mit der Geometrie? Gewiß ist Ihnen nicht entgangen, daß es sich um eine geometrische Progression handelt. Je mehr die Bevölkerung wächst, um so größer ist die Grundlage für weiteres Wachstum und um so mehr wächst sie.«

»Das ist nichts anderes als die Theorie des Staffelzinses, mein Freund. Aber worauf wollen Sie hinaus?«

»Dazu komme ich gleich. Vielleicht erinnern Sie sich, daß Malthus außerdem feststellte, daß die Nahrungsmenge, die ein Land hervorbringt, ebenfalls gesteigert werden kann. In England legen wir Jahr für Jahr mehr Land trocken, wir benutzen verbesserte Methoden und Getreidesorten, und daher wächst im Durchschnitt auch der Ernteertrag.«

»Wie ich meinem lieben Onkel Robert erst letzten Monat versichert habe, sind der Gnade des Herrn keine Grenzen gesetzt.«

»Bleiben wir noch eine Weile bei der Mathematik, mein lieber Fox«, sagte ich und hielt nur inne, weil mir angesichts dieser schwülstigen Platitüde die Galle hochkam. Sappho gähnte herzhaft. »Als fähiger Rechner, der Sie zweifelsohne sind, werden Sie gewiß erkennen, daß dieser Nahrungszuwachs *nicht* geometrisch ist. Wir sind in der Lage, hie und da ein wenig dazuzugewinnen, indem wir Wälder roden oder Sümpfe trockenlegen, eine neue Weizensorte anbauen oder eine neue Rinderrasse einsetzen, aber der Gesamtzuwachs des Ertrags erfolgt durch Addition und nicht durch geometrische Vermehrung.«

»Ja, dem stimme ich zu.«

»Was ist also die unausweichliche Folge?«

Ich sah Fox erwartungsvoll an. Ihm fiel es offenbar schwer, eine Antwort auf meine Frage zu geben, also beantwortete ich sie nach einigen Sekunden des Schweigens selbst.

»Es führt dazu, daß der Bevölkerungszuwachs letztlich die Zunahme der Nahrungserzeugung übersteigt.«

Fox runzelte so angestrengt die Stirn und spitzte so konzentriert den Mund, daß ich schon befürchtete, er könne mir nicht folgen. Aber schließlich gab er zu, daß es sich tatsächlich so verhalte.

»Und was muß dann geschehen?«

Fox überlegte diesmal etwas länger, bis er triumphierend seine Lösung verkündete.

»Wir werden dann einfach Nahrungsmittel aus dem Ausland kaufen.«

»Hervorragend«, lobte ich mit gezwungenem Lächeln (meine Annahme, Fox besitze ein Hirn, war wohl nicht falsch, aber besonders groß war es offensichtlich nicht). Ich war jedoch entschlossen, meine Beweiskette weiter auszuführen.

»Dann betrachten wir einmal unseren Erdball als Ganzes. Die Zahl der Menschen, da sind wir uns einig, wächst geometrisch, die Nahrungsmenge hingegen arithmetisch. Was wird dann geschehen?«

»Nun, am Ende gibt es nicht mehr genug zu essen.«

»Da haben Sie vollkommen recht, Fox«, sagte ich, »wir können keine Lebensmittel vom Mond einführen, und es wird nicht genug Nahrung für alle geben, auch nicht aus dem Ausland. Folglich werden einige Menschen hungern. Es wird eine Hungersnot geben. Und was dann? Was geschieht im Falle einer Hungersnot?«

»Die Menschen sterben«, meinte Fox und seufzte traurig. »Aber das ist Gottes Wille. Es steht uns auf Erden nicht wohl an, Gottes Willen anzuzweifeln.«

»Mein lieber Fox, lassen Sie uns für eine Weile von Gott absehen. Wie Sie sagen, wenn eine Hungernot herrscht, sterben Menschen. Und sie sterben nicht nur an Hunger, sondern auch an Krieg und Seuchen, die mit dem Hunger einhergehen.«

»Unglücklicherweise verhält es sich so. Aber es sterben nicht alle.«

»Genau.« Ich freute mich, daß Fox schließlich doch der Beweisführung zu folgen schien. »Darauf will ich hinaus. Nicht alle sterben, aber wer wird überleben?«

»Wir, nehme ich an«, meinte Fox.

»Wen meinen Sie mit ›wir‹?«

»Wir, hier in England.«

»Ja«, räumte ich ein, »wahrscheinlich wir. Aber warum gerade wir? Warum werden wir Engländer Hungersnot, Krankheit und Krieg überleben?«

»Weil wir besser sind.«

»Da haben Sie recht, mein lieber Fox, Sie haben den Nagel auf den Kopf getroffen«, sagte ich. »Wir sind besser. Wir sind stärker und gesünder. Wir sind reicher, und unsere Armee und unsere Marine sind besser ausgestattet.«

Fox' Stirn glättete sich, und er lächelte ein wenig. Daß er recht habe, hörte er gern.

»Nun sehen Sie sich um«, sagte ich nach draußen deutend. »Was sehen Sie?«

Fox blickte aus dem Kutschenfenster auf den schlammigen

Straßenrand und die Hecken und Wiesen, die sich dahinter erstreckten.

»Nicht nur wir Menschen zeugen Nachkommen und mehren uns, nicht wahr, Fox? Schauen Sie. Jeder Löwenzahn an dieser Straße erzeugt Hunderte von Samen, jeder Schmetterling legt hundert Eier. Auf dieser Erde gibt es nicht genug Platz für jeden Löwenzahn, nicht genug Nahrung für jede Raupe. Was geschieht mit ihnen allen?«

»Ich vermute, viele von ihnen sterben.«

»Ja, viele von ihnen sterben. Die meisten sogar. Aber welche sterben?«

»Was meinen Sie damit?«

»Welche sterben und welche leben? Wenn es auf einer Wiese nur noch für einen Löwenzahn Platz gibt, welcher Samen füllt die Stelle? Wenn es nur für eine weitere Raupe Nahrung gibt, welche Raupe erhält diese Nahrung?«

»Das weiß ich nicht«, meinte Fox, »es könnte jede von ihnen sein.«

»Ja, ja, eine Portion Glück ist auch beteiligt. Ein Löwenzahnsamen bleibt in einem Spinnennetz hängen, ein anderer wird aufs Meer hinausgetrieben. Aber unter jenen, die auf der Erde landen, welcher überlebt? Welche unter all den Raupen, die auf einer Nessel schlüpfen, wächst zum Schmetterling heran?«

»Ich bin mir nicht sicher, was Sie von mir hören wollen.«

»Betrachten Sie die Völker der Erde«, sagte ich, »sind sie denn alle gleich? Sind alle Menschen gleich, sind alle Äpfel eines Baumes gleich, sind alle Welpen eines Wurfs identisch?«

»Nein, es bestehen bei allen große Unterschiede.«

»Ja, die Unterschiede sind groß. Wie bei den Völkern, so sind auch manche Individuen gesünder oder stärker oder besser gewappnet als andere. Und nun denken Sie an das ›Gesetz des

Kampfes‹ Ihres Großonkels. Ist in der Natur nicht jedes Individuum unablässig im Krieg, attackiert seine Beute, verteidigt sich gegen Räuber, in endlosem Wettbewerb mit den Mitgliedern seiner eigenen und anderer Species um die begrenzten Vorräte an Nahrung, Schutz und Weibchen? Wie wir sagen können, welches Volk Hungersnöte und Kriege überleben wird, ist so nicht auch offenbar, welcher Samen oder welche Raupe den Krieg überleben wird, der in der Natur unablässig ausgetragen wird?«

»Offensichtlich jene, die stärker oder gesünder oder besser gewappnet sind.«

»Ganz genau. Der Stärkste wird überleben.«

Mir erschien dies sonnenklar. Nur der Stärkste überlebt. Ich habe überlebt.

»Und nun verstehen Sie«, fuhr ich fort, »daß Gott in dieser Beweisführung keinen Platz hat.«

Fox sah mich an. Wieder war er leichenblaß geworden.

»Ich verstehe«, sagte er schließlich, »aber es gefällt mir nicht.«

»Warum nicht?«

»Daß Gott in Ihrer Beweisführung keinen Platz hat, ist gleichbedeutend mit der Aussage, Er habe keinen Platz auf der Welt. Das ist Gotteslästerung.«

»Dann nennen Sie mich einen Gotteslästerer«, entgegnete ich lächelnd. »Aber ich habe recht, oder?«

Fox schwieg.

Weil mich mein kleiner Sieg so freute, hatte ich bis zu diesem Augenblick nicht erkannt, wie tief meine Beweisführung Fox treffen könnte. Ich glaubte nicht an seinen Gott. Wo war der gütige Vater in meinem Leben, wo der liebevolle Erlöser? Mir bedeutete es nichts, Gott vollständig aus der Natur zu verbannen. Aber für Fox und wie ich vermute auch für Dich, mein lieber Bobby, war Gott die Grundlage, auf der seine gesamte Philosophie beruhte. Paleys göttlicher Uhrmacher war nicht notwendig, um die Schönheit der natürlichen Welt zu erklären, er war nur vonnöten, um Foxens Stellung in der Welt zu rechtfertigen. Seine Stellung und seinen Lebenszweck. Ohne Gott als Gestalter seiner Welt, als Versicherung für die Rechtmäßigkeit seiner Existenz, blieb nichts außer einer grauenhaften Leere. All das sah ich, als sich für einen Augenblick Zweifel und Entsetzen auf Foxens Gesicht spiegelten.

Doch kaum eine Minute später wurde das Schweigen durch ein merkwürdiges Grollen gebrochen. Ich erkannte sofort, daß es von Sappho kam, die schon eine ganze Weile stark gesabbert hatte. Als sie sich auf die Vorderbeine aufrichtete, blieb mir gerade noch genug Zeit, um das nächstbeste Ding in Reichweite zu packen und mich damit abzuschirmen. Fox wäre beinahe von seinem Sitz aufgesprungen, als sich ihr stinkender Mageninhalt auf uns ergoß, aber ich war wenigstens in Sicherheit: Was ich gegen die übelriechende Flutwelle schützend vor mich hielt, war Foxens Hut.

Den Rest der Reise nach Shrewsbury brachten wir schweigend hinter uns; während Fox verzweifelt in seiner eselsohrigen Bibel blätterte und gleichzeitig versuchte, seinen Hut aus dem Fenster zu halten, war ich tief in Gedanken versunken. Was würde aus Dir werden, Bobby? War Dein Verstand bereits gelähmt, Dein Enthusiasmus unter Dogmen begraben? Würdest Du Cambridge mit einem Sehvermögen verlassen, das nur für unbeleuchtete Pfarrkirchen taugte, würde Deine Leidenschaft in einem schlecht geheizten Pfarrhaus allmählich erkalten? Ein flatternder Sperling oder ein sich emporschwingender Mauersegler, was sollte aus Dir werden?

KAPITEL 9

Unter den dreiunddreißig Vogel-Species, die ich nunmehr identifiziert habe und die das ganze Jahr über hier leben, sind fünf Meeresvögel, die vor allem im *Pisonia*-Wald im Norden meiner Insel nisten. Unter ihnen befindet sich eine große Zahl von Noddiseeschwalben, die ihre primitiven Nester in den Zweigen der *Pisonia*-Bäume bauen (*Pisonia*-Bäume habe ich auf fast allen kleinen Inseln Ostindiens angetroffen, die ich besuchte, und ich nehme an, daß die Seeschwalben und andere Meeresvögel wesentlich zu ihrer Verbreitung beitragen). Aber es gibt noch eine weitere Pflanze auf meiner Insel, die sich der Vögel bedient: nämlich eine Mistel.

Obgleich mein naturgeschichtliches Interesse stets mehr zoologisch als botanisch ausgerichtet war, haben mich Misteln von jeher fasziniert. Zunächst die englische Species, die in der Rinde einer Eiche oder eines Apfelbaums wurzelt, sich vom Saft ihres ahnungslosen Wirts nährt und deren weiße Beeren auf Drosseln unwiderstehlich wirken. Wenn sie ihren Schnabel reinigen, tragen sie die klebrigen Samenkerne zu anderen Bäumen, wo diese keimen und wachsen. In Australien schließlich gibt es Dutzende von Mistelarten, die eine noch engere Verbindung mit den Vögeln eingehen. In der Nähe von Misteln findet man einen kleinen roten Vogel, der sich fast ausschließlich von den Beeren ernährt und häufig sein hängendes Nest an der Pflanze selbst baut. Wie die Drossel sorgt auch dieser Vogel für die Verbreitung der Samen, aber statt sie von seinem Schnabel auf einen Zweig abzustreifen, schluckt dieser Vogel die Beeren ganz und bringt die Samen mit dem Kot auf andere Bäume. Anders als jeder andere Vogel, den ich bisher beobachtet habe, hockt dieser nicht quer auf dem Zweig, wenn er den Darm entleert, sondern längsseits, so daß seine Ausscheidungen auf dem Zweig und nicht auf dem Boden landen. Dieser Vogel ist offenbar der wichtigste, wenn nicht sogar einzige Vermittler bei der Verbreitung der australischen Mistelarten und wird von den Siedlern »Mistelvogel« genannt. Hier auf dieser Insel gibt es eine Mistel, die wiederum eine andere Vorkehrung trifft.

In Australien hatte ich bemerkt, daß das Laub der Mistel oft jenem des Baumes gleicht, auf dem sie wächst; die Species, die auf Akazien gedeiht, hat breite, hellgrüne Blätter, jene, die Gummibäume besiedelt, weist dunkler gefärbtes Laub auf, während die Bewohner des Känguruhbaums lange schmale Blätter ähnlich wie Piniennadeln besitzen, die jene des Wirts beinahe exakt nachahmen. Warum sich dies so verhält, konnte ich nie erklären (als ich den jungen Hooker[26] um eine Antwort auf diese Frage bat, konnten weder er noch sein Vater eine zufriedenstellende Erklärung liefern). Als ich auf diese Insel kam, fand ich eine ähnliche Situation vor; die Blätter der hiesigen Mistel ähneln jenen ihres Wirts, der *Pisonia*, so sehr, daß mir die Pflanze überhaupt erst nach einiger Zeit auffiel. Daß ich sie schließlich bemerkte, hatte mehr mit kulinarischen als mit botanischen Nachforschungen zu tun.

Mein Speiseplan hier ist leidlich abwechslungsreich; Fisch und Kokosnüsse gibt es in Hülle und Fülle (letztere sind allerdings schwieriger zu pflücken, nachdem Charley nicht mehr hier ist, der gern auf die Bäume kletterte); an der Küste wächst Spinat, der Salat für meine Tafel liefert, und ich baue Erbsen und Mais aus dem Saatgut an, das ich unter meinen Vorräten mitführte; mehrere Bäume tragen fast das ganze Jahr hindurch

Früchte, die sich oft auch trocknen und lagern lassen. Auch habe ich entdeckt, daß sich die Eier der Noddiseeschwalben zum Verzehr eignen. Zwar sind sie kaum größer als Eicheln, dafür aber stets reichlich vorhanden. Es bereitet keine große Mühe, zwei Dutzend davon zu sammeln, denn die Vögel nisten niedrig in den Bäumen und sind so zahm, daß ich einem Vogel im Nest ein Ei unter dem Bauch fortnehmen kann, ohne auch nur einen Schnabelhieb zu riskieren. Die Vögel brüten das ganze Jahr, und folglich gibt es jederzeit nicht nur Eier, sondern auch Nestlinge, die dank ihrer üppigen Fischkost fett wie Täubchen werden. In Australien hatte ich mit Genuß die Jungvögel des Dunklen Sturmtauchers (eine Lund-Species) verspeist und wollte daher diese fetten jungen Seeschwalben kosten; das Einsammeln meiner Mahlzeit versprach nicht besonders schwierig zu werden, da die Nestlinge so gefügig sind wie ihre Eltern. Als ich jedoch versuchte, ein Vogeljunges aus dem Nest zu holen, stellte ich fest, daß es durch eine Art kurze Schnur, die an einem Bein befestigt war, ans Nest gefesselt war. Die Schnur war glatt und erinnerte an eine Zwiebelwurzel, hellrosa gefärbt und trotz ihrer Biegsamkeit äußerst kräftig. Nur durch einen Schnitt mit dem Messer konnte ich den Jungvogel aus dem Nest entfernen, dann aber sah ich, daß die Schnur dem Vogel nicht ans Bein gebunden war, wie ich zunächst vermutet hatte, sondern daraus hervorzuwachsen schien. An der Schnittstelle zeigte sich ein Tropfen, der wie Blut aussah. Dies erschien mir äußerst merkwürdig. War dies womöglich eine Vorrichtung, mit der die Eltern verhindern wollten, daß ihre Jungen aus dem Nest fielen? Damit war nicht zu rechnen; und Aufschluß konnte nur die Sektion geben. Also nahm ich den Vogel mit in meine Hütte, wo durch Skalpell und Zange bald die Wahrheit ans Licht kam.

Die Schnur war direkt unterhalb des Oberschenkels mit dem Vogel verbunden, aber nicht angebunden. Vielmehr schien sie aus der Haut herauszuwachsen. Durch Aufschneiden des Beins konnte ich ihren Weg mühelos verfolgen, zunächst subkutan, dann intramuskulär am Oberschenkel entlang, am Kreuzbein vorbei und in den Leib hinein. Hier verzweigte sie sich in Dutzende feiner Fäden, die sich durch die ganze Bauchhöhle erstreckten. Mein erster Gedanke war, es handle sich um einen parasitären Wurm, doch als ich ihn durchtrennte, zeigte er nicht die geringste Bewegung. Eine mikroskopische Untersuchung ergab, daß seine innere Struktur fast gänzlich undifferenziert war und eine einfache Hohlröhre bildete (die Überprüfung ergab außerdem, daß die rote Flüssigkeit tatsächlich Blut war). Dennoch mußte es sich um ein Tier handeln. Vielleicht würde der Rest der Kreatur, der Teil, den ich im Nest zurückgelassen hatte, mehr Aufschluß geben.

Am folgenden Tag kehrte ich in den *Pisonia*-Wald zurück, wo ich bald einen weiteren Nestling fand, der ebenfalls durch eine rosafarbene Röhre unterhalb des Oberschenkels mit dem Nest verbunden war. Diesmal durchtrennte ich die Röhre jedoch nicht, sondern verfolgte aufmerksam ihren Lauf. Sie erstreckte sich etwa acht Zoll weit ins Nest hinein, aber das andere Ende war nicht frei. Die Röhre endete im Baum und verschmolz mit seiner Rinde, als würde sie daraus hervorwachsen. Unweit der Eintrittsstelle sah ich die unverkennbaren länglichen roten Blüten nicht einer *Pisonia*, sondern eines *Loranthus*. Es war kein Wurm, der sich vom Blut der kleinen Noddiseeschwalbe nährte, es war eine Mistel.

Ich habe die Sache nunmehr gründlich untersucht. Es besteht nicht der geringste Zweifel, daß die Mistel tatsächlich ein Vampir ist, der den Seeschwalbenjungen das Blut aussaugt, während sie im Nest hocken. Dieser Vampirismus wird durch folgenden Mechanismus möglich: Die Altvögel erkennen die von der Pflanze ausgehende Gefahr nicht, sondern nisten dort ebenso gerne wie auf der *Pisonia* selbst (ich vermute, dies erklärt sich weitgehend durch die große Ähnlichkeit des Blätterkleids beider Pflanzen). Überdies leben im *Pisonia*-Wald so viele Vögel, daß auf oder neben jeder Mistel mit einem Nest zu rechnen ist. Ich habe festgestellt, daß die Pflanzen nicht zu allen Zeiten parasitäre Wurzeln ausbilden. Diese Wurzeln entstehen nur als Reaktion auf Guano, jedoch nicht durch das Material, mit dem die Altvögel ihre Nester verkitten, sondern nur durch die Ausscheidungen der gefräßigen Brut, die sich nach jeder Mahlzeit reichlich aus dem Nest ergießen. Ich konnte die Reaktion der Pflanze überprüfen, indem ich etwas Guano der Nestlinge sammelte und auf den Zweig einer Mistel plazierte, auf dem ein Vogel seine Eier ausbrütete; zwölf Stunden nach dieser Behandlung hatte die Pflanze eine einzelne haarfeine, drei Zoll lange Wurzel hervorgebracht, die genau aus der Stelle austrat, die ich mit Guano bestrichen hatte. Die winzige Wurzel ragt in das Nest hinein und entwikkelt, innen angelangt, eine kleine Schwellung an der Spitze, die der Wurzel eines ausgerissenen Haares gleicht. Diese Schwellung ist zwar klein, aber äußerst klebrig und bleibt an allem haften, womit sie in Berührung kommt. Sobald die Wurzel an einem Nestling klebt, dringt sie rasch in die Haut ein (was den Vogel offensichtlich kaum beunruhigt), wächst innerhalb des Körpers weiter und erreicht Länge und Dicke der Schnur, die ich zuerst beobachtet hatte. Die Jungvögel beachten ihre merkwürdige Fessel nicht weiter. Sie verweilen etwa zehn Wochen im Nest, bis sie flügge werden, und werden während dieser Zeit von beiden Eltern gefüttert. Der Parasit, dem ich den Namen *Loranthus sterniphagus* gab, bleibt nicht so lange mit dem Wirt verbunden. Nach acht Wochen beginnt die Wurzel zu verdorren und fällt schließlich ab, so daß die flügge gewordene Noddiseeschwalbe das Nest verlassen kann.

Nicht alle Nestlinge werden von der Mistel befallen, aber ich stellte überrascht fest, daß sich die betroffenen Jungvögel in Größe und Gesundheit nicht von jenen unterschieden, die von dem Parasiten verschont blieben. Sie wuchsen nicht weniger schnell als die anderen und wiesen alle normalen Entwicklungsstufen auf. Wieder waren es meine kulinarischen Forschungen, die des Rätsels Lösung lieferten. Wie vermutet, waren die Jungvögel der Seeschwalben tatsächlich fett und zart und daher sehr schmackhaft, erinnerten aber eher an Räucherhering als an Kapaun. Aber als ich sie tafelfertig machte, entdeckte ich, daß manche von ihnen im Muskelgewebe Hunderte kleiner Zysten aufwiesen, die sich beim Sezieren als Finnen eines Bandwurms herausstellten. Zwar glaubte ich, daß diese Parasiten durch Erhitzen unschädlich gemacht wurden, zog es aber vor, sie zu meiden, und suchte nach einem Merkmal, das die mit Finnen befallenen Vögel von den anderen unterschied. Nach einer Weile stellte ich fest, daß die Jungvögel, die von der Vampirpflanze angezapft wurden, von den Finnen verschont blieben, während die anderen mit den Parasiten zu kämpfen hatten. Offenbar erweist die Mistel als Gegengabe für ihre Mahlzeit den Vögeln einen Dienst, indem sie sie gegen den Bandwurm immun macht. Wenn man die Theorie nicht hätte, möchte man fast glauben, Gott habe es so bestimmt.

Als wir in Shrewsbury anlangten, hatte Fox seine gewohnte selbstgefällige Seelenruhe wiedererlangt. Meine Worte waren an ihm abgeperlt wie Wasser vom Rücken einer Ente; die Religion hatte über die Logik triumphiert, der Glaube die Vernunft besiegt. Es dämmerte bereits, aber am Gasthof wartete mit hell erleuchteten Laternen eine Kutsche auf uns, und nach einer kurzen Fahrt aus der Stadt hinaus bogen wir an einem hübschen weißen Pförtnerhäuschen in eine lange, von Zäunen gesäumte Auffahrt ein. Das Bild, das mir Maer Hall bot, als ich es zum ersten Mal sah, ist mir noch heute vor Augen: das Haus, die Bäume mit den Hügeln dahinter, und Bobby auf den Eingangsstufen, denn hatte nicht Sappho die anderen Hunde dazu veranlaßt, bellend unsere Ankunft zu verkünden? Als ich ausstieg, um meinen Freund zu umarmen, erschien ein weiterer Mann an der Tür.

»Darf ich dir meinen Onkel Jos vorstellen.«

Der Mann, der mir entgegentrat und mir die Hand schüttelte, war kleiner und rundlicher als Bobby, aber seine breite Stirn und die große Nase ließen keinen Zweifel daran, daß sie aus demselben Stall stammten.

»Willkommen«, sagte er mit herzlichem Lächeln. »Ich kann Ihnen gar nicht sagen, wie sehr ich mich freue, Sie endlich kennenzulernen.«

Mehr sagte er nicht, aber seine schlichten Worte und die Art, wie er sie sprach, weckten bei mir das merkwürdige Gefühl, daß es sich tatsächlich so verhielt – daß dieser Mann sich seit langem auf die Begegnung mit mir freute. Noch bevor ich dieses Gefühl analysieren konnte, kam eine kleinere Gestalt hinter seinem Rücken hervor.

»Da bist du ja, meine Liebe«, sagte Jos mit zärtlichem Lächeln und wandte sich wieder an mich. »Der Rest der Familie ist, fürchte ich, in der Stadt, aber ich darf Ihnen meine jüngste Tochter Emma vorstellen.«

Eine junge Frau trat näher. Sie trug ein schlichtes weißes Kleid, das an der schmalen Taille von einer grünen Seidenschärpe gerafft wurde, und streckte mir ihre Hand entgegen. »Ein Freund von Vetter Bobby ist unser aller Freund«, sagte Emma, und als ich ihre Hand in die meine nahm, hatte ich das Gefühl, endlich heimgekommen zu sein.

KAPITEL 10

Ich lebte mich auf Maer Hall rasch ein – trotz der vielen Begegnungen mit Fox, der mir bei jeder Gelegenheit auflauerte, um mir die ein oder andere Widerlegung unserer Unterhaltung in der Kutsche aufzunötigen. Am dritten Tag meines Aufenthalts beschlossen Fox, Bobby und Onkel Jos beim Frühstück, einen Jagdausflug in die Umgebung zu unternehmen. Obwohl es ein schöner, sonniger Morgen war, mochte ich mich ihnen nicht anschließen, denn zu diesem Sport besaß ich weder Neigung noch Geschick. Statt dessen bat ich darum, mir Jos' Büchersammlung näher ansehen zu dürfen, die ich bereits bei meiner Ankunft bemerkt hatte und nun näher in Augenschein nehmen wollte. Bobbys Onkel hatte gegen meine Bitte nichts einzuwenden, und sobald die drei mit Gewehren, Hunden und Treibern losgezogen waren, zog ich mich mit meinem Kaffee in die Bibliothek zurück. Der Raum war nicht groß, aber hell und luftig, und rundherum verliefen Bücherregale vom Boden bis zur Decke. Am Fenster stand ein kleiner Tisch. Hier stellte ich meine Tasse ab und begann mit meiner Begutachtung. Die Sammlung war mit den klassischen Werken der Geschichtsschreibung und den üblichen religiösen Traktaten gut ausgestattet; hier stand Herodot, hier Juvenal, hier Cowper. Ein ganzes Regal belegten meine alten Freunde Sophokles und Euripides. Die Bibliothek enthielt außerdem eine umfangreiche und sorgfältig zusammengestellte Auswahl naturkundlicher Werke. Zwei Regale beanspruchte der vollständige Buffon, jener arme Verblendete, der sich eingebildet hatte, jedes Tier auf Erden beschrieben zu haben. Neben ihm fanden sich die schön illustrierten Werke von Lewin dem Älteren, mehrere Ausgaben von White und das abgegriffene vierbändige Handbuch zur Entomologie von Kirby und Spence. Ich griff nach einem schmalen Folioband, den ich noch nicht kannte, John Lewins *Natural History of the Lepidopterous Insects of New South Wales* und sah mich sogleich in jenes fremdartige, neue Land versetzt. Hier gab es wahre Wunder zu bestaunen, prächtige Insekten, deren Merkmale so getreu wiedergegeben waren, daß sie wie echt aussahen. Ich war von meinem Fund derart gebannt, daß ich die Anwesenheit Emmas erst bemerkte, als ich ein Geräusch hörte und von dem Buch aufblickte.

Frauen waren von jeher nur Randfiguren in meinem Leben gewesen. Ich hatte nie eine Mutter oder Schwester gekannt, niemals die Freundschaft einer Frau gewonnen; von allen Angehörigen des anderen Geschlechts waren mir Bobbys Schwestern noch am vertrautesten, aber auch sie erschienen mir wie hübsche, aber ziemlich fremdartige Schmetterlinge. Mit Bobbys übrigen Kusinen auf Maer und insbesondere mit seiner Tante Bess verband mich ein Verhältnis kühler Höflichkeit. Mit Emma aber war es anders. Zwar fühlte ich mich körperlich nicht von ihr angezogen, aber ihr zurückhaltendes Selbstvertrauen, so »andachtsvoll und ernst und tüchtig«, und ihre Weiblichkeit an sich zogen mich in ihren Bann. Seit unserer ersten Begegnung bei meiner Ankunft hatte ich kaum zwei Worte mit ihr gewechselt, aber mir war oft aufgefallen, wie sie, stets ein Buch in den Händen, am Fenster des Salons oder im Garten unter der Kastanie saß. Auch jetzt hatte Emma ein Buch bei sich und trat an meinen Stuhl.

»Ach, Sie haben eins meiner Lieblingsbücher entdeckt«, sagte sie.

Wieder trug sie ein langes weißes Kleid, ihren Hut hatte sie auf die Schultern zurückgeschoben, wo er an grünen Bändern baumelte. Der Glyzinienstrauß, der darin steckte, verriet mir, daß sie gerade vom Garten hereinkam. Ich erhob mich und schob ihr den Band zu.
»Was gefällt Ihnen an diesem Buch so besonders?« fragte ich.
»Oh, die Schönheit, einfach die Schönheit«, erwiderte Emma. Sie betrachtete die Abbildung, die gerade aufgeschlagen war, den kolorierten Kupferstich eines schönen Sphinx-Nachtfalters mit seiner beeindruckenden Raupe.
»Finden Sie alle Insekten schön, Miss Emma?«
Emma schien diese Frage sehr ernst zu nehmen, denn sie dachte eine Weile nach, bevor sie antwortete.
»Alle Geschöpfe Gottes besitzen eine eigene Schönheit, auch wenn sie unseren Augen oft verborgen bleibt. Meinen Sie nicht auch?«
Ich erwog ihre Frage mit ebenso großem Ernst.
»Was die Allgegenwart der Schönheit in der Natur betrifft, stimme ich Ihnen zu; hinsichtlich der Beziehung der Kreaturen zu Gott bin ich mir nicht so sicher.«
Mit leichtem Stirnrunzeln setzte Emma zu einer Erwiderung an, als ich auf ihrer Schulter etwas bemerkte. Im Garten hatte sich anscheinend eine Biene auf ihrem Kleid niedergelassen und krabbelte nun auf ihren nackten Hals zu. Ich öffnete den Mund, um sie zu warnen, aber Emma war meinem Blick gefolgt. Sie drehte den Kopf, und ihr Kinn berührte die Schulter, so daß die Biene in Bedrängnis geriet. Emma schrie vor Schmerz auf, als sie den Stich verspürte, und wollte sich an den Hals greifen.
»Nein, nicht!« rief ich; mein schroffer Befehl zeigte Wirkung, sie ließ den Arm sinken und rührte sich nicht mehr.

»Ja, so ist's gut, bleiben Sie so. Einen Augenblick.«
Rasch griff ich in die Tasche und zog ein kleines Stoffbündel hervor. Schon lange hatte ich die Angewohnheit, in ein Stückchen Leinen verpackt eine entomologische Pinzette mitzuführen. Mit einer Hand griff ich Emma unters Kinn, drehte ihren Kopf zum Fenster und näherte mein Gesicht dem ihren, um den kleinen schwarzen Stachel besser sehen zu können, den die Biene in Emmas Hals hinterlassen hatte und dessen Giftdrüse noch pumpte. Ich faßte den Stachel mit der Pinzette so nahe an der Spitze wie möglich und zog ihn mit einem Ruck heraus. In diesem Augenblick betrat Emmas Mutter, durch den Schrei angelockt, den Raum.
Auch wenn ich damals den Blick nicht verstand, den mir Bess von der Bibliothekstür aus zuwarf, während meine Hand noch Emmas Kinn umfaßte und mein Gesicht fast das ihre berührte, so werde ich ihn doch nie vergessen. Emma lief sofort zu ihrer Mutter und warf sich in ihre Arme. Bess sagte kein Wort, doch während sie Emmas Kopf streichelte und ihre Tränen mit einem Taschentuch trocknete, ließ sie mich nicht aus den Augen, und aus ihrem Gesicht sprach solche Verachtung und solcher Haß, daß auch ich keine Worte fand. Emma brach als erste das Schweigen.
»Es war eine Biene, Mutter, eine Biene«, sagte sie und zeigte ihrer Mutter die sich bereits rötende Stelle, aus der ich den Stachel gezogen hatte. Mit den leisen Geräuschen einer Glucke dirigierte Bess ihre Tochter aus dem Raum, ohne den Blick von mir zu wenden, und in ihren Augen loderte kalte Wut.

Als Emmas Vater mit Fox und Bobby von der Jagd heimkehrte, bekam er als erstes die Geschichte mit der Biene zu hören.

Emma erzählte ihm, mein rasches Eingreifen habe ihr viel schlimmeres Leid und Schmerzen erspart, was mein Freund Bobby eifrig bestätigte.
»In solchen Fällen, Onkel, ist es von größter Wichtigkeit, daß der Stachel schnellstmöglich entfernt wird. Solange er in der Wunde bleibt, sondert er weiter sein Gift ab. An den Folgen eines einzigen Stichs sind schon Menschen gestorben.«
Jos war durch diese Worte sichtlich beeindruckt.
»Nun denn, Sir«, sagte er und nahm seine Frau und seine Tochter bei der Hand. »Dann müssen wir Ihnen danken, daß Sie unserer Tochter das Leben gerettet haben.«
Ich lächelte verlegen; schließlich hatte ich ihr nur einen kleinen Dienst erwiesen und damit nicht mehr getan als jeder andere an meiner Stelle.
»Es zahlt sich immer aus, einen Mediziner im Haus zu haben«, meinte Bobby und legte mir die Hand auf die Schulter, »aber noch besser ist ein Entomologe. Denn wer noch außer meinem Freund hier trägt stets eine Pinzette bei sich?«
Jos lachte, Emma lächelte, und damit war die Sache abgetan. Emmas Mutter aber lächelte nicht, und in ihrem Gesicht spiegelte sich noch der Haß, den ich in ihren Augen gelesen, als sie auf Emmas Schrei hin in die Bibliothek geeilt war und uns Kopf an Kopf am Fenster gefunden hatte.

Im Laufe der Jahre bin ich selbst mehrmals von Bienen gestochen worden; die Auswirkungen des Stichs verschlimmern sich mit jedem Mal, und heute bin ich sehr vorsichtig, wenn die »honigsüß'ge Biene bei ihrer Blumenarbeit summt«. Deshalb hatte ich es auch nicht eilig, die Lebensweise der schwarzen Biene zu erforschen, die etwa die Größe einer Hummel besitzt, aber schneller und zielgerichtet fliegt und in der Insektenfauna meiner Insel eine herausragende Rolle spielt; wie ich bei meiner Erforschung der Land-Seegurke[27] erstmals entdeckte, ist diese Biene für die Bestäubung der Dildoebäume zuständig, die im Februar in Hülle und Fülle auf dem Berg blühen. Bei meiner Erforschung der fleischfressenden Mistel war mir aufgefallen, daß zahlreiche kleinere Zweige der *Pisonia* sauber ausgeführte Löcher aufwiesen, etwa so groß wie mein kleiner Finger, die, wie ich zuerst vermutete, durch die Larven eines Holzbohrers oder eines Bockkäfers entstanden waren. In Wirklichkeit werden die Löcher von den Bienen gemacht.

Das Insekt, das die Löcher bohrt, ist eine Species der *Xylocopa* oder Holzbiene, die wie ihre kleineren englischen (und australischen) Verwandten im Zweig einer Pflanze nisten. Schon häufig habe ich die australische Species gesehen, die im weichen Holz des Grasbaums nistet; meine Inselbiene richtet sich in der *Pisonia* häuslich ein. Sie wählt einen senkrechten Zweig, mit einem etwas größeren Durchmesser als die Spannweite ihrer Beine, klammert sich daran und beginnt die Rinde des Zweigs zu benagen, wobei das Kratzgeräusch ihrer großen Kauwerkzeuge deutlich zu hören und der feine Regen des dabei zu Boden sinkenden *Fraßes* (wie es unsere deutschen Freunde so treffend bezeichnen) deutlich zu sehen ist. Sie nagt weiter, bis sie ein kreisförmiges Loch gebohrt hat, das gerade groß genug ist, um die Biene aufzunehmen. Sie benötigt nur wenige Minuten, um durch die äußere holzige Schicht zum weichen Mark vorzustoßen, und nach ein paar weiteren Minuten ist sie in ihrem selbst geschaffenen Versteck verschwunden. Im Laufe der nächsten halben Stunde kommt gelegentlich ihr Kopf mit etwas Mark in den Kauwerkzeugen zum Vorschein, bis in dem Zweig ein Hohlraum entstanden ist, der groß genug für ein Nest ist.

Wie andere ihrer Art und anders als die Honigbiene benutzt sie nicht etwa Wachs zum Bau der Brutkammern, sondern Propolis, die sie an der nächstgelegenen Quelle sammelt. Diese Riesenholzbiene könnte keine bequemere Quelle finden als die Samen der Mistel, die auf ebenjenem *Pisonia*-Baum wächst, in dem auch die Biene nistet, denn die Samen sind nicht von einer gallertartigen Beere umschlossen wie die Früchte anderer Misteln, sondern von klebrigem Harz. So wie die Noddiseeschwalben das ganze Jahr über auf meiner Insel brüten, steht auch die Mistel immer in Blüte, und sie trägt das ganze Jahr hindurch Früchte. Die Biene sammelt die Mistelsamen Stück für Stück und bringt sie in ihre Nistkammer. Hier entfernt sie den Harzmantel und baut damit ihre Zellen. Die Zellen, stets sechs an der Zahl, sind in dem hohlen Zweig übereinander angeordnet. Sie alle sind mit einem Brei aus Staubmehl und Honig gefüllt, in den jeweils ein einziges Ei abgelegt wird. Bemerkenswert scheint, daß, obgleich das unterste Ei notwendig zuerst abgelegt werden muß, dennoch das oberste Ei zuerst schlüpft und die anderen in absteigender Reihe folgen. So ist dafür gesorgt, daß die junge Biene sich entwickelt, heranreift und das Nest verläßt, bevor die anderen unterhalb dies tun, so daß es im Korridor kein Gedränge gibt. Wie diese Ordnung entsteht, weiß ich nicht.

Für die Samen hat die Biene keine Verwendung mehr, nachdem sie das Harz abgelöst hat, daher werden sie aus dem Nest entfernt. Durch das noch verbliebene Harz sind die Samen immerhin noch so klebrig, daß die Biene sie nicht einfach aus dem Nest werfen kann, sondern sie von ihren Kauwerkzeugen abstreifen muß. Dies geschieht stets an einem benachbarten *Pisonia*-Zweig. Hier bleiben die Samen haften, bis sie durch den nächsten Regen zum Keimen gebracht werden. Eine zweckmäßigere Übereinkunft für Pflanze und Insekt ist kaum vorstellbar.

Die Schönheit in den Verhältnissen der Natur gleicht, wie ich meine, jener, die Mathematiker in den Verhältnissen der Zahlen entdecken, und ich gerate oft in Versuchung, Theorien darüber aufzustellen, wie es zu einer solchen Ordnung kam. In diesem Fall vermute ich, daß es zunächst keine Verbindung zwischen Bienen und Misteln gab; die Bienen auf dieser Insel sammelten ihre Propolis für den Nestbau bei anderen Pflanzen (so wie die englische Biene das Harz von Pappelknospen holt), und die Samen der Mistel wurden durch einen anderen Helfer verbreitet, vermutlich einen Vogel. Dann wuchs eine Mistel, deren Beeren mehr Harz enthielten. Die Bienen entdeckten das und nutzten es für ihre Zwecke. Die Samen dieser veränderten Mistel wurden von den Bienen so zügig verbreitet, daß sie sich vermehrte und durch Vererbung ihrer Eigenschaften zu einer neuen Species wurde. Diese neue Species befand sich nun im Wettstreit um Lebensraum mit der Ur-Species, ein Wettbewerb, in dem sie obsiegte und schließlich zum vorherrschenden Typ wurde. Zu dieser Zeit gab es nicht mehr genügend Angehörige der Species mit den fleischigen Beeren, um die Population der samenverteilenden Vögel zu erhalten, die schließlich ausstarb. Mit ihrem Verschwinden war auch das Schicksal der ursprünglichen Mistel besiegelt. Die einzige Mistel-Species, die es auf der Insel noch gab, war die neue – ein echtes Beispiel für natürliche Zuchtwahl.
Und wie verhält es sich mit der Mistel als fleischfressender Pflanze? Wo ist das »fehlende Bindeglied« zwischen der englischen Mistel, die sich vom Saft eines Apfelbaums nährt, und meiner Mistel, die das Blut eines Vogels saugt? Nehmen wir

einmal an, daß der ferne Urahn der Vampirpflanze eine gewöhnliche Mistel war, die zufällig auf demselben Baum lebte, in dem die Seeschwalben nisten. Ich habe beobachtet, daß von den Tausenden Seeschwalben, die hier Jahr für Jahr schlüpfen, viele hundert aus dem einen oder anderen Grund im Nest sterben, sei es durch Sonnenstich mangels Schatten oder an Hunger, weil ihre Eltern ein Mißgeschick ereilte. Wenn sich das Nest mit dem toten Vögelchen auf einer Mistel befindet, könnte es dann nicht sein, daß die Pflanzenwurzeln, die sich von Natur aus zufällig ihren Weg bahnen, in den Kadaver hineinwachsen und dort eine reiche Nahrungsquelle entdecken? Solche Pflanzen wären damit im Vorteil, so daß sie allmählich die Standorte der weniger begünstigten Pflanzen übernehmen könnten. Von hier ist es nur ein kleiner Schritt zur Entwicklung der Fähigkeit, nicht nur die wenigen toten Nestlinge zu nutzen, sondern auch die weit zahlreicheren lebenden Vögel.

Obgleich sich Fox für logische Argumente völlig unzugänglich gezeigt hatte, schnitt ich später in Cambridge das Thema der Evolution im Gespräch mit Bobby manchmal an, wenn auch nur zaghaft. Einer ausführlichen Debatte enthielt ich mich, weil mir die vielen Fragen bewußt waren, die die Theorie aufwarf. Wie kam es, daß ähnliche Arten, die in einer nicht sehr weit zurückliegenden Vergangenheit gemeinsame Vorfahren gehabt haben mußten, zuweilen nicht nebeneinander anzutreffen waren, sondern auf verschiedenen Erdteilen existierten? Wie hatte die Zeit ausreichen können, um allmählich alle die Abweichungen zuzulassen, durch die sich heutige Arten unterscheiden, wo doch aus der gegenwärtigen Beobachtung hervorgeht, daß die Natur keine Sprünge macht? Wie konnte ich bei einigen Arten das Vorhandensein von Organen erklären, die augenscheinlich keine Aufgabe erfüllten? Was geschah mit den Zwischenformen der sich entwickelnden Arten, die es heute nicht mehr gibt, die aber auch als fossile Funde nicht erhalten sind? Diese Schwierigkeiten machten mich so unsicher, daß ich es eine Zeitlang unterließ, bei Bobby den Samen religiösen Zweifels zu säen und zu nähren. Ich fand mich mit dem Gedanken ab, seine schlichte Seele fühle sich zu einem Leben im Schoße der Kirche berufen; die einzigen Zweifel, die ihn beschäftigten, waren, ob er sich um eine Landpfarrei bemühen sollte, wie sein Vetter Fox es bereits getan hatte, oder ob er Tutor in Cambridge werden sollte. Ich selbst hatte noch zwei Jahre in Cambridge vor mir, und durch eine Tätigkeit als Tutor oder auch als Hilfspfarrer hätte Bobby wenigstens genügend Zeit gehabt, um mit mir Käfer zu sammeln. Zwar hatten wir es praktisch aufgegeben, den scheuen englischen Skarabäus zu finden, aber das schmälerte unseren Jagdeifer nicht. Als Bobby seine Prüfungen bestanden hatte (was mich überraschte, denn mir schien, als habe mein Freund mehr Zeit mit den Käfern verbracht als über seinen Büchern) und er mit der Entscheidung rang, wie es weitergehen sollte, blieb uns Zeit genug für die Käferjagd.

Aber die Samen, die ich gepflanzt hatte, waren nicht verschwendet, nicht wahr, Bobby? Wie die Samen der Mistel hatten sie nur auf dem Zweig geschlummert, und die Regentropfen, die sie aufgehen ließen, waren die Worte Alexanders von Humboldt. Hätte ich Dir nicht jenes Buch über Humboldts Reisen und Abenteuer zu kosten gegeben, hättest Du dann wohl eine so große Reiselust gezeigt, Bobby? Wärst Du bereit gewesen, in jenem heißen Sommer des Jahre 1831 Henslows Vorschlag zu folgen, England, Deine Freunde und

Angehörigen zu verlassen, um eine fünfjährige Reise um die Welt anzutreten, und zwar auf einem Prahm, einer Badewanne von einem Schiff, und in Begleitung eines Mannes, der, wie Du mir amüsiert erzähltest, ernsthafte Bedenken wegen der Form Deiner Nase hatte? Der Abschied stimmte mich traurig, aber wenigstens konnte ich mir zugute halten, daß Dich mein Einfluß davor bewahrte, Dich wie Fox in die Bedeutungslosigkeit des religiösen Lebens zurückzuziehen. Aber Du hättest dennoch für die Welt verloren sein können. Wie sollte ich das verhindern? Ich glaube, damals erkannte ich, daß die Theorie Deine Rettung sein könnte.

Doch dieses Geschenk stand noch aus. Als ich in Plymouth an den Kai kam, um die *Beagle* ablegen zu sehen, brachte ich als Abschiedsgabe nur eine kleine Pappschachtel mit, wie wir sie so oft zum Nadeln unserer Käfer benutzt hatten. Und als Du sie öffnetest und den *Copris lunaris* darin erblicktest, den Käfer, den wir in Cambridge so viele Tage vergeblich gesucht hatten, erschien mir das Lächeln, das Deine Züge erhellte, wie die Sonne an einem Wintermorgen. Und als Tränen in Deine Augen traten und Du mich mit solcher Wärme und Zuneigung umarmtest, wurden auch meine Wangen feucht. Aber die Tränen, die mir übers Gesicht liefen, um sich mit dem salzigen Wasser des Solent zu vereinen, hießen nicht, daß ich wegen Deiner Abreise trauerte, Bobby. Ich freute mich, daß Du jenem Schicksal entronnen warst, das mir so abschreckend erschien. Vor Dir lag endlich das große Abenteuer – und damit vielleicht die Möglichkeit, Dir durch Entdeckungen in neuen Welten einen Namen zu machen.

Als wir uns schließlich am Kai von Plymouth trennten, waren die Theorien der Evolution wohl das letzte, woran Du dachtest. Und auch an Emma hast Du wohl kaum einen Gedanken verschwendet. Was war Emma anderes für Dich als eine angenehme Kusine, eine Ersatzschwester in Deinem zweiten Heim, und war nicht auch Fanny Owen gekommen, um von Dir Abschied zu nehmen? Ich aber hatte Emma nicht vergessen, nachdem wir uns auf Maer Hall kennengelernt hatten. Noch lange nach meinem Aufenthalt auf Maer Hall dachte ich an sie. Und als mich Philos nach Deiner endgültigen Abreise[28] erneut einlud, dort Weihnachten mit »der Familie« zu feiern, nahm ich vor allem deshalb an, weil ich Emma dort wiedersehen würde.

KAPITEL 11

Am Heiligen Abend des Jahres 1831 traf ich zu später Stunde auf Maer Hall ein. Ich war frühmorgens von Cambridge aufgebrochen, und nach einer langen, kalten Fahrt mit der Postkutsche (selbst Sappho wäre mir an diesem Tage recht gewesen, um mir die Füße zu wärmen) erreichte ich den Landsitz erst nach Einbruch der Dunkelheit. Die Lichter des Hauses hatte ich schon vom Pförtnerhäuschen aus erblickt, und als sich die Kutsche dem Eingang näherte, hörte ich Musik und Lachen. Offenbar hatte jemand vom Fenster aus die Kutsche gesehen, denn als wir vorfuhren, öffnete Jos persönlich die Tür und bat mich herein. Das Fest war in vollem Gange. Im Salon saß Bess mit ihren Kindern Frank und Fanny, und ich glaube, Elizabeth, Charlotte und Harry waren ebenfalls anwesend. Mehrere Nachbarn waren mit ihren Kindern eingeladen, und die meisten waren dabei, sich ihre Teller so hoch mit Schinken und Hühnchen zu beladen, wie es nur eben ging. Philos, der bereits aus der Stadt eingetroffen war, stand am Klavier und sang mit strahlendem Lächeln ein melancholisches Lied, am Flügel begleitet von Emma.

Sobald ich mit Essen und Trinken versorgt war, bat mich Emma, ein Lied zu singen. Das konnte ich ihr nicht abschlagen, aber trotz Emmas Bemühungen, den Klang meiner Stimme durch häufigen Gebrauch des Pedals aufzubessern, wurde danach einhellig beschlossen, man habe genug Musik gehört und jetzt seien Spiele an der Reihe. Augenblicklich sah ich mich in ein solches Spiel einbezogen, das unter ernsthaften Debatten und hemmungslosem Gekicher der Kinder vorbereitet wurde. Die teilnehmenden Männer wurden in die Eingangshalle geführt, mußten sich unter die Mistel stellen und sich die Augen verbinden lassen, woraufhin wir einer nach dem andern von den Damen geküßt wurden und erraten sollten, von wem der Kuß stammte. Jos war als erster an der Reihe, und er machte sich einen rechten Spaß daraus, spitzte die Lippen, forderte einen Nachschlag und hielt die Küsserin fest, wenn er glaubte zu kurz gekommen zu sein. Philos riet mit so bemerkenswerter Sicherheit, daß ihm Mogelei unterstellt wurde und er zugeben mußte, er habe unter seiner Augenbinde hervorgelugt und die Küsserinnen an den Schuhen erkannt. Dann war die Reihe an mir.

Der erste Kuß war leicht, ein lauter Schmatzer, mehrere Zoll von meiner Wange entfernt, gehüllt in einen Hauch von Rosenwasser; wer konnte das sein außer Tante Bess? Dann folgte ein Kinderkuß, ein zarter Kuß von kleinen Lippen, zu dem ich mich so weit hinabbeugen mußte, daß er nur von der kleinen Louisa Jane stammen konnte. Dann kam der nächste Kuß. Ob er einem Beobachter bemerkenswert erschienen wäre, wage ich zu bezweifeln. Ein kleiner, zärtlicher Kontakt zwischen Freunden, vielleicht auch Bruder und Schwester. Lippe an Lippe, ein leichter Atemhauch; er währte nicht länger als eine Sekunde. Und wenn er eine halbe Sekunde beansprucht hätte oder auch vier Fünftel einer Sekunde, wäre er bedeutungslos gewesen. Wären die Lippen ein wenig enger gewesen, wäre der Atem angehalten worden, so hätte dieser Kuß kein Aufsehen erregt. Aber jenes letzte Fünftel einer Sekunde, der leise, warme Atemhauch auf meinem Gesicht, diese weichen, weichen Lippen. Einen solchen Kuß hatte ich noch nie empfangen. Gelegentlich erhaschen wir nur einen kurzen Blick auf einen vorüberziehenden Vogel oder einen Käfer, der in der

Rinde eines Baums verschwindet, und doch sind wir ganz sicher, welchen Vogel oder welchen Käfer wir gesehen haben. Wenn jemand fragte, wie wir zu unserem Wissen kommen, blieben wir die Antwort schuldig, wären aber dennoch sicher. So war es mit diesem Kuß. Er kam von Emma.

An diesem ersten Weihnachtsfest nach Bobbys Abreise blieb ich lange im Hause seines Onkels. Obgleich mir Emma kein weiteres Zeichen gab, zweifelte ich nicht. Aus Gründen, die mir noch heute Rätsel aufgeben, hatte sich Emma in mich verliebt. Und obwohl ich mich hütete anzudeuten, daß ich es bemerkt hatte, stand für mich ebenfalls außer Zweifel, daß sie es wußte. Das war eine neue Erfahrung für mich. Frauen spielten zu jener Zeit in meinem Leben, geschweige denn in meinen Herzensangelegenheiten, kaum eine Rolle. Trotz meiner Erfahrungen in Cambridge hatte ich längst erkannt, daß Frauen nicht nach meinem Geschmack waren, und ausgerechnet Emma war wohl kaum imstande, meine Meinung zu ändern. Es ist ein feiner Unterschied, aber ich kann nur sagen, daß ich sie zwar faszinierend, nicht aber attraktiv fand. Sie war hübsch und in ihrer stillen Art durchaus reizend, aber ich hatte wenig mit ihr gemein. Ihre schlichte Religiosität, ihre Bibellektüre und ihre Besuche bei den Armen, die Sonntagsschule, mit der sie und ihre Schwester Fanny die Kinder aus der Nachbarschaft traktierten, all das war mir ein Greuel. Und dennoch will ich nicht leugnen, daß Emma etwas an sich hatte, was ich nur als starke geistige oder spirituelle Anziehungskraft bezeichnen kann. Auch muß ich zugeben, daß mir noch ein anderer Gedanke kam. Ich würde schon bald mein Medizinstudium abschließen, womit mir die ärztliche Laufbahn offenstand, man hatte mir aber auch zu verstehen gegeben, daß ich danach mit weiteren Zuwendungen nicht mehr rechnen durfte. Ich besaß kein Kapital und hatte keine unmittelbaren Aussichten. Emma war die Tochter einer reichen Familie. In finanzieller Hinsicht war eine Heirat mit ihr durchaus erwägenswert.

Der Akt des Schreibens hat etwas an sich, was das Denken erleichtert. Während ich diese Worte niederschreibe (die Schwanzfeder des Sargassovogels eignet sich hervorragend als Federkiel), geht mir auf, daß meine Absichten gegenüber Emma eines Ehrenmannes unwürdig erscheinen mögen, ein Gedanke, der mir nie zuvor in den Sinn gekommen ist. Natürlich ist das absolut zutreffend. Ich bin nie ein Ehrenmann gewesen (ist es ehrenwerter, dies zuzugeben, oder es zu leugnen?). All mein Handeln ist, auch wenn es altruistisch oder wenigstens neutral erscheinen mag, vollkommen eigennützig und ist es immer gewesen. Das soll nicht heißen, daß ich grausam wäre. Auch wenn ich wohl im tiefsten Herzen ein Hedonist bin, habe ich nie Vergnügen daraus gezogen, andere zu verletzen, und ganz sicher hatte ich nicht vor, Emma weh zu tun. Im Austausch gegen ihr Geld hätte ich ihr mit Freuden ein friedvolles häusliches Leben mit Kindern geboten, wenn sie sich das wünschte.
Bobby, Du bist schockiert. Wie konnte ich so herzlos, so berechnend sein. Aber als Du selbst die Heirat erwogst, stelltest Du doch zwei Listen auf, nicht wahr? Ja, ich erinnere mich an Deinen Brief. Auf der positiven Seite standen Kinder, eine Haushälterin, Gesellschaft (»besser als ein Hund«, so sagtest Du doch?); auf der negativen Seite Freiheit für Arbeit und Gesellschaft, geringere Ausgaben (»mehr Geld für Bücher«, nicht wahr?). Wo war Dein Herz damals, Bobby? Ja, ich war berechnend, aber vielleicht nicht mehr als viele andere auch.

Daß eine Verbindung zwischen Emma und mir die sofortige Zustimmung ihres Vaters finden würde, war unwahrscheinlich. Ich wußte nur zu gut, daß Jos, sosehr er seine Kinder, und vor allem Fanny und Emma, die beiden jüngsten, liebte und verwöhnte, die Meinung vertrat, Eheschließungen sollten vom Kopf und nicht vom Herzen gelenkt werden. Ich hatte ihn selbst sagen hören, daß »alles in der Familie bleiben sollte«; auch machte er keinen Hehl aus seiner Freude über die Verlobung seines Sohns Josiah mit Bobbys Schwester Caroline. Einen mittellosen Studenten sah Jos wohl kaum als idealen Schwiegersohn an, das würde auch Emma ihm nicht ausreden können, und wenn er sie noch so abgöttisch liebte. Die Sache war kein Kinderspiel. Ich beschloß, wenigstens vorerst nichts zu unternehmen.

Wir Menschen machen so viel Aufhebens um solche Angelegenheiten; soll er oder soll er nicht, will sie oder will sie nicht? Diese Dinge laufen bei anderen Tieren gewiß einfacher ab. Sucht eine Henne einen Gatten für ihre Küken aus, mißbilligt ein Stier die Wahl seiner Nachkommen? Dennoch ist die Gattenwahl bei Menschen und bei anderen Tieren selten vom Zufall abhängig, und der Wettbewerb um Paarungspartner gehört zu den wirksamsten Kräften im Prozeß der Evolution. Dies ist nirgends deutlicher zu beobachten als bei den Vögeln.

Ich habe bereits erwähnt, daß Charley und ich die Nester der Sargassovögel sahen, bevor wir auch nur den Fuß auf diese Insel setzten. Die Vögel sind etwa so groß wie ein Haushahn, haben aber längere Beine und Zehen von enormer Länge, nicht unähnlich jenen der Jacanas oder Blatthühnchen aus anderen tropischen Regionen. An der Unterseite sind sie makellos weiß, an der Oberseite weisen sie eine gelblichbraune

Tarnfärbung auf (und sind damit praktisch unsichtbar, wenn sie auf den Pflanzen hocken, auf denen sie leben). Soweit ich es beurteilen kann, sind die beiden Geschlechter äußerlich identisch. Sargassovögel erinnern an die Großfußhühner des nördlichen Australien und sind zweifellos eng mit ihnen verwandt, da sie ihre Eier nicht durch Körperwärme ausbrüten, sondern durch die Wärme der von ihnen gebauten Nester (auch wenn Du den Buschvogel auf Deinen Reisen nicht gesehen hast, Bobby, hast Du doch gewiß durch Freund Gould[29] von ihm gehört oder von den anderen Megapodidae in Australien). Denn ihre Nester sind nichts anderes als riesige Mistbeete, die die Vögel mit ihren großen kräftigen Füßen zusammenrechen und in denen die Henne ihre Eier legt, welche sie dann der zärtlichen Wärme der verrottenden Vegetation überläßt. Aber während die Großfußhühner der Antipoden Bodenbrüter sind, die ihre Nester aus Blättern und Rinde errichten, bauen Sargassovögel die ihren aus dem Beerentang, auf dem sie leben.

Die Insel, auf die es mich verschlagen hat, ist von vier kleineren Inseln umgeben. Im Zusammenspiel mit den Riffen, die es in dieser Gegend überall gibt, führt diese Anordnung zu einem äußerst komplizierten Muster von Wirbelströmungen und Strudeln rund um die Hauptinsel, so daß der Beerentang, der hier wie in den meisten tropischen Meeren reichlich vorkommt, sich nicht zu riesigen schwimmenden Inseln vereinigt, wie sie den Seeleuten auf dem offenen Meer, etwa der gewaltigen »Sargassosee« des Atlantischen Ozeans, vertraut sind, sondern sich durch die Strömungen zu kleineren Klumpen ballt, die kaum mehr als einen Acre umfassen und durch den natürlichen Einschluß großer Mengen des hier reichlich vorhandenen Bimssteins zusätzlichen Auftrieb erhalten. Da die Strömungen stark und mehr oder weniger gleichmäßig sind, bleiben diese Klumpen zwischen den Regenzeiten oft mehrere Monate lang an Ort und Stelle. Und während dieser Zeit bauen die Sargassovögel ihr Nest.

Sargassovögel nisten und arbeiten als Paar. Zum Sammeln des Tangs gebrauchen sie nicht ihre Füße, sondern den Schnabel, der dick und stark ist und jenem des Teichhuhns gleicht. Als mir noch mein Kanu zur Verfügung stand, paddelte ich oft bis auf wenige Fuß an sie heran und brachte viel Zeit damit zu, ihr Verhalten zu beobachten. Zum Auftakt des Nestbaus schichten die Vögel Bimsstein zu großen Haufen aufeinander, indem sie die Steinbrocken aus dem Tanggewirr lösen und sie Stück für Stück in die Mitte der schwimmenden Insel tragen, bis der Haufen in der Höhe einen Yard und im Durchmesser drei Yard mißt. In der Regel gibt es auf der Insel des Vogelpaars genügend Bimsstein, gelegentlich sah ich aber auch schon Vögel zu anderen Inseln fliegen, um Steine zu sammeln, die sie dann im Schnabel zum Nest tragen. Wenn das Fundament geschaffen ist, beginnt der eigentliche Nestbau. Ein Vogel packt einen Strang des Tangs vom Rand der schwimmenden Insel und zerrt ihn mit aller Kraft so weit wie möglich aus dem Wasser. Sein Partner, der sich schon bereithält, hackt die festsitzenden Enden des Tangs durch, so daß sich der Strang aus der Masse löst. Der erste Vogel schleift daraufhin den Tang zur Mitte der Insel, während der zweite an einem weiteren Strang zu zerren beginnt. (Sollten kleine Fische oder Garnelen mit dem Tang herausgezogen werden, werden sie sogleich aufgepickt; der treibende Tang zieht offenbar genug kleine Tiere an, um die Vögel mit dem benötigten Futter zu versorgen; was sie aber trinken, weiß ich nicht.) Im Laufe mehrerer Tage entsteht so ein großer Hügel. Du wirst bestimmt annehmen, daß der im

Zentrum aufgetürmte Tang durch sein Gewicht den Hügel sinken läßt; der Bimsstein verleiht dem gesamten Nest jedoch soviel Auftrieb, daß der Tang stets über Wasser bleibt. Fertige Hügel sind etwa ein Yard hoch und haben einen Umfang von zehn Yard; daraus habe ich errechnet, daß ein einziges Vogelpaar annähernd zwölf Tonnen Tang bewegt. Sobald der Bau vollendet ist, beginnt der Tang, seines natürlichen Mediums beraubt, abzusterben und zu verrotten; das Nest ist bereit.

Das Weibchen legt seine Eier nicht auf, sondern in den Hügel. Nach einer kurzen Kopulation gräbt sich die Henne mit Schnabel und Füßen seitlich in den Hügel ein, bis sie nicht mehr zu sehen ist; mehrere Minuten später hat sie ihr Ei oder ihre Eier gelegt und kommt wieder hervor. Die Eier werden durch den Fäulnisprozeß warm gehalten, bis die Küken ausschlüpfen, allerdings habe ich während dieser Brutzeit schon beobachtet, daß die Eltern einen Teil der Vegetation wieder entfernen, offenbar um die Eier vor Überhitzung zu schützen. Sobald die Jungvögel geschlüpft sind, können sie sogleich laufen und sich selbst mit Nahrung versorgen. Niemals habe ich beobachtet, daß die Alten ihre Nachkommen füttern oder sich sonst um sie kümmern. Die Küken sind kaum zu erkennen, weil sie sich farblich nur wenig von dem Tang unterscheiden, auf dem sie leben, und weil sie die Angewohnheit haben, beim ersten Anzeichen von Gefahr völlig reglos zu verharren. Dennoch werden sie häufig von Fregattvögeln gefressen, die auch diesmal die Küken stark dezimiert haben.

Warum kopulieren Vögel so hastig? Ob bei Tauben, Wellensittichen oder Sargassovögeln, überall ist es das gleiche; ein Flügelschlag, ein Zucken der Schwanzfedern, und schon ist es vorbei. Viele Säugetiere und sogar Insekten nehmen sich für diesen Vorgang viele Stunden Zeit. Ein Bekannter in Sydney erzählte mir einmal von einem Beutelmauspaar, das er im Museum hielt und das, wie er beschwor, annähernd vierundzwanzig Stunden *in copulo* verharrte (außerdem berichtete er mit sichtlichem Vergnügen, das Männchen sei nach diesem Akt gestorben, versicherte mir aber, das Tier sei mit einem zufriedenen Lächeln verschieden). Genießen Vögel eine so kurze Begegnung? Auf dieses Rätsel weiß ich keine Antwort, aber ich habe selbst immer wieder festgestellt, daß die Vorfreude köstlicher ist als der Vollzug; denn nicht der Fleischesakt selbst bringt die höchste Lust, sondern die Werbung. Wenn dem so ist, dann sind Vögel mit ihrem Balzen und Gefiederspreizen fürwahr Hedonisten, und am meisten trifft dies wohl auf den Sargassovogel zu. Denn außerhalb der Nistzeit balzen die Sargassovögel nahezu täglich und stündlich das ganze Jahr hindurch.

Obgleich das Vogelpaar sein Nest gemeinsam baut, verbringen die Sargassovögel den Großteil des Jahres allein, jeder auf seiner schwimmenden Tanginsel, und während dieser Zeit pflegen sie vor allem den Gesang. »Solch süßen Zwang kann die Musik verleihn«, und kein Lied ist betörender als das des Sargassovogels. Die englische Schwarzdrossel mit ihrem weichen, traurigen Alt, die Nachtigall mit ihrem »Liebesschmelz, der lullt in Schlummer ein den Tag«, die australische Elster[30] mit ihrem fröhlichen Trillern – sie alle musizieren nur auf einer Blechpfeife im Vergleich zum klaren, silberhellen Flötenton des Sargassovogels. Aber sie sind nicht nur unvergleichliche Solisten, sondern auch meisterhafte Orchestermusiker.

Wenn auf meiner Insel der erste zarte Lichtschimmer am östlichen Horizont den Tagesanbruch meldet, beginnt der erste Vogel mit seiner Darbietung. Vom Wasser her ertönt ein Ruf von reinstem Klange. Aber niemals der gleiche. Er kann langgezogen sein, ernst, er kann vom Leiden der Welt und zugleich von ihrer großen Schönheit künden. Vielleicht klingt er hell, berührt uns im tiefsten Herzen und bestätigt, daß mit der Welt alles in Ordnung ist, wie könnte es anders sein? Oder er besitzt so vorzügliche Brillanz, daß er die Sonne selbst überstrahlt und die Morgendämmerung angesichts dieser Klänge verblassen muß. Aus der Dunkelheit gesellt sich bald ein zweiter Sänger hinzu, knüpft an Stimmung und Tempo des Auftakts an. Ein weiterer Vogel greift den Rhythmus auf und sorgt für eine stetige Begleitung. Dem ersten Sänger schließt sich in enger Harmonie ein Nachbar an, während von weit her übers Wasser zart, ja kaum hörbar, ein gemächlicher, schwebender Sopran alles mit einem feinen Spitzentuch aus Klängen überlagert. Das Konzert hat begonnen. Wie wahre Musiker antworten die Vögel ihren Mitspielern. Von links und rechts, von nah und fern gesellen sich weitere Stimmen hinzu. Und es werden mehr und mehr, bis tausend Kehlen vereint sind. Fast ist der Tag angebrochen. Im Osten färbt sich der Himmel rosa, dann rot, dann feurig gelb. Das erste Sonnenlicht ergießt sich über den Rand des Ozeans und enthüllt die Sänger, die allesamt der Sonne entgegenblicken und, aufrecht stehend, mit erhobenem Haupt und offenem Schnabel, dem Himmel ihr Lied entgegenschmettern. Zwar ist jeder Vogel auf seiner Insel allein, aber alle sind in der Musik vereint. Den ganzen Morgen lang erklingt das Lied, und jeden Tag ertönt ein anderes.

Was hat das mit der Balz zu tun? Alles, denn das Lied ist die Balz. Zehn Monate des Jahres singen die Vögel jeden Morgen füreinander, neue und alte Melodien, stets im Chor, stets grandios, bis eines Morgens im Juni, sobald der erste Sonnenstrahl über den Horizont steigt – nichts zu hören ist. Anstelle des erwarteten Crescendo folgt Schweigen. Dann weht allmählich ein Geräusch wie das ferne Rascheln von Laub im Wind übers Wasser her. Die Vögel, die fast ein Jahr lang allein auf ihrer Tanginsel zugebracht haben, erheben sich in die Lüfte. Sie entfalten ihre Schwingen und fliegen mit kräftigen Schlägen empor, ziehen ihre Kreise und steigen immer höher in den Himmel auf. Das Geräusch schlagender Flügel entfernt sich, und dann, wenn sie fast außer Sicht sind, ertönen andere Klänge. Die Vögel singen wieder, aber diesmal nach einer anderen Weise. Statt gemeinsam ein Lied anzustimmen, trägt jeder Vogel nun mit heller klarer Stimme sein eigenes vor. Anstelle von Zusammenarbeit herrscht Wettbewerb. Tausend Lieder schweben aus den Höhen hernieder und werden lauter, während die Vögel absteigen. Hier ein Ton, dort eine kleine Melodie, mehr läßt sich in dieser fernen Kakophonie nicht unterscheiden, aber so, wie wir in einem Raum voller Menschen einzelne Stimmen unterscheiden können, kann, wie ich glaube, jeder Vogel den anderen klar erkennen. Denn wenn die Vögel zurückkehren und dem Auge wieder sichtbar werden, sind sie nicht mehr allein. Über Monate hinweg haben sie einander gelauscht und sich aufgrund der gehörten Lieder einen Gefährten gewählt. Nun erkennen sie einander allein an der Stimme, finden einander in der kreisenden Menge und steigen zu Paaren vereint auf die Erde herab.

Sollte dies mit Emma mein Schicksal sein? Hatte ich endlich meine Gefährtin gefunden? Als ich nach den Weihnachtstagen auf Maer Hall nach Cambridge zurückgekehrt war, beschäftigten mich diese Fragen unentwegt. Ich brauchte nicht jenen ersten Brief von ihr, um zu wissen, daß ich ihr Herz gewonnen hatte, und auch nicht die folgenden – manchmal zwei oder drei pro Tag –, die mich in meiner Wohnung erreichten. Zweifellos hatte Emma sich in mich verliebt, auch wenn ich nicht verstand, warum. Ich hatte um Emmas Liebe nicht geworben, hatte auf keinen der Tricks aus dem Repertoire meiner Verführungskünste zurückgegriffen. Das Interesse, das ich an ihr hatte, diese merkwürdige Faszination, hatte ich nicht preisgegeben. War es denkbar, daß Emma jene geheimen Gedanken erraten hatte, oder war ihr Verhalten einfach durch die mädchenhafte Schwärmerei für den Freund zu erklären, der sie von dem Bienenstachel befreit hatte? Glaubte sie etwa Bobbys übertriebener und halb spaßhafter Behauptung, ich hätte ihr das Leben gerettet? Vielleicht gefiel ich als Bücherwurm der Schulmeisterin, die in Emma steckte, vielleicht sah sie in meiner Ablehnung ihrer orthodoxen Vorstellungen jene Herausforderung, die, wie ich oft beobachten konnte, für Frauen so wichtig ist. Welche Ursache sie auch haben mochten, die Gefühle, die Emma in ihren Briefen so freimütig gestand, überraschten und faszinierten mich gleichermaßen, und meine Spekulationen über die Möglichkeit und die Vorteile einer Verbindung erhielten neue Nahrung.

Sobald die Sargassovögel zueinander gefunden haben und auf die Erde zurückgekehrt sind, wenden sich die Paare der Aufgabe zu, eine schwimmende Insel für ihr Nest auszuwählen. Nun wird die zuvor so harmonische Beziehung aller Individuen dieser Species getrübt. An die Stelle des musikalischen Wettbewerbs tritt der körperliche Kampf, wobei jedes Paar alles daransetzt, die größte Insel zu besetzen und zu verteidigen. Dieser Wettbewerb dauert so lange, bis jedes Paar eine eigene Insel gefunden hat, und danach beginnen, wie bereits geschildert, der Nestbau und das Brutverhalten. Unweigerlich werden einige der schwimmenden Inseln durch wechselnde Strömungen oder Stürme an Land geschwemmt, und so hatte ich die Möglichkeit, sie zu untersuchen. In der Regel finden sich ein Dutzend Eier im Nest, in Einzelfällen bis zu neunzehn; die Eier liegen nicht nebeneinander, sondern jedes für sich. Es ist keine angenehme Aufgabe, zwölf Tonnen verrottenden Tangs auseinanderzuzerren, um zu diesen Erkenntnissen zu gelangen, aber inzwischen bin ich es gewohnt, notwendige Aufgaben zu erledigen, und seien sie noch so unangenehm. Ich nenne den Vogel *Megapodus eumeles*. Die Siedler Südaustraliens bezeichnen die Megapoden jener Gegenden als Truthahn oder *Lowan*, den faulen Vogel, weil er weder ein richtiges Nest baut noch die Eier ausbrütet. Wenn sie sehen könnten, wieviel Arbeit ein jedes Paar dieser Vögel und ihrer Verwandten in den Bau und die Betreuung ihres Brutofens steckt, würden sie eher den eifrigen Spatz für einen Langschläfer halten. Die Eier sind übrigens durchaus wohlschmeckend.

An einem Wintermorgen lag ich selbst noch im Bett, als mich ein Bote weckte. Er brachte mir einen Brief von Philos aus London, in dem stand, Emmas Schwester Fanny sei schwer krank und er breche sofort nach Shropshire auf. Ich eilte zur Poststation und reservierte mir einen Platz in der Kutsche. Noch am selben Tag traf ich zu später Stunde auf Maer Hall ein und stellte fest, daß Philos und sein Vater bereits seit dem Vorabend hier waren. Doch der große Arzt war zu spät gekommen, die Cholera hatte ihr Werk getan. Emmas Mutter war außer sich vor Schmerz und hatte sich auf ihr Zimmer zurückgezogen. Ihr Vater, in tiefe Schwermut versunken, kaum imstande zu denken, geschweige denn zu handeln, wurde von

Philos umsorgt. Emma hatte zwar nicht gehört, daß ich kam, und war überrascht, mich auf Maer zu sehen, freute sich aber unverkennbar und nahm mein Hilfsangebot gerne an. Der Rest der Familie war wenig geneigt, sich mit den Einzelheiten des Todes abzugeben, und so fiel Emma die Aufgabe zu, Vorkehrungen für die Trauerfeier und die Bestattung ihrer Schwester zu treffen. Gemeinsam suchten wir den Pfarrer auf und schrieben an die Verwandten (ich erinnere mich, einen Brief an Dich, Bobby, in Rio adressiert zu haben). Gemeinsam fuhren wir in die Stadt, um mit dem Leichenbestatter zu sprechen. Emmas Eltern schienen damit einverstanden, daß ich als besorgter Freund gekommen war, und es schien ganz natürlich, daß ich in jenen traurigen Tagen wie ein Familienmitglied behandelt wurde und mich an stillen Abenden zu den anderen in den Salon gesellte, wo Bess und Jos im Duett in ihren Sesseln schnarchten, Elizabeth und Charlotte mit ernster Miene nähten, während Emma am Feuer saß, wo sich die tanzenden Flammen in ihren Brillengläsern spiegelten, und in ihrer Bibel nach der Zusicherung suchte, eines Tages wieder mit ihrer geliebten Fanny vereint zu sein.

Grau und naßkalt dämmerte der Tag der Beerdigung. Aber nachdem der Pfarrer seine Grabrede gehalten und der Totengräber seine Arbeit begonnen hatte, ließ der Regen nach, und Emma bat mich, sie auf dem Heimweg von der Kirche zu begleiten, was ich gerne tat. Während die anderen in Kutschen nach Maer Hall zurückkehrten, gingen Emma und ich zu Fuß, und unser Gespräch wandte sich bald dem Leben nach dem Tode zu. Über dieses Thema hatten wir uns in den letzten Tagen häufig unterhalten, wahrscheinlich weil Emma wußte, daß ich keinen Glauben hatte, und ihre Glaubensfestigkeit sie gegen meinen schwächlichen Skeptizismus trefflich wappnete. Aber die Beerdigung hatte Emma trotz des Geredes von einem jenseitigen Leben aufgewühlt. Der Tod hatte Zweifel gebracht, und als wir uns dem Haus näherten, begann sie zu weinen. Dies waren die ersten Tränen, die ich seit dem Tode ihrer Schwester bei Emma sah, und als wir schließlich im Hause anlangten, weinte sie herzzerreißend. Zwar rang sie mit aller Kraft um Selbstbeherrschung, aber bald wurde klar, daß Emma auf keinen Fall wie vorgesehen die Trauergäste empfangen konnte; auf meinen Vorschlag erlaubte mir ihr Vater, sie auf ihr Zimmer zu führen, und ich versprach, sie nach unten zu begleiten, sobald sie sich gefaßt habe.

Hatte ich diese Situation ausgenutzt? Als ich ihren Kummer zu lindern suchte, ihre Tränen fürsorglich mit kleinen Küssen trocknete und Worte des Trostes sprach – hätte ich ihr Einhalt gebieten müssen, als sie darauf in solcher Weise reagierte? Was hättest Du getan, Bobby? Emma war eine leidenschaftliche Frau, und sie hatte die Zügel aus der Hand gegeben. Sie ergab sich nicht »mit Demut, Folgsamkeit, bescheidnem Stolz und zärtlichem Verzug«; vielmehr erwiderte sie meine Zärtlichkeiten mit Feuer. Als Emma schließlich nach unten ging, um ihre Gäste zu begrüßen, waren wir durch die Tat, wenn nicht durch das Wort, verlobt. Mir schien, meine Zukunft sei gesichert.

Ich hatte aber meine Rechnung ohne Emmas Mutter gemacht. Auch wenn Fannys Tod und Beisetzung sie in tiefen Kummer stürzten, hatte Bess sogleich erraten (wie Frauen es vermögen), was zwischen mir und Emma geschehen war; sobald die Trauergäste aus dem Hause waren, scheuchte sie Emma nach oben und rief Jos hinzu. Nach wenigen Minuten kam er wieder herunter und schloß sich mit Bobbys Vater in der Bibliothek ein. Ich wußte, daß sie über mein Schicksal berieten, aber ich war bereit, meinen Standpunkt vorzutragen. Eine Waise ohne Namen und Vermögen mochte nicht die erste Wahl als Ehemann – und sei es der jüngsten Tochter dieser bedeutenden Familie – sein, aber ich hatte mein Medizinstudium beinahe abgeschlossen. Wenn Bobbys Vater und dessen Vater vor ihm Wohlstand und Stellung durch ihren Beruf erlangt hatten, warum sollte das nicht auch mir gelingen? Überdies hatte ich einen Trumpf in der Hand. Emma und ich waren nun schon so gut wie verheiratet, eine Tatsache, die in wenigen Wochen für alle Augen sichtbar werden mochte. Ich erwartete zwar nicht, daß Emmas Angehörige über unsere Verbindung entzückt sein würden, aber gewiß waren sie doch gezwungen, sie als *fait accompli* hinzunehmen?

Als ich schließlich in die Bibliothek gebeten wurde, fand ich dort Jos und den Doktor vor, sie saßen am Tisch. Dem Doktor stand der Zorn ins Gesicht geschrieben, aber Jos' Miene war schwerer zu deuten. Als der Diener den Raum verlassen und die schweren Türen hinter sich zugezogen hatte, musterte mich der Doktor kühl, als sei er im Begriff, eine gefährliche, aber notwendige Operation durchzuführen. Ich blieb stehen und wandte mich an Jos.

»Sie haben gehört, was geschehen ist, Sir?«

Er nickte.

»Dann möchte ich Sie um die Erlaubnis bitten, Ihre Tochter zu heiraten.«

Jos seufzte tief.

»Das geht nicht, mein Junge«, sagte er. »Es tut mir leid, aber es geht nicht.«

»Hören Sie mich an, Sir«, bat ich.

Der Doktor richtete sich auf und hob die Hand.

»Nein«, sagte er mit Blick auf Jos, der zustimmend nickte.

»Diese Angelegenheit ist sehr schwierig.«
»Nichts gegen Sie, mein Junge«, warf Jos ein.
»Aber nein. Sie können sie nicht heiraten. Damit hat sich's. Du verweigerst deine Zustimmung, nicht wahr, Jos?«
»In der Tat, ich kann es nicht erlauben«, bekräftigte Jos.
Zunächst versuchte der Doktor, mir gut zuzureden und mir zu erklären, die Verbindung sei nicht standesgemäß. Es sei einfach unvorstellbar, die Tochter einer so wohlhabenden Familie könne einen mittellosen und elternlosen Mann heiraten, das sähe ich doch gewiß auch ein? Ich entgegnete, wenn es dem eigenen Vater des Doktors gelungen sei, vom einfachen Landarzt zum Leibarzt des Königs aufzusteigen, so sei auch ich mit Emma an meiner Seite dazu imstande.
»Das ist nicht ganz so einfach«, meinte der Doktor und sah Jos wiederum Zustimmung heischend an. »Eine Unterstützung durch die Familie käme jedenfalls nicht in Frage.«
Jos heftete den Blick auf den Tisch. »Keinesfalls«, sagte er. Aber die arme Emma, das würde ihren gesellschaftlichen Ruin bedeuten. Ich erwiderte, weder Emma noch ich scherten uns um die Meinung der Welt, mir läge einzig und allein daran, daß Emma selbst gut von mir denke, und somit würden wir allen Schwierigkeiten trotzen. Der Doktor versuchte nun eine andere Taktik.
»Andererseits«, begann er bedächtig, als sei ihm der Gedanke gerade erst gekommen, »ist es vielleicht doch eine Frage des Geldes.« Ich sah, wie er seinem Schwager einen Blick zuwarf, aber Jos starrte nur auf seine Hände und trommelte nervös auf den Tisch. »Nehmen wir an, Sie würden dieser törichten Idee abschwören«, sagte der Doktor, »vielleicht könnten wir ja …«
»Das wäre etwas anderes, nicht wahr, etwas völlig anderes«,

fiel ihm Jos eifrig ins Wort. »Dann würden wir Ihnen gerne helfen.« Ein Lächeln zeigte sich auf seinem Gesicht. »Sehr gerne.«

Aber meine Rolle als ungerecht behandelter Freier war mir inzwischen in Fleisch und Blut übergegangen. Also erwiderte ich hitzig: »Ich will Ihr Geld nicht.«

Meine Worte zeigten Wirkung. Der Doktor lief rot an, und Jos sprang auf und öffnete den Mund. Aber noch bevor er ein Wort über die Lippen brachte, sagte der Doktor mit leiser Stimme: »Die letzten zwanzig Jahre haben Sie es ohne Murren angenommen.«

Es dauerte eine Weile, bis ich den Inhalt seiner Worte erfaßt hatte. War das möglich? Konnte es sein, daß der Vater und der Onkel meines Freundes in Wahrheit die geheimnisvollen Treuhänder waren? Jetzt ergriff Jos das Wort.

»Ich wollte es Ihnen nicht sagen. Es wäre nicht nötig gewesen. Aber jetzt ... Als Sie Ihre Eltern verloren, als ganz kleines Kind, nun, nennen Sie es Nächstenliebe, wenn Sie wollen. Es war meine Entscheidung. Ich beschloß, Ihnen zu geben, was in meinen Kräften stand, und habe es frohen Herzens getan. Sie haben mich nicht enttäuscht, ich will mich nicht beklagen. Aber ich, wir können Ihnen nicht gestatten, meine Tochter zu heiraten.«

»Außerdem«, sagte der Doktor im Selbstgespräch, »ist Emma bereits versprochen.«

In diesem Augenblick traf mich die Wahrheit wie ein Blitzstrahl; sie bewahrten Emma für Dich auf, Bobby. Eure beiden großen Familien, die bereits durch Deine Eltern vereint waren, die durch die geplante Ehe Deiner Schwester Caroline mit deinem Vetter Josiah noch engere Bande knüpften, wollten ihr Bündnis zusätzlich festigen. Jos' sanftmütige Tochter und Roberts einfältiger Sohn sollten als Seil dienen, das die Familien und deren Besitz noch enger aneinanderband. Weder Emma noch ich, noch Du hatten dabei etwas zu sagen. Ungeachtet dessen, was geschehen war, würden die Pläne weiterentwickelt, Pläne, die ich ebensowenig ändern konnte wie den Wechsel der Jahreszeiten.

»Verloren war die Schlacht«, aber das Spiel war noch nicht aus, und der arme kleine Waisenknabe hatte noch ein paar Trümpfe im Ärmel. Was, wenn ich öffentlich machen würde, was geschehen war? Emmas Briefe hatte ich noch. Was, wenn ich drohte, sie Dir zu zeigen, Bobby? Auch wenn es allmählich so aussah, als könnte ich Emma nicht gewinnen, brauchte ich doch nicht mit leeren Händen zu gehen, wenn ich meine Karten richtig spielte. Sollte es mir verwehrt bleiben, durch eine Ehe mit Emma mein Auskommen zu sichern, konnte ich dieses Ziel vielleicht durch den Verzicht auf diese Ehe erreichen. Ich achtete darauf, daß mein Gesichtsausdruck keinen der Gedanken verriet, die mir durch den Kopf jagten. Ich ließ das Schweigen seine Wirkung tun, bis Jos schließlich das Wort ergriff.

»Ich will Ihnen sagen, was wir uns vorstellen«, begann er. »Es muß sich nicht viel ändern. Sie können ruhig Ihr Studium abschließen und so weiter. Ich werde dafür sorgen, daß Sie weiterhin mit Geld versorgt sind. Ich lege sogar noch etwas drauf. Sie brauchen uns dafür nur Ihr Wort zu geben, daß Sie Emma weder treffen noch mit Ihr korrespondieren.«

»Auch nicht mit meinem Sohn«, fügte der Doktor hinzu.

»Sie wollen also sagen«, entgegnete ich, »daß Sie mich bezahlen, falls ich Ihren Bedingungen zustimme. Und wenn ich mich auf diese ... diese Erpressung nicht einlasse, dann streichen Sie mir meinen Wechsel.«

»Ihre Ausbildung war gewiß nicht vergebens«, meinte der Doktor und neigte sich mir zu, wobei er sich mit seinen riesigen Händen auf den Tisch stützte. »Und Sie dürfen übrigens eines nicht vergessen. Emma kann Sie nicht unterhalten. Sie hat kein Einkommen, und von ihrer Familie hätte sie nichts zu erwarten.«

Er wandte sich an Jos, der diese Aussage bestätigen sollte. Jos nickte widerstrebend.

»Keinen Penny«, sagte er.

»Aber was ist mit Emma, was ist, wenn … ?«

Jos blickte zum Doktor auf, der wiederum antwortete.

»Darum werde ich mich kümmern«, sagte er.

Diese kalten Worte vor allem waren es, die mir die Gewißheit gaben, daß meine Verbindung mit Emma nicht in Frage kam, aber ich wußte nun wenigstens, daß die beiden bereit waren, mich für meine Willfährigkeit zu bezahlen. Jetzt galt es herauszufinden, wieviel. Ich weigerte mich weiterhin schlichtweg, ihr Geld anzunehmen. Obwohl sie ihr Angebot steigerten und gleichzeitig die Androhung nicht näher benannter Verleumdungen in den Raum stellten (eine Drohung, die ich durchaus ernst nahm, denn diese Männer besaßen Einfluß), hielt ich an meiner Erklärung fest, ich liebte Emma, sie liebte mich, und heiraten würden wir auf jeden Fall. Erst als ich glaubte, die beiden davon überzeugt zu haben, daß ich nicht käuflich sei, und als sie so weit waren, ihre Drohungen in die Tat umzusetzen, zeigte ich mich entgegenkommend. Zufällig war während unserer Verhandlungen in der Bibliothek mein Blick über die Bücherregale gestreift. Wieder bemerkte ich das Buch über die Schmetterlinge von Neusüdwales, in dem ich gelesen hatte, als Emma vor wenigen Monaten in die Bibliothek gekommen war. Wenn solche Schmetterlinge bei den

Antipoden zu finden waren, hatte ich damals überlegt, wie mochten dann die dortigen Käfer aussehen? Nun hatte ich vielleicht bald Gelegenheit, das herauszufinden. Bobby hatte seine Abenteuer- und Entdeckungsreise bereits angetreten; bot sich jetzt mir die Möglichkeit, es ihm gleichzutun? Zu ihrem größten Erstaunen erklärte ich Jos und dem Doktor, ich sei bereit, ihr letztes Angebot anzunehmen, wies aber auch darauf hin, es könnte sich für sie lohnen, sich durch eine kleine Zusatzleistung gegen einen Wortbruch meinerseits zu versichern. Wenn sie mir die vereinbarten tausend Pfund aushändigten und mir überdies die Reise nach Neusüdwales (erster Klasse) ermöglichten, wo sie Vorkehrungen für die Auszahlung einer stattlichen jährlichen Leibrente durch eine dort ansässige Bank zu treffen hätten, dann sei ihnen garantiert, daß ich mich von Emma fernhalten würde.

Die beiden waren von meinem Angebot so überrascht, daß sie sich geradezu dankbar zeigten. Wir wurden sogleich handelseinig, und so kam es, daß ich mich im Juni 1832 im Hafen von Bristol wiederfand, um an Bord der *Sarah Rose* meine Australienfahrt anzutreten. Jos kam, um am Kai Abschied von mir zu nehmen. Wie vereinbart übergab er mir tausend Pfund sowie einen jährlichen Wechsel über vierhundert Pfund auf die Bank von Neusüdwales in Sydney, fällig jeweils am ersten Januar.

»Es tut mir leid, daß es so gekommen ist«, sagte er, »aber ich fürchte, es gab keine andere Lösung. Viel Glück, mein Junge.«

Ich sah Tränen in seinen Augen, als er diese Worte sprach, aber dann zog er ein Dokument aus einer anderen Tasche.

»Mein Schwager hielt es für geboten, eine zusätzliche Sicherheit zu erwirken«, sagte er und reichte mir zögernd den Umschlag. Ich dankte ihm und entfaltete das Papier. Es war ein Erlaß, der mich mit Acht und Bann belegte, sowie ein Haftbefehl, sollte ich je wieder englischen Boden betreten.

Daß Emma bei unserer Trennung das Herz brach, bezweifelte ich nicht. Vor meiner Abreise hatte ich einen letzten Brief von ihr erhalten, den ihre Zofe in meiner Wohnung in Cambridge abgeliefert hatte. (Sind nicht Zofen die verläßlichsten Boten?) Aus jedem Wort sprachen Verzweiflung und Angst. Die liebe Emma, so still in Gesellschaft, so leidenschaftlich in der Stunde der Zweisamkeit. Niemals lag ein menschliches Herz so offen vor meinen Augen wie Emmas, als sie sich mir hingab, aber es waren vor allem ihre Worte, die mir diesen Einblick gewährten. Emma war keine Dichterin, aber die Leidenschaft ihrer Erklärungen verlieh ihrer schlichten Prosa lyrischen Zauber. Ihre Liebe war so jung und frisch wie das erste Schneeglöckchen im Frühling, und sie öffnete sich mir wie eine Blume dem Licht. Aber was war mit meinem Herzen, brach es auch mir angesichts von Trennung und Exil? War ich wütend oder traurig, oder sah ich die ganze Geschichte als aufregendes Abenteuer? Heute kann ich das nicht mehr sicher sagen, es ist zu lange her, aber ich vermute, daß meine Eitelkeit schwereren Schaden litt als mein Herz. Wenn ich Emma liebte, dann war es nicht die große Liebe. Aber warum liebte Emma mich so sehr? Noch heute auf meiner Insel liege ich nachts manchmal wach und sinne über diese Frage nach, aber es stellt sich keine Antwort ein.

Hier auf meiner Insel gehört die Nacht den Fledermäusen. Von der Abend- bis zur Morgendämmerung vollführen sie hoch am dunklen Himmel ihre Flugakrobatik. Erinnerst Du Dich noch an Grants Katze Grendel? Sie brachte ihm, außer den gewöhnlichen Ratten, Mäusen und Wasserratten, häufig

Fledermäuse, aber in der Regel haben diese Fledermäuse nur wenige Feinde. In Australien gibt es eine Gespensterfledermaus[31], die, wie ich glaube, andere Fledermäuse frißt, und ich vermute, daß Eulen und Falken zuweilen Blutzoll fordern, aber normalerweise sind es die Fledermäuse selbst, die anderen Tieren gefährlich werden. Hier aber besitzen sie einen ungewöhnlichen Feind, und noch dazu einen, der sich bei meinen taxidermischen Bemühungen als äußerst hilfreich erweist.

Die Fledermäuse meiner Insel sind nachtaktiv, sie kommen nur hervor, damit sie »ihr luftiges Geschäft vollbringen können«, wenn die Sonne längst hinter dem Horizont verschwunden ist. Nacht für Nacht beobachte ich, wie sie auf ihrer Jagd nach Faltern und anderen im Dunkeln fliegenden Geschöpfen ihre Kreise ziehen, während Nacht für Nacht auf einer Waldlichtung ihr Feind auf der Lauer liegt. Stell Dir zwei dünne horizontale Linien vor, und senkrecht zwischen ihnen sind feine goldene Fäden gespannt, angeordnet wie ein großer Gitterrost von sechs Quadratfuß, wobei die Stäbe nicht mehr als einen Zoll Abstand haben. Die Fäden sind glatt und schlüpfrig und ein wenig elastisch. Jedes Flugtier, das auf dieses hauchdünne Gitter prallt, wird mit sanfter Gewalt festgehalten und gleitet, da sein Schwung gebremst wurde, an den Fäden entlang zu Boden. Nun stell Dir vor, daß sich unterhalb dieses Gitters, etwa zwei Fuß über dem Erdboden, waagerecht ein Gewebe wie ein Laken spannt. Alles, was an den Stäben des Gitters hinabgleitet, landet auf diesem Laken, das so weich und elastisch ist, daß man darauf allenfalls wie in dickem Sirup waten könnte; wenn man einen Fuß hebt, sinkt der andere ein, so daß man nicht vorankommt. Der Urheber dieser Falle zeigt

sich zunächst nicht. Er wartet unter dem Laken verborgen. Sobald eine Fledermaus an das Gitter stößt und auf das Laken hinabgleitet, eilt die Kreatur kopfunter herbei und stößt ihre giftigen Fänge durch das dünne Gewebe tief in das Fleisch der Fledermaus. Die Fledermaus flattert kurz auf, dann regt sie sich nicht mehr. Grendel hat sich sein Festmahl geholt.
Als ich dieser Riesenspinne den Namen Grendel gab, habe ich mehr an Beowulfs grausigen Feind als an Grants Katze gedacht. Äußerlich ähnelt sie den gewaltigen *Epeira*-Spinnen anderer tropischer Gegenden, nur daß sie vielleicht noch größer ist, und wie bei ihnen ist ihr Seidenfaden von glänzend gelber oder goldener Farbe. Der Aufbau des Netzes ist jedoch anders als bei der *Epeira*, auch bleibt diese Spinne nicht tagelang im Netz, sondern schmiegt sich wie die gemeine *Arenea* flach an die Rinde eines Baumes, wo sie durch ihre Färbung nur schwer zu sehen ist. Wie bei den meisten Spinnen fertigt das Weibchen das Netz. Die Männchen dieser Species gleichen anderen *Epeira*-Spinnen, sie haben nur ein Zehntel der Körpergröße der Weibchen, sind aber von ähnlicher Gestalt und halten sich immer im Umkreis des Netzes auf (ich habe längst vermutet, daß die Spinne, die Du als Parasiten Deiner brasilianischen *Epeira* bezeichnet hast, tatsächlich das Männchen dieser Species ist).
Mir kam der Einfall, Grendels Falle für meine eigenen Zwecke zu nutzen. Seit der Ankunft auf meiner Insel habe ich versucht, ihre Naturgeschichte nicht nur gründlich zu erforschen und zu dokumentieren, sondern auch eine Sammlung ihrer Fauna aufzubauen, und als ich eines Tages eine vor kurzem getötete Fledermaus in Grendels Netz fand, hatte ich sie in der Absicht, sie abzuhäuten und zu sezieren, mit nach Hause genommen. Kurz nach meiner Rückkehr packten mich

jedoch die verfluchten Kopfschmerzen (ein altes Leiden, das mir schon lange zu schaffen macht) und zwangen mich an diesem und am folgenden Tag auf mein Lager nieder. Fleisch verdirbt in den Tropen rasch, also kannst Du Dir mein Erstaunen vorstellen, als ich mich zwei Tage später wieder meinen Präparierarbeiten zuwenden wollte und feststellte, daß die Fledermaus noch genauso gut erhalten war wie zwei Tage zuvor, als ich sie aus Grendels Netz klaubte. Der Körper zeigte keine Anzeichen von Verwesung, das Fleisch des Tieres fühlte sich fest und doch elastisch an, und die Schmeißfliegen und andere Insekten, die auch auf meiner Insel Leichen aufsuchen, noch bevor sie erkalten, zeigten sich nicht. Als ich mit dem Sezieren begann, stellte ich fest, daß die Haut zwar nahezu weiß und die Muskeln und ein Großteil der Eingeweide ein wenig durchscheinend wirkten, das Fleisch aber unbeeinträchtigt war und keinen Tropfen Blut enthielt.

Diese Veränderungen wurden durch dic Spinne verursacht. Wahrscheinlich hatte sie das Blut der Fledermaus ausgesogen, während das Gift, mit dem sie ihre Beute tötete, wohl als eine Art Konservierungsmittel wirkte. Am nächsten Morgen holte ich eine weitere Fledermaus aus Grendels Netz. Auch nach viertägiger Aufbewahrung zeigte sie keine Anzeichen von Fäulnis, fiel aber in Totenstarre. Im Laufe der nächsten Wochen sammelte ich weitere Fledermäuse aus den Netzen und entdeckte, daß ich die Tiere vor dem Einsetzen der Totenstarre in unterschiedliche Stellungen bringen konnte und so äußerst lebensecht konservierte Exemplare erhielt. Keines von ihnen zeigte Fäulnisgeruch oder sonstige Merkmale der Verwesung.

Voller Forschungsdrang erprobte ich die Methode auch bei anderen Tieren und stellte erfreut fest, daß sie sich dort ebenfalls bewährte. Wenn ich abends einen gerade verendeten Vogel oder ein anderes kleines Tier in Grendels Netz warf, hatte ich am Morgen ein konserviertes Exemplar (das wirkte auch bei ziemlich großen Tieren bis hin zum Sargassovogel; davon ernährt sich die Spinne allerdings mehrere Tage). So habe ich hier auf der Insel annähernd hundert ausgestopfte Exemplare verschiedener Species, am besten vertreten sind allerdings die Fledermäuse, von denen es drei Arten auf der Insel gibt, die sämtlich zur Gattung der Zwergfledermaus gehören (außer der Dungfledermaus, die ich später beschreiben werde). Schluß mit dem sorgfältigen Schneiden und Säubern von Häuten, kein Getupfe mit Werg und Terpentin, keine Drähte, kein Füllmaterial, und auch Gardners Konservierungsmittel ist überflüssig. Die hier vorhandenen Möglichkeiten der Taxidermie waren idiotensicher.

Erinnerst Du Dich auch noch an John Edmonton, Bobby, der mit seinen rauhen, schwarzen Händen eine Feder an den Hals eines Kolibris zu setzen oder den Fühler einer Mücke zu glätten verstand? Ich habe ihn nicht vergessen, ebensowenig wie das Rezept für Gardners Konservierungsmittel, das er uns verriet: 6 Unzen Arsen, 3 Unzen Ätzsublimat,[32] 2 Unzen gelbe Seife, 1 Unze Kampfer, gelöst in einem halben Pint Weingeist; ein Wundermittel zur Konservierung toter Haut, auch wenn ich vermute, daß es zum Schutz lebender Haut wenig beiträgt. Als ich von Deiner Krankheit hörte, fragte ich mich, ob sie nicht dadurch hervorgerufen wurde. Eine kleine Dosis Arsen oder Quecksilber schadet niemandem, aber bei all den Tieren, die Du auf der *Beagle* präpariertest, hast Du wohl von beiden mehr als nur eine kleine Dosis abbekommen. Ich habe der Spinne den Namen *Epeira edmontonii* gegeben.

Als die *Sarah Rose* sich von der englischen Küste entfernte, hatte ich gemischte Gefühle. Ich mußte zugeben, daß der Haftbefehl, offenbar mit allem Geld und Einfluß erkauft, den diese vermögenden, wohlanständigen Bürger aufbringen konnten, ein meisterhafter Schachzug war. Er würde mich mindestens so lange ins Exil zwingen, bis Emma sich von ihrem Kummer erholt hatte, vielleicht sogar bis Bobby wiederkehrte und sie als seine Braut heimführen konnte. An meinem ersten Tag an Bord litt ich unter der Seekrankheit ebenso wie unter dem Heimweh, aber schon bald gewöhnte ich mich an meine neue Lage. Nach wenigen Monaten konnte ich mir sagen, daß ich nur zwei Dinge aus meiner englischen Heimat vermißte, und ich vermisse sie heute noch. An warmen Tagen würde ich jeden Preis für ein Pint kühlen englischen Apfelweins zahlen, und ich würde viel darum geben, behutsam das Blatt einer Seerose im Teich umdrehen zu können und darunter, reglos im Wasser liegend, schön, schlicht und klein, einen Wassermolch zu entdecken. Für mich sind diese Lurche etwas typisch Englisches, und wenn ich daran zurückdenke, wie ich einen Wassermolch im Teich fand, werden das ganze Glück meiner Kindheit und all meine Erinnerungen an England heraufbeschworen.

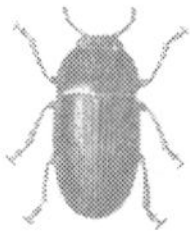

KAPITEL 12

Unter den Seerosenblättern auf dem See meiner Insel verbergen sich keine Wassermolche, aber dafür ist er die Heimat vieler kleiner Fische. An so manchem Morgen und Abend wird seine Oberfläche durch ihr Geplätscher bei der Jagd nach Mücken belebt, die wie Nebelschwaden über dem Wasser treiben. Die Fische gehören zur Familie der Galaxiiden, sie sind klein, länglich, schuppenlos und ähneln den australischen Elritzen, deren Jungfische in großen Mengen gefangen und verzehrt werden, wenn sie alljährlich die Flußmündungen hinaufwandern, so wie die jungen Aale, die man in England schätzt. Erst kürzlich habe ich entdeckt, daß auch die Fische meiner Inseln wandern, wenn auch die Umstände ihrer Reise gänzlich andere sind.

Der See ist ein friedlicher Ort. Schwalben gleiten über ihn hinweg, Teichrohrsänger lassen ihr Lied erklingen, einsame Reiher schreiten auf der Suche nach Fröschen und Fischen das Ufer ab. Er besitzt keinen Abfluß, wird aber von einem kleinen Bach gespeist, der auf dem Berg entspringt und am Nordufer in den See mündet. Ursprung des Baches ist eine heiße Quelle (eine von mehreren, die ich auf dem Berg entdeckt habe), und obgleich das Wasser bereits stark abgekühlt ist, wenn es den See erreicht, ist es immer noch unangenehm warm. Das Bachbett ist vollständig von einer Algen-Species bedeckt, die größte Ähnlichkeit mit hellgrünem Haar besitzt und in der Nähe der Quelle noch dichter wächst. Diese Alge ist so hell, daß der Verlauf des Baches auch aus einiger Entfernung als grüner, sich am Berg entlangschlängelnder Faden erkennbar ist. Wie eine Pflanze in so heißem Wasser überleben kann, ist mir ein Rätsel. Es ist heiß genug, um ein Ei hart werden zu lassen.

Unter allen Wohltaten, welche die Zivilisation der Menschheit beschert hat, sind nach meinem Dafürhalten zwei von herausragender Bedeutung. Die eine ist der Tabak, die andere ein heißes Bad. Mit dem Rauchen fing ich in Cambridge an. Doktor Butler rauchte, und mir schien, als rauchten alle meine Schulkameraden; aber als Kind und später als junger Mann fand ich es merkwürdig, daß jemand freiwillig etwas tat, was offensichtlich Übelkeit hervorrief. In Edinburgh rauchten die meisten meiner Kommilitonen, aber dort war es mir unangenehm, wie sie mit ihren Pfeifen protzten, und mir stand der Sinn nicht danach, ihrer Bruderschaft beizutreten. Es war die schlichte Freude, mir den Tabak aus dem Laden unterhalb meiner Wohnung in der Sydney Street liefern zu lassen, dic mich in Cambridge bewog, es mit dem Rauchen zu versuchen (dreimal auf den Fußboden pochen für Schnupftabak, viermal für Orienttabak), aber seit ich der Dame Nicotiana verfallen bin, ist sie nie mehr von meiner Seite gewichen. Es war Kapitän Forsyth von der *Sarah Rose*, der mich darüber aufklärte, daß es nicht schaden kann, ein paar Tabaksamen bei sich zu haben.

Nach der Abfahrt aus Bristol war unsere erste Station Madeira. Kapitän Forsyth, ein kleiner, lebhafter Mensch, war in jeder Hinsicht das Gegenteil dessen, was man sich unter einem alten Seebären vorstellt; eine Ausnahme waren nur seine Hände, die kräftig und wettergegerbt waren, wie es für den Steuermann eines Schiffes typisch ist. Er führte mich in eine Taverne, die er kannte (vielleicht erinnerst Du Dich von Deinem Aufenthalt dort an den Hafen von Funchal, und es mag sein, daß Du ein oder zwei Stunden in ebenjener Taverne verbracht hast),[33] und als wir bei einem erstaunlich guten Wein saßen, bot mir der Kapitän eine Pfeife von seinem Rollentabak an. Als ich meine Pfeife stopfte, bemerkte ich in seinem Tabaksbeutel einen zweiten, kleineren Beutel.

»Was ist denn da drin?« erkundigte ich mich.

»Je nun«, sagte er und nahm mir den Beutel aus der Hand, »das sind meine Seemannssamen.«

Ich hatte noch nie von Seemannssamen gehört.

»Die meisten Seeleute haben ein paar Tabaksamen bei sich«, meinte Kapitän Forsyth und öffnete den Beutel, um mir die staubfeinen Samen zu zeigen. »Kennen Sie die Geschichte nicht?«

Ich verneinte, und während er sich seine Pfeife stopfte, erzählte er mir die Geschichte von den Seemannssamen. Ich berichte sie Dir so, wie ich sie aus seinem Munde vernommen habe.

»Vor vielen Jahren«, sagte der Kapitän, »es muß um die Zeit gewesen sein, als wir die Franzmänner endgültig von den Weltmeeren vertrieben hatten, segelte die Flotte zurück nach Portsmouth; auf der Höhe der Azoren kam ein schrecklicher Sturm auf, eine steife Brise war das, und eine unserer Fregatten, die hinter den übrigen zurückblieb, wurde auf die Felsen zugetrieben. Es war die *Lady Chatham* unter Kapitän Thursoe. Nach wenigen Minuten brach der alte Kahn auseinander, und die ganze Besatzung mußte in die Rettungsboote. Sie konnten die Boote noch zu Wasser lassen, wurden aber dann durch den Sturm bald abgetrieben und voneinander getrennt. Irgendwie überlebten die Leute auf den beiden Booten, und ein paar

Tage später, als sich der Wind ausgetobt hatte, bekamen beide Boote Land in Sicht, und zwar jedes eine andere Insel im Abstand von ein paar Meilen. Die See war noch ziemlich rauh, und die Boote wurden bei der Landung zerstört. Als die Wrackteile der *Lady Chatham* und außerdem auch ein paar Tote auf Fayal angespült wurden, nahm man an, die ganze Besatzung sei ertrunken. Es wurde nichts unternommen, um nach Überlebenden zu suchen.«

Der Kapitän hielt inne, um sich mit großer Sorgfalt seine Pfeife anzuzünden, einer Aufgabe, der er in der Manier der besten Geschichtenerzähler seine ganze Aufmerksamkeit zuwandte. Zufrieden mit seiner Leistung, paffte er ein paar Rauchwölkchen in die Luft und fuhr fort:

»Beinahe zwei Jahre gingen ins Land. Dann sah ein britisches Kriegsschiff mit Kurs auf die südlichen Azoren von einer kleinen Insel Rauch aufsteigen. Der Kapitän schickte einen Landungstrupp los und entdeckte ein paar Mann von der Besatzung der *Lady Chatham*, die noch gesund und munter waren. Sie berichteten ihren Rettern, das andere Boot sei einige Meilen weiter auf einer anderen Insel gelandet, sie hätten aber schon seit ein paar Monaten keine Signale mehr gesehen. Nun wurde ein Landungstrupp auf die zweite Insel entsandt. Dort fand man die Leute tatsächlich vor, nur lebten sie nicht mehr. Aber sie waren nicht nur tot, sie trugen auch klare Spuren eines gewaltsamen Todes, sei es durch Pistole oder Muskete, durch Entermesser oder Dolch. Wie war es dazu gekommen? Warum hatte der eine Teil der Besatzung überlebt, und der andere war eines so grausigen Todes gestorben?«

Kapitän Forsyth stopfte seine Pfeife mit seinem robusten Daumen, entzündete sie erneut mit einer dünnen Wachskerze, nahm nachdenklich einige Züge und fuhr dann fort:

»Die Antwort kam bald ans Licht. Die *Lady Chatham* hatte wie die meisten anderen Schiffe der Flotte bei der Schlacht ein wenig Beute gemacht, und darunter befanden sich mehrere Ballen Tabak. Als der Befehl kam, das Schiff zu verlassen, hatten die Besatzungen beider Rettungsboote in weiser Voraussicht ein paar der Ballen mit an Bord genommen, denn wer kennt den Wert einer Pfeife besser als ein Seemann? Auf Nahrung kann er tage-, ja wochenlang verzichten, nicht aber auf seine Tabakspfeife. Als diese armen Männer endlich an Land kamen, war es der Tabak, der sie vor allem anderen bei Laune hielt und ihnen half, ihr Ungemach zu ertragen.

Aber nach ein paar Monaten ging ihnen der mitgebrachte Vorrat aus. Auf beiden Inseln konnten die Männer reichlich Fisch fangen, und vermutlich gab es Kokosnüsse. Zu essen hatten sie genug, aber ohne eine großzügige Tabakration war die Gemütsruhe dahin. Manche hatten ihren Tabak gehortet, andere glaubten, ihre Gefährten hätten sich mehr als ihren gerechten Anteil gesichert. Neid, Angst und Haß erhoben ihr Haupt. Die Männer bestahlen und betrogen einander, und bald kämpfte einer gegen den anderen – nur wegen einer Pfeife Tabak.«

Der Kapitän betrachtete eingehend seine eigene Pfeife und heftete dann den Blick auf mich.

»Ja, die Toten auf der Insel erzählten die ganze traurige Geschichte. Sie alle waren des Tabaks wegen getötet worden. Nur einer der Toten war unverletzt, und er war offenbar als letzter gestorben. In der Hand hielt er eine ausgerauchte Pfeife, und neben ihm lag ein leerer Tabaksbeutel. Zwar war er nicht ermordet worden, aber ohne seinen Tabak hatte er schlicht den Lebenswillen verloren.«

»Aber wie stand es mit der Besatzung des anderen Bootes?«

»Ja«, sagte der Kapitän, »das ist der springende Punkt an der

Geschichte. Einer der Seeleute im ersten Boot, ein kluger, umsichtiger Mann, hatte ein Quentchen Tabaksamen bei sich, sorgsam eingewickelt in einen Öltuchbeutel. Am Tag nach der Landung seines Bootes pflanzte der kluge Seemann seine Samen an einem geheimen Ort, und in den darauffolgenden Wochen hegte und pflegte er seine Pflanzen. Als der Tabak, den die Seeleute mitgebracht hatten, schließlich zur Neige ging und damit auch ihre Gelassenheit dahin war, konnten die mittlerweile herangereiften Tabakpflanzen geerntet werden. Und da es auf dieser Insel Tabak in Hülle und Fülle gab, lebten die Seeleute in Frieden und Eintracht miteinander, bis sie gerettet wurden.«

Der Kapitän holte einen zweiten kleinen Beutel aus seiner Tasche und reichte ihn mir.

»Hier, nehmen Sie. Füllen Sie ihn mit Tabaksamen«, sagte er und deutete auf ein Schälchen auf der Theke, »und füllen sie den Beutel neu auf, wann immer sich die Gelegenheit bietet. Tragen Sie ihn stets bei sich. Wenn er Ihnen auch nicht das Leben rettet, er bringt Ihnen jedenfalls Glück.«

Seither habe ich, wie viele Seeleute es heute noch tun, immer ein Beutelchen mit Tabaksamen bei mir und habe ihn mit peinlicher Sorgfalt aufgefüllt, wann immer ich in Tavernen oder bei Schiffsausrüstern die kleine Schale mit den Tabaksamen sah, die man in den von britischen Schiffen angelaufenen Häfen überall findet. Und das Glück war mir in den vergangenen fünfzig Jahren treu, auch wenn ich nicht ahnte, daß ich die Samen jemals brauchen würde. Aber jetzt freue ich mich, daß ich auf dieser Insel eine gute Tabakernte einbringe und meine Pfeife mir morgens und abends Linderung für Herz und Seele verschafft, und das verdanke ich meinem klugen Seemann Kapitän Forsyth von der *Sarah Rose*.

Mir fällt niemand ein, dem ich die Bekanntschaft mit dem heißen Bad zu verdanken hätte, aber in den ersten beiden Jahren auf dieser Insel habe ich es oft und zutiefst bedauert, daß ich auf dieses Vergnügen verzichten mußte. Auch wenn ich imstande gewesen wäre, eine Felsmulde oder ein Becken der richtigen Größe zu finden, hätte doch die Mühsal, es mit heißem Wasser zu füllen, die Badefreuden bei weitem überstiegen, und obwohl ich schon bald die warmen Quellen des Berges entdeckt hatte, so waren sie doch viel zu heiß, um darin zu baden (Charley und ich vergnügten uns zuweilen damit, einen in Blätter gewickelten Fisch oder ein Ei des Sargassovogels für das Abendessen im heißen Wasser zu pochieren). Warum ich so lange brauchte, um darauf zu kommen, daß das heiße Wasser des Bachs und das kalte des Sees die Lösung meines Problems darstellen könnten, weiß ich nicht, auch wenn ich meine Begriffsstutzigkeit seither oft verflucht habe. Vor einigen Monaten kam mir aus heiterem Himmel die Idee, daß sich das heiße und das kalte Wasser ja an einer bestimmten Stelle mischen mußten. Auch wenn ich den Ort, an dem der Bach in den See mündet, nie genauer erkundet hatte, weil er so zugewachsen ist, beschloß ich sofort, es nun zu tun. Schließlich brauchte ich nur eine Stunde, um mir mit der Machete einen Weg durch das Gebüsch zu bahnen und zu der Stelle zu gelangen, wo sich die Gewässer vereinen. Das Gelände war steil und felsig, und der Bach endete in mehreren kleinen Wasserfällen, an deren Fuße sich ein tiefes Becken befand. Als ich die Hand eintauchte, stellte ich erfreut fest, daß das Wasser die ideale Badetemperatur besaß.

Der Pfad zu diesem Becken ist nunmehr ausgetreten, und ich nehme regelmäßig mein Bad. Nur wenige Dinge dürften so entspannend wirken wie der Genuß einer Tabakspfeife, während man im warmen Bade sitzt, und diesem doppelten Luxus fröne ich oft eine ganze Stunde lang. Als ich mich an einem Abend im vergangenen September so mit der Pfeife in der Hand im Wasser rekelte, wurde ich erstmals auf die Wanderung der Elritzen aufmerksam.

Seitdem ich das Becken entdeckt habe, beobachte ich seine Tierwelt sehr aufmerksam. Zu seinen Bewohnern zählen eine einzige, aber zahlreich vertretene Schnecken-Species, verschiedene Wasserinsekten, insbesondere die Larven von Zuckmücken, mehreren Köcherfliegen und Eintagsfliegen sowie eine große räuberische Schnabelfliege. Außerdem finden sich ausgewachsene Exemplare und Larven zweier Wasserkäfer, eines *Gyrinus* oder vielleicht eines großen *Orectochilus*, ähnlich dem Taumelkäfer englischer Bäche, der andere gehört zu Hydrophilidae, wahrscheinlich eine neue Gattung, deren Larven Wasserschnecken verzehren. Die ausgewachsenen Käfer scheinen sich vorwiegend von den hellgrünen Algen aus dem heißen Bach zu ernähren, die stetig in kleinen Klumpen über den Wasserfall heruntergespült werden. Als ich an jenem Tage an das Becken trat, um mein abendliches Bad zu nehmen, sah ich mit Erstaunen im warmen Wasser mehrere kleine Fische schwimmen, die in Größe und Gestalt den Elritzen im See glichen. Sie waren aber nicht hellbraun wie die Fische im See, sondern hellrot.

Als ich am nächsten Tag das Becken aufsuchte, entdeckte ich weitere rote Fische und am darauffolgenden Tag eine noch größere Zahl. Die Fische schwammen vom See aus in kleinen Schwärmen zu etwa einem Dutzend flußaufwärts, und eine Woche später tummelten sich so viele von ihnen in dem Bekken, daß das Baden keine Freude mehr machte; es waren so viele, daß sie unentwegt an meinen Körper stießen und mich dermaßen kitzelten, daß ich es im Wasser nicht mehr aushielt. Das Becken ist kreisförmig und nur vier Yard breit, dennoch schätzte ich, daß es rund zehntausend Fische enthielt, die sich in dieser engen, flachen Mulde drängten und unermüdlich ihre Kreise zogen. Da die Fische so zahlreich waren und aus dem See kamen, kam ich bald darauf, daß es sich nur um Elritzen handeln konnte, die allerdings eine irgendwie geartete Transformation durchgemacht hatten. Aber wie und zu welchem Zweck?

Obgleich ich nun nicht mehr baden konnte, suchte ich das Becken jeden Abend auf, um dort meine Pfeife zu rauchen und die Fische zu beobachten. Eines Morgens, ungefähr zehn Tage nachdem ich den ersten roten Fisch bemerkt hatte, kam ich zum Becken und stellte fest, daß alle Fische fort waren. Nicht ein einziger war zurückgeblieben, und es schien, daß die Ursache ihres Aufbruchs aus dem See wie auch ihrer Rückkehr dorthin ein Geheimnis bleiben würde. Es enttäuschte mich zwar, daß meine Studien ein so jähes Ende gefunden hatten, aber ich empfand es zugleich als Wohltat, das Becken für mein tägliches Ritual wieder in Besitz zu nehmen. Als ich, die Pfeife in der Hand, im warmen Wasser lag und mein Kopf auf einem abgerundeten Stein am Beckenrand ruhte, überkam mich wieder jene vollkommene Zufriedenheit, die nur ein Bad gewährt. Neben dem leisen Plätschern des Wasserfalls vernahm ich von fern die Musik der Sargassovögel, die seit kurzem wieder ihren täglichen Chor anstimmten. Der Rauchfaden meiner Pfeife stieg ungestört in die reglose Luft auf. Als mein Blick dem Rauch zum blauen Himmel folgte, an dem sich nicht ein Wölkchen zeigte, bemerkte ich aus dem Augenwinkel oberhalb des Wasserfalls, ungefähr fünfzig Yard stromaufwärts einen großen roten Fleck. Ich sah genauer hin. Der Fleck bedeckte die Felsen vollständig, aber in meiner verträumten Stimmung brauchte ich eine Weile, um zu erkennen, worum es sich handelte. Es konnten nur die Fische sein.

Ich sprang geradezu aus dem Becken, zog hastig Schuhe und Hosen an und kletterte vorsichtig am Rande des Wasserfalls nach oben. Es waren tatsächlich die Fische, Tausende von ihnen breiteten sich über die Felsen wie ein lebender Teppich, der sich langsam stromaufwärts bewegte. Dabei benutzten sie ihre Bauchflossen (diese sind fleischig und sitzen vorne am Bauch direkt unterhalb der Brustflossen) als Saugnäpfe, mit deren Hilfe sie sich sogar am senkrechten Fels halten konnten, vorausgesetzt, er ist feucht und glatt. Die Methode, mit der sie sich am Fels hinaufarbeiten, ist einfach, aber wirkungsvoll. Sobald sich ein paar hundert Fische am Felsen des Beckenrands festgesaugt haben, schlängeln sich andere über sie hinweg und zwischen ihnen hindurch, und so weiter, wobei jede Reihe der nächsten hilft, an Höhe zu gewinnen. Nachdem alle das Becken verlassen hatten, traten die Fische der untersten Reihe den Weg nach oben an. Die ganze Prozedur dauert ihre Zeit, aber in den vierundzwanzig Stunden, seit ich sie zuletzt unten im Becken gesehen, hatten sie bereits fünfzig Yard zurückgelegt, und nur noch weitere fünfzig trennten sie vom Bach oberhalb der Wasserfälle. Diese Zusammenarbeit verblüffte mich, aber noch beeindruckender fand ich, daß sich die Fische über die Felsen bewegten und zudem durch Wasser, das einem die Haut verbrühte und in dem man, wie ich wußte, gewöhnlichen Fisch garen konnte.

Mittlerweile habe ich entdeckt, daß meine kleinen Galaxiiden Temperaturen bis fast an den Siedepunkt ertragen und daß sie den Bach bis zu seinem Ursprung hinaufwandern. Denn hier legen die Fische in den dichtbewachsenen grünen Algenbeeten ihre Eier ab. Das Männchen (im Vergleich zu den rundlicheren Weibchen an seiner schlankeren Gestalt zu erkennen) treibt am Rand des Baches einen Tunnel in die Algen und schafft so ein längliches Nest, dessen Grund es mit kleinen Steinen verziert, die es einzeln im Maul herbeiträgt. Sobald das Nest zu seiner Zufriedenheit fertiggestellt ist, kehrt das Männchen in die Bachmitte zurück, um sich ein Weibchen zu suchen, das es unter großem Gezappel und Geschubse dazu bringt, sich in seinen Tunnel zu begeben. Wenn das Weibchen ebenfalls mit dem Nest zufrieden ist, läßt es seine Eier dort aus (mehrere hundert an der Zahl), wo sie dank ihres natürlichen Haftvermögens an den Steinen kleben. Das Männchen, das sich während dieses Vorgangs draußen aufhält, vertreibt anschließend durch einen Biß in den Schwanz das Weibchen aus dem Nest und begibt sich selbst hinein, um den Laich mit seiner Milch zu besamen. Die Weibchen sterben samt und sonders nach dem Laichakt; die Männchen bleiben noch ein paar Tage im Tunnel, bis die jungen Fische schlüpfen, dann sterben auch sie. Nach meiner Beobachtung tritt bei den Fischen weder Polygynie noch Polyandrie auf.

Wenn die jungen Fische schlüpfen, sind sie ebenfalls hellrot. Sie ernähren sich mehrere Wochen lang von den grünen Algen und wandern dabei flußabwärts. Am Ende dieses Zeitraums sind die vielen tausend Jungfische ein bis zwei Zoll lang und haben fast alle Algen im Bach aufgezehrt, der dadurch zeitweise seine grüne Farbe verliert. Dann beginnt die Regenzeit. Der plötzliche Zustrom von Regenwasser verstärkt nicht nur die Strömung im Bach, sondern senkt auch seine Temperatur, wodurch die Fische offenbar das Signal erhalten, flußabwärts zu ziehen. Einen Tag nach den ersten heftigen Regenfällen sind die Fische samt und sonders über die Wasserfälle in den See hinuntergewandert.

Mir ist es ein Rätsel, wie diese Elritzen in Wasser leben können, in dem jeder andere Fisch gegart werden würde. Daß diese Eigenschaft nur lebende Tiere aufweisen, zeigt sich daran, daß die Fische tatsächlich gekocht werden, sobald sie sterben. Wenn die ausgewachsenen Elritzen nach dem Ablaichen sterben, werden sie über die Wasserfälle in das Becken getragen, in dem ich bade; mehrere Tage lang wird es von toten Fischen geradezu verstopft, die nunmehr ihre hellrote Farbe verloren haben und milchig weiß sind, wobei ihr Fleisch Farbe, Aussehen (und Geschmack) von gewöhnlichem gekochtem Fisch angenommen hat. Solange die Fische am Leben sind, wird dieser Garvorgang irgendwie verhindert. Die Lachse Nordamerikas färben sich ebenfalls rot, wenn sie in ihre Heimatflüsse zurückkehren, aber ich wüßte nicht, daß sie auch heiße Bäche hinaufwandern. Vor vielen Jahren traf ich in Australien einen Mann, der behauptete, am Südpol gewesen zu sein,[34] und erklärte, dort gebe es einen Fisch, der unter dem Eis lebe und kälter sei als das Eis selbst; der Beweis dafür war, daß mehrere von ihnen gefangen und lebend in einen Eimer mit Süßwasser gegeben wurden, das daraufhin gefror. Ob diese Fische rot waren, weiß ich nicht mehr. Warum überhaupt ein Fisch eine derart mühsame Reise stromaufwärts antritt, wo er doch im sicheren heimischen See bleiben könnte, muß man wohl einen Aal oder Lachs fragen, aber ich vermute, daß die Algen reichhaltige Nahrung bieten, während das heiße Wasser des Baches in diesem empfindlichen Stadium einen nahezu vollkommenen Schutz vor Feinden bietet. Die toten Fische werden schließlich in den See gespült, wo sie von Seeschwalben gesammelt werden, die wie durch Zauberhand scharenweise auftauchen und die Fische von der Wasseroberfläche holen, um sie dann an ihre Jungen im *Pisonia*-Wald zu verfüttern.

Ich habe die Species *Galaxias borealis* genannt. Erstaunlich erscheint mir, daß auf meiner Insel Galaxiiden zu finden sind. Zuvor hatte ich sie in die Gruppe jener Tiere eingereiht, die ausschließlich im Süden auftreten (sie sind auch in Australien, Neuseeland und Patagonien anzutreffen), was meine Theorie stützt, daß die südlichen Kontinente einst miteinander verbunden waren.

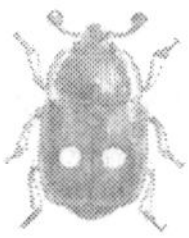

KAPITEL 13

Der Berg kommt und geht. Manchmal verbirgt er sich tagelang hinter einem Schleier tiefhängender Wolken, zu anderen Zeiten ist er unübersehbar. Aber sei es bewölkt oder klar, Nacht oder Tag, ich spüre stets seine Gegenwart, und sein Schicksal und das meine sind aufs engste miteinander verknüpft. Als wenige Wochen nach meiner Ankunft auf der Insel die Regenzeit begann, sah ich den Berg mehrere Wochen lang nicht. Dann, eines Nachts Ende Januar, wurden die Wolken weggeblasen, und als ich erwachte, war der Himmel so klar, daß es schien, als habe der Berg seine Verhüllung genutzt, um ein oder zwei Meilen näher zu rücken. Ich sah jeden Baum, jeden Busch, jeden Fels, und hoch oben am blauen Himmel erblickte ich die Störche.

Auf meine Insel kommen nur wenige Saisongäste. Die Schwalben und Mauersegler sind stets bei mir, und der Ruf des Kuckucks ist das ganze Jahr hindurch zu hören, aber die Störche verweilen hier nur für kurze Zeit. Es sind schöne Vögel, anmutig im Flug und würdevoll auf dem Boden. Ich glaube, es handelt sich um dieselbe Species, die in anderen Gegenden der östlichen Welt häufig anzutreffen ist; der Körper ist weiß, der Kopf schwarz, die weißen Schwingen sind schwarz gerändert, Schnabel und Beine sind hellrot. Jedes Jahr streben sie nach der Regenzeit von Süden auf die Insel zu. Sie kommen zu Tausenden; zwei bis drei Wochen lang nehmen sie die Insel in Besitz. Eines Tages sind sie dann weitergezogen, und wenn sie fort sind, scheint die Insel noch leerer, als sie es vor ihrer Ankunft war; aber während sie hier sind, ist es wunderbar.

Im Meer rund um meine Insel habe ich mehrere Spielarten von Tripang entdeckt, der großen Holothurie, die in den meisten tropischen Gewässern anzutreffen ist und welche die Molukker, das große Fischervolk dieser Weltgegend, mit langen Stangen aus dem Wasser holen, anschließend kochen und räuchern und als Speise an die Chinesen verkaufen. Diese »Seegurken«, wie sie gemeinhin genannt werden, gibt es in unterschiedlicher Größe und Farbe, aber während meiner ersten Regenzeit auf der Insel bemerkte ich eine Spielart, die ganz besonders häufig auftrat. In Größe und Gestalt gleicht sie einem Lancashire-Würstchen, ist aber von blaßgrüner Farbe und bedeckt den Meeresboden in den flachen Gewässern am Ostufer der Insel nahezu vollständig. An der Küste entdeckte ich überall Paare dieser Tiere, die an den Enden zusammenhingen; offenbar hatten sie sich im flachen Wasser zur Paarung versammelt.

Durch bedächtige Manöver nähern sich zwei Tiere einander; dann drehen sich beide so, daß das eine Ende (wo der Kopf und wo der Schwanz saß, konnte ich nicht sagen) beinahe das des anderen berührt, und beide strecken ihr Befruchtungsorgan aus. Diese langen, flexiblen Organe dringen in eine entsprechende Körperöffnung des anderen Tieres ein und verdicken sich dann, so daß die beiden in inniger Umarmung vereint sind. Sobald das Paar sich solchermaßen gefunden hat, durchströmt das eine Tier eine Welle von Kontraktionen, und wenn diese Welle die Stelle erreicht, an der die beiden verbunden sind, geht sie auf das zweite Tier über und durchläuft dessen Körper; dann setzt eine neue Welle ein, diesmal in umgekehrter Richtung. Dieses gemächliche Pulsieren währt mehrere Minuten, bis beide Tiere plötzlich wie in tiefster wechselseitiger Befriedigung erschaudern, und der ganze Vorgang beginnt von vorne. So verweilen sie, pulsierend und erschaudernd, mehrere Tage lang.

Auf diese Weise erfolgt die Befruchtung. Die Holothurien ergießen Eier und Spermatozoen zur Vereinigung nicht ins Wasser wie die meisten anderen ihrer Art. Die Befruchtung findet vielmehr innerlich statt, und später stellte ich durch Zergliedern fest, daß die Holothurien zu den glücklichen Tieren zählen, die »in ein Geschlecht, in beide oft zugleich« sich kleiden. Sie sind Hermaphroditen, jedes besitzt sowohl männliche als auch weibliche Geschlechtsorgane. (Erleben solche Geschöpfe im Vergleich zu uns schlichten Getrenntgeschlechtlichen die doppelte Lust?) Nach der Paarung lösen sich die Tiere voneinander, bleiben aber nahe beisammen und ruhen sich im seichten Wasser aus. Um diese Zeit treffen die Störche ein.

Nach einer ermüdenden Reise weiß ein hungriger Storch nichts höher zu schätzen als eine fette, befruchtete Seegurke. Die Störche ziehen von Süden her in kleinen Scharen herbei. Nach zwei oder drei Kreisflügen um die Insel landen sie am Meer, und bald versammeln sich Tausende von Störchen an der Ostküste, wo sie die Holothurien so gierig aufpicken und verschlingen wie Holländer ihre Heringe. Nachdem sich die Störche satt gefressen haben, rappeln sie sich mit vollem Magen auf und flattern den Berg hinauf; denn die Insel ist nur eine kurze Station auf ihrer Reise, die sie vom höchsten Punkt aus fortsetzen. Die Störche brauchen einige Stunden, um den Gipfel zu erreichen. Oben angelangt, benötigen sie eine Ruhepause, und die Bäume und Felsen rund um die Caldera geben einen bequemen Schlafplatz ab. Nach großem Gekreische und Gezänk kommen sie endlich zur Ruhe.

Am Morgen erwärmt die Sonne die Felsen, diese wiederum geben die Hitze an die Luft ab, die in die Höhe steigt. Gegen zehn Uhr hat die aufsteigende Luft beinahe Sturmstärke erreicht, so daß sich die Zweige der Bäume rund um den Gipfel biegen. Nun öffnen die Störche einer nach dem anderen ihre ausladenden Schwingen und steigen in die Lüfte. Sie erheben sich immer höher und ziehen ihre Kreise, bis sie nur noch als winziger schwarzer Fleck auf dem Blau erscheinen. Dann hat das Kreisen ein Ende, und sie fliegen in Richtung Norden davon. Aber bevor sie die Insel verlassen, haben sie noch eine letzte Aufgabe zu erfüllen; um fliegen zu können, müssen sie überflüssigen Ballast loswerden. Wenn der Storch vor seinem Abflug die Beine beugt, entledigt er sich eines zähflüssigen Stroms von Exkrementen. Auf diese Weise treten die kleinen Holothurien ins Leben.

Vielleicht hast Du schon einmal eine Käsefliege, die Larve der *Piophila*, gesehen, die aus altem Käse heraushüpft, wobei sie sich einrollt, ihren Schwanz mit dem Maul faßt und ihn dann so plötzlich losläßt, daß sie einen Luftsprung vollführt. So verhält es sich auch mit diesen jungen Gurken. Aus jedem Haufen, den die Störche hinterlassen, springen Hunderte hellgrüner Gürkchen, kaum größer als ein Reiskorn. Zehntausende von Störchen machen hier Station. Folglich werden oben auf dem Berg Jahr für Jahr Millionen dieser kleinen »Land-Seegurken« ausgesetzt.

Ich habe die Vegetation meiner Insel noch nicht ausführlich beschrieben. Die Ebenen sind vorwiegend bewaldet, und zwar mit den, wie ich annehme, typischen Bäumen der Region, *Pisonia*, *Ficus* und so weiter. Rund um die vielen Sümpfe und Teiche in diesem flachen Gelände wachsen verschiedene Riedgräser und Binsen, die ebenfalls nicht weiter bemerkenswert sind, während die Dünen an der Küste mit derbem Gras, vor allem der Gattung *Spinifex*, und mit niedrigem Gesträuch bewachsen sind. Die Kokospalme findet sich sowohl an der Küste wie im Landesinnern. Die Vegetation ändert sich aber spürbar, wenn man den Berg hinaufsteigt. Die niedrigeren Hänge sind mit den verschiedensten Gräsern bedeckt, weiter oben weicht das Grasland einer spärlichen Bewaldung, die vor allem aus einer Art Baumkaktus oder Dildoe[35] besteht. Diese Pflanzen haben große Ähnlichkeit mit den *Opuntias* (vermutlich jenen vergleichbar, die Du in Patagonien gesehen hast, mein lieber Bobby)[36], obgleich diese Species keine Dornen besitzt und vielleicht der Gattung Wolfsmilch nähersteht. Der Dildoe-Wald erstreckt sich bis zum Gipfel des Berges, und hier finden die jungen Land-Seegurken Nahrung und Schutz.

Durch aufwendige Nachforschungen habe ich entdeckt, daß sich Land-Seegurken von den Dildoe-Bäumen nähren, oder besser gesagt, sich *in* ihnen nähren. Die jungen Hüpfer, die ihrem Haufen entsprungen sind, machen sich sogleich an den Abstieg. Sobald sie neben einem Dildoe-Baum zu liegen kommen, graben sie sich in den Boden ein. Hier bahnen sich die Tierchen den Weg zu einer Wurzel, bohren sich hinein und zehren von deren weichem inneren Gewebe. Im Laufe der nächsten Monate fressen sie sich durch die Wurzel in den Stamm hinauf und gelangen schließlich in die Zweige. Wenn sie die äußeren Zweige erreicht haben, sind sie etwa sechs Zoll lang und voll ausgewachsen. Jetzt ist es an der Zeit, den Baum zu verlassen und ins Meer zurückzukehren.

Wie andere Holothurien haben Land-Seegurken weder Beine noch Flügel oder andere Fortbewegungshilfen, aber dafür besitzen sie eine Fähigkeit, die, wie ich meine, nirgends sonst im

Tierreich anzutreffen ist. Nach den ersten Regenfällen im Januar sieht man an jedem Dildoe-Baum Hunderte der Tiere an kurzen, klebrigen Fäden herabbaumeln, und sie gleichen durchaus dem Gemüse, nach dem sie benannt sind. Jetzt sind sie für die nächste Etappe ihrer Reise bereit. Die Gurken ziehen gemächlich ihren Körper zusammen, bis sie mehr Ähnlichkeit mit einem Apfel als mit einer Gurke haben. Die Kontraktion erzeugt so großen inneren Druck, daß das Tier in diesem Stadium einer Kugel aus grünem Guttapercha gleicht. Dann läßt es den Zweig los, an dem es hängt, und fällt zu Boden, aber dank seiner Elastizität bleibt es nicht etwa dort, wo es aufkommt, sondern hüpft. Und weil die Dildoe-Bäume oben auf dem Berg wachsen, hüpft es bergab bis hinunter zum Meer. Sollte eines der Tiere an einem Felsen oder einer Pflanze aufgehalten werden, so nimmt es noch einmal seine vorige Gestalt an, windet sich um das Hindernis herum und schnellt erneut in die Luft. Hier bedient es sich sofort wieder seiner Kugelform und hüpft weiter. Ich habe diese Wanderung der Land-Seegurken nun schon zweimal beobachtet, und jedesmal vibriert der ganze Berg geradezu vor hüpfenden Kugeln. Ein überaus wundersamer Anblick. Ich habe dieses Tier *Cocumis ciconius* genannt.

Auf meiner Reise an Bord der *Sarah Rose* in den Süden sah ich viele wundersame Dinge. Meine Kajüte unter dem Achterdeck war mit Büchern und Instrumenten gut bestückt, und der Kapitän und der junge Kabinensteward erwiesen sich als überaus angenehme Gesellschafter. Aber das größte Vergnügen bereiteten mir meine naturgeschichtlichen Beobachtungen während der Reise, die mir viele völlig neue Dinge enthüllten. Ich erinnere mich noch, wie ich erstmals nachts eine Phosphoreszenz erlebte, wie ich die zauberhaften Kunststücke der fliegenden Fische verfolgte (einen von ihnen sah ich mit eigenen Augen in einer Höhe von vierzehn Fuß über das Vorderdeck segeln) und meinen Verdruß, als ich erstmals jenes faszinierende Geschöpf, die *Physalia*, zu Gesicht bekam. Ich kannte dieses Tier aus Büchern, wo es meist unter dem klangvollen Namen »Portugiesische Galeere« geführt wird. Da ich niemals eine solche Qualle *in vivo* gesehen hatte, nahm ich an, sie müsse enorme Ausmaße besitzen und mindestens ein halbes Yard lang sein. Ernüchtert stellte ich fest, daß die meisten kaum so groß sind wie mein kleiner Finger. Ein wenig enttäuschend fand ich auch die Wirkung ihres Stichs, der, wie ich gelesen hatte, einen Mann töten könne, als ich aber selbst gestochen wurde, während ich in einem Eimer voll Plankton herumwühlte, waren die Folgen kaum schlimmer als bei einer gewöhnlichen Nessel. Dank meiner täglichen Entdeckungen im Meer und meiner nächtlichen Tändeleien mit dem Kapitän und dem Kabinensteward wurde mir die Reise nach Kapstadt nicht lang, aber als wir dort anlegten, hatte ich vom Leben auf See vorerst genug. Ich beschloß, meine Reise nach Neusüdwales auf der *Sarah Rose* nicht fortzusetzen; statt dessen ging ich am Kap von Bord, um die Gegend zu erforschen, vielleicht ein paar Käfer zu sammeln und mir eine schöne Zeit zu machen.

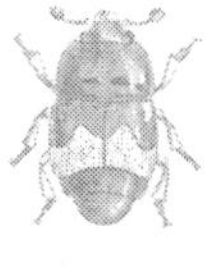

KAPITEL 14

Im Mai 1834 brach ich an Bord der *Pegasus* von Kapstadt auf. Nach zwei Jahren am Kap hatte ich fast mein gesamtes Bargeld aufgebraucht und freute mich, als bei meiner Ankunft in Port Jackson im Juni desselben Jahres wie versprochen achthundert Pfund auf der Bank für mich bereitlagen. Damit würde ich in Sydney als ein begüterter Gentleman einen Hausstand gründen können. Ich war gerade fünfundzwanzig Jahre alt geworden und hatte genug gesehen, um zu wissen, wie es in der Welt zuging. Ich wußte, daß Schein oft genauso wichtig ist wie Sein, und mietete deshalb ein vornehmes Haus in der George Street Nr. 26, erstand eine Kutsche und zwei gute Pferde und brachte am Tor ein Messingschild mit den beiden magischen Buchstaben »Dr.« vor meinem Namen an. Dann lehnte ich mich zurück und wartete auf die Gaben Fortunas.

Obwohl es mir an echten Qualifikationen mangelte, genoß ich als Arzt schon bald einen hervorragenden Ruf. In der Kolonie gab es zu jener Zeit nur sehr wenige Mediziner, und durch mein – umständehalber verkürztes – Medizinstudium in Edinburgh und Cambridge war ich für die meisten Fälle, die ich zu betreuen hatte, ausreichend gerüstet. Es mochte zwar sein, daß einigen wenigen Patienten die Behandlung, die ich ihnen verschrieb, eher schadete als nützte, aber das entsprach dem Durchschnitt der damaligen Zeit und Weltgegend. Wenn ich bei einem schwierigen Fall nicht weiterwußte, wandte ich einen Trick des alten Doktors an, den Philos mir verraten hatte. Er überstellte seinen Patienten an einen anderen Arzt,

der meist so geschmeichelt war, daß er gar nicht merkte, wie ungewöhnlich viele dieser Fälle tödlich endeten.
Ich war so damit beschäftigt, mir im Berufsleben und in der »guten Gesellschaft« jener Frühzeit der Kolonie eine Position zu verschaffen, daß es eine Weile dauerte, bevor ich die Gelegenheit fand, mich eingehender mit der Natur zu befassen. Für meine erste Expedition in den Busch wählte ich einen schönen sonnigen Tag Anfang Dezember. Ausgerüstet nur mit meinem Netz und meiner Sammelschachtel, einem Laib Brot und zwei Flaschen Bier, ritt ich nach Osten in Richtung südliche Landzunge. Als ich die Stadt hinter mir gelassen hatte, stellte ich fest, daß die Landschaft mit ihren sandigen Heideflächen und sanften Sandsteinerhebungen gar nicht anders aussah als in manchen Teilen des Kap. Auch die Pflanzenwelt wies zahlreiche Ähnlichkeiten mit der *Fynbos*-Vegetation jener Gegend auf, und das hier heimische Geißblatt erinnerte mich an afrikanische Proteas. Wenn ich vom Sattel aus über die Büsche am Straßenrand streifte, hatte ich schnell eine ganze Anzahl interessanter Käfer beisammen, die, wie ich feststellte, ebenfalls jenen des Kap ähnelten. Das enttäuschte mich ein wenig, und ich weiß noch, daß ich mir wünschte, ich hätte wie Cook und Banks (und später Du, Bobby) die Erde in westlicher Richtung umrundet und auf diese Weise die Flora und Fauna von Neusüdwales als fremd und neuartig erleben können. Aber dieses Gefühl legte sich bald, und als ich an der Landspitze angelangt war und ein paar erstklassige *Stigmodera* und *Paropsis* aus meinem Netz in die Gläser gelegt hatte, war ich bereits hingerissen von den naturgeschichtlichen Besonderheiten meiner neuen Heimat. Dann entdeckte ich die Libelle.
Das prachtvolle Insekt schwebte unmittelbar vor mir in der

Luft, keine drei Yard entfernt. Ab und zu schoß es davon, um ein anderes Insekt zu jagen, kehrte aber immer wieder an dieselbe Stelle zurück, wo es mich mit seinen riesengroßen Augen ansah. Obwohl mein Wissen über die Odonata begrenzt ist, habe ich die Insekten ihrer Schönheit wegen stets bewundert; dieses hier war wirklich ein besonders prächtiges Exemplar. Es war nicht übermäßig groß, schillerte aber in den wunderbarsten Farben; mit seinem intensiv zinnoberroten Körper und den kühn in Schwarz getauchten Flügelspitzen erinnerte es mich an eine Species, die ich am Kap häufig gesehen hatte, aber nie hatte fangen können. Dieses hier gehörte mir. Ich hielt mein Netz auf Höhe meines rechten Beins gesenkt und trieb mein Pferd mit den Sporen behutsam an. Sobald ich nahe genug herangekommen war, wollte ich das Netz über die Libelle stülpen. Langsam näherte ich mich, und zu meiner Freude verharrte die Libelle noch immer an derselben Stelle. Ich schwang mein Netz; ich hatte es geschafft.

Wohl eine volle halbe Sekunde lange konnte ich meinen Triumph auskosten, bevor ich plötzlich und unerwartet in die Luft gehoben wurde. Ich hatte törichterweise versäumt, mein Pferd auf mein entomologisches Manöver vorzubereiten, und der Anblick eines großen weißen Gegenstandes, der wenige Zoll von seinem rechten Auge entfernt nach oben schwenkte, irritierte mein Pferd völlig. Es reagierte so, wie wohl die meisten Pferde reagiert hätten; mit einem Geräusch, das mehr ein Schrei als ein Schnauben war, bäumte es sich auf, um dann loszupreschen. Was in die Luft geschleudert wird, muß wieder herunterkommen, und als an einem klaren Januarmorgen des Jahres 1836 Bobby in Port Jackson ankam, ging ich immer noch an Krücken, das Fußgelenk bandagiert.

Ich wußte nicht, was meinen Freund mehr überraschte, der

Anblick meiner Bandagen oder meiner Person. Ich hatte seinem Onkel und seinem Vater mein Wort gegeben, als Gegenleistung für ihr Geld weder mit Emma noch mit Bobby Kontakt aufzunehmen. Nachdem ich England verlassen hatte, sah ich wenig Sinn darin, mit Emma zu korrespondieren, aber bei Bobby überlegte ich es mir dann doch anders. Sein Vater hatte das wohl geahnt und Vorsorge getroffen, indem er ihm schon bald in einem Brief mitteilte, unter welchen Umständen der Freund seiner Kindheit aus England hatte fliehen müssen. Von der Geschichte erfuhr ich in einem Brief von Philos. Als leidenschaftlicher Spieler, der ich war, sei ich beim Pferderennnen in Newmarket in zwielichtige Machenschaften verwickelt gewesen, ein Haftbefehl sei gegen mich erlassen worden und daher hätte ich es für das beste gehalten, ins Ausland zu fliehen. Bobby sah keinen Grund, an der Geschichte zu zweifeln; es schien ihm undenkbar, daß ihn sein eigener Vater belog. Meine erste Reaktion auf diese bewußte Irreführung war, die Sache richtigzustellen, aber nach eingehendem Nachdenken erkannte ich, daß das keinen Sinn hatte. Keiner, weder Emma noch Jos, ja nicht einmal Philos würde meine Darstellung der Ereignisse stützen, durch die ich gezwungen worden war, England zu verlassen. Am besten, ich sagte gar nichts dazu, auch wenn ich wußte, daß man mein Schweigen als Bestätigung werten würde. Als ich Bobby nach Rio schrieb, wo ihn, wie ich wußte, meine Nachricht sicher erreichen würde, erhielt ich einen kurzen Antwortbrief, in dem er mir vorwarf, mein Unglück selbst verschuldet zu haben. Hatte mich nicht die Gier ins Verderben gestürzt, fragte er, und ich mußte fast darüber lachen, sagte das doch einer, der in seinem Leben nie etwas entbehrt hatte, weder Geld noch Freunde, weder Familie noch Liebe. Aber vielleicht hattest Du recht,

Bobby; vielleicht war es tatsächlich Gier, die dazu geführt hat, daß ich in Australien war. Gierig war ich schon immer gewesen.

Mit Bobby hatte ich während seiner Reise keine weiteren Briefe ausgetauscht, mit Philos korrespondierte ich dagegen regelmäßig. Ich denke, Philos war über meine Liebschaft mit seiner Kusine Emma, die er nicht besonders mochte, eher belustigt als entsetzt gewesen, und am meisten beeindruckte ihn die Summe, die ich bei seinem Vater herausgeholt hatte, denn er hatte offenbar mit dem Doktor, der ihn drängte, endlich zu heiraten, ständig Streitereien wegen der einen oder anderen seiner Londoner Rechnungen. Nun zahlte mir derselbe Mann ein hübsches Sümmchen dafür, daß ich *nicht* heiratete. Aber Philos sah mich nicht gern ziehen, und wir hatten uns bereits mehrmals geschrieben, als ich noch in Afrika war. Durch Philos erfuhr ich auch Genaueres über Bobbys Reisen, über seinen Aufenthalt in Rio de Janeiro und Montevideo, über Fitzroy und Covington (und alles über Donna Clara, Bobby). Erst kürzlich hatte ich von Philos einen Brief erhalten, in dem er schrieb, daß sein Bruder im Begriff sei, von Südamerika aus zu den Galapagos-Inseln aufzubrechen, und im neuen Jahr in Australien eintreffen müßte. Ich wollte ihn unbedingt sehen.

Ich kann mich noch ganz genau an jenen Morgen erinnern. Ich hatte soeben begonnen, eine junge Frau zu untersuchen, die in Begleitung ihrer Mutter zu mir gekommen war und über »Herzklopfen« klagte. Meine Untersuchung bestätigte alsbald meinen Verdacht. Wie oft in solchen Fällen war auch dieses Mädchen schwanger, und ich erwog, ob ich es dem Mädchen unter vier Augen oder lieber Mutter und Tochter gemeinsam sagen sollte, als die Nachricht eintraf, die *Beagle* sei an der Hafeneinfahrt gesichtet worden. Ich gab vor, zu einem dringenden Notfall zu müssen, bat meine Patientin, am nächsten Tag noch einmal allein wiederzukommen, humpelte aus dem Haus, so schnell mich meine Krücken trugen, und nahm eine Kutsche zum Circular Quay. Meine Entfremdung von Bobby würde ein Ende haben, das Schweigen gebrochen sein. Aber wie würde er mir entgegentreten? Bobby lebte in dem Glauben, ich sei in England in Ungnade gefallen, sei aus dem Land geflohen und hätte mich in einer Strafkolonie am Ende der Welt in ein selbstgewähltes Exil zurückgezogen. Vier Jahre waren vergangen, seit er mich zum letzten Mal gesehen hatte. Ob er sein Herz gegen mich verschlossen hatte? Ob er mich vergessen hatte? Ob er mich überhaupt wiedererkennen würde? Als das Schiff endlich am Kai anlegte, schlug mir das Herz bis zum Hals, und mein Mund war wie ausgetrocknet. Die Landungsbrücke wurde heruntergelassen, und zwei Männer gingen an Land, das Gesicht versteckt unter den langen Haaren und dem Bart einer wochenlangen Seereise. Aber ich erkannte Bobby auf Anhieb; diese über den Bart herausragende Nase konnte niemand anderem gehören. Und er erkannte mich. Als er mich auf meine Krücken gestützt dastehen sah, hielt er wie angewurzelt auf der Landungsbrücke inne, dann verwandelte sich meine Angst in Freude, denn sein Mund verzog sich zu dem vertrauten Lächeln, und mein alter Freund kam mit ausgebreiteten Armen auf mich zu.

Es gibt nur eine einzige Libellenart auf meiner Insel, die in ihrer Gestalt der englischen *Aeshna* ähnelt, allerdings mit den geschwungenen Hinterflügeln einer *Anax*. Das Männchen ist groß und hübsch und in Größe und Farbe der Blutroten Heidelibelle nicht unähnlich, nur daß die Flügel farbig und undurchsichtig sind. Das Weibchen sieht völlig anders aus. Mit ihrem kleinen Kopf und ihren kurzen Beinen ist es nicht nur beträchtlich kleiner als das Männchen, es hat überhaupt keine Flügel.

Als ich zum ersten Mal ein solches Insektenpaar sah, erkannte ich nicht sofort, daß sie zur Ordnung der Odonata gehörten. Das Objekt, das da über den See glitt, hielt ich für einen Vogel aus der Familie der Schwalben, und erst als ich mehrere von ihnen gesehen und mich über das Schillern ihrer Flügel gewundert hatte, erkannte ich, daß es sich nicht um einen Vogel, sondern um ein Insekt, besser gesagt, um ein Insektenpaar handelte. Denn obgleich das Weibchen flügellos ist, verzichtet es nicht gänzlich auf das Fliegen. Wenn es sich in die Luft erheben will, nimmt es sich einfach ein Männchen zu Hilfe.

Beide Geschlechter beginnen ihr Leben wie andere Libellen als winzige Larven im Wasser des Teichs oder Sees, in den das Weibchen die Eier abgelegt hat. Die Larven ernähren sich vermutlich von kleinen Würmern und anderen Wasserlebewesen, die sie mit Hilfe der dieser Ordnung eigenen vorschnellbaren Unterlippe fangen. Die Metamorphose der männlichen Larve vollzieht sich ganz normal. Sie lebt im Wasser, bis sie mehrere Zoll lang ist, eine Größe, bei der sie beträchtliche Mengen an Kaulquappen und jungen Elritzen erbeuten muß. Zu ihrer endgültigen Verwandlung kriecht sie aus dem Wasser und klettert ein Stück weit an einem Schilfstengel hoch (ich habe die Exuvien von Männchen immer nur am Schaft, nie an der Spitze von Schilfstengeln gefunden), streift ihre Larvenhaut ab, und sobald sie ihre Flügel ausgebreitet und getrocknet hat, erhebt sie sich in die Luft. Das Männchen weist die gewöhnliche Gestalt der Odonata auf; sein Kopf hat zwei riesige Augen von bläulicher Farbe und paarige kräftige Mandibeln mit Zähnen. Die Brust trägt lange haarige Beine und zwei Paar außergewöhnlich große, blaue Flügel (die in der Sonne grün-golden schillern). Der Hinterleib ist schwarz mit blauen Flecken an den Seiten und verjüngt sich im vorletzten Segment zu zwei langen Greifzangen. Das Wachstum des Weibchens verläuft in der Anfangsphase ähnlich wie beim Männchen, aber bei der vierten oder fünften Häutung verlassen die weiblichen Larven, die jetzt an ihrer plumperen Form zu erkennen sind, das Wasser und lassen sich im Schilf und Gras am Seeufer nieder. Ob die Weibchen während dieser Zeit Nahrung zu sich nehmen, kann ich nicht sagen, aber sie sind ziemlich aktiv, und daher halte ich es für wahrscheinlich, daß sie kleinere Insekten fangen und fressen. Vor ihrer letzten Häutung kehren sie kurzzeitig ins Wasser zurück, wo sie sich, genau wie die Männchen, an einen Schilfstengel klammern, ihren Hautpanzer abstreifen und ihre endgültige Gestalt annehmen. Diese Gestalt ist ungewöhnlich für eine Libelle, die erwachsenen Weibchen sehen eher aus wie Larven. Der Kopf ist klein, die Komplexaugen fehlen, obwohl die Punktaugen leicht vergrößert sind, und die Mundpartie ist gleichfalls klein, wenn auch funktionstüchtig. Die Brust ist ebenfalls kleiner, die Flügel fehlen vollständig, und die Beine sind so kurz und dünn, daß das Insekt sich nur mit Mühe an dem Stengel festhalten kann, auf den es geklettert ist. Der Hinterleib ist flach, und nur die Geschlechtsorgane sind als die einer erwachsenen Libelle erkennbar. Diese letzte Häutung findet stets des Nachts statt, und danach klammert sich das Weibchen an den Schilfstengel, wo es durch seine Farbe, eher Dunkelgrün und nicht Braun wie bei der Larve, bei Tag nahezu unsichtbar ist.

So sehr ich mich auch bemühte, gelang es mir nie, eine männliche Libelle im Flug zu fangen. Sie sieht viel zu scharf, als daß sie sich erwischen ließe, und sie ist viel zu wendig und schnell, als daß man sie jagen könnte. Nur manchmal entdeckte ich nachts, im Schein meiner Laterne, eine, die auf einem niedrigen Strauch saß, oft ein beträchtliches Stück vom See entfernt. Eines Nachts bemerkte ich unweit meines Hauses ein kopulierendes Libellenpaar. Das Männchen saß senkrecht auf einem Dornenbusch und hielt mit seinen Hinterleibszangen das Weibchen unmittelbar hinter dem Kopf fest (wie es bei Libellen üblich ist); das Weibchen baumelte unterhalb des Männchens in der Luft. Diese Paarung hätte niemals im Flug stattfinden können, was, wie ich glaube, bei Libellen sonst der Brauch ist, da das Weibchen ja keine Flügel hat. Wie die Paarung der Insekten im einzelnen vor sich geht, habe ich erst kürzlich entdeckt.

Vergangenen Juli saß ich eines Morgens sehr früh am See. Es war noch kühl. Dünne Nebelschleier hingen über dem Wasser, aber es müssen kleine Stechmücken und Fliegen unterwegs gewesen sein, denn die Schwalben und Libellen streiften bereits im Tiefflug über die Wasseroberfläche, um Beute zu machen. Nach der Anzahl der Larvenhüllen zu urteilen, die ich erst neulich im Schilf entdeckt hatte, schlüpften um diese Zeit zahlreiche Libellen. Die Männchen waren leicht zu erkennen, wie sie über das Wasser huschten oder über den Schilfstengeln schwebten. Manchmal trafen zwei Männchen aufeinander und lieferten sich ein kurzes Gefecht, wobei sie hörbar mit den Flügeln schlugen. Während ich einen solchen Kampf beobachtete, bemerkte ich im Schilf ganz in der Nähe ein blaues Glitzern. Es war so schnell wieder verschwunden, daß ich zuerst nicht genügend Zeit hatte, es genau zu orten. Doch als es erneut aufblitzte, sah ich, daß es von der Spitze eines Schilfrohrs nur fünf Yard von meinem Beobachtungsplatz entfernt kam. Kaum hatte ich die Stelle ausgemacht, als eine männliche Libelle darauf zuschoß, eine Sekunde lang in der Luft verharrte und dann wieder davoneilte. Als das Insekt davonflog, sah ich, daß etwas von seinem Hinterleib herabbaumelte. Das konnte nur eine weibliche Libelle sein. Als ich weiter nachforschte, war mir bald der ganze Paarungsvorgang deutlich.

Wenn die weibliche Libelle aus ihrem Hautpanzer geschlüpft ist, preßt sie sich kopfunter an einen Stengel und ist vom Schilf kaum mehr zu unterscheiden. Doch sobald sie in ihrer Nähe ein Männchen entdeckt, hebt sie blitzschnell ihren Hinterleib vom Stengel ab, stülpt ihn über den Kopf und zeigt ihre Unterseite. Zwar ist die Unterseite des weiblichen Hinterleibs von derselben langweiligen Farbe wie der Rest des Tieres, wenn er aber gestreckt wird, werden die Membranen freigelegt, die die einzelnen Segmente miteinander verbinden und die sonst unter den Bauchplatten verborgen sind. Sie aber sind leuchtend blau. Wenn das Männchen diesen blauen Schimmer erblickt, taucht es im Sturzflug zu dem Weibchen hinab, packt es mit seinen Hinterleibszangen am Kopf und fliegt mit ihm davon.

Aus weiteren Beobachtungen des Paarungsverhaltens dieser Species ziehe ich den Schluß, daß die Paarung selbst in der typischen Weise der Odonata stattfindet. Bevor sich das Männchen auf die Suche nach einem Weibchen macht, entnimmt es ein Spermapaket aus der Geschlechtsöffnung am Ende seines Hinterleibs und verstaut es in der Samentasche an der Unterseite seines dritten Hinterleibssegments. Wenn das Weibchen von einem Männchen gepackt und in die Luft getragen wird, bringt es seinen Hinterleib nach unten, um das Samenpaket in ihren eigenen Geschlechtstrakt zu übernehmen. Bei dieser Species läßt das Männchen das Weibchen nach der Paarung nicht los, sondern hält es weiter fest, während es seine Eier legt, wie es auch bei manchen Zygoptera der Fall ist. Ich habe nie gesehen, daß die Paare landen, um die Eier abzulegen, wie die *Aeshna* oder ins Wasser tauchen wie die *Libellula*. Das Weibchen scheint die Eier einfach auf gut Glück fallen zu lassen, während es über den See geflogen wird. Ich habe dieser Species den Namen *Anoptera cyanogaster* gegeben.

Wahrscheinlich bleiben die ausgewachsenen Libellen ihr gesamtes Leben *in copulo*, wenngleich ich zugeben muß, daß ich diese Behauptung nur durch Indizien beweisen kann. Es gibt keinen Zweifel, daß es aufgrund der fehlenden Flügel und der dünnen Beine und Kiefern für das Weibchen schwierig, wenn nicht sogar unmöglich ist, selbst Beute zu fangen, doch habe ich in den Därmen der wenigen weiblichen Libellen, die ich seziert habe, Reste von Mücken und anderen kleinen Insekten gefunden. Eine Erklärung dafür könnte sein, daß die Libellen als Paar zusammenbleiben und das Männchen einen Teil der Nahrung, die es fängt, an das Weibchen weitergibt. Das ist, wie ich glaube, bei den Odonata ein Einzelfall, kommt aber bei einigen Mecoptera häufiger vor.

KAPITEL 15

Wie jubelte mein Herz, als ich meinen alten Freund wiedersah und in die Arme schloß. Als seien die vergangenen vier Jahre nur ein Traum gewesen, aus dem ich soeben erwacht war, und jetzt, da Bobby und ich wieder zusammen waren, ließen wir uns durch nichts davon abhalten, unsere Freundschaft fortzuführen und dort anzuknüpfen, wo sie geendet hatte. Nach der Begrüßung stellte mir Bobby seinen Begleiter vor. Es war der Kapitän der *Beagle*, ein Ire, aber nach den üblichen höflichen Floskeln sagten wir ihm Lebewohl und machten uns auf in die Stadt. Voller Freude hörte ich, daß das Schiff mindestens drei Wochen im Hafen verweilen würde. Da blieb genügend Zeit, um Bobby alles Sehenswerte zu zeigen, aber das erste, was ich sehen wollte, war das Gesicht meines Freundes. Mein Barbier tat mir gern den Gefallen, und nachdem Bobbys Haare und Bart gestutzt waren, sah ich, daß sich doch einiges an ihm verändert hatte. Er war nicht mehr der junge Mann, von dem ich vor vier Jahren am Hafen von Bristol Abschied genommen hatte. Der Ansatz der braunen Haare, die ihm einst in die Stirn und über die Augenbrauen fielen, war zurückgewichen. Auf seiner Stirn und ebenso um die Augen hatten sich Linien eingeprägt, die zuvor nicht dagewesen. Bobbys tiefliegende Augen hatten sich, wie es schien, noch weiter in ihre Höhlen zurückgezogen. Aber sein Lächeln und seine Stimme waren unverändert, und mein Freund nahm mein Angebot, während seines Aufenthalts in Sydney bei mir zu wohnen, freudig an. Die einzige Bedingung sei, wie er mit ernster Miene hinzufügte, daß die Treppe, die ich offensichtlich vor nicht allzu langer Zeit hinuntergefallen war, wieder instand gesetzt sei. Ich berichtete Bobby, wie ich mir bei einem Sturz vom Pferd nach dem Versuch, eine Libelle zu fangen, den Knöchel gebrochen hatte, eine Geschichte, die ihn amüsierte und zugleich beeindruckte, und bald waren wir bei meinem Haus angelangt, wo ich ihm meine neuen Funde zeigte, unter anderem das Insekt, das meine Verletzung verursacht hatte und das seinen Scherz jetzt büßte, indem es meinen Kabinettschrank schmückte.

»Ja, mein Freund«, sagte Bobby, nachdem er meine Exemplare bewundert hatte, »ich sehe, daß du dein Netz und dein Sammelglas fleißig benutzt hast, aber was hast du sonst noch gemacht?«

Ich hatte mir fest vorgenommen, ihm alles zu erzählen. Es war Zeit, daß er die wahren Gründe für meine Abreise aus England erfuhr, die Geschichte mit Emma und die Täuschung seines Vaters, was ich gewiß überzeugend darlegen konnte. Aber jetzt, da dieser Augenblick gekommen war, brachte ich es nicht über mich.

»Dies und das«, sagte ich nur. »Man könnte vielleicht sagen, daß ich auf der Suche nach weiteren Käfern war.«

»Aber doch nicht nur nach Käfern«, erwiderte Bobby. »Mir scheint, du hast auch ein paar berichtenswerte Geschichten auf Lager.«

Ich bestätigte, daß meine Zeit in Australien und die beiden Jahre, die ich auf meinem Weg hierher am Kap verbracht hatte, keineswegs ereignislos verlaufen waren.

»Du mußt mir alles genau erzählen«, meinte Bobby, und als ich anfing, eines meiner afrikanischen Abenteuer zum besten zu geben, erkannte ich, daß die Vergangenheit nicht anders als die Zukunft das ist, was wir aus ihr machen, und daß es unserem Willen unterliegt, was wir aus ihr machen. Die Notwendigkeit, Bobby gegenüber die Dinge richtigzustellen, die Wahrheit zu enthüllen, die Geschichte zu korrigieren, schien nicht mehr von Belang. Es genügte, daß Bobby mit seinem vertrauten Lächeln vor mir saß.

»Genug jetzt von vergangenen Herrlichkeiten«, sagte ich. »Wir brauchen eine neue Herausforderung, ›der Morgen ruft zu neuem Glück die Au‹. Was hältst du von einem kleinen Ausflug hier in der Kolonie, um Insekten zu sammeln?«

Ich hatte Bedenken, daß mein Freund nach vier Jahren auf Reisen seine kurze Verschnaufpause lieber mit der Erkundung städtischer Reviere verbringen würde, aber meine Sorge war unbegründet.

»Eine großartige Idee«, sagte er. »Wohin gehen wir?«

Ich hatte seit langem vor, einen kurzen Ausflug in die Blue Mountains zu machen, die ich zwar jeden Tag von meinem Schlafzimmerfenster aus in der Ferne sah, bisher aber noch nicht erkundet hatte.

»Wie wär's mit Bathurst?« fragte ich. »Wir mieten für dich ein Pferd, und in einer Woche sind wir wieder zurück.«

»Bathurst, das ist es«, meinte Bobby und fügte lachend hinzu: »Ich nehme an, in Bathurst gibt es jede Menge Käfer.«

Drei Tage später sagten wir Fitzroy, der *Beagle* und Sydney Lebwohl und ritten nach Westen. Diese wenigen Tage mit Dir, lieber Bobby, in Neusüdwales zählen bis heute zu den glücklichsten meines Lebens.

Obwohl schon Mitte Januar, war es bisher noch nicht so heiß gewesen, daß die Vegetation ihre Frische verloren hätte, und auch nicht so trocken, daß die Straßen von jenem erstickenden Staub erfüllt gewesen wären, der einen Ausritt im australi-

schen Sommer so qualvoll macht. Auf der ersten Etappe unserer Reise gelangten wir nach Westen über Parramatta nach Emu Ferry, wo wir übernachteten. Ich ritt wie gewohnt auf meiner Stute, während Bobby, begeistert vom Reiten nach einer so langen Seereise, darauf bestand, ein ungestümes junges Fohlen zu mieten, das ihn, wie er meinte, an Flight erinnerte.[38] Der erste Tag verlief sehr gemächlich, Bobby fragte mich alles mögliche über das Land, durch das wir ritten, und ich freute mich, ihm Auskunft geben zu können. Obwohl wir beide Netze und Gläser mit uns führten und ich darauf versessen war, von jedem vielversprechend aussehenden Baum oder Strauch Insekten zu sammeln, war bald klar, daß sich Bobby mehr für die Geologie der Gegend als für deren Fauna interessierte. Besonders beeindruckte ihn die Schichtbildung des Sandsteins, die selbst in diesem verhältnismäßig flachen Landstrich bei kleinen Flußbetten und Einschnitten deutlich erkennbar war. Ich erinnere mich auch, daß er nach einer Weile eine Bemerkung über die Gleichförmigkeit des Farbtons und der Art des Pflanzenwuchses machte, eine Besonderheit Australiens, die den meisten europäischen Besuchern ins Auge sticht, aber den Alteingesessenen und den Einheimischen nicht weiter auffällt. Da ich in Australien und Europa und im übrigen auch eine Zeitlang in Afrika gelebt hatte, wandte ich ein, daß die englische Flora ganz gewiß dürftiger sei.
»Zu Hause gibt es vielleicht zweitausend Pflanzenarten, hier sind es zwanzigtausend.«
Bobby ließ das nicht gelten.
»Aber sie weisen große Ähnlichkeit untereinander auf«, sagte er. »Hundert Banksien, hundert Akazien, zweihundert Eukalyptusarten. Und alle haben denselben blaßgrünen Farbton.«
»Ja, sicher, in England sind alle Pflanzen doppelt so grün«,

sagte ich. »Aber wenn ich mich recht erinnere, nur die Hälfte des Jahres.«

Während Bobby noch über meine kleine Witzelei lachte, begegneten wir einer Gruppe von Eingeborenen aus dem Stamm der Gurinjai. Es war Bobbys erste Begegnung mit den Ureinwohnern Australiens, und er war begierig, daraus das Beste zu machen. Meine Sprachkenntnisse waren zwar nicht ausreichend, um alle Fragen zu übersetzen, die mein Freund mich zu stellen bat, doch mit Hilfe einer Silbermünze konnte ich drei der Männer dazu bewegen, meinen Freund mit einer Vorführung ihrer Speerwerfkunst zu unterhalten. Bobbys Hut ist ein bleibendes Zeugnis ihrer Geschicklichkeit (ich beeile mich hinzuzufügen, daß dieser dabei nicht auf seinem Kopf saß, sondern an einem Baumstamm hing).

Dank der neuen Straße, die sich so leicht durch Felsen und Täler windet, war der zweite Tag unserer Reise hinauf in die Blue Mountains nicht beschwerlicher als der erste Tag durch die Küstenebene. Mittags machten wir Rast im Weatherboard Inn, wo sich uns zum ersten Mal ein großartiger Blick über die Landschaft bot, für die diese Gegend so berühmt ist, auch wenn Bobby wieder mehr von der Geologie als von der Schönheit des Landstrichs in Bann geschlagen war. Auf unserem Weg zurück zum Gasthaus stellte er Überlegungen über die Kräfte an, welche die Felsen und Schluchten geformt hatten, und sinnierte über die Ähnlichkeiten zwischen diesen Felsformationen und dem heutigen Küstenverlauf. Am späten Nachmittag erreichten wir Blackheath, und nachdem Bobby sich vergewissert hatte, daß unsere Pferde gut versorgt wurden, blieb uns noch Zeit für ein Gläschen vor dem Abendessen.

Bisher schien es, als hätte immer nur ich meine Geschichten

erzählt; über meine Zeit in Neusüdwales und meine Abenteuer in Afrika. Am ersten Abend in den Bergen schien es, als hätte Bobby das Gefühl, endlich sei er an der Reihe. Ich war begierig darauf, alles zu erfahren, was mein Freund zu berichten hatte, angefangen mit dem Jahr 1831, als er von England aufgebrochen war, bis zu seiner Ankunft am Circular Quay ein paar Tage zuvor. Ich wollte alles wissen über die Menschen, denen er begegnet war, und über die Naturgeschichte der mannigfaltigen Landstriche, die er bereist hatte; über die Pumas und Guanacos, die Strauße und Gürteltiere und insbesondere über die Käfer. Auf der Bank vor dem Gasthaus, einen Krug Bier in der einen Hand, während die Finger der anderen Hand die alte Hündin hinter den Ohren kraulten, die uns bei unserer Ankunft recht unfreundlich angebellt, ihren Wurf aber jetzt im Stich gelassen und ihren Kopf glückselig in seinen Schoß gelegt hatte, begann Bobby zu erzählen.

So abenteuerlich meine eigenen letzten Lebensjahre bisweilen gewesen waren, hätte ich mir doch sehnlichst gewünscht, auf dieser Reise der *Beagle* nach Südamerika dabeigewesen zu sein, die Vulkane und Erdbeben miterlebt und die Gauchos und die merkwürdigen nackten Feuerländer gesehen zu haben. Wie sehr hätten mich die amerikanischen *Lampyris* und *Elater* interessiert (und wie bedauerte ich, daß Bobby alle seine gesammelten Exemplare bereits heim nach England geschickt hatte). Während ich Bobbys Beschreibung der ungewöhnlichen Vögel lauschte, die ihm auf den Galapagos-Inseln begegnet waren, dachte ich wieder an die Evolution. Bobby hatte mir von dem Falken und der Taube und den Fliegenschnäppern erzählt, die er auf den Inseln angetroffen hatte, aber am eigentümlichsten waren, wie er meinte, die Finken.

»Inwiefern eigentümlich?«

»Wie gesagt«, erwiderte er, »es gibt fünf Arten,[39] die einander alle sehr ähnlich und doch sehr verschieden sind. Von gleicher Farbe und Größe, wird ihr Schnabel von Art zu Art in nahezu vollkommener Abstufung immer größer. Die Größe reicht von einem dicken Schnabel ähnlich dem unseres Kernbeißers bis zu dem eines Buchfinken. Bei einer anderen Art ähnelt der Schnabel dem eines Papageien.«

»Transmutation«, antwortete ich, »Evolution.«

»Wie ich sehe, stimmst du noch immer mit meinem Großvater überein.«

»In der Tat«, sagte ich. »Und in mancher Hinsicht auch mit Buffon, Saint-Hilaire und Lamarck. Du immer noch nicht? Stehst du noch da, wo du in Cambridge warst?«

Aus dem wenigen, was mir Bobby bisher erzählt hatte, hatte ich geschlossen, er habe sich während seiner Reise mit dieser Frage auseinandergesetzt, und daher war ich enttäuscht und auch irgendwie überrascht über seine prompte Antwort.

»Ich halte am Wort Gottes fest, wenn du das meinst«, sagte er, und diese Erklärung ließ mich gleich an seinen Vetter Fox denken. Aber lag nicht eine Spur Unsicherheit in seiner Stimme?

»Ach ja«, sagte ich, »das Wort Gottes. Dann sehen wir uns das Wort Gottes doch einmal genauer an. Hast du sie bei dir, deine Bibel?«

Das einzige Buch, das Bobby bei sich hatte, war seine abgegriffene Ausgabe des Lyell, aber ich ließ mir vom Gastwirt eine Bibel bringen (der Wert auf die Feststellung legte, daß er »zwar mit der Rel'gion selbst nicht viel am Hut« habe, aber doch eine Bibel zur Hand haben mußte, damit die Glücksspieler darauf schwören konnten, ihre Schulden zu bezahlen). Ich klappte das Buch auf und ließ meinen Finger über die erste Seite gleiten.

»Ah, da ist es ja«, sagte ich und sah hoch, um mich zu vergewissern, daß mir mein Freund auch aufmerksam zuhörte. »›Und Gott schuf alle gefiederten Vögel, einen jeden nach seiner Art, darunter auch einige außergewöhnliche schwarze Finken, die er mit Bedacht auf eine kleine Inselgruppe fünfhundert Meilen westlich von Südamerika setzte, wo sie niemand sehen konnte, und Gott sah, daß es gut war.‹«
Obwohl meine schwache parodistische Darbietung Bobby ein Lächeln abrang, schwieg er.
»Stellt dich das wirklich zufrieden, Bobby? Du erkennst doch, daß deine Galapagos-Finken nicht einzeln geschaffen wurden, sondern von einem gemeinsamen Vorfahren abstammen müssen? Wie erklärst du dir sonst ihre Ähnlichkeiten?«
Wieder gab mein Freund keine Antwort.
»Du sagst«, fuhr ich fort, »daß deine Finken unterschiedliche Schnäbel haben. Sind diese Schnäbel denn nicht perfekt auf das Futter abgestimmt, von dem sie sich ernähren?«
»Vermutlich kann man so argumentieren«, erwiderte Bobby vorsichtig. »Dann meinst du also, daß aufgrund der anfänglichen Knappheit an Vögeln auf dem Archipel eine Art herausgenommen und zu einem besonderen Zweck umgestaltet worden ist?«
»Genau das meine ich«, gab ich zurück. »Ist es nicht mit den Honigfressern oder den Papageien hier in Australien genau dasselbe?«
Wir hatten unterwegs zu den Blue Mountains große Schwärme weißer Kakadus und viele wunderschöne Papageien und Loris gesehen, zu denen Bobby sich geäußert hatte.
»Warum gibt es so viele Honigfresser und Papageien in Australien und keine in England?« fragte ich. »Wie kann dein Gott das erklären?«

Bobby blickte aufmerksam zu Boden. Ich folgte seinem Blick dorthin, wo eine Ameise auf eine Anzahl kegelförmiger Vertiefungen im Erdreich unweit des Verandapfostens zusteuerte. Die Ameise ließ die beiden ersten Vertiefungen links liegen, wäre beinahe in die dritte gefallen, konnte aber wieder herausklettern und stürzte dann kopfüber in die vierte. Im nächsten Augenblick schossen zwei kleine Greifwerkzeuge aus der Vertiefung hervor, und die zappelnde Ameise war verschwunden. Die Larve des Ameisenlöwen hatte sich ihr Abendessen geholt.

»Trotz gewisser Ähnlichkeiten«, sagte Bobby und drehte sich mit einem zaghaften Lächeln zu mir, »bin ich in letzter Zeit zu dem Schluß gekommen, daß zwei verschiedene Schöpfer am Werk waren.«

»Mag sein«, antwortete ich langsam. »Oder vielleicht liegen die beiden Länder so weit auseinander und waren so lange getrennt, daß sich zwei unterschiedliche Tierwelten entwikkelt haben. Auch wenn deine geologischen Untersuchungen den Schluß nahelegen, daß Australien beträchtlich älter ist als Galapagos, so handelt es sich dennoch um eine Insel.«

Ich merkte, daß sich Bobby für meine Idee interessierte. Trotz seiner verzweifelten Versuche, der christlichen Lehre treu zu bleiben, hatte er bereits begonnen, hinter den äußeren Schein zu blicken. Den ersten Hinweis darauf erhielt ich, als wir vor den gewaltigen Schluchten der Blue Mountains standen und Bobby sich laut fragte, ob sie als Ergebnis der Erosion durch Süßwasser oder durch Flutwellen ausgewaschen worden waren – und zwar zu einer Zeit, als die große Cumberland-Ebene noch vom Meer bedeckt war. Wenn Lyell ihn bereits davon überzeugt hatte, daß die Erde sehr alt war und der Geologe eigentlich nur kürzlich stattgefundene oder sogar aktuelle Ereignisse betrachten mußte, um die Vergangenheit zu erklären, konnte ich dann nicht genauso argumentieren, um die Evolution zu erklären?

»Du hast mir erzählt«, erwiderte ich, »daß du in Südamerika mit eigenen Augen gesehen hast, wie sich das Land emporhebt.«

»Ja, bei dem Erdbeben in Valdivia. Ein sonderbares Gefühl, du spürst, wie die Erde, der Inbegriff der Unerschütterlichkeit, unter deinen Füßen schwankt.«

»Aber wenn die Erde tatsächlich so alt ist, wie Lyell behauptet, dann haben solche Ereignisse unzählige Male an unzähligen Orten stattgefunden.«

»Hundert Erdbeben, ehe ein Berg aus dem Meer aufsteigt, eine Million Regentropfen, um ihn wieder auszuwaschen.«

»Ja, Bobby, und könnte dasselbe nicht auch für lebende Dinge gelten?«

»Wie meinst du das?«

Ich deutete auf die Hündin, die unter die Bank gekrochen war und wieder ihre Welpen säugte.

»Bei jedem Wurf junger Hunde und in jedem Vogelnest entdecken wir geringfügige Variationen. Könnte es nicht sein, daß sich tausend Variationen summieren und am Ende unterschiedliche Arten herausbilden?«

»Aber jede Art bringt immer nur ihre eigene Art hervor. Katzen Katzen und Hunde Hunde. Man könnte behaupten, daß sich ähnliche Arten aus einem gemeinsamen Vorfahren entwickelt haben, aber wir sehen doch, daß das in der Natur nicht geschieht.«

»Und wie erklärst du dann die vielen unterschiedlichen Hunderassen?« fuhr ich fort. »Dieses Tier ist, wenn ich nicht irre, hierzulande unter dem Namen Känguruhhund bekannt.«

Die Hündin schien zu wissen, daß von ihr die Rede war, und schlug mit dem Schwanz in den Staub.

»Eine Mischung aus Windhund und Mastiff, eine spezielle Züchtung für die Jagd, vor allem um Känguruhs zu erlegen. Windhund wegen der Schnelligkeit, Mastiff wegen der Kraft. Innerhalb von fünfzig Jahren hat der Mensch so eine neue Hunderasse gezüchtet.«

»Aber du sagst doch nichts anderes, als daß diese Hündin eine Kreuzung ist. Sie ist nicht reinrassig und wird daher auch keine reinrassigen Hunde zur Welt bringen. Sieh dir nur ihre Jungen an.«

Die Welpen waren in der Tat eine bunte Mischung. Einige sahen zwar aus wie die Mutter, aber die anderen verkörperten die ganze Bandbreite, vom fast reinrassigen Windhund bis zu einem, der das sandfarbene Fell und die weiße Schwanzspitze des einheimischen Hundes aufwies.

»Und wie züchtet der Mensch dann eine neue Rasse?« fragte ich.

»Anfangs wohl durch Kreuzung, aber dann über mehrere Generationen hinweg durch selektive Inzucht. Ein langwieriger Prozeß. Das müßtest du doch wissen, du mit deinen Tauben.«

Ich freute mich, daß Bobby sich noch an meine Tauben erinnerte. Als ich in Edinburgh mit meinen Experimenten zur Züchtung begann, hatte er sich kaum dafür interessiert, obwohl ihn, wie ich mich erinnere, der außerordentliche Unterschied zwischen den einzelnen Rassen erstaunte – den Kropftauben, Tümmlern, Brieftauben und Haustauben, Berbertauben und Pfautauben, Mövchen, Jakobinertauben, Trompetertauben und Lachtauben.

»Ja, genau, Bobby. Wenn wir eine neue Rasse züchten wollen,

wählen wir die Tiere aus, die dem gewünschten Ziel am besten entsprechen, und züchten nur von ihnen. Wollte ich eine neue Varietät von Langschwanztauben züchten, so paarte ich meine beiden Tauben mit den längsten Schwänzen, und nach mehreren Generationen und immer derselben Prozedur hatte ich eine neue Rasse von Langschwanztauben. Nicht alle Exemplare dieser neuen Züchtung sahen genauso aus wie ihre Eltern, aber wenn ich diejenigen auswählte, die ihnen am ähnlichsten waren, und mit ihnen weiterzüchtete, kamen am Ende reinrassige Tiere heraus. So entstehen die Varietäten, wie du weißt.« (Ich verschwieg, daß die Sache nicht ganz so einfach war. So sehr ich mich auch bemühte, es gelang mir nie, eine Taube mit kleinem Schnabel und normal großen Füßen zu züchten; scheinbar sind große Füße der Preis für einen kleinen Schnabel, wie sehr man seinen Bestand auch mischt.)

»Für eine neue Züchtung von Känguruhhunden würde ich diese beiden nehmen«, sagte ich und wies mit meinen Bierkrug auf die beiden Welpen, die ihrer Mutter am ähnlichsten sahen, »die übrigen würde ich ertränken. Wenn also der Mensch durch künstliche Zuchtwahl neue Varietäten schaffen und am Leben erhalten kann, warum sollte das nicht auch die Natur fertigbringen?«

Ich bestellte ein weiteres Bier und dann noch eines und legte Bobby meine Theorie der Evolution durch »natürliche« Zuchtwahl in allen Einzelheiten dar. Und ich beobachtete, wie er langsam zu verstehen begann, was ich meinte.

KAPITEL 16

Wie konnte es sein, daß ähnliche Arten, die in einer nicht sehr weit zurückliegenden Vergangenheit gemeinsame Vorfahren gehabt haben mußten, nicht nebeneinander, sondern auf verschiedenen Erdteilen zu finden waren? Wie hatte die Zeit ausreichen können, um allmählich alle die Abweichungen entstehen zu lassen, durch die sich heutige Arten unterscheiden, wo doch aus der gegenwärtigen Beobachtung hervorgeht, daß die Natur keine Sprünge macht. Wie konnte ich bei einigen Arten das Vorhandensein von Organen erklären, die augenscheinlich keine Aufgabe erfüllten? Was geschah mit den Zwischenformen der sich entwickelnden Arten, die es heute nicht mehr gibt, die aber auch als fossile Funde nicht erhalten sind?

Ich war schon immer ein Denker gewesen. Mit dem bloßen Erscheinungsbild einer Sache kann mich nicht zufriedengeben; ich muß zum Kern der Dinge vorstoßen und die Hintergründe ihrer Existenz aufdecken. Seit den Tagen meines Studiums in Edinburgh und Cambridge habe ich immer wieder über die Idee der Transmutation der Arten nachgedacht, und die neuen Pflanzen und Tiere, die ich bei meinen Reisen entdeckt habe, dienten lediglich der Bestätigung meiner Vermutungen. Warum konnte es nicht sein, daß ähnliche Arten von einem gemeinsamen Vorfahren abstammen? Zu der Zeit, als Bobby in Australien ankam, waren die Fragen, die mich in Cambridge geplagt hatten, weitgehend gelöst. Meine Käfer gaben mir die Antwort auf das Rätsel, warum ähnliche Arten, die gemeinsame Vorfahren gehabt hatten, manchmal nicht nebeneinander, sondern auf verschiedenen Kontinenten zu finden waren. Die Erklärung lautete, daß die Kontinente nicht von jeher getrennt, sondern einst miteinander verbunden waren. Die Unterschiede in der Verteilung der Arten, die wir heute vorfinden, müssen also die Folge der Trennung dieser Kontinente sein. Mein zweites Problem wurde durch die uniformistische Lehre von Bobbys großem Vorbild Lyell gelöst. Wenn seit der Entstehung der Welt Zeit genug gewesen war, damit sich Sedimente mehrere Meilen dick ablagern konnten, so war auch Zeit genug gewesen für die allmähliche Akkumulation kleiner Veränderungen, die zur Herausbildung unterschiedlicher Arten notwendig waren. Die Frage, was mit den Zwischenformen der sich entwickelnden Arten geschehen war, von denen es keine fossilen Funde gibt, ist kein großes Rätsel. Die Wahrscheinlichkeit, daß ein Tier nach seinem Tod versteinert, ist verschwindend gering, und nicht minder gering ist die Wahrscheinlichkeit, daß eine solche Versteinerung jemals gefunden wird. Das Fehlen fossiler Funde belegt gar nichts. Und was den Mechanismus betrifft, der zu diesem Ergebnis geführt hat, müssen wir nur unsere eigenen unbeholfenen Bemühungen betrachten, aus unseren Haustierrassen neue Varietäten zu züchten; wir werden eine perfekte Analogie feststellen. In den unermeßlichen Zeiträumen, die sie zur Verfügung hat, selektiert die Natur mit unendlich viel sicherer Hand und unvergleichlich eleganter als wir Menschen.

Nachdem wir Blackheath hinter uns gelassen hatten, verbrachten wir die folgende Nacht bei Ian Henry, einem Schotten, den ich flüchtig kannte und der vergebens versuchte, uns mit einer Känguruhjagd in dieser rauhen Gegend zu ergötzen, und setzten dann unseren Weg nach Westen Richtung Bathurst fort. Der Ritt nach Bathurst war, abgesehen von der Hitze, nicht weiter bemerkenswert. Obwohl nur eine Meile oberhalb der Küstenebene verlaufend, schien der Weg, dem wir folgten, tausend Meilen näher an der Sonne zu sein. Die Vegetation war verdorrt und braun, und der Macquarie-Fluß, der zu einer anderen Jahreszeit gewaltige Überschwemmungen verursacht, bestand jetzt nur aus einer Folge von Teichen. In Bathurst hatte ich eine Übernachtung bei einem anderen Bekannten arrangiert, bei Richard Chetwode, in dessen Gesellschaft wir den folgenden Tag und die folgende Nacht verbrachten, Ale tranken und Two-up spielten, offenbar der einzige Zeitvertreib für die Bewohner der Stadt, wenn die Jagdsaison vorbei ist. Über Lockyer's Line traten wir von Bathurst aus die Rückreise an, aber bei unserer Ankunft im Weatherboard Inn zog sich Bobby eine Darmerkrankung zu, und wir mußten ein paar Tage bleiben, bis er sich erholt hatte. Da das Wetter inzwischen unfreundlich geworden war, in den Bergen keineswegs ungewöhnlich, konnte ich nicht ins Freie, und so blieb uns viel Zeit für Gespräche. Lange debattierten wir über die Theorie, in all ihren Einzelheiten und Unzulänglichkeiten. Kein einziges Mal erwähnte Bobby den Grund, warum ich England verlassen hatte, und auch ich schwieg mich darüber aus.

Vor unserer Rückkehr nach Sydney übernachteten wir noch bei Captain King, dem ehemaligen Kapitän der *Beagle*, dessen Bekanntschaft Bobby vor seinem Aufbruch aus England gemacht hatte. Der Kapitän brannte darauf, die neuesten Abenteuer meines Freundes auf seinem alten Schiff zu erfahren, und da ich diese Geschichten bereits kannte, vertrieb ich mir die Zeit mit dem jungen Master Philip, Kings Sohn, einem hübschen Knaben. Am folgenden Morgen ritten wir gemeinsam hinunter zum Vineyard, um mit Kings Schwager Hannibal M'Arthur zu Mittag zu essen. Interessant war für mich, daß M'Arthur mit Ancon-Schafen experimentierte, die er offensichtlich unter großen Kosten und Mühen von einem Vetter in Massachusetts erstanden hatte. Viele in der Kolonie glaubten zu jener Zeit, daß diese eigentümlichen kurzbeinigen Gesellen, die weder schnell laufen noch Zäune überspringen konnten, für das offene Weideland Australiens bestens geeignet waren. M'Arthur sagte uns, er habe bei Zuchtversuchen in Parramatta herausgefunden, daß bei der Paarung eines Ancon-Bocks mit einem Ancon-Schaf immer Ancon-Lämmer zur Welt kämen, daß aber bei der Paarung eines Ancon-Bocks mit einem normalen Schaf entweder alle Nachkommen normale Schafe oder die eine Hälfte normale und die andere Hälfte Ancon-Schafe seien. Diese Auskunft war für mich hochinteressant. Konnte es sein, so fragte ich mich, daß dieser Vererbung eine mathematische Gesetzmäßigkeit zugrunde liegt? Diese Frage vor allem ließ mich nach Bobbys Abreise meine eigenen Experimente fortsetzen.

Anstelle von Schafen oder Tauben nahm ich Wellensittiche,[40] die in Sydney leicht erhältlich und, wie ich herausfand, fast genauso leicht zu züchten waren wie Tauben. Wenn alle Varietäten von Tauben von den wilden Felsentauben abstammten, konnte ich dann mit wildlebenden australischen Vögeln nicht ähnliche Ergebnisse erzielen? Ich wußte schon lange, daß die Variation gewissermaßen der Treibstoff ist, der den Motor der natürlichen Zuchtwahl befeuert, aber woher kommt dieser Treibstoff? Für den großen Lamarck waren es die »besoins«; und obwohl sich viele über die Bedeutung dieses simplen

Wörtchens schier den Kopf zerbrochen haben, ersetzte Lamarck für mich damit nur die Dunkelheit durch Nebel. Ich war mir gewiß, daß die Antwort nicht in philosophischer Spekulation lag (weshalb Lamarck und andere sie auch nicht fanden), sondern im praktischen Experiment. Deshalb hatte ich in Edinburgh angefangen, Tauben zu züchten, und deshalb fing ich jetzt an, mit Wellensittichen zu experimentieren.

Die natürliche Farbe von Wellensittichen ist zwar Grün, aber bald gelang es mir, von einem Vogelhändler eine ungewöhnliche Varietät zu bekommen, ein Weibchen mit blauen Flügeln. Dieser Vogel wurde zur Grundlage meiner Experimente. Durch kontrollierte Kreuzung innerhalb und zwischen den Generationen und genaueste Aufzeichnung der Ergebnisse konnte ich gewöhnlich mit einiger Gewißheit voraussagen, welche Farbkombinationen in welchem Verhältnis bei einer Nachkommenschaft auftauchen würden. Wenn ich einen wilden grünen mit einem anderen wilden grünen Wellensittich kreuzte, waren alle Nachkommen grün. Wenn ich einen Wellensittich mit blauen Flügeln mit einem ebensolchen kreuzte, hatten alle Nachkommen blaue Flügel. Kreuzte ich einen wilden grünen mit einem gezüchteten grünen Wellensittich, der unter seinen Vorfahren solche mit blauen Flügeln hatte, waren ebenfalls alle Nachkommen grün. Kreuzte ich dagegen einen gezüchteten grünen mit einem gezüchteten grünen Wellensittich, waren die Nachkommen unterschiedlich; bisweilen waren alle grün, bisweilen hatten einige blaue Flügel, doch die Mehrzahl war grün. Durch meine eigenen Schöpfungen fing ich an, die Prinzipien der Schöpfung zu verstehen.

Ich habe vorhin das in Australien beliebte Glücksspiel erwähnt, das Two-up genannt wird. Dabei werden zwei Pennies

in die Luft geworfen, und die Zuschauer schließen Wetten darüber ab, wie die Münzen landen. Die beiden Pennies haben bekanntlich vier Möglichkeiten zu fallen; Kopf-Kopf; Kopf-Zahl; Zahl-Kopf sowie Zahl-Zahl. Da die Wahrscheinlichkeit von Kopf oder Zahl bei jedem Wurf einer Münze gleich groß ist, kommt auch jede der genannten Kombinationen gleich oft vor. Nehmen wir jetzt einmal an, daß Kopf mehr wert ist als Zahl; wenn mindestens eine Münze mit der Kopfseite nach oben landet, hat man gewonnen, und nur wenn Kopf ganz fehlt, verliert man. Man gewinnt also in drei von vier Fällen; Kopf-Kopf; Kopf-Zahl; Zahl-Kopf. Bei der Kreuzung der blaugeflügelten mit den gezüchteten grünen Wellensittichen ergaben sich grüne Sittiche exakt in diesem Verhältnis, nämlich in drei von vier Fällen. Konnte es sein, daß grün bei der Vererbung »mehr wert« war als blaugeflügelt, so daß die Vögel nur ein grünes Elternteil benötigten, um grün zu werden, aber zwei blaugeflügelte, um blau zu werden? Das wäre die Erklärung für meine Zuchtergebnisse.
Bald erkannte ich, daß das Problem sehr viel komplizierter war, als ich es mir vorgestellt hatte. Denn wie bei den Tauben bestimmte Eigenschaften stets gemeinsam auftreten (ein kleiner Schnabel und kleine Füße), so auch bei den Wellensittichen. Und bestimmte Merkmale treten nur oder hauptsächlich bei einem bestimmten Geschlecht auf. Seit meiner Ankunft auf der Insel habe ich einige der Trockenerbsen gesteckt, die ich mir als Essensvorrat mitgebracht hatte, und fing an, mit ihnen zu experimentieren. Die Farbe der Blüten und die Form der Samen scheint ähnlichen mathematischen Gesetzen zu gehorchen, und wenn mir der Berg genügend Zeit gibt, werde ich gewiß bald des Rätsels Lösung in Händen haben.

Vier Tage nach unserer Ankunft in Sydney setzte die *Beagle* ihre Reise fort. Ich war wieder ein Verbannter, und obwohl ich die Wochen mit Bobby gegen nichts auf der Welt eingetauscht hätte, versank ich doch bald nach seiner Abreise in eine tiefe Melancholie. Ich war allein, ich hatte keine Freunde, und außerdem war ich unzufrieden. Ich vermißte meinen Freund, ich vermißte Philos, ich vermißte England; zum ersten Mal seit vier Jahren dachte ich an Emma. Mein Leben erschien mir leer, und diese Leere vermochte nicht einmal meine rege Tätigkeit als Arzt zu füllen. Vor seiner Abreise hatte Bobby noch gesagt, daß man in Neusüdwales dreimal soviel Zinsen für sein Geld wie in England bekäme und unter geringem Aufwand mit größter Sicherheit ein reicher Mann würde. Ich beschloß, die Medizin aufzugeben und mich statt dessen ernsthaft der Mehrung meines Vermögens zu widmen.

Auf meiner Insel gibt es mehrere Arten von Papageien und Tauben, von denen einige, wie ich glaube, anderswo nicht zu finden sind. Unter den Tauben ist eine sehr viel kleiner als andere ihrer Ordnung, sie ist kleiner als ein gewöhnlicher Spatz, und ihr Schnabel ist dem eines Finken nicht unähnlich. Diese Tauben sind von hellgrüner Farbe, ernähren sich hauptsächlich von Grassamen und kommen in großen Schwärmen zu mehreren tausend vor. Diese Schwärme sind überall zu sehen, außer im April und Mai, wenn sich die Vögel in kleinere Gruppen aufteilen. In dieser Zeit mausern sie sich.
Federn gehören gewiß zu den rätselhaftesten Hervorbringungen der Natur. Sie bestehen genau wie die menschlichen Haare aus lebloser Substanz und werden wie diese aus einem Follikel in der Haut gebildet, entwickeln sich aber zu einem breiten Spektrum an Größe, Formen, Farben und Mustern.

Die weichen Daunen der Eiderente und die harten Kiele der Adlerschwingen, das schlichte braune Federkleid des Spatzen und der raffinierte Pfauenschwanz sind jeweils auf ihre Weise Wunder an Form und Funktion. Aber wie ausgeklügelt in der Form auch immer, wie gut gefettet und geputzt – die Federn verschleißen mit der Zeit, und deshalb legen sich alle Vögel in regelmäßigen Abständen, meist im Jahreskreislauf, ein neues Gefieder zu. Bei vielen Vögeln ist dies ein kontinuierlicher Prozeß; die alten Federn fallen allmählich aus, und an ihre Stelle treten neue. Andere mausern sich zu einer bestimmten Jahreszeit; der schwarze Schwan, für den Australien so berühmt ist, verliert alle seine Schwungfedern auf einmal. Mehrere Wochen lang kann er nicht fliegen und muß sich vor Dingos und anderen Räubern hüten, indem er sich fernab des Ufers auf dem See aufhält. Die kleine Langschwanztaube auf meiner Insel geht beim Mausern noch einen Schritt weiter. Sie verliert nicht nur alle ihre Schwungfedern, sondern alle Federn ihres Körpers.

Auf dieses Phänomen wurde ich erstmals aufmerksam, als ich die große Zahl von kleinen grünen Federn in den Spinnennetzen im Umkreis meines Hauses entdeckte. Im Laufe der nächsten Tage wurden es immer mehr. Der leiseste Windstoß brachte eine weitere kleine Ladung Federn, die sich bald nicht mehr nur in den Spinnennetzen, sondern auch in Sträuchern und Grasbüscheln sammelten. Der Teich in der Nähe meines Hauses war von grünen Flecken übersät, die mit jeder Brise über die Wasseroberfläche trieben und auf der Leeseite grüne Verwehungen bildeten. Ich vermutete, daß diese Federn von den Langschwanztauben stammten, aber als ich den ersten vollständig nackten Vogel sah, wußte ich zunächst nicht, um was für ein Tier es sich handelte.

Es besteht kaum Ähnlichkeit zwischen einem Huhn, das in seinem glänzenden braunen Federkleid auf dem Bauernhof einherstolziert, und dem schlaffen rosa Ding, das beim Geflügelhändler am Haken hängt: und noch weniger Ähnlichkeit bestand zwischen den kleinen grünen Tauben mit ihren langen Schwänzen und dem zart gemusterten Gefieder und jenen sonderbaren Geschöpfen, die auf den Wiesen zwischen den Teichen und dem See im Gras herumhüpften. Erst als ich eins von ihnen in die Hand nahm und genauer studierte, sah ich, daß der Kopf einen Schnabel und keine Schnauze trug und daß der untere Teil der Vorderextremität gegenüber deren mittlerem Teil etwas hochgezogen war und die kleine Kralle bloßlegte, die bei vielen Vögeln den Zeigefinger bildet. Ich konnte auch sehen, daß die Hinterextremität des Tieres mit drei nach vorn und einem nach hinten weisenden Zeh eindeutig einem Vogel gehörte. Das kleine Tier war äußerst wendig, es kletterte mit großem Geschick und enormer Geschwindigkeit über meine Hand. Ich nannte diesen Vogel *Columbina muscula*.

Neben der Zwergtaube beherbergt die Insel auch einen Riesenvogel. Ungewöhnlich ist er nicht allein, weil er die Größe einer Ente erreicht, sondern auch aufgrund der Tatsache, daß er das Vermögen zu fliegen verloren hat (in beiderlei Hinsicht erinnert er an die ausgestorbenen Dronten von Mauritius, von denen Dir, mein lieber Bobby, vielleicht noch das ulkig ausgestopfte Exemplar im Fitzwilliam Museum in Erinnerung ist). Diese Riesentaube lebt hauptsächlich im Wald, wo sie sich von den verschiedensten Früchten und Samen ernährt, die sie nach der Gewohnheit ihrer Art unzerkleinert hinunterschluckt. Kleinere Gruppen dieser Vögel findet man häufig unter den Feigenbäumen, die im Innern der Insel wachsen und das ganze Jahr hindurch Früchte tragen. Auch eine Muskatnußart, die in den Wäldern im Landesinnern wächst, fressen sie gern. Wenn die Früchte reif sind, ist der Boden unter den Bäumen mit Nüssen übersät; sie sind von beachtlicher Größe und enthalten unter einer dünnen fleischigen Schale holzige Samen. Obwohl die Muskatnüsse groß wie Äpfel sind, haben die Vögel kein Schwierigkeit, sie zu schlucken, denn sie haben nicht nur große Schnäbel, sie können auch deren Gelenk ausrenken. Zu beobachten, wie ein solcher Vogel eine Frucht verschlingt, die so groß ist wie sein eigener Kopf, ist ein ebenso vergnügliches wie bizarres Schauspiel.

Der Muskatnußbaum trägt so viele Früchte, daß die Tauben nur einen kleinen Teil davon fressen können. Die meisten bleiben unter den Bäumen liegen, wo die fleischige Schale bald vermodert und die Nuß freigelegt wird. Oft bleiben diese Nüsse jahrelang unter den Bäumen liegen, wo sie, ohne zu keimen, eine dicke Schicht bilden. In einiger Entfernung von den Ursprungsbäumen sind jedoch Sämlinge zu finden, und mir scheint, daß dies mit den Riesentauben zu tun hat. Es ist durchaus denkbar, daß der Verdauungsprozeß der Tauben bei dieser Species die Keimung in Gang setzt. Sollte dies der Fall sein, könnte man die interessante Vermutung aufstellen, daß das Aussterben der Tauben in ein paar Jahrhunderten auch zum Aussterben des Muskatnußbaumes führt. Die Riesentaube ist ein scheuer Vogel, den man häufiger hört als sieht, und sie gibt ein tiefes klagendes »Wuu« von sich, dem Ruf einer großen Eule nicht unähnlich. Ihr Ruf ist nachts genauso oft wie am Tage zu hören. Ich gebe ihr den Namen *Phaps nyctibrychus*.

KAPITEL 17

Nach Bobbys Abreise schrieben wir uns regelmäßig. Auf diese Weise erfuhr ich drei Jahre nach seiner Rückkehr nach England 1836 von seiner Eheschließung mit Emma, später vom Tod seines Onkels Jos und 1848 vom Tod seines Vaters. Die beiden letzteren Nachrichten verschafften mir ein wenig Genugtuung. Zu jener Zeit erwog ich eine Rückkehr nach England zwar längst nicht mehr, aber ich hegte noch immer einen tiefen Groll gegen die beiden Männer, insbesondere gegen Bobbys Vater, denen ich die Schuld an meinem Exil gab. Dann, nur wenige Wochen nach Bobbys Nachricht, traf wie aus heiterem Himmel ein Brief von Philos ein. Was er mir mitteilte, zwang mich, nicht nur meine Einstellung dem Doktor und Jos gegenüber, sondern mein ganzes Leben neu zu überdenken. Bei der Durchsicht und beim Sortieren der Briefe und Tagebüche seines Vaters hatte Philos die wahre Geschichte des Doktors, Jos' und der geheimnisvollen Treuhänder entdeckt.

Heute erscheint es mir merkwürdig, daß ich bis zu diesem Zeitpunkt in dieser Angelegenheit so wenig Neugier zeigte. In den ersten zwanzig Jahren meines Lebens und auch noch darüber hinaus hatten die Treuhänder mein Leben bestimmt. Sie hatte meine Pflegeeltern bezahlt, meinen Umzug nach Shrewsbury veranlaßt und mein Medizinstudium in Edinburgh und Cambridge finanziert. Die Entdeckung, daß der Doktor und Onkel Jos meine Treuhänder gewesen waren und daß ich Nutznießer ihrer Zuwendungen gewesen war, hatte meine Neugier zwar gesteigert, aber zu jener Zeit beschäftigten mich dringlichere Angelegenheiten. Jetzt erfuhr ich die Wahrheit.

Alles ging auf Großvater Erasmus zurück. Philos hatte mir längst anvertraut, daß sein Großvater trotz seiner Berühmtheit als Arzt und Dichter keineswegs der Ausbund an Tugend war, als den ihn sein jüngerer Sohn, der Doktor, später hinzustellen suchte. Das Bild von Großvater Erasmus als eines großen Universalgelehrten, das innerhalb wie außerhalb seiner Familie allgemein anerkannt war, zeigte nur die halbe Wahrheit. Die andere Hälfte war voller Geheimnisse und von Todesfällen überschattet. Da war zum einen der Tod von Erasmus' erster Ehefrau, die an einer Überdosis Laudanum starb, welches ihr der eigene Ehemann verordnet hatte. Zwar galt ihr Ableben als Unfall, aber die Tatsache, daß Erasmus bald darauf Vater zweier Töchter wurde, die ihm seine Geliebte Mrs. Parker gebar, gab Anlaß zu Gerüchten und düsteren Spekulationen. Auch sein ältester Sohn, der wie sein Vater Erasmus hieß, aber Ras genannt wurde, kam unter mysteriösen Umständen ums Leben. Philos wußte, daß sein Onkel Ras sich in mittleren Jahren ertränkt hatte, aber obwohl die Bediensteten etwas von Blutschande tuschelten, schien niemand die Wahrheit zu kennen. Die Papiere gaben Aufschluß über die ganze Geschichte.

Philos' und Bobbys Vater Robert war dreiunddreißig Jahre alt, als sein Bruder starb. Philos war zwar noch nicht geboren, aber Robert hatte bereits angefangen, sich in Shrewsbury als Arzt einen Namen und mit Geldgeschäften ein Vermögen zu machen. Der Tod seines Bruders legte ihm finanzielle Verpflichtungen auf, die wenig Gewinn versprachen. Mrs. Parker, die Geliebte seines Vaters, war längst gestorben, aber die beiden

Töchter, die der alte Erasmus von ihr hatte, waren zu Schönheiten herangewachsen. Die Mädchen lebten unter dem Namen ihrer Mutter, aber mit den Zuwendungen ihres Vaters in einer Stadt jenseits der walisischen Grenze, wo ihre Herkunft und ihre Förderer unbekannt waren. Als sie heranwuchsen, verbreitete sich die Kunde von ihrer Schönheit bald auch in den benachbarten englischen Grafschaften, und viele von Shropshires vornehmsten jungen Männern ritten unter irgendeinem Vorwand nach Wales hinüber, um die beiden jungen Frauen in Augenschein zu nehmen und ihnen den Hof zu machen. Einer von ihnen war ein stiller, nüchterner Mann aus Lichfield, der Sohn und Bruder eines Arztes, selbst jedoch Rechtsanwalt von Beruf. Auf welche Weise der junge Ras die Bekanntschaft der beiden Frauen machte, ist nicht bekannt, aber er gewann das Herz der älteren Schwester, die von ihm schwanger wurde. Ras war kein ehrloser Mann. Er war aufrichtig und redlich, und er liebte die ältere Schwester aus tiefstem Herzen. Der Gedanke, Vater und Gatte zu sein, machte ihn überglücklich, und obwohl er nicht erwartete, daß sein Vater, Erasmus senior, die Verbindung begeistert begrüßen würde, konnte er sich keinen Grund denken, weshalb sein Vater ihm diese Ehe verbieten sollte. Aber genau das geschah. Erasmus erklärte seinem Sohn mit unmißverständlichen Worten, daß diese Heirat für ihn nicht in Frage kam. Zur Begründung führte er nicht, wie Ras angenommen hatte, die gesellschaftliche Etikette oder moralische Wohlanständigkeit an. Die Ehe, so sein Vater, sei deswegen unmöglich, weil die Frau, mit der er sich verlobt hatte, seine leibliche Schwester sei. Die Nachricht, daß die einzige Frau, die er je geliebt hatte, das uneheliche Kind seines eigenen Vaters war, konnte der empfindsame junge Mann nicht verkraften. Am Tag nachdem sein

Vater ihn aufgeklärt hatte, wurde Ras' Leiche aus dem Fluß Severn gefischt.

Robert, untröstlich über den Tod seines geliebten Bruders, entdeckte bald die Wahrheit. Von diesem Tag an sprach er kein Wort mehr mit seinem Vater, und er übernahm die Aufgabe, seine Halbschwester und das Kind, das sie erwartete, zu unterstützen (nein, dieses Kind bin nicht ich. Es war ein Mädchen, und all dies geschah, lange bevor ich zur Welt kam). Robert hielt es für das beste, daß die Geliebte seines Bruders und die Tochter, die sie bald zur Welt bringen würde, nach Shropshire zurückkehrten. Sein Schwager hatte kurz zuvor unweit von Shrewsbury ein großes Anwesen gekauft, und als Robert ihn ins Vertrauen zog, bot er an, Mutter und Kind das hübsche weiße Pförtnerhäuschen des Anwesens als Wohnung zu überlassen. Hier lebten sie viele Jahre in Frieden und Glück, großzügig und freundlich unterstützt von dem Doktor und unter den wohlwollenden Augen von dessen Schwager. Und die andere Tochter? Auch sie war eine Schönheit, und bald nachdem ihre Schwester fort war, heiratete sie, was niemanden überraschte, einen gutaussehenden jungen Marineleutnant aus gutem Hause, aber ohne viel Vermögen, und zog nach Chatham. Der Leutnant wurde bald Kapitän eines eigenen Schiffes, aber da seine körperlichen Vorzüge nicht mit großer Besonnenheit gepaart waren, kehrte er von einem Ausflug nach Trafalgar nicht mehr nach England zurück. Es lag nahe, daß die junge Witwe jetzt ihrerseits nach Shropshire zu ihrer Schwester zog, und so geschah es, daß Robert eine weitere Kostgängerin und das Pförtnerhäuschen eine weitere Bewohnerin erhielt.

Roberts Schwager (der, wie Du wohl erraten hast, niemand anderer war als Dein Onkel Jos) wachte zwar mit freund-

lichem Wohlwollen über die junge Mutter und ihr Kind in dem Pförtnerhäuschen, aber bald schon merkte er, daß er für die jüngere Schwester mehr empfand und daß seine Gefühle nicht unerwidert blieben. Nicht lange nachdem seine Frau ihr achtes Kind zur Welt gebracht hatte, fand diese wechselseitige Bewunderung auch ihre körperliche Erfüllung, und am 13. Februar 1809 wurde ein weiteres Kind geboren, dessen Mutter leider, aber nicht ganz ungelegen, im Kindbett starb. Die ältere Schwester setzte alles daran, ihren neugeborenen Neffen behalten zu dürfen, und Jos hätte sogar einer Adoption zugestimmt, aber seine Frau war anderer Meinung. Sie hatte (wie Frauen so sind) schon bald entdeckt, was vorgefallen war. Sie bestand darauf, den »kleinen Bastard« (wie sie das unschuldige Kind zutreffend, aber wenig mitfühlend nannte) wegzugeben und an einem Ort großzuziehen, wo er ihr nie wieder unter die Augen kommen konnte. Du hast Deinen Onkel Jos erkannt, Bobby, und gewiß auch Deine Tante Bess und weißt jetzt, daß deren achtes Kind Deine Kusine Emma war. Hast Du auch den kleinen Bastard wiedererkannt?
Ja, so kam ich also in die Welt, und damit ist vieles erklärt. Damit ist erklärt, warum ich mich Bobby stets so nahe gefühlt habe (waren wir als zweifache Vettern denn nicht beinahe Brüder?). Damit ist erklärt, warum Jos und der Doktor in all den Jahren als Treuhänder so großzügig für mich aufkamen. Damit ist Doktor Butlers Bemerkung über eine gewisse Familienähnlichkeit erklärt und auch, warum sie so strikt gegen eine Verbindung zwischen mir und Emma waren. Nicht, weil ich arm war, nicht, weil sie Emma für Bobby vorgesehen hatten. Sondern weil Emma, die liebe Emma, meine Schwester war.

Kurz nach seiner Heirat mit Emma schrieb mir Bobby, ich weiß es noch genau, wie entzückt Emma über die feingearbeitete silberne Forficula gewesen war, die ich ihnen zur Hochzeit geschenkt hatte (benutzt Du sie immer noch, um in Down den Spargel zu servieren, Bobby?). Wie ich herausgefunden habe, lebt nur eine einzige *Forficula*-Art auf der Insel; ich habe ihr den Namen *Forficula socius* gegeben. Ich weiß noch, wie sehr ich mich freute, als ich in meiner Kindheit eine weibliche *Forficula auricularia* entdeckte, die ihre Eier in einer kleinen Erdkammer unter einem Stein bewachte. Als einziges unter den gewöhnlichen Insekten bewacht und versorgt die Ohrwurm-Mutter ihre Nachkommen, bis sie alt genug sind, sich allein durchs Leben zu schlagen.[41] In dieser Hinsicht stellt der weibliche Ohrwurm hier auf meiner Insel keine Ausnahme dar, auch wenn er sich anders organisiert als andere Insekten seiner Gattung.

Die Ohrwürmer auf meiner Insel sind kaum größer als die gewöhnlichen schwarzen Ameisen in England. Außer der Größe haben sie eine weitere Gemeinsamkeit mit den Ameisen, denn sie sind gesellige Tiere, die in großen Nestern unter der Erde Kolonien bilden. Die Gesellschaft der Ohrwürmer ist zwar in vielerlei Hinsicht ähnlich organisiert wie bei anderen Insekten, beispielsweise Ameisen und Termiten, sie unterscheidet sich aber auch von diesen. Ich legte einen Teil des Nestes unweit meines Hauses frei, schob ein kleines Stück Fensterglas davor, über das ich anschließend Stoff legte, und konnte so die Lebensweise dieser Insekten in allen Einzelheiten beobachten.

Ein Ohrwurmnest beherbergt nicht bloß eine Königin, wie es bei den Hymenoptera-Species der Fall ist, sondern viele hundert brütende Weibchen. Die Weibchen legen ihre Eier jeweils in einer großen Kammer in der Mitte des Nestes ab, aber anstatt bei ihnen zu bleiben, bis die Jungen geschlüpft sind, überlassen sie sie der Obhut von etwa zwanzig »Kindermädchen«, die sich von den anderen Ohrwürmern durch ihre Größe unterscheiden, welche fast der einer gewöhnlichen Wespe entspricht. Den Wespen ähneln die Kindermädchen ferner auch dadurch, daß sie ihre Flügel in Ruhestellung nicht unter den Deckflügeln zusammenfalten, wie es die Ohrwürmer sonst tun, sondern auf dem Rücken. Die Kindermädchen haben keine andere Aufgabe, als sich um die Eier zu kümmern, sie belecken und drehen sie und fächeln ihnen mit ihren großen Flügeln Luft zu. Allem Anschein nach verlassen sie das Nest nie und werden von den Müttern ihrer Schützlinge regelmäßig gefüttert. Die jungen Ohrwürmer, die rein weiß, ansonsten aber das Ebenbild ihrer Eltern sind, werden wiederum von den Kindermädchen gefüttert, wenn auch nicht regelmäßig. Sie bekommen eine milchige Flüssigkeit, ein Sekret aus der Unterseite des Hinterleibs der Kindermädchen. Nach etwa zwei Wochen gleichen die jungen Ohrwürmer in Größe und Farbe den Erwachsenen und verlassen das Nest.

Ich habe noch nicht die Bewacherinnen erwähnt. Jedes Nest besitzt einen einzigen Eingang, eine runde Öffnung von der Größe eines Zündhütchens. Dieser Eingang wird rund um die Uhr von einem Ohrwurm überwacht, der etwa so groß ist wie die Kindermädchen, aber eine andere Körperform aufweist. Der Kopf der Bewacherin ist sehr viel größer, exakt so groß wie der Nesteingang. Indem sie ihren Kopf in den Eingang steckt wie einen Stöpsel in ein Faß, kontrolliert sie Zu- und Ausgang des Nests. Ihr Hinterleib ist mit gewaltigen Scheren bewaffnet; diese sind scharf und kräftig genug, um Eindringlinge abzuschrecken, die so groß sind wie sie selbst. Erwachsene

Ohrwürmer, seien es Wächterinnen, Kindermädchen oder Mütter, nehmen hochspezialisierte Nahrung zu sich und ernähren sich offenbar fast ausschließlich von jungen Blattläusen. Zunächst nahm ich an, die Ohrwürmer sammelten die Blattläuse von den Pflanzen der Umgebung, aber bei genauerer Beobachtung entdeckte ich, daß dies nicht der Fall ist; meine geselligen Ohrwürmer sind keine Jäger, sondern Bauern.

In England und in Australien gibt es bestimmte Ameisenarten, die Blattläuse und andere Hemipteren[42] züchten, um den Honigtau, den diese absondern, als Futter zu gewinnen. Die Ohrwürmer auf meiner Insel züchten ihre Blattläuse nicht allein wegen ihrer Milch, sondern auch als Nahrung. Zu jedem Nest gehören etwa ein halbes Dutzend kleinerer Höhlen, die unter einem Grasbüschel angelegt und durch einen unterirdischen Gang mit dem Nest verbunden sind; sie haben aber auch eigene Eingänge, die jeweils von einer Wächterin gehütet werden. Diese Höhlen öffnen sich zu großen unterirdischen Kammern, die von Wurzeln durchzogen sind, welche wiederum Tausenden von Blattläusen Nahrung und Schutz bieten. Ich habe Ohrwürmer beobachtet, die Blättläuse eigens von den Gräsern zu den Wurzeln transportieren, aber die Ohrwürmer wählen ausschließlich die flügellosen weiblichen Blattläuse, die sich, sobald sie sich niedergelassen und ihren Saugrüssel in die Graswurzel gebohrt haben, um den Saft zu saugen, vermehren und wie es bei ihresgleichen üblich ist, lebende Junge zur Welt bringen. Diese holen sich die Ohrwürmer und verfügen so über einen ständigen Nachschub an frischer Nahrung, die bequem in Nestnähe liegt.

Durch regelmäßige Beobachtung meiner kleinen Kolonie im Laufe eines Jahres habe ich entdeckt, daß die Kindermädchen und die Wächterinnen als ganz normale Weibchen geboren werden. Wenn eine Angehörige dieser beiden Kasten Alterserscheinungen aufweist, hört eines der brütenden Weibchen aufgrund eines mir nicht nachvollziehbaren Signals auf, Eier zu legen, und bleibt im Nest, wo es von den anderen Müttern gefüttert wird. Im Laufe weniger Wochen und nach zwei bis drei weiteren Häutungen wächst es zu der von der Kolonie benötigten Größe und Form heran und übernimmt ihre neue Rolle als Kindermädchen oder als Wächterin. Die Männchen entstehen auf ähnliche Weise. Wie bei den Bienen obliegen auch den Männchen dieser Species bei der Brutpflege keinerlei Pflichten; ihre einzige Aufgabe ist der Fortpflanzungsakt. Aber während die männlichen Bienen ihr Leben lang im Bienenkorb bleiben und ein nutzloses und träges Dasein führen, bis die Paarungszeit gekommen ist, produziert die Ohrwurmkolonie Männchen nur auf Nachfrage. Bald nach Beginn der Regenzeit unterbrechen mehrere Weibchen ihre gewohnte Tätigkeit und verfallen in eine Art Starre. Nach etwa zehn Tagen werden sie aktiver und häuten sich; unter dem Mikroskop sieht man, daß sie nunmehr die primären und sekundären Geschlechtsmerkmale der Männchen aufweisen. Die männlichen Insekten fliegen nach dem nächsten stärkeren Regen aus dem Nest; was weiter mit ihnen geschieht, kann ich nicht sagen. Tagsüber habe ich nie welche entdeckt, wenngleich sich gelegentlich unter den Insekten, die nachts um meine Lampe schwirren, eines befand. Sie suchen sich vermutlich irgendwann ein Weibchen, mit dem sie sich paaren, aber ansonsten führen sie ein einsames Leben. Ich habe dieser Species den Namen *Forficula dolorosus* gegeben.

Obwohl auch ich mich nach Bobbys Abreise in Australien einsam fühlte, stellte ich doch nach einer Weile fest, daß sich meine trübe Stimmung aufhellte. Das Klima und die Gesellschaft meiner neuen Heimat waren mehr nach meinem Geschmack als die Verhältnisse am Kap oder in England, und Bobby hatte mit seiner Bemerkung, daß Australien der richtige Ort sei, um reich zu werden, vollkommen recht. Als er '36 abreiste, warf ich mich auf dieses Ziel, und durch Bodenspekulation im Umkreis von Sydney und Newcastle hatte sich in aller Stille binnen fünf Jahren mein Kapital verzwanzigfacht. Soviel Geld zu besitzen erhöhte den Lebensgenuß. Ich lebte zwar allein, aber alles andere als asketisch. Ich war häufig in der Residenz des Gouverneurs und im Vaucluse House anzutreffen, und jeder bedeutende Besucher Sydneys konnte mit einer Einladung in mein Haus rechnen und hatte von meiner Gastfreundschaft genug gehört, um sie anzunehmen. Im Jahr 1847 gab ich ein so rauschendes Fest für die Offiziere der *Rattlesnake*, daß anschließend in der ganzen Stadt wochenlang keine Flasche Champagner mehr zu bekommen war. Zu jener Zeit lebte mein Interesse an Naturgeschichte wieder auf.

Der junge Huxley war als Arzt auf der *Rattlesnake* angekommen und wurde bei seinen häufigen Aufenthalten in Sydney Stammgast in meinem Haus. In seiner Gesellschaft war die Konversation nie langweilig, und diese Gespräche waren meine größte Freude, auch wenn ich oft fand, daß die Gesellschaft kluger Frauen vorzuziehen und die Konversation mit ihnen anregender ist. Ich frönte wie nie zuvor den fleischlichen Genüssen. Die Tricks, die ich seinerzeit anwandte, um die Herzen meiner Schulkameraden in Shrewsbury und meiner Lehrer im College zu betören, hatte ich nicht verlernt, und es bereitete mir keine Mühe, Zugang in so manch vornehmes

Bett und Boudoir zu finden. Doch als ich mich dem vierzigsten Lebensjahr näherte, entdeckte ich, daß selbst dieses Vergnügen allmählich seinen Reiz verlor. Eines aber blieb: das Vergnügen, mein Vermögen zu mehren.
Um diese Zeit fing ich an, mich dem Handel zu widmen. Das Prinzip war dasselbe wie bei der Bodenspekulation; billig kaufen, teuer verkaufen. Aber es ging schneller, und damit wuchs auch das Vergnügen. '53, als in Victoria Gold entdeckt wurde, war ich bei Kasse und stand bereit. Ich mußte mir nicht die Mühe machen, nach dem Zeug zu graben. Als die Nachricht aus Ballarat Sydney erreichte, kaufte ich alle Schaufeln auf, derer ich habhaft werden konnte. Bevor ich mich nach Melbourne einschiffte, bestellte ich Nachschub. Binnen weniger Wochen strömten Männer aus allen Winkeln der Erde nach Australien, um nach dem gelben Metall zu graben. Ob Engländer, Iren, Kalifornier oder Chinesen, sie alle brauchten eine Schaufel. Innerhalb weniger Wochen hatte ich meinen alten Bestand verkauft. Als dann Anfang '54 meine neuen Ladungen aus England und Amerika eintrafen, beherrschte ich ein paar Wochen lang fast den gesamten Markt und machte mehr als viertausend Pfund Gewinn. Als neue Lagerstätten entdeckt wurden und neue Männer kamen, tauschte ich weiter Schaufeln gegen Gold, dann Gold gegen Schaufeln und gewann durch die Schaufeln noch mehr Gold. Binnen eines Jahres hatte ich mit dem Verkauf von Schaufeln mehr Geld verdient, als ich auszugeben vermochte.

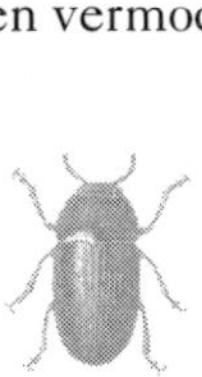

KAPITEL 18

So wie andere sich rettungslos dem Gold verschrieben hatten, war ich dem Handel verfallen. Es war jetzt nicht mehr das Geld, das mich reizte, sondern das Kaufen und Verkaufen, das Handeln und Feilschen. Bald war mir Australien zu klein. Ich erweiterte meinen Wirkungskreis und charterte Schiffe, die mein Gold nach Liverpool oder Nangking brachten und mit Werkzeug und Decken, mit Gewürzen und Chinesen beladen zurückkehrten. Ich begann auch mit Ostindien Handel zu treiben. Singapur, Malakka, Batavia, die Pedir-Küste, Kuching und Makassar, in der ganzen Region waren gute Geschäfte zu machen. Und da mich die Reiselust wieder packte, fuhr ich als Superkargo auf meinen Schiffen mit.

Die Tropen entfachten mein Interesse an Naturgeschichte neu. Die Riesenaffen Borneos, die Drachen Komodos, die Paradiesvögel Neuguineas und die allgegenwärtigen Käfer. Und überall warf der Handel mit Gold für Gewürze, mit Gewürzen für Seide und mit Seide für doppelt soviel Gold ein paar Guineen Gewinn ab. Aber in Ostindien merkte ich bald, daß hier andere Handelsgepflogenheiten herrschten, als ich es von Australien gewohnt war. Ich hatte Geld, und zweifellos hatten die Kaufleute die Waren, die ich wollte – Seide und Gewürze für die reichen, Baumwolle und Reis für die armen Bewohner Sydneys. Aber wie sollte ich den Wert dieser Waren bemessen? War meine Goldguinee in Batavia einen oder zehn Säcke Muskatnüsse wert? Wie viele Silberflorins sollte ich in Singapur für diesen Ballen Seide bezahlen und wie viele für jenen? Und ich war gierig (habe ich das nicht schon zugegeben?).

Wenn ich Geld verdienen oder ein Geschäft abschließen wollte, mußte ein anderer verlieren. Ich feilschte hart, aber wie gerissen ich auch zu verhandeln meinte und wie sehr ich glaubte, den Preis gedrückt zu haben, am Ende stellte ich fest, daß ich kaum meine Unkosten gedeckt hatte. Ich hatte alle möglichen Erklärungen zur Hand – Veränderung der Nachfrage, Überangebot, Wandel des allgemeinen Geschmacks. Die Wahrheit lautete, daß ich, gemessen an anderen Maßstäben als den australischen, ein schlechter Kaufmann war, denn ich hatte die wichtigste Lektion nicht gelernt. Der Mann, der sie mich lehrte, hieß Si Ko Suan.

Si Ko Suan führte seine Geschäfte in einem alten hölzernen Schuppen am Hafen der Stadt Singapur, einem Warenlager, einem so hinfälligen Gebäude, daß es schien, als sei es von der Flut angeschwemmt worden. An sonnigen Tagen saß Si Ko Suan im Schatten eines großen Papierschirms an einem Schreibtisch vor seiner Tür, und wenn es regnete, war er drinnen zu finden. Wenn man Si Ko Suans Warenlager betrat, sah man sich an einen magischen Ort versetzt, der den Geruchssinn und nicht das Auge ansprach. Wie hell draußen auch die Sonne schien, drinnen herrschte Dämmerlicht. Die Kisten und Fässer, die Säcke und Körbe konnte man nur erahnen, aber man roch deren Inhalt. So wie man mit einem einzigen Blick hundert Farben erfassen kann, so genügte es, ein einziges Mal in Si Ko Suans Warenlager zu schnuppern, um hundert »sabäische Gerüche von dem gewürzten Strand des Glücklichen Arabien« in sich aufzunehmen. Der Geruch der Genußmittel war am ausgeprägtesten; Zimt, Gewürznelken und Muskat, Trockenfisch und Tripang, getrocknete Feigen, Datteln, Aprikosen und Tamarinde. Damit vermischt die schwereren Gerüche von Walöl, Kokosöl, Makassaröl und Rhizinusöl, und über alldem schwebte der Duft von Sandelholz, Rosenholz und, unverkennbar für die Nase eines Australiers, von Eukalyptus. Es roch nach persischen Teppichen, nach Manchester-Baumwolle und sogar nach dem Eisen aus einem Faß voller Nägel. Dann die Kisten und Fässer selbst; der scharfe Kiefernholzgeruch und der schwache Eichenholzgeruch der neuen Fässer und der Teergeruch der alten, der Geruch nach altem Heu, der den Jute- und Hanfsäcken entstieg. In dem Schuppen lagerten alle nur erdenklichen Waren, und wenn Si Ko Suan nicht hatte, was man brauchte, so wußte er, wo es zu finden war.

Si Ko Suan kannte jeden, und jeder kannte Si Ko Suan. Er schien bei allen Geschäften seine Finger im Spiel zu haben, und bei meinen Aufenthalten in Singapur besuchte ich ihn jedesmal an seinem Handelsplatz, wo er mir einen Stuhl anbot und eine Tasse Tee oder Kaffee oder die Milch einer frisch geöffneten Kokosnuß reichte, die man mit einem dünnen Bambusstrohhalm trank. Zwar gehörte dieses Ritual der Gastlichkeit zu den Gepflogenheiten der Handelswelt, aber Si Ko Suan war von Natur aus ein gastfreundlicher Mann, der bei einem Geschäft nicht nur feilschte, sondern gern ein wenig plauderte. Ich vermute zwar, daß er nie gereist ist, aber er interessierte sich für die Welt und, ungewöhnlich für einen Orientalen, besonders für die Welt der Natur. Ich weiß noch, daß er besonderes Interesse an meiner Schilderung der Gesangeskünste der Paradiesvögel Neuguineas und der australischen Leierschwänze mit ihren prächtigen Schwanzfedern und ihrer unvergleichlichen Mimikry zeigte; bei einem späteren Besuch brachte ich ihm einige Federn mit, die ich ihm beschrieben hatte, sowie einen Flötenvogel[43] in einem Käfig, den ich am Tag meiner Abreise aus Sydney am Hafen gekauft hatte und dessen Gesang ihm, wie ich glaubte, gefallen könnte. Ich war überrascht, daß mein Freund über dieses Geschenk sichtlich verärgert war. Mit größtmöglicher Freundlichkeit sagte er, er würde veranlassen, daß der Vogel mit dem nächsten Schiff nach Australien zurückgebracht und dort freigelassen würde; er wolle keine derartigen Geschenke mehr von mir haben. Wohl teilweise als Wiedergutmachung für diese Zurückweisung lud er mich in sein Haus ein, und vielleicht aus demselben Grund beschloß er mir das wahre Geheimnis des Handels zu verraten.

Si Ko Suan sah nicht aus wie ein reicher Mann. Er war nicht besonders dick wie so viele chinesische Kaufleute, und er kleidete sich schlicht im typischen kantonesischen Stil mit einem einfachen Kittel und Baumwollhosen. Sein Haar allerdings war kurzgeschnitten und nicht zu einem Zopf geflochten. Die Speisen und die Getränke, die er seinen Gästen anbot und die er selbst zu sich nahm, waren wohlschmeckend, aber einfach. Das einzige Anzeichen von Reichtum, das er zur Schau stellte, war das Gold in seinem Mund, obwohl dies für Chinesen von bescheidenem Wohlstand nichts Ungewöhnliches war. Als er mich in sein Haus einlud, nahm ich an, sein Heim sei ebenso bescheiden wie sein Warenlager. Aber ich betrat einen Palast. Im Laufe der Jahre war viel Gold durch meine Hände gegangen. Ich war Kaufmann. Gold war die Währung, mit der ich bezahlte, in Australien und in Übersee, und ich habe mehr Gold gesehen und mehr angehäuft als die meisten Menschen. Trotzdem war mir im Leben nicht einmal ein Zehntel von dem Gold unter die Augen gekommen, was ich in Si Ko Suans Haus zu Gesicht bekam. Der Eingang lag in einer schmalen Gasse, kaum hundert Yard vom Kai entfernt. Die Tür war nicht groß; sie war zwar mit aufwendigen Schnitzereien verziert, jedoch alt und verwittert und ließ nichts von den Schätzen erahnen, die dahinter verborgen lagen. Si Ko Suan selbst öffnete (ich erinnere mich, wie sehr es mich überraschte, daß die Tür unverschlossen war), und führte mich durch den schmalen Eingang in einen Hof. Das erste, was mir auffiel, war der Marmor. Schneeweißer Marmor bedeckte vollständig den Boden und die Mauern des Hofes; in jeder Ecke plätscherte ein marmorner Brunnen; Marmorurnen standen an den Mauern, sie enthielten jeweils einen großen Baum mit dunklem Blattwerk (es waren Obstbäume aller Art; Mango-, Feigen- und Zitrusbäume). Das zweite, was mir auffiel, war das Gold. Die Urnen waren mit Schriftzeichen und eingelegten Goldornamenten aufwendig verziert. Auch die Hofmauern, die Fenster und die Haustür am anderen Ende waren mit goldenen Schriftzeichen und Goldornamenten geschmückt. Die beiden Stufen, die zum Haus hinaufführten, waren aus gediegenem Gold. Vor dieser Schwelle von unschätzbarem Wert streiften wir unsere Schuhe ab und traten ins Haus.

Mitten in der Eingangshalle stand eine lebensgroße Buddhastatue auf einem niedrigen Sockel, über und über mit Blattgold bedeckt; Räucherstäbchen in goldenen Haltern brannten vor der Statue. Am Ende langer breiter Korridore sah ich andere Räume, die ebenfalls mit goldenen Statuen und goldenen Ornamenten geschmückt waren. Si Ko Suan geleitete mich in das nächstgelegene Zimmer und bot mir einen Platz an. Als ich mich auf ein paar Kissen an einem niedrigen Tisch niederließ, wurde nach Blüten duftender Tee aufgetragen. Die zierliche Frau, die ihn servierte, stellte mir Si Ko Suan als seine Ehefrau Nummer eins vor. Die Teeschalen und die Kanne waren aus feinstem Porzellan, die Schalen mit einem Goldrand verziert. In einem Körbchen aus Goldfiligran, das auf einem goldenen Tablett gebracht wurde, lagen kleine süße Kuchen. Wohin ich auch blickte, überall Gold; in kleinen Nischen im Raum standen kleinere goldene Buddhas, die schweren Seidenvorhänge waren golddurchwirkt. Ich konnte nicht umhin, eine Bemerkung zu all dieser Pracht zu machen.

»Aber wußten Sie denn nicht«, erwiderte Si Ko Suan und hob fragend die dünnen Augenbrauen, »daß Gold Glück bringt? Wir hier glauben, daß ein Mann um so mehr Glück hat, je mehr Gold er besitzt.«

»In meinem Land ist es anders«, sagte ich. »Wir glauben, je mehr Glück wir haben, desto mehr Gold können wir gewinnen.«

Si Ko Suan runzelte nachdenklich die Stirn. »Tatsächlich?« sagte er. »Wie sonderbar.« Ein leises Lächeln erschien auf seinen Lippen.

Wie gesagt, Si Ko Suan hatte offenbar bei so gut wie allen Geschäften in Singapur seine Finger im Spiel, und wann immer ich ihn in seinem Warenlager besuchte, kamen Kaufleute, um mit ihm über dieses oder jenes Geschäft zu sprechen. Die meisten dieser Transaktionen waren im Handumdrehen abgeschlossen, ganz im Gegensatz zu den Geschäften, die ich nicht nur mit Si Ko Suan, sondern auch mit anderen Kaufleuten machte und die sich über Stunden hinzogen. Als seine Frau unser freundliches Schweigen unterbrach und uns Tee nachschenkte, teilte ich Si Ko Suan meine Beobachtung mit.

»Was Sie sagen, ist ganz richtig, mein Freund«, erwiderte er. »Aber ist Ihnen nicht auch aufgefallen, daß das Geschäft um so besser ist, je schneller man handelseinig wird?«

Ich mußte zugeben, daß mir das noch nicht aufgefallen war

und daß mich diese Behauptung etwas überraschte. Wie konnte das sein? Das Wesen des Handels war doch das Feilschen. Es dauerte seine Zeit, zu schachern und zu feilschen, die Preise zu drücken und damit den Gewinn zu steigern. Si Ko Suan lächelte.
»Können Sie mir dann verraten, mein Freund, warum ich ein reicher Mann bin und Sie nicht?«
Er sprach die Wahrheit. Trotz meiner vielen Reisen, trotz meines Handels auf verschiedenen Märkten, trotz all der Zeit und Mühe, die ich in jedes Geschäft steckte, konnte sich mein Reichtum nicht annähernd mit dem Si Ko Suans messen. Ich war zwar kein armer Mann, aber verglichen mit seinem goldenen Palast wirkten meine Häuser in Sydney und Melbourne wie ärmliche Hütten.
Si Ko Suan ließ seinen Blick auf mir ruhen, das runde Gesicht drückte freundliche Besorgnis aus.
»Darf ich Ihnen etwas verraten, mein lieber Freund«, sagte er, »was Ihnen vielleicht helfen kann?«
Er setzte seine Tasse ab.
»Vielleicht ist das Wesen des Handels gar nicht das, was Sie glauben. Sie sagen, ein Kaufmann müsse den besten Preis herausschlagen, um den optimalen Gewinn zu machen. Mir scheint, damit wollen Sie sagen, daß ein anderer verlieren muß, damit Sie gewinnen können.«
Ich nickte. Genau das dachte ich.
»Aber das ist nicht das Wesen des Handels«, sagte mein Gastgeber. »Das ist das Wesen des Krieges.«
Wieder sah mich Si Ko Suan einen Augenblick schweigend an, dann stand er auf und trat ans Fenster.
»Sie haben mir oft versichert, daß Sie den Gesang der Vögel lieben«, fuhr er fort. »Den Gesang des australischen Leier-

schwanzes, der englischen Singdrossel und Amsel. Und Sie wissen, daß auch ich den Gesang der Vögel liebe. Es ist ein friedliches Geräusch, das ausdrückt, die Welt ist in Ordnung. Ja, manchmal denke ich, daß der Gesang der Vögel Frieden schafft und nicht nur widerspiegelt.«

Er hatte diesen letzten Satz wie zu sich selbst gesprochen und dabei nicht zu mir, sondern in den Hof hinausgeblickt.

»Die Einheimischen, wissen Sie, fangen Vögel und halten sie als Singvögel in kleinen Bambuskäfigen. Sie glauben, manche singen besser als andere, und bezahlen viel Geld für einen guten Vogel. Sie hängen den Käfig mit dem Vogel vor ihrem Haus auf und füttern ihn mit besonderem Reis. Die Leute glauben, daß dann die Vögel das Gefühl haben, sie seien frei, und ihren Gesang erklingen lassen. Aber die Vögel bleiben nicht lange am Leben. In winzige Käfige eingesperrt, sterben sie meist binnen weniger Wochen oder Monate.«

Si Ko Suan nahm einen kleinen süßen Kuchen aus dem Körbchen, brach ein Stück ab und warf es auf das Fensterbrett. Im nächsten Augenblick war ein Schatten zu sehen, und ein kleiner brauner Vogel ließ sich auf dem Fensterbrett nieder und hüpfte auf das Futter zu. Obwohl er ein schlichtes Federkleid trug, sah er mit seinen hellen Augen und dem zierlichen Schnabel aus wie ein englisches Rotkehlchen. Der Vogel pickte die Krümel auf und fraß sie blitzschnell. Dann fing er an zu singen.

»Wie hör ich's gern, wenn durch den Wald dein Lied in gleichen Schlägen hallt.« Seither habe ich mich immer wieder gefragt, ob es die Stille in jenem Hause war, die dem Gesang des Vogels diesen besonderen Klang verliehen hat. Vielleicht waren es auch die leisen Geräusche, die durch das Fenster hereindrangen; das Plätschern der Brunnen und das Rascheln der

Blätter. Vielleicht war es diese Begleitmusik, die den Gesang des Vogels so wunderschön klingen ließ. Oder es hatte mit der Gestalt des Raumes zu tun, mit der Gelassenheit, die ich empfand, oder mit dem Tee (denn ich habe gehört, daß die Leute aus dem Westen auf chinesischen Tee manchmal sonderbar reagieren). Wie konnte allein das Zwitschern und Trällern eines kleinen braunen Vogels ein menschliches Herz derart erweichen und zum Schmelzen bringen? Wie konnte der Gesang eines Vogels einen Menschen zum Weinen bringen? Während der Vogel sang, spürte ich, wie mir Tränen in die Augen stiegen und über meine Wangen liefen. Alle zärtlichen Gedanken, die ich je gekannt, schossen mir durch den Kopf; ich dachte an die Sommerabende am Severn, ich dachte an England und Australien, an das Zuhause und an die Heimat, an Philos, an Emma und an Dich, lieber Bobby. Doch es war keine Wehmut, kein Gefühl der Trauer über einen Verlust. Als ich zu Si Ko Suan hinübersah, empfand ich nur tiefen Frieden. Mein Freund hatte die Augen geschlossen, als schliefe er, aber der Ausdruck auf seinem Gesicht sagte mir, daß auch er seinen inneren Frieden gefunden hatte. Wie die liebreizendste menschliche Stimme, wie eine vollendet gearbeitete und vollendet gespielte Violine verströmte der Vogel weiter seine Musik.

Als der Gesang verstummte und der Vogel fortflog, war es, als wäre ich soeben nach tiefem Schlaf erwacht und erblickte die Morgensonne. Ich öffnete die Augen, und vor mir lag eine neue Welt; was mir als schön gegolten hatte, war jetzt erhaben, was mir anziehend erschienen, vollendet. Ich blickte zu Si Ko Suan. Auch er hatte die Augen aufgeschlagen und sah mich mit so inniger Zuneigung an, daß ich das Gefühl hatte, nie zuvor habe mich ein anderer Mensch erkannt.

»Sehen Sie«, sagte er mit einem Lächeln. »Ein Kuchenkrümel oder das Lied eines Vogels, was ist mehr wert? Handel ist kein Kampf. Bei einem guten Handel gibt es keine Verlierer.«

Es ist schwer, genau zu erklären, wie sich durch Si Ko Suans Lektion die Dinge für mich veränderten, aber von nun an waren meine Handelsgeschäfte von wachsendem Erfolg begleitet. Vorher hatte ich mich damit abgequält, den wahren Wert der Waren zu bestimmen. Jetzt betrachtete ich die Welt in einem anderen Licht. Bei einem guten Handel gibt es keine Verlierer. Da ich jetzt nicht mehr darauf aus war, bei jedem Geschäft der Gewinner zu sein, wurde ich zum Gewinner. Ich profitierte von der schlichten Erkenntnis, daß aus jeder Transaktion auch meine Partner Nutzen ziehen konnten. Meine Geschäftsabschlüsse waren nicht mehr so langwierig. Ich erkannte allmählich die Männer, die genauso dachten (vielleicht hatten auch sie Si Ko Suans Vogel singen hören, auch wenn ich sie nie danach gefragt habe), und merkte, daß wir einander nicht als Rivalen behandelten, sondern als Partner, manchmal sogar als Freunde. Ich erkannte jetzt, daß der Handel Teil eines Prozesses ist, Reichtum zu schaffen, nicht anders als das Schürfen nach Gold; es brauchte nicht auf Kosten anderer zu geschehen. Ich verkaufte in Australien gewinnbringend Seide und Gewürze, und meine chinesischen und malayischen Handelspartner tauschten das Gold ebenfalls gewinnbringend mit ihren Landsleuten. Alle zogen Nutzen aus dem Geschäft. Und mit dem Gewinn stieg auch meine Befriedigung. Ich kehrte oft nach Singapur zurück und war noch oft zu Gast in Si Ko Suans Haus.

KAPITEL 19

Seit Bobby 1836 aus Australien abgereist war, hatte er mich über sein Leben in England stets auf dem laufenden gehalten; er berichtete von seiner Heirat und seinem Umzug aufs Land. Ich freute mich mit ihm über die Kinder, die ihm geboren wurden, und als seine kleine Annie starb, teilte ich seinen Schmerz.

Er hatte mich an der fortschreitenden Entwicklung der Evolutionstheorie Anteil nehmen lassen. Auf dem Kontinent gewann Leopold von Buch eine Anhängerschaft, und ich verfolgte die englische Debatte über die *Spuren*[44] mit großem Interesse (obwohl ich mich erinnere, daß ich in einem meiner Briefe darauf hinwies, daß der Mechanismus der Evolution, wie sie von diesen Autoren beschrieben wurden, gegenüber Bobbys altem Favoriten Lamarck keine große Neuerung darstellte). Die Saat, die ich in den Geist meines Freundes gesät hatte, als er mich wenige Jahre zuvor in Neusüdwales besuchte, war aufgegangen. Trotz Bobbys tiefer Zweifel an den religiösen Implikationen der Evolution (ich weiß noch, daß er mir sagte, allein schon solche Gedanken zu hegen sei Gotteslästerung), hatte er bereits begonnen, die Beweise zu sammeln, die die Theorie untermauerten. Erfreut hörte ich, daß er auch meine Beobachtungen über die Züchtung von Tauben und anderen Haustieren berücksichtigt hatte und daß er endlich Malthus gelesen und den Zusammenhang zwischen Wettkampf und natürlicher Zuchtwahl erkannt hatte. Als Bobby mir schrieb, er habe die Theorie mit Philos und einigen anderen Freunden diskutiert, war ich sicher, daß er trotz seiner

Bedenken die Theorie veröffentlichen würde. Ich hatte das Geschenk, das ich von Si Ko Suan erhalten hatte, gewinnbringend angelegt, und bald würde das Geschenk, das ich Bobby gemacht hatte, ebenfalls seinen Gewinn erzielen. Nach Annies Tod hörte ich nichts mehr von solchen Plänen.

Ich muß Si Ko Suan nicht nur dafür danken, daß er mich in das Geheimnis des Handels einweihte; in seinem Warenlager kostete ich auch zum ersten Mal Kokosmilch, die ebenso erfrischend wie delikat ist. Auf meiner Insel wachsen Kokospalmen in Hülle und Fülle, und sie liefern mir nicht nur Nahrung und Getränk, sondern auch Baumaterial. Das Haus, das ich selbst gebaut habe, ist ein *Atap*- oder Palmstrohhaus, gedeckt mit den riesigen Wedeln der Kokospalme, die entlang der Mittelrippe gespalten, noch grün zurechtgeschnitten und wie Schindeln übereinandergelegt am Grundgerüst des Hauses befestigt werden. Das Grundgerüst besteht aus den langen Stengeln des umgeknickten Bambus, die ich, da ich nur ein kleines Seemannsmesser besitze, über offenes Feuer gelegt und auf diese Weise zerkleinert habe. Enttäuscht mußte ich nach Charleys Tod feststellen, daß die Blätter und die Früchte der Kokospalme für mich von nun an unerreichbar waren. Die Früchte der Kokospalme fallen nur herunter, wenn sie alt und ungenießbar sind; die Blätter werden nur abgeworfen, wenn sie braun und vertrocknet und daher nicht mehr zu biegen oder mit dem Messer zu zerteilen sind. Um Früchte und Blätter im grünen Zustand zu erhalten, hätte ich entweder einen dieser Riesen hinaufklettern (eine Aufgabe, die Charley so mühelos bewältigte wie ein Einheimischer, die aber für mich, unmöglich ist) oder einen Baum fällen müssen (was die Möglichkeiten meines Klappmessers bei weitem überstieg).

Als Charley und ich auf die Insel kamen, bestand unser Unterschlupf aus einem einfachen Segeltuch, das wir über ein Seil zwischen zwei Bäumen spannten. Es schützte uns vor Sonne und Regen, denn wir kamen ausgerechnet zur kleinen Regenzeit hier an, als es fast jeden Tag regnete. Nach Charleys Tod beschloß ich, mir eine stabilere Unterkunft zu bauen, doch mangels geeigneten Baumaterials kam ich von dem Plan wieder ab. Eines Tages entdeckte ich auf meinem Morgenspaziergang eine umgestürzte Kokospalme. Hier hatte ich mit einem Mal Blätter für meine Unterkunft und Nahrung für meinen Magen. Aber als ich den Baum genauer begutachtete, stockte mir der Atem. Im Umkreis des Baumstumpfes entdeckte ich Sägemehl; der Baum war nicht einfach umgefallen, er war gefällt worden. Der Stumpf war sauber gestuft, der Baum also von Holzfällern zuerst von der einen und dann von der anderen Seite durchgesägt worden. In all den Monaten, die ich jetzt schon auf der Insel lebte, hatte ich nie auch nur die Spur eines Menschen gesehen, gehört oder gerochen, und ich verspürte auch nicht den Wunsch, Menschen zu begegnen. Und doch hatte ich hier den klaren Beweis vor mir, daß ich nicht mehr allein war. Ich eilte hinunter zur Küste. In der Lagune lag kein Schiff, kein Boot war ans Ufer gezogen. Ich kehrte zu der Kokospalme zurück und untersuchte den Sand nach Spuren. Doch die einzigen Fußspuren, die ich weit und breit entdeckte, waren meine eigenen.

Obwohl um den Baumstumpf herum ein gleichmäßiger Sägemehlteppich gebreitet war, fand ich auch nach eingehender Untersuchung weder hier noch in dem weichen Sand ringsum andere Fußspuren als meine eigenen. Für mich stand zweifelsfrei fest, daß der Baum gefällt worden war, aber jetzt entdeckte ich eine weitere Besonderheit. Die Höhe, auf der normalerweise ein Baum gefällt wird, ist Hüfthöhe oder sogar noch weiter oben, falls der Stamm nach unten dicker wird. Dieser hier war knapp über dem Boden gefällt worden. Ich sah nach, ob in der Krone Früchte zu finden waren, entdeckte aber keine. Auch sie waren von den Stielen abgetrennt worden und verschwunden. Die Sache war mir zwar ein völliges Rätsel, aber trotz meiner Verwirrung erkannte ich, daß jetzt endlich der Augenblick gekommen war, auf den ich so lange gewartet hatte. Ich fing augenblicklich an, die grünen Palmwedel abzuschneiden, und binnen eines halben Tages hatte ich genügend Material für mein Haus. In den folgenden Tagen verbrachte ich die meiste Zeit damit, Bambus für das Grundgerüst meiner Behausung zu sammeln und die Palmwedel vorzubereiten, während ich gleichzeitig auf jedes Anzeichen menschlichen Treibens achtgab. Nirgends war jemand zu sehen, und trotz meines Unbehagens sah ich mich gezwungen, die Sache auf sich beruhen zu lassen. Etwa drei Monate später wurde ich mitten in der Nacht von einem jähen Krachen aus dem Schlaf gerissen. Eine Kokospalme war in unmittelbarer Nähe meines neuen Hauses umgefallen.

Der erste Gedanke, der mir durch den Kopf schoß, war, hinauszulaufen, aber dann gewann die Vernunft die Oberhand. Falls der Lärm von einem fallenden Baum herrührte, dann war womöglich auch dieser Baum von Menschen gefällt worden. Und wer immer dies getan hatte, war noch dort draußen. Ich erhob mich leise aus meiner Hängematte und lugte durch die Tür. Ein sanfter Wind strich durch die Baumwipfel, es war Vollmond. Ich versuchte, etwas zu erkennen, und spitzte die Ohren; ich rief Hallo, erhielt aber keine Antwort. Nachdem ich noch einmal gerufen und ein paar Minuten hinter der Tür gewartet hatte, ohne etwas Ungewöhnliches zu sehen oder zu hören, zündete ich meine Laterne an und ging hinaus. Der Mond schien so hell, daß die Bäume dunkle Schatten warfen; das Rauschen des Windes in den Blättern verwob sich mit dem Zirpen der Grillen und dem Piepsen der Fledermäuse. Im Mondlicht schimmerte der gefällte Stamm eines Baumes.

Es war ausgerechnet eine jener Kokospalmen, an denen ich meine Hängematte befestigt hatte, als ich auf der Insel ankam, und genau wie der erste Baum war auch dieser auf Bodenniveau sauber gefällt worden. Als ich nähertrat, entdeckte ich auch das Sägemehl, das sich weiß gegen den dunkleren Sand abhob. Nirgendwo eine Spur der Holzfäller und nirgendwo Fußspuren im Sand, wie ich im Schein meiner Laterne feststellen konnte. Ich ließ meinen Blick den Stamm entlang zur Krone wandern, die etwa zwanzig Yard entfernt lag, und das Herz schlug mir bis zum Halse. Etwas Großes, Weißes bewegte sich den Stamm hinauf. Ein paar Sekunden lang stand ich wie versteinert da. Dieses Etwas war so groß wie ein Kopfkissenbezug und lief in einer fließenden Bewegung den Baum hinauf, wie ein nasses Tuch, das eine Glasscheibe entlanggleitet. Ich hatte keine Vorstellung, was das sein mochte. Beine waren nicht zu sehen, nur diese gemächliche, gleitende Bewegung den Baumstamm hinauf. Ich hielt meine Laterne in die Höhe und ging durch die Dunkelheit darauf zu.

Erst als ich bis auf ein paar Fuß herangekommen war, erkannte ich, daß es sich nicht um ein einzelnes, sondern um eine Vielzahl von Lebewesen handelte. Es war ein dicht gedrängter Schwarm kleiner Krebse, die wie ein großes Ganzes den Baum hinaufkletterten. Meine Furcht schwand. Als ich feststellte, daß sie sich durch meine Laterne nicht stören ließen, konnte ich sie mir genauer ansehen. Es waren zwei Typen von Krebsen, jeder so groß wie ein Sovereign, nur flacher. Bei dem einen Typ war die linke Schere stark vergrößert wie bei den Winkerkrabben der tropischen Mangrovenwälder; bei dem zweiten Typ waren beide Scheren gleich groß, ansonsten wiesen sie keine Besonderheiten auf. Sie bewegten sich langsam und in einer perfekten Phalanx den gefällten Baum hinauf. Als sie die Baumkrone erreicht hatten, teilten sie sich zu Paaren, jeweils eine von jedem Typ, woraus ich schloß, daß es sich um die Männchen und die Weibchen einer Species handelte. Vermutlich waren die mit der großen Schere die Männchen. Die Paare kletterten im unteren Teil der Krone umher, bis sie eine Kokosnuß fanden. Während der Krebs mit den kleineren Scheren am Fruchtstiel Wache stand und den übrigen räuberischen Pärchen den Weg versperrte, begann der andere mit seiner großen Schere die Frucht seitlich zu bearbeiten; dabei säbelte er mit der Spitze der Schere winzige Teilchen der äußeren Hülle ab, bis er einen tiefen Schlitz in die harte Schale getrieben hatte. Nachdem der Krebs nach mehrmaligem Ausprobieren die Schale so weit aufgebrochen hatte, daß die Öffnung für seinen Körper groß genug war, kletterte er auf die andere Seite und durchschnitt Stück für Stück den dünnen Stiel, der die Kokosnuß am Baum festhielt. Jetzt verließ auch seine Partnerin ihren Wachposten und krabbelte auf die Nuß, die nach ein paar weiteren Schnitten mit beiden Krebsen an Bord zu Boden purzelte.

Weitere Krebspaare waren an anderen Stellen der Baumkrone am Werk. Auch hier stand jeweils ein Weibchen Wache, während ein Männchen zunächst eine Öffnung in die Nuß schnitt und sie dann vom Baum abtrennte. Binnen einer Stunde waren auf diese Weise alle Nüsse vom Baum entfernt, und jetzt begann die Arbeit der Weibchen. Auf jeder Kokosnuß saß ein Krebspärchen, und keines von ihnen hatte durch den Sturz Schaden genommen. Zunächst überraschte es mich, daß sie sich nicht verletzt hatten, bis ich einige der Tiere untersuchte und feststellte, daß ihr Panzer ungewöhnlich dick war und selbst dem Gewicht einer sie überrollenden Kokosnuß standgehalten hätte. Die nächste Etappe bestand darin, die Nuß zu vergraben. Zu diesem Zweck buddelten die Weibchen unter der Nuß ein Loch und schaufelten mit ihren kleinen Scheren den Sand weg. Sie arbeiteten mit erstaunlicher Kraft und Geschwindigkeit, so daß binnen einer weiteren Stunde die Nuß zu fast drei Vierteln im Sand vergraben war. Die weiblichen Krebse bewiesen bei dieser Tätigkeit großes Geschick. Wie ungünstig die Kokosnuß auch immer im Sand gelandet war, es gelang ihnen durch genaues Austarieren, daß die Öffnung, die das Männchen in die Frucht geschnitten hatte, stets oben blieb. Unterdessen wehrten die Männchen Rivalen ab, denn es gab sehr viel mehr Krebse als Kokosnüsse. Der Abwehrkampf war allerdings kaum mehr als eine Drohgebärde, denn die Krebse begnügten sich damit, ihre großen Scheren zu schwenken, und nur wenige, beherztere Gegner besaßen den Schneid, den Rivalen zu packen. Erst als die Kokosnuß fast vollständig vergraben war, gab das Männchen seine Verteidigungsposition auf und lief zu der Öffnung in der Nuß, durch die es sich kopfüber hineinzwängte. Binnen kurzer Zeit war es samt der Kokosnuß vollständig unter dem Sand verschwunden.

Nicht alle Nüsse, die die Krebse abgeschnitten hatten, waren jedoch zu Boden gefallen, einige hatten sich zwischen den Palmwedeln verfangen. Die Krebse gaben diese Nüsse aber keineswegs auf; meist gelang es den Weibchen, von unten her so lange zu schieben, bis sie die Nüsse befreit hatten. Bei denen, die sich nicht vom Fleck rührten, halfen die Männchen, indem sie Wedel und Stengel mit ihren Scheren abzwickten. Als der Tag anbrach, waren alle Nüsse vom Baum zu Boden gefallen und im Sand vergraben worden.

Dieses Verhalten der Krebse erinnerte mich stark an unsere Totengräber; so wie der gewöhnliche Aaskäfer (*Necrophorus*) jedes tote Tier vergräbt, das er findet, verbuddeln diese Krebse Kokosnüsse. Das brachte mich auf den Gedanken, daß die Krebse genau wie die Käfer die vergrabene Beute als Futter für ihre Jungen nutzen. Am folgenden Tag kehrte ich zu dem umgestürzten Baum zurück und grub eine Kokosnuß aus (die ein paar Zoll tief im Sand steckte). Ich entdeckte, daß die Öffnung, die der männliche Krebs in die harte Schale geschnitten hatte, jetzt größer war, so daß Männchen und Weibchen in die Nuß kriechen konnten, wo sie offenbar das weiche Fruchtfleisch fraßen. Um der Geschichte dieser Species vollständig auf den Grund zu kommen, mußte ich ein paar Nüsse mit ins Haus nehmen und regelmäßig beobachten.
Die Krebse ernährten sich im Innern der Kokosnuß etwa zwanzig Tage lang von deren Fruchtfleisch, und in diesem Zeitraum wurde das Weibchen dick und fett und häutete sich zweimal in zwei Wochen. Das Männchen häutete sich dagegen nicht und schien auch wenig zu fressen, sondern besorgte mit seiner großen Schere Futter für das Weibchen. Bald nach der zweiten Häutung legte das Weibchen seine Eier ab, die das Männchen befruchtete. Wie bei Crustacea üblich, geschah dies im Wasser oder besser gesagt, in der Kokosmilch, denn im Innern der Frucht befand sich noch immer eine beträchtliche Menge dieser Flüssigkeit. Dann hörte das Weibchen auf zu

fressen und ruhte sich in seinem pflanzlichen Gehäuse aus, die Eier auf der Unterseite des Hinterleibs sicher verwahrt. Die wenigen Eier waren groß, und nach einer Brutzeit von etwa neun Tagen schlüpften die Larven in die Kokosmilch, wo sie rasch heranwachsen (das *Nauplius*-Stadium fehlt bei dieser Ordnung vollständig). Nach zehn Tagen hatte das Junge das Aussehen des ausgewachsenen Tiers, obwohl es zu diesem Zeitpunkt nicht sehr viel größer war als die gewöhnliche Baldachinspinne.

Ich habe seither die Gewohnheiten der freilebenden Tiere beobachtet und entdeckt, daß jetzt der männliche Krebs einen Tunnel aus der Kokosnuß an die Oberfläche gräbt. Etwa vierzig Tage nachdem die Kokosnuß vergraben wurde, führt der Krebsvater seine Nachkommen in die weite Welt hinaus. Das Weibchen, jetzt zu groß, um sich durch den Schlitz der Kokosnuß hindurchzuzwängen, stirbt.

Als ich die Kokosnußkrebse und ihr Treiben beobachtete, kam mir der Gedanke, ob sich nicht dieselben Krebse darauf verstanden, auch die Bäume zu fällen, obwohl ich keine Vorstellung davon hatte, wie sie das anstellten. Ich konnte jedoch diese Prozedur inzwischen mehrmals beobachten. Es geschieht stets bei Vollmond. Die Krebse leben gewöhnlich in kleinen Erdlöchern am Strand, knapp oberhalb der Flutmarke, die sie tagsüber oder nachts verlassen, um sich von dem zu ernähren, was an den Strand gespült wird. Eigentlich sind sie Einzelgänger, aber Vollmond und Springflut sind für sie die Signale, ihre Löcher zu verlassen, »auszuschwärmen wie Belials Söhne« und sich in Gruppen zu mehreren hundert am Strand zu versammeln. Dann begibt sich jede Gruppe zu einer nahe gelegenen Kokospalme, um die scheinbar unlösbare Auf-

gabe in Angriff zu nehmen, den Stamm zu fällen. Sie bewerkstelligen dies genauso, wie sie die Stiele und Schalen der Kokosnuß durchschneiden, also Stück für Stück. Auch hier sind es die Männchen, die mit ihrer großen Schere den Stamm bearbeiten. Dreißig bis vierzig von ihnen begeben sich auf die eine Seite des Stammes und beginnen, die Rinde und das Holz abzuraspeln. Das Holz der Kokospalme ist nicht sehr hart, sondern vielmehr ledrig, und die Krebse mit ihrer scharfe Zange durchtrennen jede Faser einzeln und schlagen auf diese Weise eine etwa einen halben Zoll tiefe Kerbe in den Stamm. Diese Kerbe erinnert an den Schnitt einer Säge, und die winzigen Teilchen, die beim Abknipsen der Fasern rings um den Baum verstreut werden, sehen tatsächlich aus wie Sägemehl. Die Männchen, von denen es in jeder Gruppe mehrere hundert gibt, arbeiten im Schichtbetrieb, so daß dann, wenn eine Gruppe müde ist, eine andere an ihre Stelle tritt; auf diese Weise arbeiten sie sich immer weiter in den Stamm vor, bis sic dessen Mitte erreicht haben. Auf ein geheimes Signal hin hören sie auf zu schneiden; die Krebse wechseln dann auf die andere Seite des Stamms und setzen ein zweites Mal an.
Die Tiere suchen sich offenbar niemals eine Palme aus, die kerzengerade wächst, sondern stets einen etwas schief gewachsenen Baum, und die erste Kerbe wird stets auf der geneigten Seite gesetzt. Somit wird die zweite Kerbe auf der der Fallrichtung des Baums gegenüberliegenden Seite geschlagen. Der Sand auf dieser Seite ist stets etwas höher, und desgleichen ist auch die Kerbe etwas höher angesetzt. Die Krebse »sägen« so lange, bis sich die beiden Kerben überlappen und der Baum fällt. Der ganze Vorgang dauert mehr als sechs Stunden. Doch zwei Fragen bleiben offen: erstens, wie die Krebse die Tiefe des ersten Schnitts berechnen und wie

sie erkennen, wann sie aufhören müssen; und zweitens, wie die vergrabenen Kokosnüsse frisch bleiben, denn sie bleiben tatsächlich frisch, obwohl die Krebse die Schale sprengen; manche fangen sogar an zu keimen. Interessant ist ferner die Beobachtung, daß die Krebse ihre Kokosnüsse stets in einer Vollmondnacht vergraben und daher rund sechs Wochen später, wenn die Jungen ihr »Nest« verlassen, stets Neumond herrscht, also völlige Dunkelheit. Ich habe der Species den Namen *Uca cococoptus* gegeben. Dieser Krebs ist ein außergewöhnliches Tier, und ich bedaure, daß Charley nicht lange genug gelebt hat, um diese Entdeckung mit mir zu teilen.

KAPITEL 20

Wir sind jetzt beide alt, der Berg und ich, und jedes Leben geht einmal zu Ende. Der Berg rät mir, schneller zu schreiben, und es ist höchste Zeit, von Charley Allen zu erzählen; davon, wie wir uns kennenlernten, wie wir auseinandergingen und uns wiederbegegneten, und von Charleys schrecklichem Schicksal. Charley hat mich auf diese Insel gebracht, und Charleys wegen kann ich nicht mehr fort.

Im April 1855 kam ich an Bord der *Cormorant* aus Westaustralien mit einer Ladung Sandelholz wieder einmal nach Singapur. Ich wollte unterwegs die Weihnachts-Insel besuchen, deren Naturgeschichte ich zu erforschen gedachte, aber durch einen Zyklon war ich gezwungen, in Port Essington einzulaufen und saß dort über eine Woche fest, eine kostspielige Verzögerung; als wir in Singapur einliefen, war die *Cormorant* derart von Schiffsbohrmuscheln befallen, daß aufwendige Reparaturen notwendig wurden. Mit der Hilfe meines Freundes Si Ko Suan gelang es mir, meine Fracht zu verkaufen, und jetzt hatte ich unversehens mehrere Wochen Zeit, über die ich nach Belieben verfügen konnte. 1855 war das Jahr, in dem die Nachfrage nach Cananga- oder Makassaröl plötzlich wieder anstieg. Jeder Geck zwischen Schottland und Sydney wollte dieses unvergleichliche Haartonikum haben, und der Preis für Canangaöl war innerhalb von Monaten um das Zwanzigfache gestiegen. Wer sich einen großen Vorrat davon sicherte, konnte fast jeden Preis dafür fordern. Si Ko Suan war mir behilflich, eine Dschunke in Singapur zu chartern, und gab mir ein Empfehlungsschreiben für einen Kaufmann mit, den er in Makassar kannte, den Sohn des Sultans, der mir eine größere Menge Canangaöl zu günstigen Konditionen beschaffen würde (ein solcher Brief von Si Ko Suan war an sich schon soviel wert wie ein Wechsel).

»Und da ist noch etwas, was Sie interessieren könnte«, fügte mein Freund hinzu, während wir vor seinem Warenlager saßen und kühle Kokosnußmilch schlürften. »Vor ein paar Monaten ist hier ein englischer Naturforscher aufgetaucht, ein Sammler von Vögeln und Schmetterlingen, auch er in gewisser Weise ein Kaufmann. Er sagte, er habe die Absicht, eine Zeitlang hier zu bleiben, und das Letzte, was ich von ihm gehört habe, ist, daß er ein Schiff nach Celebes genommen hat. Es kann gut sein, daß Sie ihm in Makassar begegnen.«

Auf meiner Reise ostwärts rätselte ich über die Identität und den Charakter dieses Mannes nicht weniger als über Menge und Preis des Öls, das ich zu kaufen hoffte. Europäische Kaufleute gab es im Orient genug, europäische Naturforscher dagegen waren eine Seltenheit. Wie gewöhnlich hatte mein scharfsinniger Freund die Dinge richtig beurteilt; nicht nur handelte ich mit dem Sohn des Sultans einen ausgezeichneten Preis für zweihundert Faß Öl aus; der Mann bestätigte mir auch, daß der englische Naturforscher tatsächlich in Makassar gewesen war. Er sei im Vormonat angekommen, und obwohl er und sein junger Assistent im Augenblick zu einer kurzen Fangexpedition ins Landesinnere aufgebrochen seien, erwarte man sie noch in derselben Woche zurück. Da die vertraglich vereinbarte Schiffsladung noch nicht angekommen war, rechnete ich damit, ihm tatsächlich zu begegnen.

Bei Aufenthalten in einem Hafen, die mehr als ein, zwei Tage dauerten, hielt ich mich mehr an Land auf als an Bord des Schiffes. In Makassar bot mir der Sohn des Sultans Unterkunft in seinem Palast an, und während ich auf die Ankunft meiner Waren wartete, unterhielt ich mich ausgiebig mit meinem Gastgeber und verlor beim Cribbage eine nicht unbeträchtliche Menge Silbermünzen an seinen Lieblingslustknaben. Nach vier angenehmen Tagen, die mich mehr als nur ein paar Florin gekostet hatten, erfuhr ich, daß die Boote mit meiner Fracht flußaufwärts gesichtet worden waren. Ich eilte hinunter an den Kai, wo gerade eine Flottille hoch mit Fässern beladener Kanus anlegte. Mein Öl war nicht die einzige Fracht, die die Boote mitbrachten. Auf einem der Fässer saß kerzengerade ein hochgewachsener, europäisch gekleideter Mann, dessen bärtiges Gesicht von einem großen Hut verborgen und von einem Mückenschleier bedeckt war. Sein Gesicht wurde des weiteren von einem schwarzen Schirm überschattet, den ein Malaye mit nacktem Oberkörper über ihn hielt. Auf einem Faß in dem zweiten Boot saß eine weitere, gleichfalls europäisch anmutende Gestalt mit Hut, deren Gesicht ebenfalls von einem dunklen Mückenschleier verdeckt war. Das konnte niemand anderer als der europäische Naturforscher mit seinem Assistenten sein.

Als sich die Boote dem Kai näherten, winkte ich den beiden Männern zu. Der zweite, offensichtlich der Jüngere, winkte zurück, und als die Boote angelegt hatten, begrüßte ich sie auf englisch und streckte ihnen die Hand entgegen, um ihnen beim Aussteigen zu helfen. Der junge Mann ergriff meine Hand und dankte mir mit einem breiten Lächeln hinter seinem Schleier, aber der Ältere lehnte meine Hilfe ab.

»Danke, Sir«, beschied mich der englische Naturforscher, »ich komme ganz gut allein zurecht.«

Trotz dieser kleinen Abfuhr stellte ich mich vor und erklärte, wie sehr ich mich freute, zwei meiner Landsleute, noch dazu Naturforscher wie ich, in diesem Teil der Welt anzutreffen.

»Ihre Expedition war doch bestimmt erfolgreich«, sagte ich.

Der Naturforscher streifte den Mückenschleier ab, schenkte mir einen halb mißtrauischen, halb verächtlichen Blick und erwiderte, was das Sammeln betreffe, sei der Ausflug eher eine Enttäuschung gewesen.

»Aber die Vogelflügler«, ließ sich sein junger Begleiter vernehmen, dessen Akzent seine Herkunft aus dem West Country verriet. »Sind sie nicht die schönsten, die wir je gesehen haben?«

Der andere sah ihn kühl an.

»Einige Exemplare sind ganz passabel«, erwiderte er. »Und jetzt komm, Charley, es wartet Arbeit auf dich.«

Mit diesen Worten drehte er mir den Rücken zu und fing an, seine Sachen auszuladen. Unser Gespräch war damit unmißverständlich beendet.

Auf meinem Weg in den Sultanspalast grübelte ich über das Verhalten des Mannes nach. Ich hatte mich auf die Begegnung mit einem Naturforscher, einem Kollegen, in einer so interessanten und abgelegenen Gegend ehrlich gefreut, zumal er Engländer war, aber er teilte diese Gefühle offenbar nicht. Obwohl wir uns nie zuvor begegnet waren, war mein Eindruck, daß er sich über mich bereits ein Urteil gebildet hatte. Aber auch er hatte die Gastfreundschaft des Sultanssohnes angenommen, und da sein Assistent die Träger beaufsichtigte, kam der Naturforscher schon bald in den Palast, wo ich bereits beim Mittagessen saß. Als ihn die Diener hereingeleiteten, winkte ich ihm zu, mir Gesellschaft zu leisten. Mit sichtlichem Widerstreben setzte er sich zu mir an den Tisch.

»Es tut mir leid, daß Ihre Expedition weniger erfolgreich war als erhofft«, sagte ich, »aber ich muß Ihnen sagen, daß ich mich sehr darauf gefreut habe, einen Engländer an einem solchen Ort kennenzulernen. Hoffentlich hatten Sie wenigstens eine angenehme Reise.«

»Angenehm kann man wohl kaum sagen«, erwiderte der Naturforscher, »es sei denn, Sie nennen es angenehm, zwei Tage lang auf einem Faß mit stinkendem Öl in der Sonne zu sitzen.«

»Dann war es aber doch wenigstens ein Trost, daß Ihnen meine Boote zur Verfügung standen.«

»Ja, ich hatte vermutet, daß es Ihre Boote sind«, sagte der Naturforscher und fügte kühl hinzu: »Sie treiben Handel, wie ich sehe.«

»Ja, deswegen bin ich hier«, erwiderte ich. »Aber ein Freund in Singapur verriet mir, Sie seien hierhergekommen, um besondere Insekten zu finden. Das ist ein Thema, das auch mir am Herzen liegt.«

»Dann sind Sie hier am falschen Ort, Sir«, erwiderte der Naturforscher. »Ich kenne kein anderes tropisches Land mit einer so armseligen Tierwelt.«

»Sie setzen mich in Erstaunen«, sagte ich. »Ich muß zugeben, daß meine besondere Leidenschaft den Käfern gilt, und obwohl ich kaum eine Woche hier bin, habe ich bereits eine große Anzahl gefunden, und manche sind sogar von großer Schönheit.«

»Ich bevorzuge Schmetterlinge«, sagte der Naturforscher. »Wie alle Männer mit gutem Geschmack.«

»Verstehe ich recht, daß Sie nicht für Ihren persönlichen Kabinettschrank sammeln?«

»Ich habe Kunden unter den vornehmsten Familien Englands, Sir.«

»Dann treiben wir also beide Handel«, entgegnete ich mit einem Lächeln.
»Nein, Sir«, sagte der Naturforscher, »keinen Handel. Ich bin Sammler.«
»Aber Sie verkaufen und tauschen doch die Exemplare, die Sie sammeln?«
Der Naturforscher warf sein Kinn in die Luft.
»Wenn ein Künstler seine Bilder verkauft oder tauscht, heißt das nicht, daß er Handel treibt.«
Manchmal ist es ratsam, einer solchen Bemerkung zu widersprechen, ein andermal ist es besser, ihr weiter keine Beachtung zu schenken. Ich entschied mich für letzteres und lenkte das Gespräch auf andere Themen. Es war eine zähe Angelegenheit, und am Ende der Mahlzeit hatte sich der Engländer als Snob, als von geringem Verstand und als rechter Langweiler entpuppt. Selbst seine Kenntnisse der Naturgeschichte waren beschränkt. »In Büchern wohlbewandert, fremd in sich«, hatte der Mann zwar ein phänomenales Gedächtnis für Namen und Ereignisse, besaß aber wenig Verstand. Lange schon entbehrte ich eine anregende Unterhaltung in englischer Sprache. Ich gab daher keineswegs auf, sondern unternahm mehrere Anläufe, eine eher philosophisch geprägte Diskussion in Gang zu bringen. Aber selbst an den theoretischen Aspekten seines eigenen Fachgebiets zeigte der Engländer kein Interesse. Wie allzu viele selbsternannte Naturforscher kannte er zwar Namen und Bezeichnungen, scherte sich aber wenig um die Zusammenhänge. Ich weiß noch, daß er meine Bemerkung, die Fauna der durch den Pazifischen Ozean getrennten Kontinente Australien und Südamerika weise geringere Unterschiede auf als die Fauna der nur durch eine schmale Meerenge getrennten Kontinente Australien und

Asien, mit Skepsis aufnahm und daß er über meine Theorie einer zwischen Celebes und Borneo und weit hinunter nach Lombok und Bali verlaufenden klaren Trennungslinie zwischen den australischen und asiatischen Typen, insgeheim die Nase rümpfte: Wie viele Beispiele auch immer ich anführte, er wollte nichts davon wissen. Als ich ihm bezüglich der Evolution auf den Zahn fühlte und meine Meinung darüber äußerte, zeigte er ebenfalls keinerlei Interesse. Ich würde ihn zwar nicht als religiös bezeichnen, aber seine Theorien und Schlußfolgerungen waren von Grund auf falsch. Schon bald ging mir sein überhebliches Getue auf die Nerven, und ich war erleichtert, als gegen Ende der Mahlzeit sein Assistent eintraf. Als der junge Mann den Raum betrat, nahm er Hut und Schleier ab, und meine Erleichterung wich wachsendem Erstaunen. Dies war ohne Zweifel der hübscheste Junge, den ich je gesehen hatte.

»Von nackter Schönheit, holder und lieblicher als einst Pandora« war Charley Allen, der damals wohl siebzehn Jahre alt sein mochte, obgleich sein Gesicht so knabenhaft und seine Stimme so sanft war, daß er gut drei Jahre jünger wirkte. Zart gebaut, aber nicht allzu klein, war er mit seinen dunklen Haaren und seiner dunklen Hautfarbe ein echter Ganymed. Seine Augen waren hellgrau, so verblüffend hellgrau, daß sie ihm eine geradezu überirdische Schönheit verliehen. Mit seinen langen, dunklen Wimpern war er schöner, als je eine Frau sein konnte, obwohl er nichts Weibliches hatte. Aber etwas an Charley, der Schwung seiner Nase oder die Art und Weise, wie ihm das Haar in die Stirn fiel, erinnerte mich an ein Gesicht, das ich in einem Sommer vor fünfunddreißig Jahren in einem Spargelbeet in einem englischen Garten zum ersten Mal gesehen hatte. Der Eindruck auf mich war überwältigend.

Der junge Mann setzte sich an den Tisch und fing sogleich an, sich überaus freundlich mit mir zu unterhalten. Wie ich hieße, woher ich käme, was ich in Makassar zu tun hätte? Als ich im Verlaufe unseres Gesprächs merkte, daß Charley von seinem Herrn ein ausgeprägtes Interesse an Naturgeschichte übernommen hatte, wuchs meine Faszination. In jener Nacht lag ich in meinem Zimmer wach, beobachtete die kleinen Gekkos, die im Umkreis der Lampe Falter jagten, und dachte nur an Charley Allen. Ich war beschwingt und beklommen zugleich, und mein Herz wollte aus seinem engen Gefängnis zwischen den Rippen ausbrechen. Ein mir bis dahin unbekanntes Gefühl durchströmte mich.
Nach einer weitgehend schlaflosen Nacht stand ich frühmorgens auf und ging hinaus auf den unteren Balkon, um zu beobachten, wie das tags zuvor eingetroffene Canangaöl in mein gechartertes Schiff verladen wurde. Der Sohn des Sultans saß bereits auf dem Balkon, ein Kännchen Kaffee neben sich auf dem Tisch. Er winkte mir zu, ich setzte mich, und er goß mir eine Tasse ein. In diesem Augenblick entdeckte ich unter den Arbeitern unten am Kai eine etwas größere Gestalt, ohne Hut und in einem weiten weißen Gewand. Es war Charley.
»Ja, mein Freund, ich sehe, was Sie sehen«, sagte der Sultanssohn, als er mir die Tasse reichte. Er blickte hinunter auf das Treiben und fuhr fort: »Und ich sehe, daß Ihr Schiff schwer beladen sein wird. Die Barre vor dem Hafen ist seicht, und es herrscht Ebbe.« Er sah mich lächelnd an. »Nächste Woche ist Vollmond. Ich glaube, es wäre klüger, Sie warteten noch eine Woche ab, bis die Flut kommt.«
An jenem Abend wurde der englische Naturforscher bald nach dem Essen von einem Fieberanfall niedergestreckt und muß-

te das Bett hüten. Es war, als ob die Vorsehung mir in die Hände spielte.

In der folgenden Woche verbrachte ich fast jeden Augenblick mit Charley. Er war nicht nur hübsch anzusehen, in seiner Gesellschaft wurde es auch nie langweilig. Seine gute Laune war unverwüstlich, sein Witz eine unwiderstehliche Mischung aus Klugheit und Humor, seine Begeisterung erfrischend. Ich erzählte ihm von meinem Leben in England, von Bobby und meinem Exil in Australien. Charley war selbst ein ausgezeichneter Geschichtenerzähler, der mich mit so mancher Begebenheit von seinen jüngsten Reisen und seiner Kindheit unterhielt und amüsierte. Genau wie ich hatte Charley seine Eltern nie gekannt. Geboren in einem kleinen Dorf in Somerset, aufgewachsen in einem Waisenhaus, anschließend Lehrling bei einem Silberschmied in Bristol, war er mit vierzehn nach London durchgebrannt. Obwohl letztlich bloß ein Lausebengel aus der Provinz, hatte er schnell heraus, wie er mit Witz, Verstand und gutem Aussehen ein angenehmes Leben führen konnte. Rasch stieg er in immer bessere Kreise auf, und bald wurde er aufgrund seines Auftretens und Erscheinungsbildes zum Liebling des jüngeren Sohnes der Herzogin von Bedford. In ihrem Haus in Mayfair hatte er den englischen Naturforscher kennengelernt, der erst kurz zuvor von einer Reise nach Südamerika zurückgekehrt war. Offenbar hatte der Naturforscher auf dem Heimweg Schiffbruch erlitten und dabei einen Großteil seiner Sammlung verloren, die er für eine beträchtliche Geldsumme hatte verkaufen wollen. Nachdem er sich in Bredely Hall von seinem Mißgeschick erholt hatte (und, wie mir Charley berichtete, weiterem Ungemach im Zusammenhang mit einer jungen Dame und deren Bruder mit knapper

Not entronnen war), war er mit dem Plan nach London gereist, eine Expedition nach Ostindien zu unternehmen, um Schmetterlinge zu sammeln und wieder zu Geld zu kommen. Als Charley hörte, daß er einen Assistenten suchte, bot er sich an. Der Naturforscher, der nicht minder auf Knaben aus war als auf Schmetterlinge, heuerte Charley als Sammler und Begleiter an. Als ich die beiden in Makassar traf, waren sie schon über ein Jahr in dem malayischen Archipel unterwegs, obwohl Charley gestand, seiner untergeordneten Stellung überdrüssig zu sein und von der wachsenden Besessenheit des Naturforschers von der, wie dieser selbst es nannte, »Anderen Welt« genug zu haben – einem eigentümlichen Charakterzug des Engländers, von dem ich bis dahin verschont geblieben war. Er hielt nämlich seinem Assistenten Vorträge über die Beschränktheit der vergangenen und gegenwärtigen religiösen und wissenschaftlichen Dogmen und beschwor ihn, einem heraufdämmernden neuen Zeitalter der menschlichen Aufklärung hoffnungsvoll entgegenzublicken.

»Manchmal habe ich es wirklich satt, den ganzen Tag seine gesellschaftlichen und spirituellen Tiraden über mich ergehen zu lassen«, sagte Charley. »Ich sage Ihnen, mit ihm langweilt man sich zu Tode.«

Dennoch hatten sich die beiden während des gemeinsam verbrachten Jahres schätzengelernt, und der Naturforscher hatte Charley viel beigebracht. Charley war besonders geschickt darin, Insekten zu fangen und zu präparieren, und er hatte begonnen, sich eine eigene Sammlung aufzubauen. Trotz der Vorurteile seines Herrn hatte er eine eindrucksvolle Sammlung von Käfern (eine Vorliebe, die meine Zuneigung zu ihm nur noch verstärkte), manche winzig wie ein Reiskorn, andere größer als eine Maus. Auch in Form und Farbe waren die

Insekten unterschiedlich; elegante Bockkäfer und dicke Marienkäfer, Prachtkäfer in allen Regenbogenfarben und pechschwarze Goliathkäfer. Der ganze Stolz von Charleys Sammlung war ein Exemplar, das er, wie er sagte, nicht selbst gefangen, sondern kurz vor meiner Ankunft im Hafen einem einäugigen Seemann abgekauft hatte. Charley bewahrte den Käfer in einem kleinen, hübsch geschnitzten und mit Intarsien nach Art der Gegend versehenen Kästchen auf, das, wie er nicht ohne Stolz sagte, genauso teuer gewesen war wie der Käfer selbst. Er erlaubte mir, das Kästchen zu öffnen.

Darinnen lag ein Skarabäus, ein Mistkäfer, wie man ihn gemeinhin nennt, mit dem gedrungenen Körper und den kräftigen Beinen seiner Species; die Vorderbeine schräggestellt und gebogen, um damit seine Dungkugel zu drehen. Der Käfer war etwa anderthalb Zoll lang, der Panzer glatt und offenbar augenlos. Der Augenbereich war völlig glatt, am Scheitel sah man keine Spur auch nicht der einfachsten Punktaugen. Das Auffälligste an diesem Käfer jedoch war seine Farbe. Er schillerte im reinsten, hellsten und glänzendsten Gold.

In Australien gibt es einen Schmetterling, der (aufgrund seiner Farbe, obwohl er keineswegs völlig schwarz, sondern schwarzweiß ist) Common-Crow, also Krähe, genannt wird und in manchen Jahren in der Gegend von Sydney überall zu finden ist. Die Imago ist weiter nicht bemerkenswert, ebensowenig die Raupe, aber das Zwischenstadium, die Chrysalis oder Puppe, zählt zu den schönsten Naturerscheinungen, die mir je begegnet sind. Mit ihrer Rautenform ähnelt sie anderen aus ihrer Ordnung, und Kopf und Beine des Insekts sind im Innern der Puppe deutlich zu erkennen. Ihre Schönheit beruht jedoch nicht auf ihrer Gestalt, sondern auf ihrer Farbe, denn die Puppe des Common-Crow-Schmetterlings glänzt wie reines Silber. Viele Insekten und besonders Käfer haben einen metallischen Glanz, aber kein Käfer ist so vollkommen wie diese silbrige Puppe. Es ist kein mattes Silber und auch kein silbriges Glitzern, sondern der Silberglanz eines polierten Spiegels. Die Puppe des Common-Crow-Schmetterlings scheint nicht der natürlichen Welt anzugehören, ebensowenig wie der Skarabäus, der vor mir lag.

Es war ein echter Käfer, daran hatte ich keinen Zweifel. Charley hatte ihn am rechten Deckflügel festgenadelt, auf einer Unterlage aus grober Pflanzenrinde, mit der der Boden des Kästchens bedeckt war. Ich durfte die Nadel aus dieser behelfsmäßigen Unterlage ziehen und das Insekt mit meiner Lupe untersuchen. Der Skarabäus wirkte mehr wie das Meisterwerk eines Juweliers denn wie ein echtes Insekt, und es überraschte mich, daß er so wenig wog. Als ich ihn in der Hand hielt, sah ich vor meinem geistigen Auge in weiter Ferne und ferner Vergangenheit einen anderen Käfer, den eine andere Hand hielt. Es gab nichts auf der Welt, das ich mehr ersehnte als ein Exemplar des goldenen Skarabäus.

KAPITEL 21

Trotz meiner Bewunderung für alles, was die Käfer betrifft, habe ich mich lange Zeit bemüht, die kleinen Rüsselkäfer der Gattung *Apion* in meinem Inselgarten loszuwerden, denn deren Larven befallen die heranreifenden Samen der Erbsen, welche ich als Gemüse und auch als Gegenstand meiner Experimente zur Vererbung anbaue. Anfangs mußte ich ständig auf der Hut sein und jeden Morgen die Pflanzen einzeln inspizieren und sämtliche Käfer abpflücken. Wie jeder Gärtner weiß, ist dies eine ermüdende Tätigkeit, die nicht unbedingt von Erfolg gekrönt ist; trotz meiner täglichen Bemühungen stellte ich beim Öffnen einer reifen Schote immer wieder fest, daß sie bereits befallen war. Ich erinnerte mich zwar, daß ein Sud aus den Wurzeln von Schmetterlingsblütlern, die die Malayen als Fischgift verwendeten, manche Insekten abschreckt, ja sogar tötet, aber meine botanischen Kenntnisse sind so bescheiden, daß ich diese Pflanzenart nicht erkennen würde, selbst wenn sie hier wüchse. Daß meine Arbeit als Gärtner am Ende doch noch erfolgreich war, verdanke ich der Beobachtung und nicht der Gelehrsamkeit.

Obwohl das Grasland meiner Insel nicht so viele Species beherbergt wie das englische Hügelland, so weist es doch verschiedene Pflanzen auf. Zwischen den Grasbüscheln finden sich die verzweigten Blätter kleiner Korbblütler und Schmetterlingsblütler sowie eine kleine Kriech-*Acacia*; ihre zerriebenen Blätter duften nach Melonen. Eines Tages ging ich zwischen zwei gut markierten Gadzock-Pfaden entlang, welche die Insel, Wälder wie Ebenen, kreuz und quer durchziehen. Als meine Füße das niedrige Gras streiften, vernahm ich ein Klicken, das, wie ich vermutete, von einem Insekt stammte, vielleicht einem Geradflügler. Fasziniert von dem Geräusch, beugte ich mich hinunter und suchte nach dem Verursacher. Unter dem dichten Gestrüpp versteckt saß eine große Heuschrecke, und als ich die Hand nach ihr ausstreckte, streifte ich die Ährenrispe einer kleinen Pflanze. Wieder dieses Klicken, und gleichzeitig stiegen winzige gelbe Rauchwölkchen auf. Als ich mit der Hand über die Pflanze streifte, eine Wicke mit dünnen Stengeln und schmalen Blättern, vernahm ich wieder das Geräusch und sah die Wölkchen. Es war also nicht das Insekt, das dieses Phänomen verursachte, sondern die Pflanze.

Du kennst den Gemeinen Stechginster Englands, dessen Schoten im Spätsommer bei der leisesten Berührung aufplatzen und ihre Samen überallhin aussenden. Die Samen der Wicke verbreiten sich auf ähnliche Weise. Ihre Blüten sehen aus wie Kleedolden und reifen zu länglichen Schoten von etwa zwei Zoll Länge heran. Sind die Samen reif, entsteht in den beiden Hälften der Schote ein solcher Druck, daß sie bei der kleinsten Berührung aufspringt. Die Ursache für die Wölkchen, die ich für gelben Rauch gehalten hatte, ist ein Pulver, das ebenfalls in der Schote enthalten ist. Als ich mit der Hand den Verlauf der Pflanze am Boden weiter verfolgte, trat noch mehr Samen und Pulver aus. Auch entdeckte ich weitere Insekten, zumeist Schaben, die scheinbar unter der Pflanze Schutz suchten, aber als ich sie in die Hand nahm, sah ich, daß das keineswegs der Fall war. Sie und die große Heuschrecke, die ich zuerst bemerkt hatte, waren tot.

Der Tod ist auf Erden nichts Ungewöhnliches. Von jeder Generation sterben mehr, als am Leben bleiben, warum also ist unsere Welt nicht ein riesengroßes Leichenhaus, das knietief mit den Kadavern toter Tiere bedeckt ist? Wohl deshalb, weil der Prozeß der natürlichen Zuchtwahl, der zur Entstehung so zahlloser unterschiedlicher Arten geführt hat, uns eine ganze Armee von Totengräber beschert hat, deren Leben den Toten gewidmet ist. Sobald ein Tier oder eine Pflanze stirbt, wird ein Soldat dieser leichenfressenden Truppe darauf aufmerksam, und der Auflösungsprozeß nimmt seinen Lauf. Manchmal wird der Kadaver als Ganzes verschlungen, manchmal zergliedert und vergraben, manchmal *in situ* verspeist – von Lebewesen, klein wie ein Bakterium oder groß wie ein Geier. Nur wenige Kadaver bleiben länger als einen Tag unversehrt. Wie also ließ sich die Anwesenheit so vieler toter kleiner Insekten im Umkreis meiner knisternden Wicke erklären? Mit Sicherheit waren sie erst vor kurzem verendet, und die Armee der Leichenfresser hatte noch keine Zeit gehabt, sie aufzuspüren. Wenn dem so war, lautete die nächste Frage: Auf welche Weise waren sie ums Leben gekommen? Die Lösung dieses Rätsels lag unmittelbar vor mir, aber es dauerte eine ganze Weile, bis ich sie erkannte.

Es ist meine feste Überzeugung, daß Wasser mit Stoff kaum behutsamer umgeht als mit der Haut, aber seit meiner Ankunft auf der Insel habe ich gelegentlich meine Kleider gewaschen, wenn ich das Gefühl hatte, daß sie unbehaglich und steif wurden. Meine bevorzugte Methode besteht darin, mich in voller Montur in mein Badebecken zu legen, dann die Kleider auszuziehen und sie im Wasser aneinanderzureiben; es ist verblüffend, wie viele Fremdstoffe dabei herausgespült werden. Eines Abends, kurz nach meiner Entdeckung der knisternden Wicke, war ich mit dieser Tätigkeit beschäftigt, als ich bemerkte, daß mit den Wasserkäfern, einer Zierde meines Beckens, etwas nicht stimmte. Anstatt ihre Kreise über der Wasseroberfläche zu ziehen, trieben sie im Wasser und rührten sich kaum vom Fleck. Konnte ihre Not durch etwas verursacht sein, das ich ins Wasser geleitet hatte, womöglich mit meiner Kleidung? Es dauerte nur wenige Sekunden, bis ich den Zusammenhang zwischen den Käfern und den toten Insekten vom Vortag hergestellt hatte. Der Grund mußte das gelbe Pulver sein, das an meinen Kleidern hing. Der Beweis für diese Hypothese war einfach. Das gelbe Pulver aus den Schoten der Wicken ist in der Tat ein wirksames Gift gegen alle Insekten. Ich habe es mit großem Erfolg bei verschiedenen Arten ausprobiert; dazu sammle ich die Wickenschoten in einem Tuch und bestäube meine Erbsenpflanzen mit dem Gift. Wahrscheinlich ist der Staub auch für die knisternden Wicken selbst von Vorteil, da er Insekten abhält, die die Samen oder Sämlinge schädigen könnten. Ich habe die Pflanze *Vicia curculiolus* genannt.

Während der gemeinsam verbrachten Tage öffnete ich immer wieder Charleys geschnitztes Holzkästchen und labte mich am Anblick des goldenen Skarabäus, und je länger ich ihn betrachtete, desto größer wurde mein Verlangen, ihn zu besitzen.
»Diesen da kann ich Ihnen nicht geben«, sagte Charley lachend, »aber ich besorge Ihnen einen anderen.«
Er versprach mir, seinem Seemannsfreund, von dem er den Käfer hatte, eine Nachricht zu schicken, und schlug vor, gemeinsam naturgeschichtliche Forschungen zu unternehmen.
»Vielleicht finden wir selbst einen solchen Käfer, dann sparen Sie einen Haufen Geld.«

In den folgenden Wochen machten wir mehrere kurze Ausflüge ins Hinterland und hatten viel Zeit zum Sammeln (meistens zusammen mit Einheimischen, den Dayak oder Toala, die beim Fang lebender Tiere ein einzigartiges Geschick bewiesen) und zum Gespräch. Charley besaß eine rasche Auffassungsgabe, er war ein eifriger Schüler und besonders wißbegierig, was die Klasse von Insekten betraf, für die der englische Naturforscher solche Verachtung hegte und aus der er zugleich so großen Gewinn zog; auch die theoretischen Aspekte der Naturgeschichte interessierten ihn.

»Warum«, fragte Charley, als wir eines Nachmittags, nach Makassar zurückgekehrt, auf dem Balkon des Sultanspalastes saßen, wo ich meine Frachtlisten durchging und er seine Käfer nadelte, »warum sind manche Arten einander so ähnlich und andere so verschieden?« Er hielt ein Exemplar in die Höhe, das er vor kurzem entdeckt und genadelt hatte und dessen Beinchen noch immer langsam in der Luft ruderten (mir war bereits aufgefallen, daß Charley eine merkwürdige Gleichgültigkeit gegenüber dem Leiden von Tieren an den Tag legte und keineswegs immer sein Tötungsglas benutzte).

»Hier zum Beispiel, hier habe ich einen neuen Käfer.« Er hielt ihn sich dicht vor die Augen. »Er gehört der Gattung *Hyperchorion* an, wenn ich nicht irre«, fügte er stolz hinzu, das »H« besonders stark betonend. Es war ein prächtiger grün-bronzefarbener Bockkäfer, dessen Deckflügel im Sonnenlicht schillerten. »Schön, nicht?«

Dann hielt er einen zweiten Käfer in die Höhe.

»Und dieser hier ist auch ein *Hyperchorion*, wie Sie mir gesagt haben. Den habe ich letztes Jahr in Penang entdeckt. Zwei unterschiedliche Species aus unterschiedlichen Teilen dieses

Archipels und doch einander so ähnlich, daß man sie nur mit einer Lupe unterscheiden kann.«

Die Käfer sahen tatsächlich genau gleich aus, obwohl ich an Charleys Ausführungen keinerlei Zweifel hegte. Dann hielt er zwei weitere Käfer hoch, die dick und rund waren wie große Marienkäfer, der eine schwarz mit einem roten Punkt auf dem Deckflügel, der andere hellgrün und nur halb so groß.

»Und jetzt sehen Sie sich diese hier an«, sagte er. »Sie sind unterschiedlich, nicht, aber den Büchern zufolge gehören sie derselben Gattung an, *Chrysomelus*. Wie kann das sein?«

Ich hatte Charley bereits einiges über die Theorie erzählt, und ich wußte, daß er den Schöpfer dabei nicht vermißte. Aber ich wollte sehen, ob er die Sache selbständig weiterdenken konnte.

»Könnte es nicht sein«, erwiderte ich, »daß die Männer, die sie benannt haben, unterschiedliche Kriterien benutzten? Der eine konzenztrierte sich auf die Farbe, der andere auf die Form. Hätte man einheitliche Kriterien verwendet, wären deine beiden Käfer unterschiedlichen Gattungen zugeordnet worden, und die Verwirrung wäre erst gar nicht entstanden.«

Charley dachte eine Weile nach, dann sagte er: »Gut, aber dann beantworten Sie mir die folgende Frage: Selbst wenn das, was Sie sagen, richtig wäre, haben manche Gruppen, gleichgültig, ob Sie sie als Gattung, Familie, Ordnung oder was auch immer bezeichnen, trotzdem mehr Species als andere. Warum gibt es mehr Käfer als Schmetterlinge und mehr Vögel als Fledermäuse?«

Ich kannte natürlich die Antwort, die Theorie erklärte alles, aber ich fuhr mit meinem sokratischen Fragespiel fort.

»Könnte es nicht sein, daß der menschliche Geist auch hier wieder die Ursache deines Dilemmas ist? Was sind denn die

Ähnlichkeiten, aufgrund derer wir Dinge, seien sie belebt oder unbelebt, zu Gruppen zusammenfassen? Sind es nicht schlicht nur subjektive Beurteilungskriterien?«

Mit zusammengekniffenen Augen und gespitzten Lippen wartete Charley, daß ich fortfuhr.

»Der Bibel zufolge«, sagte ich, »wurde Jonas von einen großen Fisch verschluckt. Wir modernen Naturforscher sagen, er sei von einem Wal verschluckt worden, den wir nicht als Fisch, sondern als Säugetier klassifizieren. Aber ist das nicht rein subjektiv? Wenn wir alle Lebewesen mit Flossen als Fisch definieren, ist der Wal ein Fisch. Wenn wir alle Lebewesen, die ihre Jungen säugen, als Säugetiere definieren, ist der Wal ein Säugetier. Beide Zuordnungen ergeben sich logisch aus ihrer jeweiligen Definition, und wer kann sagen, welche die richtige ist?«

»Dann meinen Sie also, daß solche Klassifikationen gar nicht der Wirklichkeit entsprechen, daß sie nicht in der Natur selbst angelegt sind?«

Ich nickte, und Charley starrte schweigend auf seine Käfer.

»Aber ich glaube nicht, daß das stimmt«, sagte er schließlich. »Es ist mehr als das. Was wäre, wenn doch etwas dahintersteckte?«

»Wie meinst du das?«

»Sehen Sie«, sagte er und hielt die Käfer erneut in die Höhe. »Diese beiden Käfer. Könnten sie nicht in der Weise einander ähnlich sein, wie Geschwister einander ähnlich sind?«

»Aber deine Käfer gehören unterschiedlichen Arten an, Geschwister sind sie nicht.«

»Gut, dann also nicht Geschwister, sagen wir Vettern, sehr entfernt verwandte Vettern.«

Charley war auf dem richtigen Weg.

»Dann meinst du also, daß die Käfer zwar heute unterschiedlichen Arten angehören, aber aus einer einzigen Art entstanden sind?«

»Ja, genau«, sagte er, stand auf und trat ans Geländer. Als er sich wieder zu mir umwandte, stand ihm die Erregung ins Gesicht geschrieben.

»Und denken Sie«, sagte er. »Das würde alles erklären. Genau wie manche Familien bei uns groß und andere klein sind.«

»Ja, Charley, das würde einiges erklären, aber nicht alles. Deine Idee ist nicht neu. Die Idee, daß ähnliche Pflanzen und Tiere miteinander verwandt sind, daß sie sich aus gemeinsamen Vorfahren entwickelt haben, wurde immer wieder vorgetragen. Wie du sagst, es erklärt die Ähnlichkeit und vielleicht auch die Verschiedenheit. Aber es wirft viele neue Fragen auf. Wie haben sich deine beiden Verwandtschaftslinien getrennt, Charley? Gehörst du einer anderen Art an als dein Vetter? Nein, du gehörst derselben Art an. Verwandtschaftslinien, auch wenn sie sich verzweigen, bringen immer nur ihre eigene Art hervor.«

Charley schwieg erneut, und erst am folgenden Tag und wieder in der ruhigen Stunde, in der wir jeden Nachmittag unsere neuen Funde präparierten, kam er erneut auf das Thema zu sprechen.

»Ich habe über unser Gespräch nachgedacht«, begann er, »über das Problem der Arten. Ich weiß, daß das, was Sie sagen, richtig ist. Tiere bringen stets nur ihre eigene Art hervor. Aber man kann sie verändern, nicht? Und wie ist es beim Menschen? Man kann auch Menschen verändern.«

»Wie meinst du das?«

»Nehmen wir die Dayak. Sie sind anders als wir, nicht wahr? Sie sind klein und dunkelhäutig; sie sind für den Dschungel gemacht, könnte man sagen. Sogar ihre Gesichter sehen anders aus. Das gleiche gilt für die Chinesen und für die Malayen. Sie alle sind unterschiedlich, nicht? Aber wenn sich beispielsweise ein weißer Mann mit einer malayischen Frau zusammentut, sehen deren Kinder keineswegs alle gleich aus. Die einen sind Mischlinge, aber andere sehen ganz malayisch aus oder beinahe wie Weiße.«

Jetzt folgte er der falschen Spur. Ein kleiner Anstoß würde ihm auf die Sprünge helfen.

»Aber Charley«, sagte ich, »hast du je darüber nachgedacht, daß die Menschen unterschiedliche Farben haben? Wenn Adam und Eva weiß waren, wieso gibt es dann schwarze, braune oder gelbe Menschen?«

»Keine Ahnung«, erwiderte er.

»Wenden wir dieselben Regeln, die wir auf die Tiere anwenden, einmal auf den Menschen an. Nehmen wir an, Adam und Eva oder sonst einer unserer fernen Vorfahren sei tatsächlich weiß gewesen. Ist dir nicht aufgefallen, daß es sogar unter den weißen Rassen viele Varietäten gibt? Haarfarbe, Augenfarbe, in gewissem Maße sogar Hautfarbe.«

»Ich weiß. Rothaarige Iren, schwarzhaarige Waliser, blonde Engländer. Ich denke, ich bin Waliser.«

»Ja, vielleicht. Aber selbst innerhalb einer Familie, deren Kinder alle ihren Eltern ähnlich sehen, kann das eine rothaarig, ein anderes schwarzhaarig und ein drittes blond sein. Eines ist groß, ein anderes klein, eines ist dünn und ein anderes dick. Es ist dasselbe wie bei deinem Beispiel mit dem weißen Mann und der malayischen Frau. Nicht wahr?«

»Aber das spielt im Grunde keine Rolle. Es ist doch egal, welche Haarfarbe man hat.«

»Wirklich, Charley? Nimm die Dayak, die Toala; genau wie du

gesagt hast, sind sie für den Dschungel gemacht. Es spielt für sie durchaus eine Rolle, welche Haarfarbe und welche Hautfarbe sie haben und wie groß sie sind. Was würde mit einem Toala passieren, der hellhäutig und blond ist? Würde er sich verstecken können, wenn er im Wald unterwegs und auf der Jagd ist? Würde er, wenn er großgewachsen ist, zwischen den Büschen und Kriechpflanzen hindurchschlüpfen können? Ein solcher Mensch würde in der Welt, die die Toala bewohnen, nicht lange überleben.«

»Das leuchtet mir ein, aber wie sind sie so geworden?«

»Durch denselben Mechanismus, durch den sie ihr Aussehen beibehalten und über den wir gesprochen haben, durch natürliche Zuchtwahl. Obwohl, wie du richtig bemerkt hast, jede Art immer nur ihre eigene Art hervorbringt, gibt es dennoch viele Varietäten. So wie wir Engländer mit unterschiedlicher Haar-, Augen- und Hautfarbe zur Welt kommen, so ist es auch bei den Toala. Aber ein Toala-Kind, das mit hellerer Haut zur Welt kommt, hat gegenüber seinen Geschwistern einen Nachteil. Hier draußen im Wald ist es für die Beute, die es jagen will, wie auch für Raubtiere gut sichtbar. Und in Notzeiten wird dieses Kind verhungern oder einem Leoparden zum Opfer fallen. Aber weil diese Kinder sterben, bevor sie selbst Kinder bekommen, wird der Nachteil, den sie mitbringen, nicht weitergegeben. Die Natur selektiert ständig diejenigen Individuen, die den Verhältnissen, in die sie hineingeboren sind, am besten angepaßt sind.«

»Ah, jetzt verstehe ich«, sagte Charley, und er fing an, weitere Beispiele anzuführen. Schon bald wußte ich, das er die Grundidee der natürlichen Zuchtwahl erfaßt hatte und daß ihm die Theorie genauso einleuchtete wie mir. Voller Stolz bewunderte ich Charleys Intelligenz fast ebensosehr wie seine Schönheit.

Daß Charley die Theorie so schnell begriffen hatte, lag teilweise an seiner Intelligenz und seiner angeborenen Neugier, teilweise aber auch daran, daß ihm keine religiösen Dogmen im Wege standen. Obwohl man ihm als Kind regelmäßig starke Dosen religiöser Erziehung verabreicht hatte, konnte diese Arznei seinem tiefverwurzelten Atheismus nichts anhaben. Das zeigte sich auch bei seinem sonderbaren Mangel an Gespür für das Leiden von Tieren. Charley schien Tiere nicht als Lebewesen anzusehen. Für ihn waren sie nur Funde, die er sammelte, tötete und präparierte, gleichgültig ob es sich um einen Vogel oder um einen Käfer handelte. Vögel und kleinere Säugetiere tötete er vorzugsweise, indem er sie drückte, bis sie erstickten. »Eine Schlange macht es genauso«, pflegte er zu sagen. Manchmal drückte er sie, bis sie fast ihr Leben aushauchten, dann lockerte er seinen Griff, damit sie sich wieder erholen konnten. Diesen Vorgang wiederholte er oft mehrmals hintereinander, und er wußte ganz genau, wann der Erstikkungstod eintrat, so daß er manche Tiere immer wieder an den Rand des Todes brachte. Dabei ging es Charley keineswegs darum, seinen Fund optimal zu konservieren. Er tat es nur so zum Spaß und bestritt dies auch gar nicht, als ich ihn deswegen zur Rede stellte.

»Es ist doch ein harmloser Spaß, schließlich ist es nur ein Tier«, erwiderte er lächelnd. »Wie viele Tiere haben Sie schon getötet? Sie töten die ganze Zeit Tiere für Ihre Sammlung, ganz zu schweigen von denen, die Sie verzehren. Mißfällt es Ihnen, daß ich meinen Spaß dabei habe?«

»Aber Charley«, widersprach ich, »wenn ich töte, um zu essen, dann aus Notwendigkeit. Wir Menschen gehören zu den Fleischfressern. Wir müssen töten, um uns zu ernähren, genau wie der Löwe oder der Wolf.«

»Und wie ist es mit den Tieren, die Sie töten und abhäuten oder in Flaschen aufbewahren? Die essen Sie doch nicht.«

»So wie wir Menschen essen müssen, streben wir auch nach Erkenntnis. Das ist uns angeboren; es ist unser Segen und unser Fluch. All unser heutiges Wissen über die Naturgeschichte verdanken wir dem Sammeln und Sezieren. Du bist jetzt ein Naturforscher, Charley, sei dir dessen bewußt. Aber wir müssen uns hüten, nicht unnötiges Leiden zu verursachen, wenn wir töten.«

Charley hörte sich meinen kurzen Vortrag schweigend an, dann sagte er:

»Warum?«

»Warum? Wie meinst du das, warum?«

»Warum das alles?« Charley lächelte mich an. »Warum müssen wir töten, um zu essen? Und gibt es nicht Menschen, die kein Fleisch essen und trotzdem lange leben? Warum müssen wir nach Erkenntnis streben? Gibt es nicht Männer und Frauen, die unwissend bleiben und trotzdem ein glückliches Leben führen? Und warum, mein kluger Freund, dürfen wir kein Leiden verursachen, wenn wir doch ständig genau das tun? Weil wir dafür bestraft werden? Von wem? Von Gott? Aber Sie sagen doch, daß Sie nicht an Gott glauben. Von Menschen? Warum sollte ein Mensch jemanden bestrafen, der ihm keinen Schaden zufügt?«

Was Charley sagte, war völlig richtig. Wenn ich das Töten so sehr verabscheute, warum tötete ich dann selbst? Ich hatte oft von Menschen, ja von Menschenrassen gehört, die kein Fleisch essen und offenbar trotzdem lange leben und gesund bleiben. Und welchem Zweck dienten die wissenschaftlichen Erkenntnisse, die ich oder wer auch immer durch Sammeln und Sezieren anhäuften? War ich in meiner wissenschaftlichen

Welt glücklicher, war ich mehr wert als ein Dayak, der in einer Welt der Mythen und Legenden lebte? Und wenn ich, wie ich oft behauptete, nicht an Gott glaubte, was war dann die Prämisse für meine Forderung, das Leiden anderer Lebewesen zu vermeiden und andere anzuhalten, dasselbe zu tun? Obwohl ich keine Worte fand, es zu erklären, wußte ich, daß ich recht hatte, so wie ich als Kind gewußt hatte, daß ich die Existenz Gottes zu Recht leugnete.

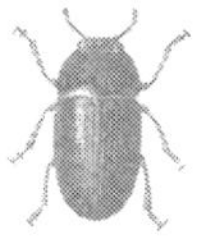

KAPITEL 22

Schönheit ist subjektiv und objektiv zugleich, sie liegt ebensosehr im Auge des Betrachters wie im Körper des Betrachteten. Je mehr wir der Kindheit entwachsen, desto mehr nimmt unsere Fähigkeit zu, schöne Dinge wahrzunehmen, auch wenn es oft schwierig ist, die Schönheit besonders großer oder besonders kleiner Dinge zu erkennen, da wir mit Dingen unserer eigenen Größenordnung aufwachsen. Kinder haben wenig Sinn für Landschaften, für das Erhabene oder das Malerische; diesen Sinn entwickeln sie erst mit dem Alter (oder nach der Lektüre Gilpins).[45] Umgekehrt kommt vielen Kindern, wenn sie erwachsen werden, das Staunen über die Schönheit der kleinen Dinge abhanden. Zu den wenigen Glücklichen, die sich diese Fähigkeit bewahrt haben, gehören viele Naturforscher. Verfügt der Naturforscher über ein Mikroskop, entdeckt er immer neue Welten von ungekannter Schönheit.

Mein Studium der Naturgeschichte dieser Insel beschränkt sich nicht auf die Geschöpfe, die mit bloßem Auge erkennbar sind. Obgleich fasziniert von den Bäumen und Spinnen, den Vögeln und Käfern, enthüllte mir mein Coddington Geschöpfe von nicht geringerer Wunderkraft und Schönheit, selbst wenn sie ihr ganzes Leben in einem Teelöffel voll Erde oder in ein paar Tropfen Wasser verbringen. Ich habe hier ein ganzes System von Geschöpfen entdeckt, die in einem einzigen Tautropfen geboren werden, leben und sterben.

Tau ist auf meiner tropischen Insel keineswegs so ungewöhnlich, wie man vermuten könnte. Ich bin der Auffassung, daß dieses Phänomen eher eine Folge der Kondensation als des Niederschlags ist und von der relativen und nicht von der absoluten Temperatur abhängig ist. Das Klima mag noch so heiß sein, wenn der Unterschied zwischen der Tages- und Nachttemperatur groß genug ist, bildet sich Tau. Obwohl die Nächte nach europäischem Maßstab nicht besonders kalt sind, glitzern nach einem trüben Tag und einer klaren Nacht Millionen von Tautropfen wie Glassplitter im Gras vor meinem Haus. Wie lange sich die Tropfen halten, hängt vom Wetter ab. An sonnigen Tagen verschwinden sie binnen einer Stunde nach Tagesanbruch, aber diese kurze Zeitspanne genügt, damit sich ein ganzes Lebensgefüge von der Kindheit über das Erwachsenenleben und das Alter bis zum Tod entfaltet.

Meine Entdeckung der im Tau lebenden Geschöpfe verdanke ich keiner großen wissenschaftlichen Anstrengung, sondern schlichter Neugier. Seitdem Robert Grant mir in Edinburgh gezeigt hat, daß ein einziger Wassertropfen, sei es aus dem offenen Meer oder aus der schmutzigsten Kloake, eine Vielzahl winzigster Lebewesen enthält, habe ich mich oft damit vergnügt, Wasserproben aus einem mir unbekannten Gewässer durch mein Mikroskop zu betrachten. Rädertierchen rollen durch das Wasser eines Teichs, Bärtierchen tapsen zwischen den fadenförmigen Wurzeln von feuchtem Moos umher, Fadenwürmer schlängeln sich zwischen Erdkörnern hindurch – und sie sind eine nicht minder reiche Quelle des Staunens und Entzückens als ein farbenprächtiger Papagei oder eine tanzende Libelle. Gegen Ende der langen Regenzeit folgte auf mehrere stürmische Tage und Nächte ein Abend, an dem die Wolken sich verzogen und einer klaren, windstillen Nacht wichen. Ich schlief in jener Nacht sehr viel tiefer als in den vorhergehenden Wochen, und als ich bei Tagesanbruch erwachte, glitzerten im Gras vor meinem Haus die Tautropfen. Da kam mir der Gedanke, mir einen von ihnen genauer anzusehen. Ich holte eine Glasplatte aus meiner Kiste, fing einen einzelnen Tautropfen, legte rechts und links davon ein Haar von meinem Kopf und deckte eine zweite Glasplatte darauf. Die beiden Platten schob ich sodann unter das Mikroskop und stellte es scharf, bis ich auf der Glasplatte ganz deutlich kleine Staubflecken erkannte; durch die Glasschicht hindurch blickte ich auf die haardünne Wasserschicht. Und plötzlich schwamm ich in einem Tautropfen; aber ich war keineswegs der einzige Schwimmer. Kleine Klümpchen lebender grüner Nadeln erzitterten darauf. Gestaltlose, durchsichtige Formen schossen in einem Fleck Protoplasma vorbei. Ich sah ein dunkles, kribbelndes Etwas, das aussah wie Gliedmaßen, deren Besitzer beunruhigenderweise außerhalb meines Blickfelds lag. Aber im Laufe der folgenden Stunde gelang es mir, mir ein vollständiges Bild von diesen vielfältigen Erscheinungen zu machen. Es war nicht weniger bemerkenswert als die vielen anderen Dinge, die ich bisher auf meiner Insel entdeckt hatte.

Destilliert aus purer Luft und nichts anderes als kondensiertes Wasser, ist Tau der Inbegriff von Reinheit. Wie aber kann in einem Tautropfen Leben existieren? Die Antwort lautet, daß Tau nicht frei in der Luft schwebt, aus der er sich ablagert, sondern sich an irdische Objekte bindet. Auch ein Grashalm, der dem bloßen Auge rein und makellos erscheint, ist unter der Linse des Mikroskops voller Ablagerungen. Seine Oberfläche ist nichts anderes als ein Staubfänger, eine stachelige Palisade, um jedes Stäubchen, das an ihm vorüberzieht, einzufangen. Wenn sich ein Tautropfen auf dem Grashalm niederschlägt, vermischt sich der Staub auf dessen Oberfläche mit dem Trop-

fen, und für winzige Lebewesen wie Bazillen bietet schon ein einziges solches Staubkorn genügend Nahrung zum Wachstum.
Der Tautropfen, den ich unter meinem Mikroskop betrachtete, enthielt eine Vielzahl solcher Bazillen. Sie waren die grünen Nadeln, die ich bereits erwähnte, auch wenn ich mir im ersten Augenblick nicht erklären konnte, warum sie grün waren. Erst als ich entdeckte, wie ein Klümpchen solcher Nadeln von einer Amöbe eingeschlossen wurde, und beobachtete, wie sich die winzigen Körper auflösten, sah ich, daß der grüne Farbstoff in kleinen Zellen oder Körnchen enthalten war. Sie erinnerten an die winzigen Kügelchen in den Pflanzenzellen, die Chlorophyll enthalten, und brachten mich auf den Gedanken, daß die Bazillen womöglich wie die Pflanzen das Sonnenlicht dazu verwenden, Wasser, die im Tautropfen gefangene Luft und die Mineralien des Staubs in den Stoff umzuwandeln, aus dem sie selbst gemacht sind. Einen weiteren Beleg für diese Vermutung erhielt ich, als ich später einen Tautropfen *in situ* untersuchte.
Es war ein schwieriges Unterfangen, den Tautropfen vom Grashalm unversehrt auf mein Mikroskop zu transferieren, aber trotz meiner Jahre habe ich eine ruhige Hand, und schon bald hatte ich mein Instrument auf einige grüne Bazillen im Innern des Tropfens gerichtet. Zu meinem größten Erstaunen entdeckte ich, daß sie nicht am Grund des Tropfens saßen (wo sich dank der Schwerkraft die meisten Ablagerungen sammeln), sondern wie ein Schwarm zappelnder grüner Fische in dessen Mitte schwammen. Wie gewöhnlich hatte ich meine Probe mit Sonnenlicht aus einem Spiegel beleuchtet, als eine Wolke die Sonne verdeckte und den Tropfen unter meinem Mikroskop überschattete. Sogleich breiteten sich die Bazillen

in dem Tropfen aus, und ich brauchte eine Weile, bis ich die Ursache für diese Reaktion gefunden hatte. Das Sonnenlicht konzentriert sich in der Mitte eines Tautropfens, wo es durch die konvexe Form von dessen Oberfäche verstärkt wird. Für Lebewesen, die sich tatsächlich vom Licht ernähren, ist dies die günstigste Position. Wenn durch die Wolken das Sonnenlicht schwächer wird, verlassen die Bazillen ihren üppigen Weideplatz, um sich im umliegenden Ödland umzusehen. Daß derart winzige Geschöpfe offenbar in der Lage sind, sich in einem Tautropfen nicht nur nach den Gesetzen des Zufalls zu bewegen, sondern tatsächlich sehen können, erschien mir in der Tat als ein Wunder. Ich bin unlängst zu dem Schluß gekommen, daß Herr Haeckel, obwohl ein wertvoller Verbündeter der Theorie und ihrer Verbreitung, eine allzu vereinfachende Sicht der Organisation des Tierreichs und insbesondere der Kleinstlebewesen vertritt. Es gibt unter den Arten und unter den Grundformen sehr viel mehr Lebewesen, als seine schlichte Kategorie der *Infusorien* zu fassen imstande ist. Ich schlage vor, meine photophilen Bazillen als die Typus-Art[46] eines vollkommen neuen Stammes zu beschreiben, der ich den Namen *Photophilia* gebe.

Zwar waren die Bazillen zu klein, als daß ich ihr Fortpflanzungsverhalten hätte studieren können, auffallend war jedoch die enorme Vermehrung ihrer Zahl innerhalb einer Viertelstunde. Für einen Taubazillus, dessen Leben nicht länger währt als das des Tautropfens, in dem er sich entwickelt hat, sind fünfzehn Minuten das halbe Leben. Aber so schlicht uns das Dasein dieser Kreaturen auch erscheint, haben diese Bazillen, wenn sie mit ihren Artgenossen durch das nährende Medium eines Tautropfens schwimmen, im Sonnenlicht baden und sich unablässig vermehren, dennoch Feinde, so wie das

Schaf im Wolf seinen Feind hat. In einem Tautropfen gibt es auch Amöben.
Diese Animalcules habe ich erstmals in der dünnen Wasserschicht zwischen zwei Glasscheiben beobachtet; sie bewegten sich über die Wasseroberfläche und stellten sich den Bazillen in den Weg. Ich entdeckte, daß sie in ihrem natürlichen Zustand innerhalb des intakten Tropfens gar keine so furchterregenden Feinde sind. Denn die Amöben, die weder Geißel noch Wimper besitzen, können nicht schwimmen, sondern müssen auf dem Grund des Tropfens entlangkriechen, wo nur wenige Bazillen zu finden sind. Diesen Mangel an Bewegungsfreiheit machen sie jedoch dadurch wett, daß sie ihren Körper auf bemerkenswerte Weise ausdehnen können. Vielleicht hast Du einmal die Rattenschwanzmade einer Schlammfliege gesehen, die langsam fließende oder stehende Gewässer bewohnt, seien es Bäche oder Brackwasser. Sie hat zwar die Gestalt einer Larve, kann aber ihre hinteren Segmente auf die zehnfache Körperlänge ausdehnen und bildet so eine dünne, schwanzähnliche Röhre, die ihr auf der Oberfläche des Wassers das Atmen ermöglicht. Die Tautropfenamöbe macht es ähnlich. Sie muß zwar auf dem Grund eines Tautropfens entlangkriechen, kann aber in senkrechter und waagrechter Richtung ein langes Organ ausfahren, das in das Zentrum der Flüssigkeit reicht. Es handelt sich um einen Tentakel, mit dem sie nicht atmet, sondern Bazillen fängt, die sie ihrem Körper zum Fressen und Verdauen zuführt.
Sie sind zwar gefährliche Feinde der Bazillen, werden aber selbst von Feinden bedroht, von einem Ungeheuer, das mit seiner furchtbaren Kraft und Gefährlichkeit die Wände eines Tautropfens erschüttert und eine so gigantische Größe erreicht, daß es fast mit bloßem Auge zu erkennen ist: die Milbe.

Ausgestattet mit acht kräftigen Beinen zum Gehen und Schwimmen, der Kopf mit sechs großen Augen besetzt, um die Beute zu sichten, und mit Mundwerkzeugen so scharf und kräftig wie ein schottischer Dolch, sticht diese furchterregende Kreatur ihre Beute und saugt ihr den Saft aus. Fast in jedem Tautropfen befindet sich eine Milbe, fast nie mehrere. Diese Herrin der Sphären durchstreift zielstrebig ihr winziges Reich, beständig auf der Suche nach neuer Nahrung. Wie ihre alles erspähenden Augen sind auch ihre Kiefertaster extrem lang und bewegen sich unablässig im Wasser. Wenn sie eine Amöbe berühren, wird diese augenblicklich mit den scharfen Mundwerkzeugen aufgespießt und ausgesaugt. Die Milbe tötet ihre Beute nie. Wenn sie die Amöbe auf ihre halbe Größe reduziert hat, läßt sie sie liegen. Bald hat sich die Amöbe von diesem Angriff erholt und startet erneut ihren eigenen Beutezug gegen die Bazillen.

Wir sind es gewohnt, zwischen Raubtieren und Parasiten zu unterscheiden. Raubtiere sind gefährliche Kreaturen, die ihre Beute mit körperlicher Kraft oder Schläue fangen, während Parasiten sich von ihrem Wirt ernähren, ohne ihn zu töten. Die Tautropfenmilbe gehört in beide Kategorien, was uns daran erinnert, daß die Grenze zwischen Raubtier und Parasit nicht immer scharf gezogen ist. Am Kap gibt es Stämme von Rinderhirten, die zwar die wilden Tiere in ihrer Umgebung jagen und essen, die gezüchteten Tiere, die sie so sorgsam hüten, aber nur selten töten und verspeisen; sie trinken vielmehr eine Mischung aus Milch und Blut, das sie aus den Halsadern der Rindern abzapfen. Damit sind auch die Menschen zugleich Räuber und Parasiten, wie die Milben, die in den Tautropfen auf meiner Insel leben. Ich habe der Milbe den Namen *Acarus cosmilus* gegeben.

KAPITEL 23

Meiner Abreise aus Makassar sah ich mit gemischten Gefühlen entgegen. Ich musste Charley zurücklassen, und obgleich ich mir eine wertvolle Ladung Canangaöl gesichert hatte, besaß ich immer noch keinen goldenen Skarabäus; unsere Suche in der Umgebung von Makassar hatte kein einziges Exemplar erbracht. Am Tag vor meiner Abreise aus Makassar erinnerte ich Charley an sein Versprechen. Er versicherte mir, daß sein Seemann unterdessen sicherlich einen weiteren Skarabäus erworben hatte, und brach sogleich in die Stadt auf. Am Abend kam er mit enttäuschenden Nachrichten zurück. Sein einäugiger Seemann war spurlos verschwunden; Charley hatte den ganzen Tag damit verbracht, ihn zu suchen oder einen weiteren Skarabäus zu finden, ohne Erfolg.

Natürlich hatte die Erörterung der Theorie mit Charley Erinnerungen an Bobby wachgerufen. Seinem letzten Brief, den ich vor meiner Abreise aus Sydney erhalten hatte, entnahm ich, daß er von einer Veröffentlichung der Theorie noch genausoweit entfernt war wie seinerzeit, als wir in Sydney darüber diskutiert hatten. Die Theorie war jetzt sein eigen, aber was nützte ihm das, wenn sie nicht ans Licht der Öffentlichkeit gelangte. Vermutlich hielt ihn nach wie vor seine Ehrfurcht vor dem religiösen Dogma davon ab, sie zu veröffentlichen. Für den Aufschub fand er stets Ausflüchte, Zweifel ließen ihn zaudern. Aber vielleicht konnte ich dazu beitragen, seine Bedenken zu zerstreuen. Ich hatte England vor dreiundzwanzig Jahren verlassen. Die Frau, derentwegen ich in die Verbannung ging, war mit meinem besten Freund glücklich verheiratet; die beiden Männer, die mich ins Unglück gestürzt hatten, waren längst tot; ich hatte in Australien im Laufe der Jahre so viel Geld gemacht, daß ich mich für den Rest meiner Tage zur Ruhe setzen und ein angenehmes Leben führen konnte.

»Warum kommst du nicht mit mir in die Heimat zurück, Charley?» fragte ich ihn aus heiterem Himmel.

»Wohin?«

»Zurück nach Hause, nach England«, sagte ich.

»Und was soll ich dort? Ich habe kaum Geld«, erwiderte Charley.

»Du bekommst von mir fünfhundert Pfund, wenn du mir deinen goldenen Skarabäus gibst«, versprach ich.

Charley grinste mich an.

»Kann ich das schriftlich haben?« fragte er.

Ist es im Leben nicht immer so, daß uns jede große Enttäuschung härter trifft als die vorige? An jenem Maimorgen des Jahres 1855 traf mich ein Schicksalsschlag, den ich kaum ertragen konnte. Anstelle von Charley mit dem goldenen Skarabäus kam ein einheimischer Junge mit einer Nachricht an Bord. Charley könne mich nicht begleiten, stand in dem Brief, weil er seinen Teil der Vereinbarung nicht erfüllen könne. Anscheinend hatte der englische Naturforscher, als er von Charleys Plänen erfuhr, damit gedroht, falls er vertragsbrüchig werde, verlöre er nicht nur den Lohn des gesamten vergangenen Jahres, sondern auch seine Sammlung, einschießlich seiner Käfer. Da Charley alle seine Funde, auch den goldenen Skarabäus, während seiner Dienstzeit bei dem Naturforscher zusammengetragen hätte, seien sie dessen Eigentum. Das war in der Tat ein schwerer Schlag. Nicht nur weil mein Herz Charley gehörte, sondern auch weil ich mich derart auf den wundervollen Skarabäus kapriziert hatte, daß ich ihn bereits als meinen Besitz betrachtete. Jetzt, da der englische Naturforscher mein As mit seinem zweifelhaften Joker übertrumpfte, fühlte ich mich betrogen und verraten. Doch die Flut würde nicht auf Charley warten, und auch ich konnte nicht länger verweilen. Ich hatte keine Wahl, ich mußte ohne meinen Charley Allen und ohne meine Trophäe nach Singapur zurückkehren.

Niemals zuvor hatte ich so gelitten. Mir war jetzt klar, daß mein Kummer bei Bobbys Abreise an Bord der *Beagle* zuerst aus Bristol und dann vier Jahre später aus Sydney bloß Traurigkeit gewesen war. Im Rückblick gesehen war meine erzwungene Trennung von Emma eher aufregend als niederschmetternd gewesen. Erst jetzt hatte ich wahres Leid kennengelernt, wußte ich doch nun, was es hieß, an gebrochenem Herzen zu leiden. Ich, der ich stets überzeugt gewesen war, der Mangel an menschlicher Wärme, den ich schon so früh erfahren mußte, hätte mich gegenüber der Liebe unempfänglich gemacht, litt nunmehr unter dem Verlust der Liebe wie ein schwärmerisches junges Mädchen. Und dennoch nahm ein Teil meiner selbst von meinem eigenen Schmerz Abstand. Trauerte ich mehr über den Verlust Charleys oder über den Verlust des goldenen Skarabäus? Um den einen wie um den anderen spannen sich meine Zukunftspläne. Charley hätte mein Freund werden und eine Lücke in meinem Leben füllen sollen, von deren Existenz ich vorher nichts geahnt hatte, die ich aber jetzt um so schmerzlicher spürte. Der goldene Skarabäus hielt unaufgefordert einen Zukunftsentwurf bereit. Vor meinem geistigen Auge stand das Bild einer Hand mit der Trophäe, das Bild zweier Freunde, die sich voneinander entfremdet, jetzt aber wiedergefunden hatten. Der goldene Skarabäus führte mich in die Vergangenheit zurück; er war der Schlüssel zu der Tür, die man damals bei meinem Abschied von England vor mir verriegelt hatte. Beide Bilder waren mir jetzt entrissen worden, und ich sah mich in abgrundtiefe Verzweiflung gestürzt. Linderung konnte mir einzig die Wiederaufnahme meiner Handelsaktivitäten verschaffen. Si Ko Suan hatte recht behalten mit dem Macassaröl. Ich verkaufte meine Ladung am Hafen von Singapur an einen Liverpooler Kaufmann zum zwölffachen Einkaufspreis und hielt sogleich Ausschau nach einem neuen Unternehmen. Die Reparaturarbeiten an der *Cormorant* waren noch nicht beendet, und so verbrachte ich viel Zeit mit meinem alten Freund Si Ko Suan. Durch sein Netzwerk von Informanten erfuhr ich von einer sich anbahnenden Krise in Amerika.

»Es heißt, es gibt Krieg«, sagte er, »einen schrecklichen Krieg. Ich bin sicher, daß sich einige Staaten bereits bewaffnen.«

»Meinen Sie, ich sollte in dieses Geschäft einsteigen?« fragte ich.

»Nein, nein, mein Freund, dafür schätze ich Ihr Leben viel zu hoch. Gewehre töten nicht nur diejenigen, auf die man sie richtet.«

Si Ko Suan machte mich darauf aufmerksam, daß in Amerika außer Waffen und Munition auch Stoffe gebraucht wurden.

»Jeder Soldat braucht eine Uniform, nicht wahr?«

Obwohl die Amerikaner genügend Spinnereien und Webereien besaßen, hatten sie Schwierigkeiten, aus den gewohnten Quellen in Europa Wolle zu beziehen. Die Engländer wußten inzwischen, woher der Wind wehte, und verkauften nur fertig gewebte Stoffe; gleichzeitig erschwerten sie es den Amerikanern, Rohwolle aus Europa und Südamerika zu beziehen. Australien hatte zwar Wolle in Hülle und Fülle, aber einen

Großteil des Handels kontrollierten englische Kaufleute, die die Wolle auf dem Seeweg über das Kap nach England brachten. Mein Freund schlug mir also vor, australische Wolle zu kaufen und in östlicher Richtung über Kap Hoorn auf direktem Wege nach Amerika zu transportieren. Dort würde ich einen großen Markt finden.

Mit diesem Wissen gerüstet und mit den Gewinnen aus meinem Unternehmen in Makassar kehrte ich nach Australien zurück, charterte zwei schwere Dreimaster aus Newcastle, belud sie bis unters Dollbord mit Wollballen, und Ende 1855 machte ich mich mit »geschwellten Segeln und weh'nden Flaggen« nach Amerika auf.

Der Gewinn, den ich mit meiner ersten Ladung machte, ließ meine bisherigen Versuche, Handel zu treiben, geradezu lächerlich erscheinen. Mit einer Kiste voll amerikanischer Goldmünzen und mit Aufträgen für Wolle, soviel ich beschaffen konnte, kehrte ich nach Sydney zurück. Innerhalb von zwei Jahren wurden amerikanische Webereien und Spinnereien zwischen Boston und Wilmington durch Schafe aus Goulburn und den Darling Downs mit Rohstoffen versorgt. In dieser Zeit hörte ich nichts von Charley Allen, und als aus den Monaten Jahre wurden, tat die Erinnerung an ihn immer weniger weh, wenngleich ich oft an ihn dachte.

Doch je größeren Gewinn ich aus meinen amerikanischen Geschäften schlug, desto mehr schwand mein Interesse daran. Meine Gedanken wandten sich mehr und mehr dem Norden zu. Nicht das Gold beherrschte meine Gedanken, sondern der goldene Skarabäus. Ich brannte darauf, nach Ostindien zurückzukehren. Ich wußte, daß Charleys Exemplar von einem einäugigen Seemann stammte, wahrscheinlich von einem der Bugi-Piraten, die diesen Teil von Celebes unsicher machten.

Vielleicht konnte ich den Mann ja ausfindig machen? Und wenn nicht, warum sollte ich, wie Charley mir einmal vorgeschlagen hatte, nicht selbst einen solchen Käfer finden? Es dauerte eine Weile, bis ich den Entschluß gefaßt hatte, meine Suche nach dem Käfer wiederaufzunehmen, und noch länger dauerte es, bis ich meine Geschäfte geordnet hatte. Ich wußte nicht, wie lange die Reise werden würde; anstatt für dieses Abenteuer ein Schiff zu chartern, hielt ich es für ratsam, eines zu kaufen; anstatt mich auf einen Agenten vor Ort zu verlassen, der sich um meinen Besitz kümmerte, hielt ich es für ratsam, ihn zu verkaufen. Schließlich war es soweit. Ich hatte den 15. Mai 1860 für meine Abreise bestimmt, und je näher dieser Tag rückte, desto heiterer wurde ich. Ich hatte keine Kosten gescheut, das Schiff auszustatten, und auch an der Mannschaft hatte ich nicht gespart. Es war eine der bestausgerüsteten Expeditionen, die jemals in See stachen. Der Erfolg schien mir gewiß.

Am 10. April, ich hatte soeben mein Frühstück beendet und war im Begriff, aus dem Haus zu gehen, um ein letztes Geschäft abzuschließen, erhielt ich zwei Pakete mit der Post. Ich erkannte sofort Philos' Handschrift auf dem ersten Paket. Es enthielt einen Brief und ein Buch:

DIE ENTSTEHUNG DER ARTEN
DURCH NATÜRLICHE ZUCHTWAHL
ODER
DIE ERHALTUNG DER BEGÜNSTIGTEN RASSEN
IM KAMPF UMS DASEIN

Zu meiner großen Überraschung hatte Bobby die Theorie endlich veröffentlicht. Neugierig blätterte ich darin; die Kapitelüberschriften enthielten alles, worüber wir gesprochen hatten; Entstehung der zahmen Varietäten (Ancon-Schafe, Tauben und so weiter), Kampf ums Dasein, Beweiskraft der geologischen Forschungsergebnisse. Besonders überzeugend war die Darlegung der Schwierigkeiten, die mit der Entwicklung äußerst vollkommener Organe verbunden waren, über die Bobby und ich ausführlich diskutiert hatten, als wir im Weatherboard Inn eine Zwangspause einlegten. Ich blätterte weiter, und bei jeder neuen Entdeckung, die ich machte, hätte ich vor Freude beinahe laut aufgeschrien. Die Theorie war mit solcher Klarheit und Schlüssigkeit dargelegt, daß nur ein Dummkopf oder ein religiöser Eiferer noch zweifeln konnte. Ich war etwas enttäuscht, meinen Namen nicht im Text erwähnt zu finden, aber ich vermutete, daß mein Freund die Aufmerksamkeit der Rechtshüter nicht auf meinen Weggang nach Australien lenken wollte; deshalb hatte er mich auch in seinem Buch über seine Reisen mit der *Beagle* nicht erwähnt. Aber vielleicht würde ich meinen Namen ja in der Einleitung finden. Ich blätterte zurück, aber als ich die ersten Seiten des Buches überflog, verwandelte sich meine Freude in Entsetzen. Ich konnte kaum glauben, was ich da las. Ein anderer hatte genau dieselbe Theorie aufgestellt. Ein gewisser Alfred Russel Wallace, »der gegenwärtig die Naturgeschichte des malayischen Archipels studiert«, hatte Bobby eine Abschrift seiner Ausführungen zur Theorie der natürlichen Zuchtwahl mit der Bitte zur Beurteilung im Hinblick auf eine Veröffentlichung geschickt. Wallace behauptete, die Idee sei ihm Anfang 1858 gekommen, als er mit Fieber auf den Molukken darniederlag. Bobby, zum Handeln gezwungen, mußte nun also zusammen mit Wallace die Theorie in einer Sitzung der Linnaean Society vortragen, um seinen Anteil am Ruhm zu bekommen. Was ihm ganz allein hätte gehören sollen, mußte er mit einem anderen teilen, mit

einem gemeinen Handelsreisenden, der Schmetterlinge sammelte, einem Mann, der sich, wie ich wußte, für biologische Theorien so wenig interessierte wie ich mich für seinen armseligen Spiritualismus. Alfred Wallace, dem Mann, den ich in Makassar kennengelernt hatte, der die Theorie der Evolution kannte und sich weniger darum bekümmert hatte als sein ungebildeter Assistent, war Ruhm und Ansehen für eine der größten wissenschaftlichen Theorien der Epoche zuteil geworden.
Ich wandte mich Philos' Brief zu. Ihm entnahm ich, daß Bobby nur widerstrebend dem Rat seiner Freunde gefolgt war, die Theorie zu veröffentlichen, und obwohl sie mittlerweile ungeheuer populär war, war sie doch auch, wie mir Philos schilderte, auf großen Widerstand gestoßen. Ich freute mich zu hören, daß mein lieber Freund nun berühmt war, und mit ebenso großer Freude vernahm ich, daß Tom Huxley, der junge Mann, den ich bei seinem Aufenthalt in Sydney nach Bobbys Abreise so gut kennengelernt hatte, zum Hauptverteidiger der Theorie geworden war und gegen alle Angriffe tapfer an ihr festhielt. Trotz Bobbys Bedenken gegen eine Veröffentlichung der Theorie war deren Popularität doch ein Beweis für ihre Bedeutung, und obwohl Wallace versucht hatte, seinen Trumpf auszuspielen, schien es, als hätte Bobby das Spiel gewonnen.
Ich wandte mich dem zweiten Paket zu, das mit derselben Post eingetroffen war. Auch hier erkannte ich die Handschrift sogleich. Es war die des berühmten Mannes selbst, Bobby, aber sein Brief war nicht, was ich erwartet hatte. Er enthielt kein gehässiges oder auch nur unhöfliches Wort. Wenn es anders gewesen wäre, hätte ich alles leichter ertragen. Bobby schrieb zunächst, er habe nicht beabsichtigt, die Theorie zu veröffentlichen. Solange sie unveröffentlicht blieb, sei sie sicher gewesen, obwohl er schwer daran getragen habe, insbesondere seit

dem Tod seiner Tochter. Gewiß, einst sei er von der Kühnheit dieser Theorie fasziniert gewesen, aber die jüngsten Ereignisse hätten ihm klargemacht, schrieb er, daß es Dinge gibt, die man nicht in Frage stellen sollte. Seit Annies Tod habe er mit Unterstützung seiner lieben Frau erkannt, daß an erster Stelle das Wort Gottes stehe. Jetzt sei er zur Veröffentlichung gezwungen worden, und wer habe dabei die Rolle des Advocatus Diaboli gespielt? Dem armen Wallace sei kein Vorwurf zu machen, denn auch der Leichtgläubigste könne nicht annehmen, daß Wallace ebendieselbe Theorie in ebendieselbe Sprache gekleidet aus eigener Einsicht formuliert habe. Nur durch mich könne Wallace von der Theorie erfahren haben, und zweifellos hätte ich sie in dem Wissen preisgegeben, daß Wallace versuchen würde, sie zu veröffentlichen. Deshalb sei Bobby nichts anderes übriggeblieben, als mit der Theorie an die Öffentlichkeit zu treten. Er sei gezwungen gewesen, den Geist aus der Flasche entweichen zu lassen, und jetzt könne er nur beten, daß dieser Geist nicht soviel Schaden anrichte, wie er, Bobby, befürchte. Der Brief endete mit dem Satz, Bobby müsse mich verantwortlich dafür machen, daß sein Leben zerstört sei, und sowenig es nütze zu bedauern, so bedauere er doch, mir begegnet zu sein. Das Paket enthielt ein Bündel mit allen Briefen, die ich ihm jemals geschrieben hatte; ferner eine kleine Pillenschachtel aus Pappkarton. Zuerst erkannte ich sie nicht wieder. Ich hatte sie seit jenem Dezembertag des Jahres 1831 nicht mehr gesehen, als ich in Portsmouth am Hafen stand und von meinem Freund Abschied nahm. Sie enthielt das Geschenk, das ich ihm damals überreicht hatte, den Käfer, mit dessen vergeblicher Suche wir so viele Tage in Cambridge verbracht hatten, den *Copris lunaris*, den Kleinen Mondhornkäfer.

KAPITEL 24

Ich habe noch alle unsere Briefe, die meinen an Bobby und die seinen an mich. Ich habe sie bei mir hier auf meiner Insel, und ich hatte sie bei mir, als ich am 16. Mai 1860 von Sydney nach Makassar aufbrach. Denn ich hielt am Zeitpunkt meiner Abreise fest. Alles war ein Mißverständnis gewesen. Ich hatte nicht gewollt, daß Wallace die Theorie veröffentlicht; als ich ihn kennenlernte, zeigte er nicht das leiseste Interesse daran. Ich hatte meinen Freund nicht zum Handeln zwingen wollen. Ich war sicher, ihm dies erklären zu können, und ich würde es ihm persönlich erklären. Ich würde nach England zurückkehren, und ich würde ein Geschenk mitbringen. Hatte mir Bobby nicht versichert, daß er den goldenen Skarabäus, den ich ihm in Cambridge gezeigt hatte, sämtlichen Gemälden Englands vorziehen würde? Hatte er nicht gesagt, er sei das Schönste, was er jemals gesehen hatte? Wie geplant, brach ich auf zu meiner Suche nach dem goldenen Skarabäus, aber statt ihn für mich zu behalten, wollte ich ihn nunmehr verschenken.

Auf der langen Reise rätselte ich lange, warum Wallace Bobby geschrieben hatte. Wallace war ein Sammler; er hatte niemals den Anspruch erhoben, ein Theoretiker zu sein. Ich bezweifelte nicht, daß Bobby die Wahrheit schrieb, daß es meine Theorie war, die Wallace für die seine ausgab, aber wie hatte er sie sich angeeignet, und warum hatte er dann an Bobby geschrieben?

In Makassar wurde ich vom Sohn des Sultans herzlich begrüßt, der sich überrascht zeigte, als ich ihn nach Charley Allen fragte.

Liebe Kolleginnen und Kollegen,

Ihre Meinung interessiert uns! Bitte schreiben Sie uns kurz, was Sie von dem vorliegenden Leseexemplar halten. Auch per E-Mail an beaufils@suhrkamp.de Wir freuen uns über Ihre Ansicht und bedanken uns für Ihre Einsendung.

Ihr Suhrkamp Verlag / Insel Verlag

Sind Sie mit der Veröffentlichung Ihrer Meinung einverstanden? ☐ Ja ☐ Nein

Absender:

Firmenstempel:

Antwort

Suhrkamp Verlag
Insel Verlag
Verkauf
Lindenstraße 29–35

60325 Frankfurt/M.

War er denn damals vor vier Jahren nicht mit mir zusammen aufgebrochen? Ganz sicher war er zur selben Zeit wie ich abgereist, und alle, auch der englische Naturforscher, waren überzeugt, er sei mit mir gesegelt. Ich erzählte dem Sultanssohn von den Plänen, die wir gemacht hatten, und von Charleys Brief am Morgen unserer geplanten Abreise. Er konnte es weder verstehen noch erklären. Auch was den einäugigen Seemann betraf, konnte er mir nicht weiterhelfen. Ich verließ Makassar mit mehr Fragen als bei meiner Ankunft. Was hatte das zu bedeuten, und hatte es mit Wallace und der Theorie zu tun? Die Suche nach Charley gewann für mich jetzt fast dieselbe Bedeutung wie die Suche nach dem goldenen Skarabäus.

Ich fuhr weiter nach Singapur; Si Ko Suan mit seinen mannigfaltigen Verbindungen konnte mir bei meiner Suche gewiß helfen. Aber ich erfuhr, daß sich mein alter Freund aus dem Geschäftsleben zurückgezogen und zur Ruhe gesetzt hatte; kurz nachdem ich ihm zum letzten Mal begegnet war, hatte er seinen ganzen Besitz verkauft und war in das Land seiner Vorfahren zurückgekehrt. Niemand sonst in Singapur wußte etwas von dem goldenen Skarabäus oder von Charley Allen, und obgleich der englische Naturforscher sich ganz gewiß noch immer irgendwo in Ostindien aufhielt, konnte mir doch niemand Auskunft geben, wo. Dieser zweite Mißerfolg spornte mich jedoch nur noch mehr an, beide zu finden.

Ich werde hier nicht von jedem Hafen und von jedem Land berichten, das ich besuchte, von jeder Meile, die ich zurücklegte, von den Menschen, denen ich stets dieselbe Fragen stellte: »Haben Sie den englischen Naturforscher gesehen?«, »Haben Sie Charley Allen gesehen?«, und im Laufe der Monate und Jahre immer häufiger auch: »Haben Sie einen goldenen Skarabäus gesehen?« Viele behaupteten, das eine oder andere gesehen zu haben, aber als ich an den Ort gelangte, den sie mir genannt hatten, wurde ich stets enttäuscht. Und doch war jede neue Enttäuschung nur ein Ansporn für mich. Als wäre mein ganzes bisheriges Leben nur ein Schattenspiel gewesen und als könnte ich jetzt, da ich seinen wahren Sinn endlich entdeckt hatte, meine Suche nach dem goldenen Skarabäus ebensowenig aufgeben wie Sir Galahad die Suche nach dem Heiligen Gral. Ich fuhr immer weiter, meine Reisen führten mich von Madagaskar im Westen nach Japan im Osten, aber nirgends fand ich, wonach ich suchte. Schließlich erfuhr ich, daß der englische Naturforscher Ostindien verlassen und in die Heimat zurückgekehrt war, aber da war noch immer der goldene Skarabäus. Hatte ich ihn nicht mit eigenen Augen gesehen? Ich brauchte nur noch ein wenig mehr Zeit, ein klein wenig mehr Zeit.

Sechzehn lange Jahre suchte ich nach einem einzigen Käfer. Hatte ich den Verstand verloren? Mag sein, aber vielleicht ist dieser Wahnsinn auch verständlich. Mit der Zeit jedoch legt sich jeder Sturm. Als mein Sturm nachließ und ich ohne meine Trophäe nach Sydney zurückkehrte, schrieb man das Jahr 1876. Ich war ein alter Mann, und ich hatte mich verändert. Ich fühlte mich nicht mehr wohl in der Stadt, »im Brausen der geschäft'gen Welt«. Ich gab den Plan auf, nach England zurückzukehren, kaufte mir ein Häuschen in Surrey Hills und zog mich in die Einsamkeit zurück.

Meine Jahre unterwegs hatten jedoch auch Früchte getragen. Ich hatte zwar den goldenen Skarabäus nicht gefunden, aber ich war als Sammler nicht untätig gewesen. Auf meinen Reisen hatte ich eine große Anzahl anderer Käfer entdeckt, und zurück in Sydney nahm ich neue Gewohnheiten an; tagsüber hielt ich mich im Australischen Museum auf, wo ich den neuen Arten Namen gab, sie zusammenstellte und verglich, am frühen Abend aß ich im Club und kehrte dann nach Hause zurück, wo ich die Aufzeichnungen über meine jüngsten Reisen vervollständigte.[47] Ich führte ein ruhiges, aber produktives Leben, und in den folgenden drei Jahren traten die Evolution, Charley und der goldene Skarabäus immer mehr in den Hintergrund. Dann, an einem Junimorgen des Jahres 1879, als ich die College Street entlang zum Museum ging, kehrte mein Wahnsinn zurück.

»Verzeihung«, vernahm ich eine Stimme an meinem Ohr, als ich darauf wartete, die Straße zu überqueren, »suchen Sie immer noch nach einem goldenen Skarabäus?« Mit einer Mischung aus Überraschung und Zufriedenheit, Freude und Angst erkannte ich den Sprecher. Es war Charley Allen.

Die Zeit hatte es mit Charley gut gemeint. Der schönste Junge, den ich je gesehen hatte, war zu einem gutaussehenden und, nach dem Schnitt seines Anzugs zu urteilen, noch dazu reichen Mann geworden. Sein Gesicht war zwar jetzt das eines erwachsenen Mannes, aber er hatte sich seinen jungenhaften Charme bewahrt, und als ich in seine blassen Augen mit den langen Wimpern blickte, wurde mein Herz von einer altbekannten Leidenschaft erfaßt. Als ich mich von meiner Überraschung erholt hatte, nahm ich Charley am Arm und führte ihn durch den Park zu meinem Club. Wo er gewesen sei, wollte ich wissen, und was er gemacht habe. Und als ich ihm das Du angeboten hatte und wir mit einer Flasche Madeira an meinem Stammplatz saßen, gelang es mir schließlich, die Frage zu stellen, wo der goldene Skarabäus sei.

»Hast du es denn nicht erfahren?« sagte Charley und nahm einen Schluck Wein. »Ich habe ihn dem Chinesen verkauft.«

»Dem Chinesen? Doch nicht etwa Si Ko Suan?«

»Ja, ihm.«

»Aber wie bist du nach Singapur gekommen? Wie kommst du nach Australien? Und was ist mit dem englischen Naturforscher geschehen?«

Fragen über Fragen.

»Ach, dann weißt du es also nicht?«

»Was, Charley, was ist geschehen?«

»Jetzt kann es ja nichts mehr schaden, wenn ich es dir verrate«, meinte Charley.

Er schob seinen Stuhl zurück.

»Also. An jenem Abend in Makassar, am Abend vor deiner Abreise, dachte ich nach. Ich mochte dich gut leiden, das weißt du, aber wollte ich dich tatsächlich begleiten, und wollte ich dir den Käfer tatsächlich geben?«

»Du meinst, verkaufen«, widersprach ich.

»Ja, gut, aber woher wußte ich, daß es ein fairer Preis war?« Charley lächelte zaghaft.

»Also änderte ich meine Meinung.«

»Aber warum hast du mir das nicht gesagt«, fragte ich. »Warum die schriftliche Nachricht?«

»Vermutlich, um mir alle Optionen offenzuhalten«, sagte Charley.

Wenn Charley nur mehr Geld gewollt hätte, hätte ich es ihm gern gezahlt. Aber Charley war ein junger Bursche gewesen, und vielleicht war die Vorstellung, von einem älteren Mann zum nächsten zu wechseln, für ihn weniger verlockend, als ich erhofft hatte.

»Aber du hattest mich auf eine Idee gebracht«, sagte Charley, »und je mehr ich darüber nachdachte, um so besser erschien sie mir. Ein paar Wochen später schicke ich dem alten Wallace eine Nachricht, ich sei abgereist, dir nach. Dann besteige ich ein Schiff nach Singapur, natürlich nicht ohne den goldenen Skarabäus mitzunehmen. Ich hatte nicht vergessen, was du mir über den Chinesen und all sein Gold erzählt hattest, und daher wußte ich, daß er sich für Naturgeschichte und so was interessierte. Der wird dir einen guten Preis für einen goldenen Käfer zahlen, denke ich und mache mich auf die Suche nach ihm.«

»War Si Ko Suan noch da?«

»Ja, er war da, ich habe seinen Holzschuppen sehr leicht gefunden, und wir setzen uns ins Freie, und er bietet mir eine Tasse Tee an, genau wie du gesagt hattest. Dann zeige ich ihm meine Kästen mit den Käfern und frage ihn, ob er sich dafür interessiere, lasse aber das eine Kästchen geschlossen. Was ist da drin? fragt er. Oh, das ist nicht zu verkaufen, sage ich, das ist mein Glücksbringer. Darauf schweigt er, aber ich sehe, daß es ihn interessiert, und nachdem er sich die anderen Kästen angesehen hat, frage ich, ob er einen Blick reinwerfen will. Er hätte nichts dagegen, sagt er. Und ich betone noch einmal, daß es unverkäuflich sei, und dann öffne ich das Kästchen. ›Nennen Sie Ihren Preis‹, sagt er.«

Charley lachte.

»Und das tat ich. Es war ein Kinderspiel.«

Was dann weiter passiert sei, wollte ich wissen.

»Tja, ich war ein gemachter Mann, ich hatte Vermögen, und so beschloß ich, eine Weile auf der Halbinsel zu bleiben, ein wenig zu sammeln, zu handeln, genau wie du, alter Freund.«

Ich bestellte noch eine Flasche Wein, und Charley fuhr fort zu erzählen, was in jenem Jahr weiter geschah. Nachdem er den goldenen Skarabäus an Si Ko Suan verkauft hatte, blieb er weiterhin in Singapur. Er hatte das sichere Gefühl, daß »irgend etwas im Anzug war«, und so war es dann auch, in Gestalt des Raja von Sarawak, Sir James Brooke. Brooke fand Gefallen an Charley und lud ihn ein, ihn nach Kuching zu begleiten, wo er bald sein großer Günstling wurde; nach Charleys eigenem Bekunden verwöhnte ihn der Raja nach allen Regeln der Kunst. Er erlebte mit Brooke viele Abenteuer (nach dem zu urteilen, was Charley mir erzählte, trug er seinen anderen Titel, »Blutgeld-Brooke«, durchaus zu Recht). 1857 kehrte Charley mit Brooke nach England zurück (»erster Klasse, versteht sich«), in der Tasche mehrere tausend Pfund aus dem Verkauf des goldenen Skarabäus und aus seinen Diensten bei Brooke. Er investierte in eine kleine Glasfabrik. Aus irgendeinem, mir nicht mehr erinnerlichen Grund hatte er beschlossen, sich auf die Herstellung von Laborgläsern zu spezialisieren, und damit ganz ordentlich Geld verdient. Er hatte auch geheiratet – die Tochter des früheren Besitzers der Fabrik, die aber mittlerweile verstorben war.

Ich wollte natürlich wissen, was Charley nach Australien geführt hatte. War er des Geschäftslebens überdrüssig geworden, oder war er inzwischen reich genug, um sich zur Ruhe zu setzen? Charley sagte mir, er sei tatsächlich ein reicher Mann, aber obgleich er den Verkauf des goldenen Skarabäus an Si Ko Suan nicht bedauerte, habe ihn der Gedanken an den Käfer in all den Jahren nicht losgelassen, genau wie mich. Daher habe er beschlossen, den Ursprungsort des wunderbaren Insekts zu suchen, aber bevor er sich aufmachte, wollte er Australien kennenlernen, das Land, von dem ich ihm soviel erzählt hatte. Er hatte bereits zwei Monate in Tasmanien und zehn Tage in Neusüdwales verbracht und zeigte sich erstaunt, mich noch immer hier anzutreffen.

»Und was treibst du so, mein Freund?« wollte er wissen.

Ich erzählte ihm vom Verlauf meines Lebens seither und von meiner vergeblichen Suche nach dem Käfer.
»Dann hast du also keinen gefunden?«
Ich schüttelte den Kopf. Charley beugte sich über den Tisch zu mir herüber.
»Nächste Woche sticht ein Schiff nach Batavia in See«, sagte er.
Sechs Tage später standen Charley und ich an Deck der *Jane Darkeley* und sahen Sydney in der Ferne verschwinden, während wir in Richtung Norden segelten.

KAPITEL 25

Trotz allem, was seither geschehen ist, danke ich meinem Schicksal, »jener Macht, die Irrtum Zufall nennt«, das mir Charley zurückbrachte und mich hierherführte. Eine neue Welt kennenzulernen und ihren Bewohnern Namen zu geben ist ein Geschenk, das nur wenigen Menschen zuteil wird. Daß ich jetzt alt bin, macht dieses Geschenk doppelt süß, denn da mein Ende näherrückt, ist jeder Tag eine wertvolle Dreingabe. Heute morgen wurde ich vom Berg geweckt. Ich spürte den Boden unter mir wanken, als sei er zornig oder ängstlich. Aber wir sind jetzt gute Freunde, der Berg und ich. Ich verstehe ihn gut, und ich werde ihn nicht im Stich lassen.

Unser Aufbruch von Australien an Bord der *Jane Darkeley* war übereilt gewesen. Charley und ich verbrachten einen Großteil unserer Reise damit, Pläne zu schmieden, wie wir bei unserer Suche nach dem goldenen Skarabäus am besten vorgingen. Zwar hatte Charley bestürzt feststellen müssen, daß der Wechsel seiner Bank, den er nach Sydney bestellt hatte, vor unserer Abreise nicht mehr eingelöst werden konnte, aber ich hatte genügend Gold bei mir, um die Ausrüstung zu bezahlen, die wir benötigten und in Batavia zu kaufen gedachten. Wir waren übereingekommen, ein Schiff zu chartern, und ich schlug vor, dafür an meine alten Beziehungen zu den Holländern anzuknüpfen; wir würden bestimmt ein holländisches Schiff auftreiben. Charley bestand jedoch auf einer javanischen Prau mit Mannschaft. Obwohl ich mein Unbehagen äußerte, unser

Schicksal in fremde Hände zu legen, ließ Charley keinen Widerspruch zu.

»Eins hab ich von dem alten Raja gelernt: Du brauchst keine Männer, die du kennst, du brauchst Männer, die sich vor Ort auskennen.«

Dann erzählte mir Charley, Brooke habe lange Zeit Probleme mit anderen Kaufleuten gehabt, mehrheitlich Chinesen. Sie waren längst in Sarawak ansässig und trieben Handel, als Brooke 1839 dorthin kam. Sie hielten nicht viel von dem englischen Abenteurer, der dort plötzlich aufkreuzte und sich beim Sultan einschmeichelte. Seitdem waren sich Brooke und die anderen Kaufleute spinnefeind, aber trotz einiger unsauberer Aktionen auf beiden Seiten und ein paar offener Scharmützel war es nie zu einer größeren Auseinandersetzung gekommen. Dann sah Brooke eine Gelegenheit, die Oberhand zu gewinnen.

»Er hat immer sehr gerissen die politische Karte ausgespielt«, sagte Charley. »Achtundvierzig mußte er in London geschäftliche Angelegenheiten regeln, und dort erzählt er Freunden von den ›chinesischen Piraten‹, die die britischen Interessen in der Region bedrohen, und deutet an, daß mit großer Wahrscheinlichkeit die niederländische Handelsgesellschaft dahintersteckt. Kaum ist er wieder in Kuching, als ein portugiesisches Handelsschiff mit einer kleinen, für ihn bestimmten Fracht von der Regierung Ihrer Majestät im Hafen anlegt. ›Unterschreiben Sie hier, bezahlen müssen Sie nichts‹, sagt der Kapitän, und der gute alte Jim verfügt plötzlich über genügend Geschütze, um auf der ganzen Krim aufzuräumen.«

Ich hatte auf meinen früheren Reisen schon einiges über den grausamen Privatkrieg gehört, den der Raja Brooke gegen die »chinesischen Piraten« geführt hatte, und über die nachfolgende Untersuchung im britischen Parlament. Brooke war zwar offiziell entlastet worden und konnte seine Handelsgeschäfte weiterführen, verfügte aber nicht mehr über die bedingungslose Unterstützung der britischen Regierung. Anfang der fünfziger Jahre war in Sarawak ein langwieriger Zermürbungskrieg im Gange, und in dessen Endphase war Charley in Kuching eingetroffen.

»Jim verfügte über mehr Kanonen, Haubitzen, Mörser und Handwaffen als alle Armeen im Osten zusammen. Als ich ihn in Singapur kennenlernte, war er nicht auf Waffen aus, sondern auf Information. Auf dem Rückweg nach Kuching fragt er mich, ob ich die anderen Passagiere bemerkt hätte. Die einzigen, die mir auffielen, waren zwei Chinesen. ›Das sind sie‹, sagt er. ›Sie sind ihr Gewicht in Gold wert.‹«

Charley erfuhr, daß die beiden Chinesen Kaufleute waren und aus Kabong stammten, von wo aus Brookes Gegner einen Angriff auf seine Festung in Kuching planten. Nach internen Meinungsverschiedenheiten hatten die beiden Männer Sarawak verlassen und hofften jetzt, sich durch ein Bündnis mit Brooke auf die Seite des Siegers zu schlagen. Ihre Rolle im Bündnis bestand darin, Informationen über die Stärken und Schwächen der anderen Seite zu liefern.

»Jim behielt recht«, sagte Charley. »Es funktionierte. Ohne sie wären wir bei dem großen Angriff auf Kuching niemals lebend aus der Stadt herausgekommen, und wir hätten die Stadt auch nicht kurz danach zurückerobert. Sie waren tatsächlich ihr Gewicht in Gold wert. Genau das meine ich, verstehst du. Man braucht keine Männer, die man kennt, man braucht Männer, die sich vor Ort auskennen.«

Charley war schon immer ein guter Geschichtenerzähler gewesen. Als wir in Batavia anlangten, hatte er sich durchgesetzt;

ich stimmte seiner Wahl des Schiffes und der Mannschaft zu, überwachte aber die Proviantierung. Von Batavia aus stachen wir auf einer javanischen Prau mit einer javanischen Mannschaft in See, und nach ruhiger Fahrt erreichten wir am 15. August 1879 Makassar.

Der Sohn des Sultans war inzwischen selbst Sultan geworden. Obwohl alt und geistig verwirrt, hieß er uns herzlich willkommen und bot uns erneut an, im Palast zu wohnen. Die Stadt hatte sich kaum verändert. Dieselben schäbigen Warenlager säumten den Kai, dieselben unordentlich aufgetürmten Fässer und Kisten, derselbe Geruch nach Holz, Fisch, Teer und Unrat. Charley meinte, er würde bestimmt die Schenke wieder erkennen, wo er vor vierundzwanzig Jahren den goldenen Skarabäus gekauft hatte. Er konnte noch genug malayisch, um die müßig am Kai sitzenden Träger danach zu fragen, und nach einem kurzen Wortwechsel machten wir uns mit einem von ihnen auf den Weg durch enger und enger werdende Gassen, bis wir vor einer kleinen verfallenen Hütte stehenblieben. Mauern und Dach bestanden aus notdürftig zusammengenagelten oder -gebundenen Brettern. Fenster gab es nicht, aber durch den mit einem Vorhang bedeckten Eingang wehte Stimmengemurmel und ein süßlicher, unverkennbarer Duft zu uns heraus.
»Hier ist es«, sagte Charley. Mit einem Arm schob er den zerrissenen Vorhang beiseite, winkte mir, ihm zu folgen, und trat ein.
Als Charley den Vorhang sinken ließ, stand ich erst eine Weile reglos da, bis sich meine Augen an die Dunkelheit gewöhnt hatten. Auf den niedrigen Bänken entlang der Wand waren ausgestreckte Gestalten zu erkennen. In einer Ecke lag ein

Mann in zerlumpten Kleidern, ein Pfeifchen in der Hand. Auf dem Boden vor ihm tropfte eine rußende Talgkerze, deren Licht sich in dem leeren Blick seines einzigen, dunklen Auges spiegelte.

»Und hier ist unser Mann«, sagte Charley.

Es war tatsächlich der Seemann, der Charley den goldenen Skarabäus verkauft hatte, aber das jahrelange Opiumrauchen hatte seinen Körper und seinen Verstand zerrüttet. Wir hatten Gold und andere Geschenke mitgebracht, aber er schien unsere Fragen kaum zu verstehen und auch uns selbst nur mit Mühe wahrzunehmen. Erst als Charley dem Besitzer der Opiumhöhle Geld gab und ihn bat, dem Mann kein Rauschmittel mehr zu geben, brachten wir ihn zum Sprechen, als wir ein paar Stunden später wiederkamen. Ja, er erinnere sich an den goldenen Skarabäus, und nein, er habe keine weiteren. Er könne sich nicht mehr daran erinnern, woher er den Käfer hatte. Wir bedrängten ihn, doch ganz genau zu überlegen. Wir würden ihn gern dafür bezahlen. Ich nahm einige Münzen aus meinem Geldbeutel. Hier, sagte ich und legte ihm eine Münze in die Hand, hier sei genug Gold für Opium, soviel er wolle. Das eine Auge des alten Seemanns begann matt zu leuchten. Er richtete sich auf, tastete unter sein zerrissenes, schmutziges Hemd und zog eine kleine Tasche hervor, die er sich um den Hals gebunden hatte und der er unbeholfen ein kleines geschnitztes Kästchen entnahm. Charley riß es ihm aus der Hand. Lächelnd sah der Seemann zu, wie Charley vergeblich versuchte, das Kästchen zu öffnen, dann nahm er es ihm sanft aus der Hand und öffnete es mit einer einzigen Drehung.

»*Mas, mas*«, sagte er mit zahnlosem Grinsen. »Gold für Gold.«

In dem Kästchen lag ein goldener Skarabäus.

Von Australien her kannte ich die spektakuläre Färbung der Buprestidae (die dort unter dem Namen »Prachtkäfer« bekannt sind), aber Schönheit liegt nicht in äußerem Glanz allein. Hier auf meiner Insel entdeckte ich einen kleinen Käfer, der unansehnlicher oder unscheinbarer kaum hätte sein können, dessen Lebensweise jedoch eine Schönheit offenbart, die anderen Geschöpfen von auffälligem Äußeren in nichts nachsteht.

Eines Morgens unterbrach ich einen Waldspaziergang, um mich zu erleichtern, als mein Blick auf eine Orchideenblüte fiel, die so unspektakulär wirkte, daß man sie leicht hätte übersehen können; sie wuchs keine sechs Fuß von der Stelle entfernt, an der ich kauerte. In Australien wächst eine kleine Orchidee, die den Namen Grünkappe trägt. Eine unscheinbare Pflanze, die aber für den Insektenkundler von großem Interesse ist, da ihre Blüten von einer kleinen Mücke bestäubt werden; wenn diese Mücke den Nektar der Blüte trinkt, wird sie in einer Art Klappe festgehalten und kann sich nur dadurch befreien, daß sie sich durch die Falle zwängt und dabei das Staubmehl der Orchidee streift, welches auf ihrem Rücken haften bleibt und später zu einer anderen Blume getragen wird. Es ist nichts Neues, daß Blumen Insekten zur Bestäubung nutzen; weniger bekannt ist, daß auch das Gegenteil vorkommt; das beweist der kleine Buprestis-Käfer auf meiner Insel. Zwei dieser Käfer saßen *in copulo* auf der verblühten Orchidee. Es sind, wie gesagt, unscheinbare Insekten von einem halben Zoll Länge, flach und gestreckt in der Form und von mittelbrauner Farbe. Aber zwischen den unscheinbaren Insekten und der unscheinbaren Blume entdeckte ich eine wunderbare und ausgeklügelte Wechselbeziehung.

Die Orchidee ist eine Land-Varietät des Typus *Ophrys* mit einer einzigen hellgelben Blüte auf einem kurzem Stengel, kleinen Kron- und Kelchblättern und einem vergrößerten Labium. Diese Blume sucht sich der weibliche Buprestis-Käfer aus und saugt ihren Nektar. Aber die Blume ist für den Käfer nicht nur eine Nahrungsquelle; während er den Nektar trinkt, legt er in einen taschenförmigen Behälter an der Spitze des Labiums der Orchidee seine Eier ab; jetzt vollzieht die Blume eine merkwürdige Verwandlung. Ihre Kron- und Kelchblätter verwelken, ihr Labium schwillt an und verändert Form und Farbe. Binnen vierundzwanzig Stunden nimmt das Labium das Aussehen von Kopf, Brust und Hinterleib des Buprestis-Käfers an, dessen Eier es trägt, während die verwelkten Kron- und Kelchblätter den Beinen und Fühlern des Käfers ähnlich werden. Die Mimikry eines weiblichen Käfers ist nahezu perfekt.

Jetzt tritt der männliche Käfer auf den Plan. Er läßt sich auf einer verwandelten Blume nieder, trinkt aber nicht deren Nektar. Er versucht vielmehr, sie zu begatten wie ein Weibchen, indem er seinen Aedeagus in die Tasche mit den Eiern hinabsenkt und seine Samenflüssigkeit darauf ergießt. Auf diese Weise befruchtet er die Eier, die das Weibchen dort abgelegt hat (mit großer Wahrscheinlichkeit hatte ich die Paarung des Käfers mit der Blume und nicht die Paarung eines männlichen mit einem weiblichen Käfer beobachtet). Während der Käfer diese merkwürdige Begattung vollzieht, senkt sich durch seine heftigen Bewegungen der Griffel der Blüte sanft auf seine Brust. Das Staubmehl der Blume heftet sich daran und wird mit ihm fortgetragen.

In dem vergrößerten Labium der Blüte werden die nunmehr befruchteten Eier des Käfers ausgebrütet. Die Larven, an die zwanzig Stück, beginnen nach dem Schlüpfen sogleich, ihr

Nest aufzufressen. Dafür brauchen sie etwa eine Woche, danach fallen sie zu Boden. Meines Wissens ernähren sich die Buprestis-Larven von den Stengeln holziger Pflanzen, und ich vermute, daß sich die Larven dieser Species in den Stamm eines in der Nähe befindlichen Strauchs oder Baums bohren, obwohl ich dies nicht durch eigene Beobachtung belegen kann.

Ohne Zweifel sind es die männlichen Käfer, die die Orchideen befruchten, aber ich habe noch nie ein so ausgeklügeltes System der Wechselseitigkeit gesehen, bei dem die Pflanze dazu beiträgt, die Eier des Käfers zu befruchten, und den Larven Schutz und Nahrung bietet. Diese Art und Weise der Paarung, bei der die Befruchtung der Eier nicht nur außerhalb des Weibchens, sondern auch ohne die Begattung von Männchen und Weibchen geschieht, ist meines Wissens einzigartig bei Käfern, ja bei Insekten überhaupt. Ich gab diesem Käfer den Namen *Buprestis orchidaptis*. Unter dem Mikroskop entdeckte ich, daß seinen Eiern die zottenführende Haut fehlt.

Was ist eine Suche ohne Entdeckung, was ist eine Geschichte ohne Ende? Als ich mit Charley in der Opiumhöhle stand, den goldenen Skarabäus vor Augen, war es, als hätte ich selbst das Rauschmittel eingesogen. Hier war der Gegenstand meiner langen Suche, meine Seele hatte ihren Frieden gefunden. Meine Gedanken schweiften in die Ferne; nach Hause, zu einem Lebensabend in ruhiger Abgeschiedenheit. Bilder von England traten vor mein geistiges Auge; jetzt konnte ich zurückkehren, nach England und zu Bobby. Zwei alte Männer würden droben in den Sussex Downs nach Käfern suchen, und vielleicht würde eine Frau sich freuen, wenn sie beide zurückkehrten. Auch der liebe Philos würde seinen alten Freund voller Freude begrüßen, um ihm von Angesicht zu Angesicht Dinge zu sagen, die er bis dahin zu schreiben gezwungen war. In dieser schäbigen Hütte pries ich Charley, und ich pries seine Beharrlichkeit, die unsere Suche schließlich zum Erfolg geführt hatte.

Meine Träumereien endeten, als Charley den Mund auftat.

»Wir sind noch nicht ganz fertig«, sagte er.

Er nahm dem Seemann das Kästchen mit dem goldenen Skarabäus aus der Hand und hielt es ihm vors Gesicht. Woher er den Käfer habe, wollte Charley wissen.

»Wir haben doch, weswegen wir gekommen sind, Charley«, sagte ich. »Wir haben unsere Trophäe.«

Charley sah mich an.

»Wir haben einen. Wo einer ist, sind mehr. Was nützt uns ein einziges dieser verdammten Dinger?«

Ohne meine Antwort abzuwarten, fing er erneut an, den alten Mann zu bedrängen, auf englisch und auf malayisch. Woher der goldene Skarabäus stamme. Wie weit entfernt dieser Ort sei. Ob er uns hinbringen könne? Der Alte wurde ganz verwirrt. Er sah Charley mit offenem Mund an und versuchte dann unbeholfen, ihm das Kästchen zu entwinden. Instinktiv stieß Charley ihn weg, doch er tat es mit zu viel Wucht. Der alte Mann torkelte gegen die Bank und stieß sich dabei den Kopf an. Stöhnend krümmte er sich auf dem Boden zusammen. Charley ging neben ihm in die Hocke und sah mich erschrocken an. Er griff nach der Opiumpfeife auf dem niedrigen Tischchen neben der Bank und drückte sie dem Alten in die Hand. Der versuchte, sie festzuhalten, sank dann aber zu Boden. An diesem Tag würde Charley keine Antwort mehr auf seine Fragen erhalten.

Durch dieselben engen Gassen, durch die wir gekommen waren, kehrten wir zu unserer Prau zurück. Charley war keinen Augenblick still, entweder murmelte er vor sich hin, oder er redete zerstreut auf mich ein. Er umklammerte zwar das Kästchen mit dem goldenen Skarabäus, aber er schien sich des Schatzes, den er in seinem Besitz hatte, gar nicht bewußt zu sein; er konzentrierte sich jetzt mit aller Leidenschaft auf die vielen weiteren Exemplare dieses Käfers, auf den sagenhaften Reichtum, der uns winkte.

»Siehst du denn nicht«, sagte er. »Wir sind fast am Ziel. Wir können doch jetzt nicht aufgeben.«

»Was aufgeben, Charley?« fragte ich.

Charley blieb stehen und sah mich an.

»Willst du denn nicht auch einen?«

Ich hatte keinen Gedanken daran verschwendet, wem der goldene Skarabäus gehörte. Ich hatte mit meinem Geld für ihn bezahlt, ich hatte die Expedition ausgerüstet und sah daher den Käfer als mein Eigentum an. Das legte ich Charley dar.

»Du scheinst zu vergessen«, sagte er, »wessen Idee es war. Wer hat ihn denn aufgespürt?«

Ich mußte zugeben, daß die Reise und die Suche nach dem Käfer Charleys Idee gewesen war und daß er mich zu dem Skarabäus geführt hatte.

»Und ich habe dich nicht darum gebeten, für mich zu bezahlen«, sagte Charley. »Aber keine Sorge, alter Freund, du bekommst dein Geld bald zurück.«

Die Kosten für die Expedition machten mir wenig Kopfzerbrechen. Im Austausch für den goldenen Skarabäus hätte ich gern all meinen Reichtum gegeben.

»Wir sind dem Ziel ganz nah«, versicherte mir Charley. »In ein paar Tagen kehren wir beide nach Hause zurück und haben, was wir suchen.«

Ach ja, nach Hause. Wie sehr würde sich mein alter Freund Bobby freuen, wenn ich ihm einen goldenen Skarabäus brächte. Und auf seinem Gesicht würde dieses Lächeln aufleuchten, wenn er das Kästchen öffnete, wie damals in Plymouth vor fünfzig Jahren, als ich ihm den *Copris lunaris* geschenkt hatte.

»Keine Sorge«, sagte Charley. »Der alte Mann wird mir mehr sagen.«

Am fünften Tag kehrte Charley mit der ersehnten Nachricht in den Palast zurück: *Pulau Pulau Lima*, die Fünf Inseln. Wo lagen die Fünf Inseln? Charley sagte mir, der alte Seemann sei unglücklicherweise gestorben, bevor er auch darüber hatte Auskunft geben können.

Wir fragten in Makassar überall herum. Wo lagen diese Fünf Inseln? Der Sultan konnte uns nicht helfen, und obwohl die Bewohner von Makassar tüchtige Kaufleute sind, die alle Gewässer des Archipels kannten, schien noch nie jemand von diesen Inseln gehört zu haben, geschweige denn zu wissen, wie man dorthin gelangte. Erst als Charley zufällig auf molukkische Fischer stieß, die vor kurzem mit einer Ladung Tripang angekommen waren, erfuhren wir Genaueres über die geheimnisvollen Inseln.

Die Fünf Inseln werden nur selten angefahren. Der Grund dafür ist zweifellos ihre Abgeschiedenheit; sie sind mehrere hundert Meilen vom nächsten Festland entfernt, und die Strömung in jenem Teil der Javasee ist stark und gefährlich. Auch die Tatsache, daß die Inseln unbewohnt und damit für den Handel uninteressant sind, bietet den einheimischen Seeleuten wenig Anreiz, sie aufzusuchen. Der Hauptgrund aber, die Fünf Inseln zu meiden, ist der große, noch immer aktive Vulkan auf der Hauptinsel, der für die Einheimischen von großer spiritueller Bedeutung ist. Sie erzählen Geschichten von seltsamen Tieren und merkwürdigen Vorkommnissen, und nur außerordentlich mutige und verwegene Männer wagen es, nahe an diesen Inseln vorbeizusegeln oder womöglich dort anzulegen. Nur mit großen Schwierigkeiten und mit viel Gold aus meinem Besitz konnte Charley zwei molukkische Fischer überreden, mitzufahren und uns den Weg zu zeigen. Sie tuschelten eifrig mit unserer javanischen Mannschaft, als wir Richtung Süden aufbrachen, zur letzten Etappe unserer Suche nach dem goldenen Skarabäus.

KAPITEL 26

Unsere Fahrt zu den Fünf Inseln verlief ohne Zwischenfälle; die See war ruhig, die Mannschaft tat fröhlich und geschickt ihre Arbeit. Ich freute mich, daß unsere molukkischen Führer sich offenbar gut mit der Mannschaft verstanden. Nach vier Tagen sahen wir zum ersten Mal den Vulkan mit seinen typischen weißen Dampfschwaden, ein Anblick, der allgemeine Aufregung und Bestürzung verursachte. Als wir näher kamen, erkannten wir deutlich die Hauptinsel mit den vier kleineren Atollen, die sie wie eine Kette umgaben. Wir hatten zweifellos unser Ziel erreicht. Die Molukker schienen sich jetzt wirklich zu fürchten, und ihr Entsetzen war so groß, daß auch die Javaner unruhig wurden. Nach einigem Hin und Her erklärten die Molukker, wir sollten besser umkehren. Charley wollte davon nichts hören. Er befahl dem Kapitän, sie zum Schweigen zu bringen, und drohte ihnen die Peitsche an. Das fruchtete jedoch wenig, und schließlich war er gezwungen, die beiden Molukker fesseln und knebeln zu lassen, was bei der Mannschaft eine feindselige Stimmung hervorrief. Sie waren allesamt Mohammedaner und protestierten, daß ihre Kameraden jetzt nicht ihre Gebete sprechen könnten. Ich war bereit, in diesem Punkt nachzugeben, aber Charley zeigte ihnen nur seine englischen Pistolen, was, wie ich zugeben muß, die gewünschte Wirkung hatte.

Als wir uns der Insel näherten, gab es Schwierigkeiten ganz anderer Art. Scharfe Riffe, schwimmende Bimssteinbänke und riesige Seegrasmatten zwangen uns, das Segel einzuholen und uns zwischen den Korallenriffen unseren Weg zu bahnen, ein waghalsiges Unterfangen mit unserem Gefährt. Jedesmal wenn wir gegen ein Riff stießen oder schrammten, ließ die Mannschaft ein leises Stöhnen hören. Mit viel Glück und Geschick schafften wir es schließlich, durch das Riff in die Lagune zu steuern und wohlbehalten vor Anker zu gehen. Charley versuchte, den Kapitän und seine Männer zu überzeugen, daß sie jetzt in Sicherheit waren, jedoch vermochten nicht einmal die Pistolen sie zu bewegen, an Land zu gehen. Charley gab dem Kapitän die Anweisung, dort vor Anker zu bleiben, dann paddelten wir beide in einem kleinen Kanu ans Ufer.

Noch vom Meer aus hatten wir einen Eindruck von der Größe der Hauptinsel gewonnen. Und nach einer kurzen Erkundung des Geländes kamen wir zu dem Schluß, daß es mindestens zwei Wochen dauern würde, die Insel vollständig zu erforschen, und daß es zu diesem Zweck ratsam schien, ein Lager an Land aufzuschlagen. Wir fanden eine geeignete Stelle in einem großen Kokospalmenhain, der uns genügend Brennholz und die Möglichkeit bot, unsere Hängematten zu befestigen. Als wir zum Schiff zurückkamen, schien der Kapitän seine Leute beruhigt zu haben. Unseren Anweisungen folgend begannen sie, das Kanu mit den wissenschaftlichen Instrumenten zu beladen, die ich aus Sydney mitgebracht hatte, mit all den anderen Ausrüstungsgegenständen, die ich in Batavia gekauft hatte, sowie mit Nahrung und Wasser für ein paar Tage (die Bäche und den See hatten wir zu diesem Zeitpunkt noch nicht entdeckt). Das Ausladen dauerte mehrere Stunden, und als an die Stelle des haltlosen Aberglaubens die harmlose Wirklichkeit trat, wurde die Stimmung besser, und der Kapitän und die Mannschaft gingen mit größerer Begeisterung ans Werk. Trotzdem lud ich meine Geldkiste ganz bewußt vor den

Augen des Kapitäns und der Mannschaft auf das Boot, denn ich dachte mir, wo das Gold war, dort würden sie bleiben. Als alle unsere Sachen an Land waren, kehrte Charley zur Prau zurück, um dem Kapitän weitere Anweisungen zu geben. Der Kapitän wollte wissen, ob er mit der Mannschaft in der Lagune nach Tripang fischen dürfe, was Charley erlaubte, wenngleich er strikte Anweisung gab, die Hauptlagune auf keinen Fall zu verlassen. Als Charley mit dem Kanu zu unserem Lager zurückkehrte, hatte ich bereits Feuer gemacht und eine Flasche Brandy entkorkt. Mit einem Sammelglas als Trinkbecher prostete ich ihm zu und trank auf seine Gesundheit und auf eine erfolgreiche Suche.

Bald brach die tropische Nacht herein, und als wir am Feuer saßen und das flackernde Licht die Stämme der Kokospalmen erhellte, sah ich zu Charley hinüber, der auf einer umgedrehten Kiste saß; das dunkle Haar fiel ihm in die Stirn, das Feuer tanzte in seinen dunklen Augen. Er sah aus wie damals, als ich ihm zum ersten Mal begegnet war. Er hatte nichts mehr mit dem Mann gemein, der den alten Seemann so grob mit Fragen bedrängt hatte und der mit arroganter Selbstsicherheit die Pistolen gezückt und die Mannschaft der Prau bedroht hatte; er war der hübsche Junge, der auf dem Deck des Schiffs im Hafen von Makassar saß, der seine Käfer nadelte und mich mit Ernst und Begeisterung über die Naturgeschichte und die Theorie ausfragte. Charley kippte sein Glas hinunter und grinste.

»Auf die Aufklärung der Wilden«, sagte er und goß sich und mir nach. »Ich wußte, daß sie sich beruhigen würden.«

»Charley«, sagte ich. »Ich danke dir. Ich muß zugeben, daß es Augenblicke gab, in denen ich die Suche aufgeben wollte. Aber jetzt, da wir hier sind und unser Ziel in greifbarer Nähe ist, sehe ich ein, daß das falsch war.«

Charley stand auf und setzte sich zu mir. Er legte mir liebevoll den Arm um die Schulter und hob sein Glas.
»Auf den Erfolg und auf die Freundschaft.«
Nach vielen weiteren Toasts und Freundschaftsbekundungen legten wir uns in unsere Hängematten. Am folgenden Morgen, nach dem ersten langen und erholsamen Schlaf seit vielen Tagen, wachten Charley und ich auf und entdeckten, daß die Prau mit gesetztem Segel langsam durch das äußere Riff glitt.

Auch wenn ich die Mannschaft verfluchte, bezweifelte ich nicht, daß die Ursache für diese Meuterei Charleys Entscheidung war, die beiden Molukker festzubinden. Dem Kapitän und der Mannschaft brachte die Flucht nichts ein, im Gegenteil, sie verloren viel, denn sie wußten, daß ich nicht nur all mein Geld, sondern auch die gesamte Ausrüstung und meine Waffen mit auf die Insel genommen hatte. Indem sie uns zurückließen, büßten sie ihren Lohn ein. Charley aber gab mir die Schuld.
»Sie haben gesehen, wie nachgiebig du bist«, sagte er. »Hast du denn noch nicht gemerkt, daß man diesen Männern nur durch Drohungen Furcht und damit Respekt einflößen kann? Man muß sie im ungewissen lassen und ihnen angst machen.«
Es hat keinen Zweck, all die bitteren Worte von damals zu wiederholen, die doch nichts zu ändern vermochten. Man hatte uns im Stich gelassen, und Charley und mir blieb nichts anderes übrig, als aus der Situation das Beste zu machen. Wir wußten nicht, wann Rettung kommen würde, aber das war für uns kein Grund, die Suche nach dem goldenen Skarabäus aufzugeben. Wir hatten Nahrung, Wasser, Gewehre und Munition, wir besaßen alle möglichen Instrumente und Ausrü-

stungsgegenstände sowie das kleine Kanu, mit dem wir an die Küste gepaddelt waren. Schließlich überzeugte ich Charley, daß es am besten sei, die Insel erst einmal zu erforschen und zu kartographieren.
Am dritten Tag waren Charley und ich sicher, daß es außer uns keine anderen Menschen auf der Insel gab, und wir hatten uns bereits mit den Gadzocks angefreundet, die zweimal am Tag an den Strand kamen, um zu fressen, und sich um die Mittagszeit und bei Einbruch der Dunkelheit ins Buschland und in die Wälder im Landesinnern zurückzogen. Wie gesagt, es waren friedliche Tiere, die unserem Kommen und Gehen wenig Beachtung schenkten. Ich bedauerte bereits, daß ich am ersten Tag ein solches Tier getötet hatte – nicht nur weil sein Fleisch ungenießbar war, sondern auch weil mir das Abschlachten so harmloser und zutraulicher Tiere widerstrebte. Charley kannte keine derartigen Skrupel. Ich erinnerte mich, wie er bei unserer ersten Begegnung seine noch zappelnden Käfer festgenadelt hatte (»keine Sorge, sie sind bald tot«) und es ihm anscheinend Vergnügen bereitete zuzusehen, wie ihre Bewegungen immer träger wurden, bis sie sich nicht mehr rührten, obwohl der Todeskampf manchmal mehrere Tage dauerte. Ich erinnerte mich auch an die Vögel, die unsere Dayak-Jäger uns brachten und die er tötete, indem er ihnen ganz langsam die Kehle zudrückte. Auf der Insel merkte ich bald, daß sich Charleys Einstellung zum Töten im Laufe der Jahre kaum verändert hatte.
Es war am dritten Morgen nach unserer Ankunft – ich hatte das Lager in Ordnung gebracht, während Charley die Insel weiter erkundete. Als er um die Mittagszeit noch immer nicht zurück war, ging ich hinunter zum Strand in die Richtung, die er eingeschlagen hatte. Ich hatte kaum eine Meile zurückge-

legt, als ich hinter einer Sanddüne ein Geräusch hörte. Ich erklomm die Düne, um nachzusehen, und da bot sich mir ein entsetzlicher Anblick. Ein weibliches Gadzock lag in einer Mulde zwischen zwei Dünen, der Sand ringsum war mit Blut bedeckt. Neben ihm stand, ebenfalls blutüberströmt, ein weibliches Kälbchen, das ein leises klagendes Muhen hören ließ (es war dieses Geräusch gewesen, was meine Aufmerksamkeit erregt hatte). Als ich näher kam, rappelte sich das Mutter-Gadzock auf und versuchte, die Rückseite der Düne hinaufzuklettern. aber es war zu schwach dafür und sank erneut zu Boden. Jetzt sah ich auch, was geschehen war. Der Schwanz des Tieres war bis zur Wurzel abgeschnitten oder abgebissen worden, und durch diese Verletzung hatte es so viel Blut verloren, daß es mit Sicherheit nicht mehr lange leben würde (die Aaskäfer hatten ihren angestammten Platz bereits verlassen). Das Kälbchen war unverletzt und das Blut, mit dem es befleckt war, stammte von der Mutter. Es legte sich neben sie und fing an, ihr Gesicht zu lecken. Wenn seine Mutter starb, würde auch das Kälbchen sterben; in dem Moment, als mir dieser Gedanke kam, sank der Kopf des Muttertieres in den Sand. Seine weit geöffneten Augen waren erloschen.

Noch mehrere Minuten lang leckte und stupste das Kalb das Gesicht seiner toten Mutter. Dann erhob es sich und setzte sein hohes klagendes Muhen fort. Hinter mir vernahm ich plötzlich ein anderes Geräusch. Ein weibliches Gadzock mit schwerem gelbem Schwanz, selbst ein Kälbchen hinter sich, trottete über die Düne. Ein Yard von mir entfernt und ohne mich weiter zu beachten, ging es zu der toten Mutter mit ihrem Kalb. Es schenkte dem toten Gadzock weiter keine Aufmerksamkeit, als wisse es, daß ihm nicht mehr zu helfen war, sondern strebte auf das verwaiste Kälbchen zu. Dieses versuchte wegzugehen, aber wohin es sich auch wandte, die Gadzock-Kuh folgte ihm (ihr eigenes Kälbchen stand ein paar Yard entfernt mucksmäuschenstill, ohne sich am Geschehen zu beteiligen). Schließlich hatte das verwaiste Kälbchen verstanden; es hörte auf zu klagen und trank aus dem Euter der Kuh. Verwirrt kehrte ich ins Lager zurück.

Als Charley dann am Spätnachmittag endlich auftauchte, pfiff er fröhlich vor sich hin und sah sehr zufrieden aus. Vor seinem Gesicht schwenkte er etwas, das aussah wie ein riesiger Fliegenwedel, an dessen Ende jedoch Blut glänzte. War etwa Charley verantwortlich für den Tod des Gadzock? Als ich ihn nach seiner Trophäe fragte, erklärte mir Charley, daß es tatsächlich der Schwanz eines Gadzock sei, dessen salzige Verkrustung er entfernt habe, so daß es jetzt eher aussah wie ein Fächer als wie ein Stock. Wenn ich auch einen haben wollte, würde er mir einen besorgen.

»Es ist ganz leicht«, meinte er. »Sie halten still.«

Mein schrecklicher Verdacht hatte sich also bestätigt. Charley hatte einem lebendigen Tier den Schwanz abgehackt und es damit zu einem langsamen und qualvollen Tod verurteilt, nur wegen eines Fliegenwedels. Doch als ich meinen Abscheu gegen diese brutale Tat zum Ausdruck brachte, war er regelrecht gekränkt.

»Dieses Gespräch haben wir schon einmal geführt«, gab er kühl zurück. »Wir töten beide. Du tötest im Dienst der Wissenschaft, ich, um es bequemer zu haben.«

Wie konnte ich ihm klarmachen, daß es etwas anderes war, wenn man tötete, um sich Nahrung zu beschaffen oder wissenschaftliche Erkenntnisse zu gewinnen, als wenn man tötete, nur um sich einen Fliegenwedel zu beschaffen? Denn wo lag der Unterschied? Wie konnte ich Charley erklären, daß es falsch war, ein Gadzock verbluten zu lassen und den Tod eines Kälbchens in Kauf zu nehmen, das langsam verhungern würde?

»Charley«, begann ich, »es stimmt, was du sagst; wir töten beide. Aber ich achte darauf, kein unnötiges Leiden zu verursachen.«

Charley sah mich an.

»Menschen leiden, nicht Tiere.«

»Ach, Charley, wie kannst du daran zweifeln, daß Tiere genauso Schmerz empfinden wie wir? Schreien sie denn nicht vor Schmerz auf, wenn sie verwundet werden? Hat das Gadzock denn nicht geschrien?«

»Schmerz ist etwas anderes als Leiden«, sagte Charley, ohne auf meine Frage einzugehen. »Schmerz ist eine Reaktion, eine körperliche Empfindung, vergleichbar dem Hunger oder dem Gefühl der Sättigung. Leiden hat mit dem Verstand zu tun. Tiere haben keinen Verstand.«

Mir fiel keine Erwiderung ein, und Charley wertete mein Schweigen als Zeichen des Einverständnisses.

»Trotzdem, alter Freund«, sagte er mit einem versöhnlichen Lächeln, »wirst auch du zugeben müssen, daß es ein prima Fliegenwedel ist. Wir bekommen dafür bestimmt einen guten Preis, wenn wir erst einmal von hier fortkommen«, und er schwenkte den Schwanz des Gadzocks hin und her.

Am nächsten Tag kam Charley mit weiteren Fliegenwedeln ins Lager zurück, darunter auch einigen kleinen.

»Keine Sorge«, meinte er, als er sah, daß ich protestieren wollte. »Ich versichere hoch und heilig, ich habe ihnen zuerst die Kehle durchgeschnitten.«

KAPITEL 27

Die folgenden Tage sprachen Charley und ich nur wenig miteinander. Er nahm morgens das Kanu, um die Lagune und die äußeren Atolle zu erkunden und vielleicht ein wenig zu fischen, ich dagegen unternahm kurze Exkursionen ins Innere der Insel. Manchmal war Charley den ganzen Tag unterwegs. Als ich eines Morgens aufwachte und entdeckte, daß das Kanu von seinem gewöhnlichen Platz unter den Kokospalmen verschwunden war, nahm ich an, Charley sei zeitig aufgebrochen; erst als er am späten Nachmittag immer noch nicht zurück war, begann ich mir Sorgen zu machen. Bei Tag war die Lagune ungefährlich, aber bald würde die Dunkelheit hereinbrechen. Ob ihm etwas zugestoßen war? Wie leicht konnte das Kanu kentern, wenn er einen Fisch landete oder auf ein unsichtbares Riff fuhr. Ich ließ die rasch dunkler werdende Lagune nicht mehr aus den Augen, bis ich nur noch die sich im Wasser spiegelnden Sterne sah. Mir fiel ein, daß ich ein Signalfeuer entzünden konnte und lief die Düne hinunter, um am Strand so viel trockene Kokosblätter wie möglich zusammenzutragen. Bald loderte ein helles Feuer, aber noch immer war von Charley weit und breit nichts zu sehen.

Ich saß die ganze Nacht am Strand und legte immer wieder neue Kokosblätter ins Feuer. Fledermäuse schwirrten durch den Lichtschein, und einmal trotteten zwei Gadzocks seelenruhig an mir vorbei. Im Geist sah ich Charley den Strand entlang zum Lager zurückgehen oder fluchend auf einer Sandbank gestrandet; ich sah ihn tot, ertrunken, aber von dem wirklichen Charley nirgends eine Spur, weder tot noch lebendig. Am folgenden Morgen blieb ich so lange am Strand, bis mich Hunger und Durst in unser Lager zurücktrieben. Wir hatten uns angewöhnt, einen Wasservorrat für drei Tage im Lager zu haben, und wir gingen abwechselnd den kurzen Weg zu der nahe gelegenen Quelle und füllten ein kleines Faß. Das Faß hatten wir in einer Tauschlinge befestigt, die wir an eine Kokospalme gehängt hatten, aber als ich ins Lager zurückkam, bemerkte ich, daß es nicht an seinem Platz war. Aber noch etwas anderes, Wichtigeres, war verschwunden. Obwohl Charley sich als den rechtmäßigen Eigentümer des goldenen Skarabäus betrachtete, den wir von dem einäugigen Seemann erhalten hatten, ließ er doch das Kästchen, in dem sich der Käfer befand, neben dem Wasserfaß am Baum hängen. Dieses Kästchen war ebenfalls verschwunden, und mein erster Gedanke war, daß die beiden Gegenstände gestohlen worden waren. Es dauerte eine Weile, bis mir klar wurde, was tatsächlich geschehen war. Charley hatte das Faß, den Skarabäus und das Kanu genommen, weil er vorhatte, das Weite zu suchen und mich hier im Stich zu lassen. Als ich unsere anderen Habseligkeiten durchsuchte, war ich mir bald ganz sicher. Pistolen, Parang, Kompaß und Kleidung, alles war verschwunden. Es war also kein launischer Einfall gewesen, so frühzeitig aufzubrechen. Charley hatte sorgfältig und systematisch alles mitgenommen, was ihm bei seiner Flucht von Nutzen sein konnte. Ohne einen Gedanken an mich zu verschwenden, hatte er sich wie ein Dieb in der Nacht davongeschlichen und mich allein auf der Insel zurückgelassen.

In meiner Zeit in Edinburgh hatte mich Robert Grant mit Spinozas Werk vertraut gemacht. In jener Phase meines Lebens erschien mir Spinozas reiner Rationalismus so faszinierend, daß ich viele Monate lang versuchte, mein Leben nach dieser Philosophie auszurichten. Weg mit Gefühl und Spekulation, es kam allein auf die reine Vernunft an. Ganz besonders beeindruckte mich Spinozas Ablehnung der Reue und des Bedauerns. Dem Gefühl der Reue nachzugeben sei gleichbedeutend mit dem Versuch, die Vergangenheit ändern zu wollen. Aber welcher Sinn lag für einen vernünftig denkenden Menschen darin, einem so unnützen und unproduktiven Bestreben nachzuhängen? Meine jugendliche Begeisterung währte nicht lange; bald schon kehrte ich zu meinen alten Gewohnheiten der Leidenschaft und des Genusses zurück, und ich hatte seither kaum je wieder an den alten Philosophen gedacht. Als mir die Perfidie von Charleys Verhalten klar wurde, wünschte ich mir, ich hätte Spinozas Philosophie erfolgreicher praktiziert. Auf die Reue folgte schmerzliches Bedauern. Was war ich doch für ein Narr gewesen, daß ich mein bequemes Leben in Sydney aufgegeben hatte und die wenige mir noch verbliebene Zeit mit einer Suche vergeudete, die ich längst schon aufgegeben hatte. Warum hatte ich mich in der Fremde von einem Menschen verführen lassen, den ich kaum eine Woche lang näher kennengelernt hatte, und warum hatte ich zugelassen, daß er den Kapitän und die Mannschaft auswählte? Niemals hätte ich mich von Charley überreden lassen dürfen, einen Fuß auf diese Insel zu setzen; und warum hatte ich nicht erkannt, daß die Begeisterung der Mannschaft nicht daher rührte, daß wir sicher am Ziel angelangt waren, sondern daß sie die Möglichkeit sahen, sich davonzumachen? Und Charleys Zuneigung für mich war nur eine Fata Morgana in der Wüste meines Lebens gewesen. Ich fluchte einen ganzen Tag lang, am nächsten Tag weinte ich. Als meine Gefühle verebbt und meine Tränen getrocknet waren, kehrte Charley zurück.

Am dritten Morgen nach seinem Weggang kam er den Strand entlang, als sei er von einem morgendlichen Spaziergang im Park zurück. Er hatte nichts bei sich, kein Wasser, keine Waffen, und als ich ihn fragte, was mit dem Kanu passiert sei, sagte er nur, er sei auf Erkundungsfahrt gewesen und das Kanu sei verloren.

»Aber warum hast du unser Wasser mitgenommen?« wollte ich wissen. »Und warum die Pistolen?«

»Du brauchst sie hier nicht«, war seine Antwort. »Wasser kannst du mit einer Flasche holen, und was willst du schießen, Alter, etwa die wertvollen Gadzocks?«

»Aber wenn du lediglich die Insel erkundet hast, Charley, warum hast du dann den goldenen Skarabäus mitgenommen?«

Charley verweigerte eine Anwort auf diese und meine folgenden Fragen. Er verfiel in ein verdrossenes Schweigen, das auch die folgenden Tage anhielt.

Manche Vögel sind stumm, andere singen wunderschön, aber ich habe nie verstanden, warum so viele Vögel Geräusche nachahmen, was doch offensichtlich keinen Vorteil bringt. Mimikry ist bei anderen Tieren nichts Ungewöhnliches und dient gewöhnlich der Tarnung, um von den Feinden nicht gesehen zu werden. Entsprechend groß ist die Zahl der Tiere, deren Mimikry sie für ihre Beute unsichtbar macht, und Mimikry dient oftmals beiden Zwecken. Spinnen, so glaube ich, haben diese Kunst auf höchstem Niveau entwickelt. Ich habe Spinnen mit der Farbe von Baumrinde gesehen, mit der Farbe eines Blatts, mit der Farbe der Blüte, auf der sie auf die Fliege lauern, die den süßen Nektar saugt, um sich auf sie zu stürzen und auszusaugen. Einmal stieß ich in Australien auf eine Spinne, die nicht nur aussah wie Vogelkot, sondern auch so roch. Auch viele Reptilien tarnen sich auf diese Weise. Am Kap habe ich eine mörderische Boomslang einen Ast entlanggleiten sehen, die sechs Zoll neben sich ein wehrloses, aber vollkommen bewegungsloses Chamäleon übersah, und wenige Minuten später ließ sich eine Schmeißfliege auf demselben Ast nieder und wurde von ihrem gut getarnten Feind geschnappt. Bekanntlich können Chamäleons ihre Farbe ändern, um sich ihrer Umgebung anzupassen, aber umstritten ist, glaube ich, ob dies unbewußt oder willentlich geschieht. Hier auf meiner Insel gibt es ein Tier, das nicht nur seine Farbe, sondern auch seine Körpergestalt verändern kann.

Auf dieses bemerkenswerte Geschöpf stieß ich, als ich die Gepflogenheiten des Orchideenkäfers studierte. Ich wollte herausfinden, ob der weibliche Orchideenkäfer in mehr als einer Pflanze seine Eier ablegt, und zu diesem Zweck nahm ich einen weiblichen Käfer von einer Blume, nachdem er seine Eier gelegt hatte. Seine Deckflügel markierte ich mit einer Kalkmasse, um seinen Flug besser verfolgen zu können. Die Markierung schien den Käfer kaum zu behindern, und nur wenige Sekunden nachdem ich ihn wieder auf die Orchidee gesetzt hatte, breitete er seine Flügel aus und flog davon. Ich wußte nicht, welches Ziel er anstrebte, aber da er weder besonders schnell noch besonders hoch flog, konnte ich ihm folgen. Er landete auf dem Stamm eines Baumes ganz in der Nähe und war im nächsten Augenblick verschwunden.

Mein erster Gedanke war, daß der Käfer in ein Loch im Baum gekrochen war, aber ich fand keines. Die Rinde des Baumes, eine *Ficus*, war glatt und von grauer Farbe. Auf ihr bot sich kein Versteck für meinen Käfer, und mit seinem weißen Fleck auf dem Rücken war er ja wohl kaum zu übersehen. Ich suchte den Baum genau ab, fand aber nirgendwo einen Käfer. Erst als ich fast zufällig meine Finger über den Stamm gleiten ließ, entdeckte ich etwas Ungewöhnliches. Genau oberhalb der Stelle, wo sich mein Käfer niedergelassen hatte, befand sich eine kleine Verdickung, eine Narbe vielleicht, wo vor vielen Jahren einmal ein Ast abgebrochen war. Als ich die Verdickung berührte, gab sie unter meinen Fingern leicht nach. Ich konnte zwar etwas ertasten, aber keinen Unterschied zwischen dieser Verdickung und dem übrigen Stamm entdecken, so genau ich die Stelle auch untersuchte. Dann plötzlich fiel diese Verdikkung ab; als ich mich hinunterbeugte, war nichts zu sehen. So sehr ich auch suchte, am Boden lagen nur abgestorbene Blätter und trockene Zweige. In dem Moment, als ich zu der Überzeugung gelangte, meine Augen oder mein Verstand müßten sich geirrt haben, bewegte sich einer der Zweige.

Wenn ich nicht gesehen hätte, daß sich der Zweig bewegte, wäre ich nie dahintergekommen. In Farbe, Form und Struktur war es nur ein abgebrochener, schon etwas vermoderter kleiner Zweig; etwa vier Zoll lang und mit einem halben Zoll Durchmesser sah er aus wie die zahllosen anderen trockenen Zweige am Boden. Als ich ihn jedoch aufhob, fühlte er sich weich an, biegsam, kurzum so, als sei es ein Tier. Aber ich entdeckte weder Arme noch Beine, weder Augen noch Mund. Es war jedenfalls kein Tier, das ich je zuvor gesehen hatte. Ich drehte es in meiner Hand, um es genauer zu inspizieren, als ich den größten Schock meines Lebens erfuhr. Als ich den Zweig ganz nah vor meine Augen hielt, spürte ich eine leichte Bewegung, und der Zweig war verschwunden. Statt dessen hatte meine Hand einen sechsten Finger bekommen. Zwischen meinem Daumen und meinem Zeigefinger war ein weiterer Finger, der in einem ungewöhnlichen Winkel abstand; Fingernagel, Knöchel – alles war vorhanden, sogar die Farbe war identisch mit der meiner eigenen Finger. Meine Überraschung war so groß, daß ich beinahe laut aufgeschrien hätte, aber es gelang mir, mich zu beherrschen und meine Hand blitzschnell in einen der Leinenbeutel zu stecken, die ich stets bei mir trug, und ich war erleichtert, als ich spürte, daß das Tier von mir ließ und abfiel. Blitzschnell zurrte ich den Beutel zu. Ich hatte den größten Verwandlungskünstler entdeckt, den die Natur je hervorgebracht hat.

Als ich mit meiner Trophäe ins Haus zurückkehrte, spürte ich, daß das Lebewesen erneut seine Gestalt geändert hatte. Es fühlte sich jetzt nicht mehr wie ein trockener Zweig an, sondern dünn wie ein Blatt. Als ich den Beutel vorsichtig öffnete, befürchtete ich zunächst, das Tier würde entwischen, aber es hatte sich an der Innenseite festgesetzt und Farbe und Struktur des groben Leinens meines Sammelbeutels angenommen. Ich griff hinein und war erneut überrascht, daß mir unversehens erneut ein sechster Finger gewachsen war. Diesmal siegte meine Neugier über mein Erstaunen, und ich besah mir das merkwürdige Geschöpf in aller Ruhe.

Seine Ähnlichkeit mit meinem Zeigefinger war wirklich erstaunlich. Da war der Nagel, die faltige Haut der Knöchel. Die feineren Details der Hautstruktur fehlten zwar, aber die Farbe war identisch, der Finger war auf der Oberseite sogar etwas dunkler als auf der Unterseite. Mein falscher Finger war fast nahtlos mit meiner Hand verbunden, obwohl ich kleine Krallen spürte, die ich auch erkennen konnte, als ich mit einer kleinen Sonde den »Finger« etwas anhob. Diese Krallen deuteten darauf hin, daß es sich entweder um ein Mitglied der Gliedertiere oder der Wirbeltiere handelte, aber da ich keine weiteren Anhaltspunkte besaß, konnte ich auch nicht entscheiden, wozu es denn nun gehörte. Das Tierchen hatte sich nicht besonders festgekrallt, und es gab keinen Grund, weshalb ich es nicht von meiner Hand abheben sollte. Aber wie konnte ich verhindern, daß es sich augenblicklich in den nächstbesten Gegenstand verwandelte? Die Lösung, auf die ich verfiel, bestand darin, ein großes Sammelglas halb mit Wasser zu füllen und meine Hand hineinzutauchen. Zunächst geschah nichts. Ich hatte nach wie vor einen sechsten Finger, obwohl an der Verbindungsstelle zu meiner Hand kleine Bläschen aufstiegen. Dann allmählich veränderte der Finger seine Farbe. Er wurde immer dunkler, und plötzlich löste er sich von meiner Hand und stieg an die Oberfläche. Jetzt endlich offenbarte das Tierchen seine natürliche Gestalt. Auf der Wasseroberfläche schwamm eine kleine, braune Echse.

Innerhalb der Ordnung Reptilia entdeckte ich auf meiner Insel keine Varanidae (was mich überraschte, da diese Echsen im Norden und im Süden vorkommen und für ihr Schwimmvermögen bekannt sind); auch Schildkröten gibt es hier nicht (was mich ebenfalls erstaunte, da ich weiß, daß diese Tiere weit verbreitet und selbst auf den entlegensten Inseln zu finden sind). Abgesehen von den Seeschlangen, die sich in der Lagune zuhauf tummeln, gibt es nur eine einzige Schlange aus der Gattungsgruppe der Boa, die sich trotz ihrer Größe offenbar ausschließlich von Früchten ernährt. Ich entdeckte auch mehrere Arten kleiner Skinke, von denen wenigstens einer beinlos ist, sowie sechs Arten von Agamidae. Diese Echse gehörte, wie ich meinte, zu den Chamäleons.

Ein so außergewöhnliches Tier war es wert, genauer studiert zu werden, und ich beschloß, es zu diesem Zweck bei mir zu behalten. In der Annahme, daß die kleine Echse trotz ihrer bemerkenswerten Fähigkeit, sich zu verwandeln, nicht durchsichtig werden konnte, setzte ich sie mit einer Pinzette rasch aus dem Wasserglas in ein leeres Glas um; auf ihre neue Umgebung reagierte sie, indem sie erneut Form und Farbe meines Fingers annahm, ein bizarres Schauspiel. Wenn ich ihre Mimikry-Fähigkeiten weiter auf die Probe stellen wollte, mußte ich ihr die Möglichkeit geben, sich zu verwandeln und doch zugleich sichtbar zu bleiben. Dazu knüpfte ich aus einem roten Faden eine Schlinge; als ich das Tier wieder ins Wasser setzte, wo es seine natürliche Gestalt zurückgewann, zog ich ihm die Schlinge über den Kopf und verknotete sie an seinem Hals. Als ich dann das Chamäleon mit bloßen Händen aus dem Wasser nahm, war mein sechster Finger direkt unterhalb des Fingernagels mit einem Ringlein aus roter Wolle geschmückt.

Ich war mir jetzt sicher, jede Verwandlung des Tieres nachvollziehen zu können, und setzte es daher auf diesen und jenen Untergrund. Seine Verwandlungsfähigkeit war erstaunlich. Auf Sand gesetzt, verwandelte es sich in Sand; auf Kieselsteinchen in ein Kieselsteinchen; auf einem Stück Baumrinde in Baumrinde; auf dem grünen Zweig eines Baumes in ein Blatt. In seinem Vermögen, sich der Farbe seiner Umgebung anzuverwandeln, kam kein anderes mir bekanntes Tier dem Chamäleon gleich; aber seine Verwandlung von Größe und Körperform war noch erstaunlicher. Es konnte seinen Körper nahezu papierdünn flach drücken oder auf die Größe einer Organdy-Pflaume aufblasen; es konnte sich auf acht bis neun Zoll Länge ausdehnen oder auf weniger als zwei Zoll zusammenziehen. Es konnte die glatte Struktur eines jungen und die rissige Struktur eines verwelkten Blattes nachahmen, die gezackte Form von Korallengestein und die regelmäßigen Rundungen eines ausgebleichten Knochens. Das Chamäleon besaß auch die Fähigkeit, andere Tiere nachzuahmen. Ich habe es als Schmetterling gesehen, als Maus, als Spinne, ja sogar als Schlangenkopf (um so erstaunlicher, da es auf der Insel kaum Schlangen gibt). Bei vielen seiner Verwandlungen kommt ihm zupaß, daß das Tier seine Gliedmaßen ins Körperinnere ziehen kann, und ohne den roten Wollfaden, der mir die Lage des Kopfes anzeigte, wäre es mir oft nicht möglich gewesen, seine Körperteile zu bestimmen.

Bald fand ich heraus, daß mein kleines Chamäleon wie die meisten Echsen Insekten fraß; mit seiner langen Zunge fing es die Fliegen und Käfer, die ich in das Glas legte, und zwar mit atemberaubender Geschwindigkeit (das erklärt auch das plötzliche Verschwinden meines Orchideenkäfers). Ich hatte zwar ein Schälchen mit Wasser in das Gefäß gestellt, sah aber das Chamäleon nie daraus trinken. Dieses kleine Lebewesen faszinierte mich derart, daß ich viele Stunden damit verbrachte, es zu beobachten, und schließlich wurde es richtig zahm. Wenn ich es aus seinem Glas nahm, ahmte es jetzt nicht mehr meinen Finger oder einen anderen in der Nähe befindlichen Gegenstand nach, sondern behielt seine natürliche Gestalt bei und spazierte auf meinem Schreibtisch zutraulich und freundlich herum. Ich war von meinem Haustier sehr angetan und erschrak daher, als ich es eines Tages in sein Glas zurücksetzen wollte und nirgendwo finden konnte. Aus Erfahrung wußte ich, daß es zwecklos war, mich auf die Suche nach dem Chamäleon selbst zu machen, ich mußte meinen Schreibtisch nach dem roten Wollfaden absuchen. Es dauerte ziemlich lange, bis ich das Halsband entdeckte, welches sich an einer scharfen Holzkante meines Schreibtisches verfangen hatte, aber zu meinem Entsetzen war das Tierchen, um dessen Hals ich es gebunden hatte, nirgends zu sehen. Ich suchte überall in der Hoffnung, meinen kleinen Freund doch noch zu finden.

Schließlich mußte ich aufgeben; ich würde ihn wiedersehen, wenn er sich mir aus freien Stücken zeigen wollte.
Die Tage vergingen, ohne daß ich eine Spur des Chamäleons fand. Ich nahm an, es sei für immer verschwunden. Eines Abends dann, als ich mir mein Abendessen briet – Elritzen, die ich im See mit dem Netz gefangen hatte –, sprang zu meiner Überraschung einer der Fische aus der Pfanne auf den Boden. Vor meinen erstaunten Augen verwandelte sich der kleine Fisch in mein verloren geglaubtes Haustier. Ich hatte mein kleines Chamäleon wiedergefunden, aber leider blieb es nicht mehr lange am Leben. Es war zwar der Bratpfanne entronnen, hatte sich aber so starke Verletzungen zugezogen, daß es wenig später starb, und ich gestehe, daß ich über sein trauriges Ableben Tränen vergossen habe.
Der frühzeitige Tod meines Haustiers gab mir jedoch die Gelegenheit, die Geheimnisse dieses Verwandlungskünstlers aufzudecken, und am nächsten Tag nadelte ich den kleinen Körper auf meinem Tisch fest und begann ihn zu zergliedern. Ich entdeckte, daß die Fähigkeit des Chamäleons, seine Gestalt zu verändern, in der besonderen Struktur seines Skeletts begründet lag, das extrem wenige Knochen aufwies. Ferner sind seine Gelenke nicht so festgefügt wie bei den anderen Wirbeltieren, sondern von besonders elastischen Bändern umhüllt, die es ihm ermöglichen, die Knochen nach Belieben auszurenken. So wie eine Schlange ihre Kieferknochen ausrenken und das Maul weit aufreißen kann, um Beutetiere zu verschlingen, die größer sind als ihr eigener Kopf, kann das Chamäleon seine Gelenke ausrenken, auch seine Wirbel. Die Verrenkungskünste eines menschlichen Artisten auf dem Jahrmarkt sind nichts verglichen mit den Fähigkeiten dieses kleinen Chamäleons. Ich habe der Species den Namen *Cha-*

maelio abditissimus gegeben. Wie häufig diese wunderbaren Reptilien auf meiner Insel vorkommen, weiß ich nicht. Ich habe nie ein weiteres Exemplar gesehen, bin aber vielleicht ständig von ihnen umgeben.

KAPITEL 28

Ursprünglich war es unser Plan gewesen, zunächst die Küste und das Flachland und danach erst den Berg genauer zu erkunden. Charley hatte jedoch den Gipfel bereits erklommen; am zweiten Tag unseres Aufenthalts auf der Insel war er in der Hoffnung hinaufgeklettert, in der Ferne Land oder ein Schiff zu entdecken. Aber er sah nur das Segel der Prau, das Richtung Norden über den Horizont entschwand, war aber von den Fumarolen (»Qualmlöcher« nannte er sie) fasziniert, die er rund um den Gipfel entdeckt hatte. Die meisten dieser Spalten seien klein, erzählte er, nur Risse im Felsgestein, aus denen zischender Dampf emporschoß, aber es gebe auch eine größere Öffnung, ein rundes schwarzes Loch von drei Yard Durchmesser. Wenn man nahe genug am Rand stehe, so erzählte er, werde man von den weißen Dampfwolken, die daraus aufsteigen, durchnäßt und könne die Hitze des geschmolzenen Gesteins aus dem Erdinnern auf dem Gesicht spüren. Das Loch sei so groß, daß ein Mensch hineinstürzen könne. Ich war begierig, diese Eigentümlichkeiten mit eigenen Augen zu sehen, aber der Aufstieg war für mich eine größere Expedition. Mein Alter und die Jahre, die ich als Einsiedler verbracht hatte, hatten meine Glieder geschwächt, und selbst die Besteigung eines relativ flachen Hügels war ein schwieriges und mühevolles Unterfangen. Dennoch, eines Morgens, etwa zwei Wochen nach Charleys Rückkehr, ließ ich mich auf seinen Vorschlag ein, den Berg genauer zu erkunden. Wir füllten unsere Taschen mit Schiffszwieback, nahmen Wasser mit und machten uns an den Aufstieg.

Charley war bald aus meinem Blickfeld verschwunden. Er nahm wenig Rücksicht auf meine Gebrechlichkeit und lief in seinem eigenen Tempo voraus. Es dauerte mehr als eine Stunde, bis ich, völlig außer Atem, die untere Grenze der Dildoebäume erreicht hatte, wo Charley im Schatten eines Baumes saß und sich ausruhte. Als ich näher kam, bemerkte ich, daß er eingeschlafen war. Im Schlaf war er wieder der Junge, der vor so vielen Jahren in Makassar zuerst meine Augen auf sich gezogen und dann mein Herz gefangengenommen hatte; oder war es ein anderer Junge, den ich vor mir sah, jener Junge, der an einem Sommertag in einem Garten in England mein Herz erobert und es seither nie mehr freigegeben hatte? Mir fiel wieder ein, was mir damals, an einem der ersten Tage in der Schule in Shrewsbury, durch den Kopf gegangen war: der Reiche und der Arme, der Tugendhafte und der Schelm, der Glückliche und der Traurige, im Schlaf sind alle gleich. Aber was von beidem war Charley nach dem Aufwachen? Ich wußte, daß ihn das Leben, menschliches wie tierisches, nie sonderlich gekümmert hatte. Anfangs hatte ich dies seiner mangelnden Bildung und Unwissenheit zugeschrieben; jetzt aber erkannte ich allmählich, daß es nicht ein Mangel, sondern eine ausgeprägte Eigenschaft war, wohlüberlegte Grausamkeit und nicht fehlendes Mitgefühl. Wie sonst konnte ich erklären, daß er versucht hatte, mich allein auf der Insel zurückzulassen?

Charley blinzelte.

»Da bist du ja endlich. Bin müde geworden vom Warten.«

Ich setzte mich neben ihn.

»Du mußt mir verzeihen«, sagte ich. »Die Folgen mangelnden Gebrauchs sind womöglich nicht vererbbar, aber dennoch in der eigenen Lebenszeit durchaus zu spüren.«

Charley lachte auf. »Du und deine verdammte Theorie. Es gibt Wichtigeres als Theorien. Was hat dir deine wertvolle Theorie gebracht, Alter?«

Herzlich wenig, das mußte ich zugeben; und hatte ich durch sie nicht die Freundschaft verloren, die mir am wertvollsten war? Ich hatte Charley noch nicht darüber aufgeklärt, daß Bobby von Wallace gezwungen worden war, die Theorie gegen seinen Willen zu veröffentlichen, und ebensowenig von seinem Brief an mich, aber jetzt tat ich es. Er hörte mir ungewöhnlich schweigsam zu.

»Wie Wallace darauf kam, ist mir unbegreiflich«, sagte ich. »Ich schwöre, daß er an der Sache nie auch nur das geringste Interesse zeigte.«

»O doch, er war durchaus interessiert, als ich ihm davon erzählte«, sagte Charley.

»Du hast ihm davon erzählt? Wann?«

»Laß mich nachdenken«, sagte Charley. »Wann war das, '57 vielleicht?«

Ich bat ihn, mir Genaueres zu berichten.

»Ich war noch bei Jim Brooke und verbrachte mit ihm eine großartige Zeit«, sagte er, »als in Kuching plötzlich unser alter Freund auftauchte, der immer noch nach Vögeln und Schmetterlingen suchte. Seitdem ich euch beide in Makassar verlassen hatte, war etwa ein Jahr vergangen, und er zeigte sich mächtig überrascht, mich zu sehen. Auch hatte er sich ziemlich geärgert, und zwar über dich«, fügte er hinzu und zeigte auf mich. »Du hättest hören sollen, wie er über dich geschimpft hat.«

»Über mich?«

»Er glaubte noch immer, du hättest mich ihm ausgespannt«, sagte Charley lachend. »Aber er hat sich für die Theorie inter-

essiert, obwohl ich glaube, daß er nicht einmal die Hälfte davon verstanden hat.«
Nun war mir alles klar. Wallace hatte zwar den Sinn der Theorie nicht verstanden, aber er hatte sie sich eingeprägt; wie ein dressierter Papagei konnte er Wörter und Sätze wiedergeben, ohne ihren Sinn zu verstehen. Mit der Zeit war er imstande, wortwörtlich zu wiederholen, was er von Charley und Charley wiederum von mir gehört hatte.
Charley stand auf, und noch immer über Wallace' Empörung in sich hineinglucksend, machte er sich weiter an den Aufstieg.

Seit Charleys Tod bin ich ganz auf mich allein gestellt, und allmählich ist auch die Kraft in meine Glieder zurückgekehrt, und meine Ausdauer und Zähigkeit sind gewachsen. Im Zuge meiner Erforschung der Land-Seegurken habe ich zahlreiche Dildoebäume gefällt und zergliedert. Als ich einmal unweit der Stelle, wo Charley sein unglückliches Ende gefunden hat, mit dieser langwierigen Tätigkeit beschäftigt war, verlor ich das Gefühl für die Zeit, und als ich mit meinen Untersuchungen fertig war, stellte ich fest, daß die Sonne nur noch ein paar Handbreit über dem Horizont stand. Bis zum Einbruch der Nacht – die in diesen Breiten rasch eintritt – blieb mir für den Abstieg weniger als eine Stunde Zeit. Ich machte mich unverzüglich auf den Weg, und als ich am Berghang anlangte, war es bereits dunkel. Wenn ich mich an der riesigen Fumarole hinter mir und dem Abendstern im Westen orientierte, konnte ich zuversichtlich sein, den Weg nach Hause nicht zu verfehlen. Als ich mir zwischen den Felsen und Sträuchern vorsichtig meinen Weg bahnte (Gadzocks klettern nur selten so hoch hinauf, und deshalb gab es keinen Pfad, dem ich hätte folgen können), stieg mir plötzlich ein unangenehmer Geruch in die Nase. Mir war aufgefallen, daß einige kleinere Fumarolen auf der anderen Seite des Berges nach Schwefel rochen, aber das hier war kein Schwefelgeruch, sondern Ammoniak. Als ich einen großen Strauch umrundet hatte, flog hinter einem Felsen unmittelbar vor mir etwas auf, was ich für einen kleinen Vogel hielt, und schoß direkt auf mein Gesicht zu. Erschrocken duckte ich mich, so daß ich nicht getroffen wurde, aber im nächsten Augenblick folgte ein weiterer Vogel, dann noch einer. Binnen weniger Augenblicke flog ein ganzer Schwarm dieser Dinger über meinen Kopf hinweg in den dunklen Himmel, und bei genauerem Hinsehen erkannte ich, daß es keine Vögel, sondern Fledermäuse waren. Sie kamen aus einem breiten Spalt unterhalb des Felsens, und von dorther kam auch der kaum mehr erträgliche Geruch. Der Spalt war ohne Zweifel der Eingang zu einer Höhle. Mindestens eine halbe Stunde lang flogen ohne Unterlaß Fledermäuse heraus, meiner Schätzung nach Zehntausende. Inzwischen herrschte stockdunkle Nacht. Ich band mein Taschentuch an einem Strauch fest, sah mich noch einmal genau um, wo ich mich befand, und beschloß, der Sache am nächsten Tag auf den Grund zu gehen.

Der Spalt an der Bergflanke war etwa zwei Fuß lang und sechs Fuß breit – groß genug, daß ein Mensch hineinkriechen konnte. Er verlief nicht senkrecht, sondern neigte sich in einem Winkel von etwa zwanzig Grad. Da die Öffnung schmal war, konnte ich nicht weit ins Höhleninnere blicken, aber ein langer Ast, den ich in die Öffnung schob, stieß auf keinen Widerstand. Ich hatte vorsorglich eine Blendlaterne und ein Seil mitgenommen; bald würde ich wissen, woher die Fledermäuse kamen.

Das Seil benötigte ich gar nicht. Der Spalt wurde nach innen rasch breiter, die Neigung blieb gering, und nachdem ich ein Stück auf allen vieren gekrochen war, konnte ich aufrecht gehen und kletterte etwa hundert Yard einen engen Tunnel entlang, bis ich mich in einer Höhle befand. Wie groß diese Höhle war, konnte ich nicht sagen. Der Schein meiner Laterne, die ich mit rußendem Kokosöl befeuerte, reichte nicht weiter als fünf Yard in die Dunkelheit. Zwar erkannte ich, daß ich aus dem Tunnel in eine Höhle gekommen war, aber von der Höhle sah ich weder die Decke noch konnte ich weit ins Innere blicken. Meine Augen tränten von den beißenden Ammoniakdämpfen, und nur wenn ich ständig blinzelte, konnte ich überhaupt etwas erkennen. Jedoch sah ich die Fledermäuse, die »die Luft mit barbarischem Mißklang erfüllten«. Hunderte von ihnen schossen durch den Lichtkegel meiner Laterne, quiekend und flatternd, und Hunderte hingen an der Wand, dicht nebeneinander wie Dachschindeln.

Als Kind in England waren Fledermäuse für mich vertraute Tiere, ich kannte ihre Gewohnheit, Falter und andere nachtaktive Insekten zu fangen. In Australien hatte ich andere aus dieser Gattungsgruppe kennengelernt, auch Riesenfledermäuse, die unter dem Namen »Flughunde« bekannt sind und im Busch in riesigen, stinkenden Schwärmen vorkommen. In Ostindien hatte ich ähnliche Fledermäuse gesehen und sogar ihr Fleisch gegessen (es schmeckt unterschiedlich, manchmal abscheulich, manchmal köstlich). Die Fledermäuse in der Höhle waren von mittlerer Größe, ihr Körper kräftig gebaut, ihr Rumpf wie der einer großen Ratte, ihre Flügel unverhältnismäßig lang und ihr Fell glänzend und von der Farbe polierten Mahagoniholzes. Ihre lange Schnauze und ihr scharfes, gleichmäßiges Gebiß ähnelte den Flughunden, aber ihre großen Augen blickten freundlich, was ihrem furchteinflößenden Äußeren widersprach. Es war einfach, diese Tiere zu untersuchen, denn sie waren, wie die meisten Bewohner der Insel, ungeheuer zahm und ließen sich widerstandslos von der Wand pflücken.

Wände und Decke der Höhle waren von Fledermäusen übersät, den Boden aber bedeckte der Kot dieser Tiere. Die Höhle war ihre bevorzugte Latrine, und ein ununterbrochener Guano-Teppich erstreckte sich unabsehbar weit ins Höhleninnere. Dieser Kot verursachte den Geruch, den ich am Tag zuvor bereits wahrgenommen hatte und dessentwegen meine Augen tränten. Als ich weiter ins Höhleninnere leuchtete, schien es mir, als funkelten tausend glitzernde Edelsteine darin. Dieser Eindruck war gewiß eine Folge meiner tränenden Augen und das Funkeln wurde vom Flügelschlag der Fledermäuse verursacht. Ich blinzelte heftig. Und blinzelte noch einmal. Ich konnte zwar jetzt klar sehen, aber die Edelsteine waren noch immer da, glitzernd wie goldene Perlen am Boden der Höhle. Ich beugte mich hinunter, die Laterne dicht vor meinen Augen. Ich blinzelte noch einmal. Das waren keine Juwelen. Es waren Käfer.

Ich hatte die Heimat des goldenen Skarabäus gefunden. So sehr mich meine Entdeckung auch überwältigte, die Höhle war kein Ort, an dem man es lange aushielt. Ich brauchte Licht und frische Luft. Also stopfte ich ein Dutzend Käfer in meine Tasche und kletterte durch den Tunnel ins Freie. Die Morgensonne schien bereits hell. Ich holte vorsichtig einen Käfer aus meiner Tasche, seinen Panzer zwischen Daumen und Zeigefinger; seine kräftigen Beine ruderten gemächlich in der Luft. Ohne Zweifel, dies war das Insekt, das Charley mir vor so vielen Jahren gezeigt hatte. Der Panzer schien aus purem Gold.

Seine Größe entsprach der eines englischen Mistkäfers, obgleich dieser hier runder und glatter war und seine Deckflügel nicht wie bei anderen Käfern Falten aufwies. Das Exemplar, das Charley mir gezeigt hatte, und das, welches wir dem einäugigen Seemann abgekauft hatten, war getrocknet und genadelt gewesen; ich hatte nicht unter die Deckfügel sehen und die Rückenseite des Hinterleibs betrachten können. Aber als ich mein Messer zückte und versuchte, die Deckflügel meines lebenden Skarabäus auseinanderzudrücken, mußte ich feststellen, daß sie sich nicht öffnen ließen. Die beiden Deckflügel waren miteinander verwachsen und konnten auch nicht vom Hinterleib abgehoben werden. Wenn sich unter den Deckflügeln Flügel befanden, dann waren sie unbrauchbar. Eine Überraschung! Alle Mistkäfer, die ich bisher gesehen hatte, verstanden sich aufs Fliegen; diese Käfer aber hatten ihr Flugvermögen vollständig verloren. Als ich sie genauer studierte, erwarteten mich weitere Überraschungen.

Alle Skarabäen, die ich bisher gesehen hatte (auch unser *Copris lunaris*, lieber Bobby), formen Kugeln aus Dung und vergraben sie als Futter für ihre Larven. Bald entdeckte ich, daß die Käfer in der Höhle dies nicht taten; denn wo konnte ein Käfer dort seine Dungkugeln vergraben, außer in Dung? Die Käfer legten statt dessen ihre Eier direkt auf dem Boden der Höhle ab. Obwohl ich es allerhöchstens zwanzig Minuten am Stück in der Höhle aushielt, ging ich immer wieder hinein und konnte deshalb einen weiblichen Käfer beim Eierablegen beobachten. Er ging dabei völlig planlos vor, ließ seine Eier willkürlich auf den Boden fallen und vertraute darauf, daß die Larven, die ausschlüpfen würden, reichlich Futter fänden. Und so war es ja auch; die Oberfläche des Guano-Teppichs war zwar mit erwachsenen Käfern übersät, aber darunter wimmelte es von Larven aller Größe. Ich hob eine Handvoll auf. Es waren typische Skarabäus-Larven mit dickem weißem Körper in Form eines C, kleinen braunen Beinen und einem braunen Kopf; nichts an ihnen deutete auf das prächtige Schillern der erwachsenen Käfer hin. Der Kot enthielt auch zahllose große runde Kokons, deren jeder eine hellbraune Skarabäus-Puppe enthielt.

In der Fledermaushöhle leben Hunderttausende goldener Skarabäen, aber außerhalb habe ich weder eine Larve noch ein erwachsenes Insekt entdeckt. Offenbar verbringen die Käfer ihr ganzes Leben in der Dunkelheit der Höhle, wo sich die Larven von dem ständig nachgelieferten frischen Kot der Fledermäuse ernähren und die erwachsenen Käfer immer neue Larven produzieren. Die Larven erweisen den Fledermäusen einen guten Dienst, denn sie vertilgen die Exkremente, die andernfalls die Höhle bis zum Rand füllen würden; sie sind aber keineswegs nur nützlich. Wehe der Fledermaus, die zu Boden fällt, was immer wieder vorkommt, insbesondere bei jungen Fledermäusen. Die Fledermaus wird sogleich von einer Schar Larven überfallen – ein Angriff, dem sie nicht entkommen kann; sie wird in den Kot hineingezogen und von Hunderten kleiner Mäuler bei lebendigem Leib gefressen. Bei meinen kurzen Besuchen in der Höhle wurde sogar das Leder meiner Stiefel von den Käferlarven angenagt.

Die Fledermäuse bezahlen ihren Sturz in die Tiefe mit dem Leben, doch auch die Käfer müssen für Kost und Logis einen hohen Preis bezahlen. Denn sie werden ihrerseits von den Fledermäusen gefressen. Der Boden der Höhle wimmelt von frisch geschlüpften Käfern (in der Höhle gibt es weder Tag noch Nacht), doch fast ebenso schnell, wie sie schlüpfen, werden sie von den Fledermäusen gefressen, die unablässig zu Tausenden in der Höhle umherschwirren und sich im Sturzflug die Larven schnappen. Zwar überleben einige Käfer und erhalten die Art, aber die Überlebenschancen des einzelnen sind eher gering. Eine nette Vorstellung, daß die Fledermäuse mit den Käfern ihre eigenen Exkremente fressen; aber später entdeckte ich noch eine weitere Besonderheit der Lebensweise dieser Fledermäuse.

Bei einer mikroskopischen Untersuchung des frischen Fledermauskots entdeckte ich zu meiner Überraschung keinerlei Spuren des chitinhaltigen Skeletts der Käfer, jedoch alle möglichen Samenarten. Das verblüffte mich. Die Fledermäuse, die ich bisher kannte, waren entweder kleiner und fraßen Insekten, oder sie waren größer und fraßen Früchte. Hier hatte ich den Beleg, daß diese Fledermäuse beides fraßen, aber offenbar schieden sie die Exkremente, die ihrer entomologischen Mahlzeit entstammten, an einem Ort außerhalb der Höhle aus. Unter den Obstbäumen auf der Insel gibt es drei der Gattung *Ficus* sowie einen mit Blättern ähnlich denen eines Feigenbaums, aber mit Früchten, die eher Pfirsichen ähneln, allerdings mit einer bitteren Schale und süßem, körnchenreichem Fruchtfleisch. Diese Bäume bilden nicht etwa einen Wald, sondern wachsen in kleinen verstreuten Hainen auf der nordöstlichen Seite der Insel. Ich hatte mich tagsüber häufig im Schatten dieser Bäume aufgehalten, war aber nie während der Nacht dort gewesen.

Am Tag des nächsten Vollmonds suchte ich mir einige Sachen zusammen und machte mich auf den Weg ins Inselinnere, um die Nacht in einem dieser Obsthaine zu verbringen; ich wollte den Ort finden, wo die Dungfledermäuse, wie ich sie nannte, sich ihr Futter holen. Eine Stunde vor Sonnenuntergang war ich da und breitete meine kleine Persenning unter den Bäumen aus. Der Boden war mit gefallenen Blättern weich gepolstert, und zum Abendessen hatte ich mir Fisch und kalte Kartoffeln mitgebracht.[48] Später aß ich ein paar Früchte, die in großer Zahl zu Boden gefallen waren. Daß viele Früchte angefressen waren, nährte meine Hoffnung, daß ich mich am richtigen Ort befand.

Als die Sonne untergegangen war, ging der Vollmond auf. Die Grillen fingen an zu zirpen. Weit im Westen vernahm ich das durchdringende Quaken der Frösche im See. Als der Mond knapp eine Handbreit in das »Sternendach des Himmels« aufgestiegen war, kamen die Dungfledermäuse. Sie waren unüberhörbar. Ihr Flug war lautlos, aber sobald sie sich auf einem Baum niedergelassen hatten, fingen sie wie eine Horde Affen an zu schnattern, zu plappern, zu streiten und zu schreien. Hatte ich zuvor beobachtet, wie die Dungfledermäuse eine volle halbe Stunde lang in einem nicht abreißenden Strom ihre Höhle verlassen hatten, so beobachtete ich jetzt ihre Ankunft im Hain über einen ebenso langen Zeitraum. Sobald sie auf einem Baum gelandet waren und noch bevor sie zu fressen begannen, richteten sich die Fledermäuse auf und entleerten ihren Darm. Kleine dunkle Kügelchen prasselten durch die Blätter auf die Erde nieder. Jeder Fleck, auf den das Mondlicht fiel, war von glitzernden Goldklümpchen übersät.

Hier landeten also die Käfer aus der Höhle. Die funkelnden Pünktchen am Boden unter den Bäumen, die ich zuvor für Pyrit aus verwittertem Felsgestein gehalten hatte, waren also die Verdauungsrückstände der Skarabäen aus dem Magen der Fledermäuse. Die Fledermäuse fressen die Früchte der Bäume und düngen diese Bäume, von denen sie sich ernähren. Die Bäume ernähren die Fledermäuse, die die Käfer ernähren, die die Fledermäuse ernähren, die die Bäume ernähren, die die Fledermäuse ernähren. Eine hübsche Beziehungskette, findest du nicht auch, Bobby? Das übertrifft sogar Dein Beispiel mit den Katzen und dem Klee.[49]

Bei meinen Besuchen in der Fledermaushöhle im Bergesinnern sammelte ich eine große Zahl goldener Skarabäen, erwachsene Käfer und solche im Stadium der Verpuppung. In der Hoffnung, sie würden sich verwandeln und ausschlüpfen, bewahrte ich die Puppen auf einem mit Sand gefüllten Tablett in meinem Haus auf. Bei den erwachsenen Käfern in der Höhle war mir aufgefallen, daß sich die Geschlechter offenbar nicht unterschieden. Die ersten erwachsenen Käfer, die drei Wochen später schlüpften, sahen alle gleich aus, und sobald sie geschlüpft waren, fingen sie unverzüglich an, Eier zu legen, ohne sich vorher zu paaren. Sie legten die Eier achtlos irgendwo in den Sand, wie ich es auch in der Höhle beobachtet hatte. Daß die Eier befruchtet waren, daran zweifelte ich nicht, denn binnen weniger Stunden schlüpften aus den Eiern winzige Maden, die sich sogleich in den Sand eingruben. Scheinbar waren alle Skarabäen weiblich und befruchteten sich selbst.

Evolution ist eine Reaktion auf Veränderung, und die natürliche Zuchtwahl spielt dabei die Rolle des Gärtners, der die am wenigsten tauglichen Individuen jätet, damit die besser angepaßten überleben und sich vermehren können. Aber was geschieht, wenn es keine Veränderung gibt? Was, wenn die Umwelt einer Species tage-, jahre- und jahrtausendelang unverändert bleibt? Die Höhle, in der die goldenen Skarabäen leben, ist ein solcher Ort. Temperatur und Feuchtigkeit sind konstant, es gibt stets ausreichend zu fressen und auch die Bedrängnis durch Räuber ist konstant. Die Species hat ein perfektes Gleichgewicht mit ihrer Umwelt erreicht. So wenig die Käfer der Flügel bedürfen, so wenig bedürfen sie der Variation. Sie haben sich über die Stufe der Geschlechtlichkeit hinaus entwickelt. Man könnte sogar sagen, die goldenen Skarabäen haben sich über die Evolution hinaus entwickelt.

Darüber, daß die geschlechtliche Fortpflanzung nicht universell ist, haben Du und ich in Australien ausführlich diskutiert, Bobby. Viele niedere Tiere vermehren sich durch einfache Verschmelzung, und viele Insekten vermehren sich ganz oder teilweise durch Parthenogenese; im Pflanzenreich ist die ungeschlechtliche Fortpflanzung noch weiter verbreitet. Was also ist der Vorteil der geschlechtlichen Fortpflanzung? Die geschlechtliche Vermehrung, bei der die Nachkommen aus unterschiedlichen Kombinationen der elterlichen Eigenschaften entstehen, führt zu Variation, der wichtigsten Antriebskraft der Evolution. Aber wenn es die Geschlechtlichkeit ist, die einer Species genügend Spielraum gibt, um sich veränderten Bedingungen anzupassen und zu entwickeln, bedeutet dies, daß es ohne die Geschlechtlichkeit keine Evolution gibt? Ich halte das durchaus für möglich.

Aber wenn sich die Käfer nicht weiterentwickeln können, wie können sie dann Eigenschaften »verloren« haben, über die ihre Vorfahren einst verfügten, namentlich das Vermögen zu fliegen und zu sehen? Ich habe bereits erwähnt, daß die Deckflügel des goldenen Skarabäus fest miteinander verschmolzen sind, und beim Sezieren fand ich bald heraus, daß sich die Flügel unter den Deckflügeln, wie ich bereits vermutete, zu dicken Knötchen zurückgebildet hatten. Bei allen Angehörigen dieser Art fehlten auch die Augen. Gewiß sind Käfer, die in völliger Dunkelheit und in einem geschlossenen Raum leben, durch diesen Mangel nicht benachteiligt, aber ich frage mich dennoch, wie es zu dieser Entwicklung hat kommen können, und meine Antwort darauf unterscheidet sich grundlegend von der Deinigen, mein lieber Bobby. Obwohl es auch bei Populationen mit Parthenogenese Abweichungen und damit Zuchtwahl gibt, ist diese doch mit Sicherheit geringer als bei Populationen mit geschlechtlicher Fortpflanzung, wo die Nachkommen Eigenschaften von beiden Eltern erben. Der Verlust der Flügel und Augen muß also vor dem Verlust der geschlechtlichen Fortpflanzung eingetreten sein. Die Erklärung, die Du, Bobby, für diesen Verlust gegeben hast, lautet, daß die Organe nicht mehr benutzt wurden. Hier muß ich Dir mit allem Nachdruck widersprechen. In Deinem Buch hast Du geschrieben, daß ein funktionstüchtiges Auge Tieren, die in der Dunkelheit leben, nicht von Nachteil ist, und hast behauptet, das Verschwinden der Augen könne nicht auf die Zuchtwahl zurückgeführt werden, sondern müsse damit erklärt werden, daß dieses Organ außer Gebrauch geraten ist. Damit hast Du, glaube ich, Deine eigene Überzeugung verraten. Durch weiteres Nachdenken kommt man zu der Feststellung, daß jedes Organ, das seinem Besitzer keinen Vorteil bringt, *notwendigerweise* von Nachteil ist. Würden meine goldenen Skarabäen Augen oder Flügel besitzen, die ihnen nichts nützen, würden sie in ihrer Entwicklung Maßnahmen ergreifen, die ihnen größeren Nutzen bringen, beispielsweise indem sie ein besseres Verdauungssystem oder ein größeres Reproduktionssystem entwickeln. Den Verlust eines Organs auf die Folge mangelnden Gebrauchs zurückzuführen steht ferner in unmittelbarem Widerspruch zu den empirischen Prinzipien, auf denen die Theorie gründet. Wie Du selbst gesagt hast, gibt es keinen Beleg, ob Nichtgebrauch oder Gebrauch Auswirkungen auf die *Vererbung* hat. Zu behaupten, daß dies doch der Fall sei, bedeutet, die Beobachtung der Spekulation zu opfern und zu Lamarcks Theorien zurückzukehren. Ich würde gern weiter mit Dir darüber diskutieren, lieber Bobby. Ich hätte auch mit Charley gern darüber diskutiert. Schade, daß Charley die Entdeckung der goldenen Skarabäen nicht miterleben konnte.

Uns bleibt jetzt nicht mehr viel Zeit, dem Berg und mir. Aus der Leere sind wir entstanden, in die Leere kehren wir zurück, und was dazwischen liegt ist von geringer Bedeutung. Und dennoch ist mir nichts wichtiger, als diese Geschichte zu erzählen. Um mein Manuskript vor dem, was kommen wird, zu schützen, habe ich verschiedene Möglichkeiten ausprobiert. Jetzt habe ich eine Entscheidung getroffen. Ich werde mein Manuskript in ein Glasgefäß legen und seinen Deckel mit dem klebrigen Wabenbaustoff versiegeln, den ich aus dem Nest meiner Holzbienen entwendet habe. Das Glas werde ich mit der weichen Rinde des *Pisonia*-Baumes umwickeln, um schwere Stöße und Erschütterungen abzudämpfen; mit den Ranken der Seerose werde ich das Bündel zusammenbinden, es dann in ein Stück Bambus stecken und es mit einem Stöpsel verschließen, den ich aus dem Holz des Dildoe-Baumes geschnitzt habe; sodann werde ich es mit Wachs und Öltuch versiegeln. Bald, wenn ich mit meiner Geschichte fertig bin, werde ich an den Rand des Riffs waten und mein Werk der Strömung übergeben. Damit der Finder weiß, daß meine Geschichte nicht erlogen oder die Ausgeburt der Phantasie eines gescheiten Geisteskranken ist, werde ich in das Glas, bevor ich es versiegle, ein Exemplar des goldenen Skarabäus legen. Ich habe der Species den Namen *Copris darwinii* gegeben.

KAPITEL 29

Als Charley und ich an den oberen Flanken des Berges anlangten, war ich erschöpft.

»Los, Alter«, meinte Charley lachend, »du schnaufst und prustest ja fast so sehr wie diese Qualmlöcher.«

Wir hatten bereits den Abschnitt des Berges erreicht, wo die Fumarolen begannen. Der siedend heiße Dampf, der aus kleinen Felslöchern emporstieg, kondensierte zu weißen Dampfwölkchen, wobei zuweilen ein ächzendes oder zischendes Geräusch entstand. Unser Weg hatte uns vom Grasland am Fuße des Berges in den Waldgürtel geführt, der bis hinauf zur Bergspitze reichte. Einige Bäume wuchsen dicht an den Fumarolen, und es gab alle möglichen kleinen Sträucher und Kriechpflanzen, deren Laub von dem kondensierten Dampf ständig befeuchtet wurde. Die bemerkenswerteste dieser Pflanzen war eine Winde oder Convolvulus. Ihre riesenhaften, trompetenförmigen Blüten, die in weißen Glocken von einem schlanken Stengel herabhingen, waren unverhältnismäßig groß.

»Hast du schon mal probiert?« fragte Charley. Er pflückte eine Blüte, biß den Stiel ab und sog daran.

Als Junge in England hatte ich den süßen Nektar aus den Blüten des Wald-Geißblatts gesaugt. Ich streckte die Hand aus, um eine Blüte zu pflücken, ohne den emporschießenden Wasserdampf unmittelbar daneben zu bemerken. Als der siedend heiße Dampf meine Haut berührte, schrie ich laut auf.

»Was machst du heute für einen Lärm, alter Junge«, sagte Charley, und sein Grinsen zeigte, daß ihn mein Ungemach belustigte. Er pflückte eine weitere Blüte und sog den Nektar aus.

»Gehen wir weiter«, schlug er vor. »Es gibt noch viele davon neben dem großen Loch.«
Ich stand auf und folgte ihm den Berg hinauf.
Die große Fumarole bot in der Tat einen eindrucksvollen Anblick. Die vulkanische Öffnung lag auf dem einigermaßen flachen Teil des Berges, auch wenn die eine Seite etwas höher lag als die andere, was den Eindruck einer Höhle erweckte. Der Durchmesser der Spalte betrug etwa vier Yard. Der Dampf, der aus unsichtbaren Tiefen heraufströmte, bildete im Tageslicht zerrissene Schleier. Umrahmt wurde die riesige Fumarole von Dutzenden gigantischer Convolvulus-Blüten.
»Greif zu, Alter«, sagte Charley und langte nach einer Blüte.
Warum stieß ich Charley in dieses siedend heiße, sengende Loch? Was ging mir dabei durch den Kopf, was ihm? (Warum steht der Alte so dicht hinter mir?) Habe ich ihn hineingestoßen, weil er schuld daran war, daß wir auf dieser gottverlassenen Insel festsaßen? (Was macht der Alte für ein Gesicht?) Weil er versucht hatte, mich hier allein zurückzulassen, fernab von den Menschen, an einem Ort ohne Wiederkehr? (Warum hebt er die Hand?) Wollte ich ihn töten, weil er mich ausgelacht und verspottet hatte, mich, der ich so gut zu ihm gewesen war, der sich um ihn gekümmert und ihn so vieles gelehrt hatte? (Das ist kein guter Scherz, Alter?) Weil er mir damals jenen goldenen Skarabäus vorenthielt, den er mir doch versprochen hatte, und dessentwegen ich sechzehn Jahre meines Lebens vergeudete? (Nimm deine Hand von meiner Brust, Alter. Hör auf, mich zu stoßen.) Wegen der Gadzocks? Charley hätte alle Gadzocks auf der Insel, alle Gadzocks auf dieser Welt getötet, wenn ich unterlassen hätte, was ich tat. (Ich gleite aus. Die Erde rutscht mir unter den Füßen weg.) Alle diese Gründe trafen zu und doch keiner von ihnen. (O mein Gott, ich falle.) Als ich Charley dort am

Rand der Fumarole stehen sah und diesen einen Schritt auf ihn zu machte, ging mir nur ein Gedanke durch den Kopf. (Der Dampf, es ist heiß, ich kann nichts sehen.) Nur ein Gedanke, als ich Charleys überraschte Miene sah, als er den Druck meiner Hand auf seiner Brust spürte. (Ich muß mich retten. Bestimmt kann ich mich retten.) Ein einziger Gedanke, als sich seine Überraschung in Entsetzen verwandelte, als Charley das Gleichgewicht verlor, in der Luft ruderte und fiel. (Ja! Da ist ein Stein, ein Halt. Ich kann ihn fassen.) Ein einziger Gedanke, als ich ihn straucheln und fallen sah, als ich sah, wie er versuchte, sich am Felsen festzuhalten. (Ein Wunder, ich habe den Fels zu fassen bekommen. Aber dieser Schmerz.) Ich dachte an Dich, Bobby. (Ein stechender Schmerz durchzuckt meine Hände, meine Arme, raubt mir den Verstand.) Ich habe es für Dich getan, Bobby. (Der Stein ist siedend heiß, so heiß wie der Dampf.) Es war unsere Rache, Bobby. (Meine Finger brennen, meine Lungen verbrennen von innen. Ich darf nicht aufgeben.) Es war unsere Rache dafür, daß Charley mein Geschenk an Dich gestohlen hat. (Laß nicht los, sonst fällst du ins Loch.) Wenn Charley Wallace nicht von der Theorie erzählt hätte, als in Kuching »eins in des andern Arm, dem seligsten der Paradiese« gelegen hatte. (Laß nicht los, sonst stirbst du.) Wenn Charley Wallace nicht angelogen hätte, als er ihm schrieb, ich hätte ihm Charley ausgespannt. (Ich will nicht sterben, ich will nicht sterben.) Hätte Charley ihm nicht diese Nachricht geschickt, wäre Wallace nicht eifersüchtig geworden und hätte sich nicht an mir rächen wollen. (Ich lasse mit einer Hand los, aber der Schmerz in der anderen wird doppelt so stark.) Charley muß Wallace von meiner Zuneigung zu Dir erzählt haben, Bobby. (Der Schmerz ist unerträglich, ich muß loslassen, mich fallenlassen.) Wallace hatte weder Interesse an der Evolution, noch verstand er die Theorie, aber er hatte Charleys Worte in seinem Gedächtnis gespeichert. (Bitte, laß den Schmerz aufhören. Jemand muß dem Schmerz ein Ende setzen.) Er wollte sich an mir rächen, weil ich ihm Charley weggenommen hatte, und er beschloß, diese Worte gegen mich zu verwenden. (Der Tod wird dem Schmerz ein Ende setzen. Wie seltsam ist doch der Gedanke, daß der Tod ein Freund sein kann.) Die einzige Möglichkeit, mir weh zu tun, war, Dir weh zu tun. (Ich sehe, daß meine Hand losläßt. Der Schmerz hat aufgehört.) Erschien es Dir nicht merkwürdig, daß Wallace sich genau derselben Wendungen bediente wie wir in unserer Diskussion? (Der Tod nimmt meine Hand.) Erschien es Dir nicht merkwürdig, daß er seine Fassung der Theorie ausgerechnet an Dich schickte, Bobby? (Die Berührung des Todes ist kühl.) Du warst mein Freund, und Wallace wußte, wenn er Dir Schmerz zufügte, tat er mir weh. (Ich falle in die Arme des Todes. Ich falle in dunkle Abgründe. In den Tod.) Du siehst also, Bobby, an allem war Charley schuld.

Der Berg sieht alles, und der Berg weiß alles. Nur der Tod kann Charleys Blut von meinen Händen waschen. Jede Nacht wache ich von Charleys einsamem Schrei auf, der in meinem Kopf widerhallt, vom Anblick seines zu mir aufschauenden Gesichts, seiner sich vergeblich in das brennend heiße Felsgestein krallenden Hände, während er in der »Klippen Kluft, dem Tor zur Unterwelt« verschwindet. Aber es ist so, wie es ist. Charley hat sterben müssen, weil er die Theorie gestohlen hatte, und auch mein Ende naht, der Berg sagt es mir. Der Berg gibt, und der Berg nimmt. Armer Charley, ich hatte keine Wahl. Es mag Wallace gewesen sein, der Dich veranlaßte, mich zurückzuweisen, Bobby, aber es war Charley, der ihm die Macht dazu verlieh. Der Berg gab mir die goldenen Skarabäen und nahm dafür Charley. Bald wird er auch mich holen. Jeden Tag verrät er ein klein wenig mehr, jeden Tag spricht er ein klein wenig lauter. Wirst Du mir eines Tages dafür danken, Bobby, daß ich den Keim der Theorie in Dich gelegt habe, dieser mächtigen Eiche, die aus einer kleinen Eichel emporgewachsen ist? Sie hat Dir Ruhm gebracht, wie er wenigen Menschen zuteil wird, Ruhm, der Deinen und meinen Tod überdauern wird. Oder waren meine Worte wie der Samen der tropischen Würgerfeige, die auf einem mächtigen Baumriesen immer weiter wächst, bis sie dessen Stamm umschlingt und dessen Krone überschattet und im Laufe von Jahren und Jahrzehnten dem Baum allmählich die Luft abschnürt? Habe ich Dich Deinem geruhsamen Leben entrissen, Bobby, oder, noch schlimmer, habe ich Deinen Gott getötet? War es ein Geschenk, oder war es ein Fluch?

Lange rätselte ich, wie die Blüte des riesigen Convolvulus befruchtet wird. Ich vermutete, daß – wie bei den meisten Blumen – der Nektar, der am Blütenstiel gebildet wird, ein Insekt oder einen Vogel anlockt, der den Nektar trinkt und das Staubmehl von Blume zu Blume trägt. Das Staubmehl befindet sich, wie bei allen Mitgliedern dieser Familie, am Staubblatt unweit der Blütenöffnung, aber der Pollenschlauch ist so lang und eng, daß nur ein winzig dünner Schnabel oder Rüssel hineinpaßt. In Südamerika werden viele Blüten von großen Faltern bestäubt, die Schwärmern nicht unähnlich sind und ihre Zunge erstaunlich lang machen können; deshalb erschien es mir nicht unvernünftig anzunehmen, daß auf meiner Insel ähnliche Insekten leben. Kürzlich entdeckte ich, daß dies nicht der Fall ist; die Wahrheit ist noch weitaus merkwürdiger.

ANMERKUNGEN

1 Insbesondere die Darwin-Sammlung in der Universitätsbibliothek Cambridge. Zwölf der insgesamt schätzungsweise dreißig Bände umfassenden gesammelten Korrespondenz Darwins wurden inzwischen von der Cambridge University Press herausgegeben.

2 Biographien Darwins haben u.a. vorgelegt F. Darwin, 1887; Newson, 1956; Smith und Kennedy, 1957; R.D. Keynes, 1988, J. Bowlby, 1990; J. Browne 1995.

3 »New light on the Darwin-Wallace controversy«, *Archives of Natural History* 20(3), S. 13-26.

4 Die einzelnen Kommentare sind hier anonym, zu den Namen der Befragten siehe die Danksagung in Drayson 1993.

5 »Neue Indienische Lepidoptera des Berliner Zoologischen Museums«, *Internationale Entomologische Zeitschrift* 1, S. 1-166.

6 »Bathymetry of the Java and Sunda Seas«, *Oceanography* 34, S. 126-167.

7 Wie in dem Hollywood-Film von 1967 *Krakatoa, East of Java.* Den Produzenten des Films sagte weder die korrekte Schreibung noch die tatsächliche Lage der Insel zu; Krakatau liegt westlich von Java.

8 Kapitän T.H. Lindeman von der *Governor-Generaal Loudon.*

9 G.J. Symonds (Hg.), *The Report of the Krakatoa Committee of the Royal Society.*

10 Zu anderen Berichten über den Vulkanausbruch siehe auch E. Metzger, »Krakatau«, *Nature* 29, 1902: 241 ff.

11 *Les volcanes des Indes orientales.* Ein Bericht für die Niederländische Ostindienkompanie.

12 Die Bugis sind ein Küstenvolk im südlichen Sulawesi, die den europäischen Seeleuten des 19. Jahrhunderts als wagemutige und blutrünstige Piraten bekannt waren.

13 Die »Van-den-Berk-Karte« befindet sich heute in der Sammlung des Maritime Museum of Western Australia in Fremantle.

14 Das Schiff Seiner Majestät *Beagle* wurde damals von John Lort Stokes befehligt, der auf Darwins Reise Hilfsvermesser gewesen war.

15 Die im Manuskript erwähnte »Fledermaushöhle«, die der Verfasser erforschte, war wegen ihrer geringen Größe vermutlich nicht die Hauptkammer. Das läßt darauf schließen, daß es nicht eine Kammer, sondern viele aneinandergrenzende oder miteinander verbundene Hohlräume gegeben hat.

16 B. Nillsen, »Bathymetry of the Java and Sunda Seas«, *Oceanography* 34, 1998, S. 161.

17 Die Tiefland-Anoas, *Bubalus depressicornis*, und die Berg-Anoas, *B. quarlesi*, sind kleine, wasserbüffelähnliche Rinder, die heute nur noch auf der indonesischen Insel Sulawesi (ehemals Celebes) vorkommen.

18 Eine solche Skizze war nicht auffindbar.

19 Aus dem Gedicht »Zoonomia« von Erasmus Darwin.

20 John Edmonstone (sic) war ein freigelassener amerikanischer Sklave, den der exzentrische Naturforscher Charles Waterton Anfang der zwanziger Jahre des 19. Jahrhunderts von Westindien nach England brachte und ihn in Taxidermie (dem Ausstopfen von Tieren) unterwies. Edmonstone lehrte seine Kunst später in Edinburgh. Ian M'Arthur konnte nicht identifiziert werden.

21 Ein englischer Mikroskop-Hersteller, 1806-1861.

22 Vermutlich Tizians *Venus*, die sich nach wie vor im Fitzwilliam Museum in Cambridge befindet.

23 Dieses Stück befindet sich nicht mehr im Museum, und seine Identität ist unbekannt.

24 *Illustrations of British Insects* wurde 1826-1848 von James Stephens in Fortsetzungen veröffentlicht.

25 Maer Hall liegt zwar in Shropshire, aber vermutlich mußte man in Nottingham umsteigen.

26 Dieser Verweis läßt darauf schließen, daß der Verfasser den englischen Botaniker Joseph Dalton Hooker bei dessen Besuch in Australien 1840 als Arzt und Botaniker auf der *Erabus* kennenlernte.

27 Ausführlich beschrieben in Kapitel 13.

28 Nachdem die Abreise wegen schlechten Wetters dreimal aufgeschoben worden war, stach die *Beagle* schließlich am 27. Dezember 1831 in Plymouth in See.

29 John Gould und seine Frau Elizabeth beschrieben und zeichneten die

Vögel, die Darwin auf seiner Reise mit der *Beagle* sammelte, und besuchten später Australien, um Material für Goulds eigene Bücher über australische Vögel und Säugetiere zu sammeln.

30 Heute als Flötenvogel bekannt.

31 Der Verfasser verweist vermutlich auf die *Macroderma gigas* aus dem nördlichen Australien, die bekanntlich andere Fledermäuse jagt.

32 Das heißt Quecksilberchlorid $HgCl_2$.

33 Hier irrt der Verfasser, die *Beagle* hat Madeira nicht angelaufen.

34 Das Schiff Ihrer Majestät *Erebus* unter dem Befehl von Kapitän James Clark Ross unternahm zwischen 1841 und 1843 drei Expeditionen in die Antarktis, die jedoch nicht weit ins Landesinnere führten und den Südpol nicht erreichten.

35 Ein Wort, das früher vor allem von Seeleuten gebraucht wurde, um die großen, kakteenähnlichen Bäume verschiedener Ozeaninseln zu benennen, vor allem *Cereus* spp.

36 Darwin entdeckte auf seiner Reise mit der *Beagle* mehrere Pflanzen dieser Familie; eine aus Patagonien stammende, die *Opuntia Darwinii*, wurde von seinem Freund Professor Henslow nach ihm benannt.

37 Im vorliegenden Manuskript erfolgt sonst kein Hinweis auf dieses Tagebuch. Was aus ihm wurde, ist nicht bekannt.

38 Aus Darwins Aufzeichnungen ist kein Pferd dieses Namens bekannt; möglicherweise handelt es sich um eines, das er auf seinen ausgedehnten Reisen ins Landesinnere Südamerikas geritten hatte.

39 Darwin glaubte, er hätte fünf unterschiedliche Arten gesammelt. Der Ornithologe John Gould, dem er seine Exemplare brachte und der sie identifizierte und beschrieb, erkannte dreizehn Arten.

40 *Melopsittacus undulatus.*

41 Der Verfasser läßt die sozialen Insekten außer acht (Isoptera und Apokrita); bestimmte Coleoptera, Embioptera, Pentatomidae und Symphyta bewachen ebenfalls ihre Eier und kümmern sich um die Larven.

42 Manche Blattläuse und Schildläuse sondern überschüssigen Zucker ab, den sie als süße Flüssigkeit saugen und den verschiedene Ameisenarten gierig auflecken. Die Ameisen halten Räuber von den Pflanzen ab, von denen sich die Läuse ernähren.

43 Ein älterer Name für die australische Elster, *Gymnorhina tibicen.*

44 *Die Spuren der Schöpfung* erschien anonym im Jahr 1844 und löste ebenso heftige Debatten über den mutmaßlichen Verfasser wie über die Evolutionstheorie aus, die in dieser Schrift erörtert wird.

45 Vermutlich William Gilpin (1724-1804), Autor ästhetischer Schriften.

46 Der Verfasser befindet sich bezüglich der Taxonomie im Irrtum. Zwar kann der Klassifikation des Linnaeus zufolge jeweils nur anhand einer Typus-Art eine neue Gattung oder eine neue Familie aufgestellt werden, aber das trifft nicht für die höheren Kategorien dieser Klassifikation zu, auch nicht für die Stämme.

47 Diese Aufzeichnungen blieben unentdeckt.

48 Einen anderen Nachweis für den Anbau dieses Gemüses auf der Insel gibt es nicht; bei den »Kartoffeln« könnte es sich auch um wilde Yams handeln.

49 Ein Beispiel wird in *Die Entstehung der Arten* zur Verdeutlichung der Zusammenhänge zwischen unterschiedlichen Arten angeführt. Je mehr Katzen, desto weniger Wühlmäuse; und je weniger Wühlmäuse, desto weniger Löcher und damit Nester für die Erdhummeln, und je weniger Erdhummeln es gibt, desto weniger Klee wird bestäubt; deshalb also gilt: je mehr Katzen, desto weniger Klee.

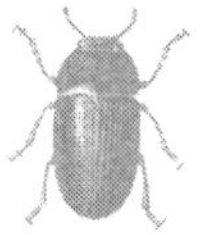